浙江省社科联省级社会科学学术著作出版资金资助出版
（编号：2013CBB08）

当代浙江学术文库

DANGDAI ZHEJIANG XUESHU WENKU

『青年议题』与20世纪80年代小说创作

徐 勇 著

1980s' Novels and the Problem of the Youth

人民出版社

序

张 颐 武

　　徐勇是我的博士生,多年来一直在专注地从事当代文学的研究,现在已经在文学批评和理论的领域里有了自己独到的建树和突出的贡献。这本书是他的博士论文经过认真的修改之后的成果,也是他在学术工作起步阶段的重要的标志性的成果,是对于 20 世纪 80 年代以来的中国青年文化的认真的探究和思考,这本书当时也得到了答辩委员会的同仁们的一致肯定,我们都认为这部著作在这个领域中有其独到的贡献。

　　徐勇的这部书对于青年文化的发展有深入而独到的分析。他对于现代以来的中国青年话语有深入的把握和全面的理解。对于文本的细读和解析相当深入,足以支撑他的论点。整个分析也有很多理论的创新之处。我想从他的研究引申出对中国青年的现代命运的思考。

　　青年文化一直是中国"现代性"文化想象的基础,也是中国"新文学"的基础。青年代表未来,必然战胜衰老,是从梁启超的《少年中国说》开启的现代中国的"大历史"中的一个核心的"元叙事"。中国的现代性的文化起点以五四这一青年运动作为其标志绝非偶然。它所创造的青春文化和衰老文明的二元对立的紧张关系引发了一系列的二元对立的决绝的断裂:新与旧,光明与黑暗,希望与绝望,前进与后退,等等。这些隐喻式的二元对立赋予了中国现代性对于历史的阐释的可能性,也找到了一个必须依靠青年来改变社会的基本的现代性的模式,这是现代中国人起步的原初性的想象所在。中国社会之所以在外界的冲击之下面临前所未有的

1

危局,正是由于它是一个老大帝国,缺少青年的创造力和想象力,只能在文明的竞争中落败,承受屈辱与挫折。这种对于青年的想象一直笼罩着中国"现代性"的宏大叙事。只要想到我们从鲁迅、郭沫若、胡适等五四的先驱者的思想和作品一直到巴金等人的作品,中国的现代文化对于青年的想象始终没有根本性的变化。

在这将近一百年的岁月中,在任何关于现代中国的历史的叙述之中,永远有一个穿长衫,拿着一卷报纸,一头长发,面对公众演说的年轻人,他总在高声的呼唤:"中国要亡了,同胞们快快觉醒。"这种亡国的焦虑,唤醒沉睡国民的使命都是青年的基本形象。这里的青年,其实并不是指所有的年轻人,而是一个特定所指的展开,也即是受过现代教育的以"知识分子"形象出现的青年,他们才是时代的引领者,也是历史的开路先锋。这些都是把"启蒙"和"救亡"的历史使命和职责都寄托于青年。这里的关键在于:一是现代性的国民教育和学校体制所培养的青年和传统社会的"士"已经断裂,他们已经有了现代的知识基础和准备。二是现代性的文化建构对于创造新的"人"已经有了话语和思想的前提。有了教育和文化的两个支柱,青年所谓"新人"的形象就已经被定型了。他在五四的"现代性"中既是时代的先锋,也是历史的主体。改变中国的重任和使命都被赋予了青年。青年改变历史的形象成了现代中国的最基本的想象。

当然,在新中国的话语中,青年的形象有所变化,一是建构了工农的历史主体的形象,而青年需要通过向工农学习获得自己的成长。这就是"再教育"的功能。二是青年需要通过跟工农结合的实践与工农共同创造新文化这就是所谓的和工农"相结合"的文化。青年仍然是时代的先锋,但历史主体的"位置"被赋予了工农。这在《青春之歌》这样的历史的叙述中,也在《创业史》这样的小说中得以展现。

"新时期"以来的青年话语,一方面是回到五四,重新赋予了"青年"历史主体的位置;另一方面,又赋予了他向世界开放,打破原有的计划经济的封闭性的含义。这些在徐勇的研究中分析得极为详尽。这里不再赘述。

但在 20 世纪 90 年代以来的"后新时期"和 21 世纪的"新世纪",青年的形象开始发生深刻的改变。"新新中国"正在创造着全新的青年的话语。一方面,青年变成了一个巨大的新的消费的人群,它是新的文化创意和生活方式的最新的接受者,也是社会的新的可能性的展开;另一方面,青年成了新的以互联网为中心的创新和生活变革的主导者。他们的形象又是在引领社会的走向。但这是一个新的"中产化"社会的最有吸引力的群体。这些也是徐勇的这部著作讨论的议题。"青年"的形象开始超越了原有现代性中的固定的形象,开始了复杂的演变过程。

从上述状况来看,青年一直是中国现代以来的文化的焦点,关于青年的议题主导了我们对于中国的认知和思考。徐勇在这方面的探索具有高度的意义,值得关注和认真思考。希望徐勇从这部书开始,在这个议题上再做深入的探究。

是为序。

目 录

1

第一章 绪 论

第一节 国内外研究现状及其价值

一、研究的理论和实际应用价值

青年议题(或问题)本是社会学的研究选题,但从 20 世纪 80 年代的中国社会文化实践来看,又不仅仅如此,而毋宁说是关乎"红卫兵"一代乃至整个 80 年代的社会重大问题,因此,仅仅从社会学的角度进行研究似乎就显得有些美中不足了。社会学的研究虽然能较为客观而理性地提供 80 年代青年整体的概貌,但对这一代人的悲欢离合,他们的情感思想、他们的狂热乃至迷惘,却始终不甚了了。可见,从某种程度上,社会学是不能进入具体而微的个人情感经历之中,不能进入有血有肉的人生当中,而这正是文学所能提供并能回答的,因此,从文学和社会"互文"的角度研究 80 年代的青年问题,不仅在理论上,而且在实际应用上都有它的价值。

从理论上看,本书带有跨学科研究的意义。这一跨学科的研究是基于这样一种理解,即社会事件也是一个"文本",这与把文学作品看成"文本"没有本质的区别,因此,本书拟从"文本"的角度将社会事件(如"潘晓讨论")和文学实践联系起来在同一层面进行考察,而这,与传统的文学研究和社会研究相结合的跨学科研究显然是不同的。传统社会历史研究往往注重从社会背景及作家身世的角度去分析作品的思想倾向及内容设置,这种研究往往是在"影响—回应"的模式下进行的,因而,忽视了社会事件与文学作品之间存在某种内在的关联及其"互文"关系。本书的研究,在这方面应该具有某种尝试的意义。

　　而从实际应用上来看,本书的价值在于通过对 20 世纪 80 年代小说中"青年问题"的分析,力图重新梳理并反思 80 年代小说在文学史上的地位和价值,这在某种程度上是在参与对 80 年代小说史的重写。本书认为,在现代以来的文学特别是小说写作中,普遍存在"青年/老年"的结构性对立,这一结构性的存在,使得"作为功能的青年"和"作为结构的青年"这一区别性的"青年"范畴成为可能。这一"青年"范畴的不同形态,对理解分析 80 年代小说中的"青年议题"尤为有效。"青年"可以而且必定会变成"老年",但"青年/老年"的结构性对立却不会改变,这一结构的好处就在于能在共时的结构性框架内把历史的变动包含其中,这为重新反思 80 年代小说提供了理论框架。80 年代小说中普遍存在的"青年/老年"的结构性对立,从表面上看关涉的是青年/老年间的结构性问题,其实指涉的是如何看待并书写历史的问题,这也是为什么在 80 年代小说中普遍存在着"文革"历史挥之不去的幽灵之部分原因所在;因此,从某种程度上看,如何看待并书写历史就不仅仅是决定 80 年代的小说创作的关键性因素,也是决定其文学史地位的关键性因素。这是今天重新反思 80 年代小说时应该注意的问题。

二、目前国内外研究的现状和趋势

　　青年议题,一直是文学研究界和社会学研究界较为感兴趣的话题。就国外的研究成果而论,与本书(文学中的"青年议题")相关的主要有:Gill, Jones: *youth: key concepts*, Polity Press, 2009; Giovanni Levi Jean-Claude Schmitt: *A History of Young Peopole in The West*, Cambridge, Massachusetts London, England, 1997;理查德·弗拉克斯:《青年与社会变迁》,北京日报出版社 1989 年版;尼尔·波兹曼:《童年的消逝》,广西师范大学出版社 2004 年版;瓦尔特·霍恩斯泰因等:《命运与机遇》,农村读物出版社 1988 年版;等等。这些对本选题都有一定的启发。

　　就国内社会学研究界来说,陈映芳的《"青年"与中国的社会变迁》(社会科学文献出版社 2007 年版)和《在角色与非角色之间——中国的青年文化》(江苏人民出版社 2002 年版)是其中有代表性的成果。这两本专著偏向于从社会学的角度研究中国现(当)代社会的青年问题,而即使是涉及文学乃至文化现象,也多从社会学的角度加以阐释。在《在角色与非角色之间》一书中,作者对"青年文化"这一范畴有详尽的论述,对本书有一定的启发。在文学研究界,也有不少学者曾提出相关的主张。"青春文学"是其中最有代表性的提法,如贺绍俊的《以青春文学为"常项"——描述中国当代文学的一种视角》(《文学评论》2011 年第 1 期)一文,这种提法及其理论主张无疑能拓展当代文学研究的空间,但作者把青春文学定位在"青春期的作家所写的反映青春成长的文学作品"上,这样一来,其实是把那些非青年期的作家所写的带有青春特征的文学排除在外了。更多的时候,"青年文学"的提法主要针对的是 21 世纪以来的文学现象,如张颐武的《当下文学的转变与精神发展——以"网络文学"和"青春文学"的崛起为中心》(《探索与争鸣》2009 年第 8 期)一文;此外,有学者还提出"青春体小说"和"青年文学体"等文学史范畴,如董之林的《论青春体小说——50 年代小说艺术类型之一》(《文学评论论》1998 年第 2 期)和李书磊在《历史与未来的精神产儿——论新时期"青年文学体"》(《文学评论》1985 年第 5 期);等等。这些都是关于文学"青春写作"的很有意义和价值的研究。但这些文学研究,几乎无一例外地都使用了"青春"而不是"青年"这样的表述,相比"青年"范畴的具体而微和明确所指,"青春"范畴则显得抽象而更具能指的弹性空间,这与本书理解中的文学特别是小说创作中的"青年问题",并非同一个范畴,虽然这些对本书的研究很有启发。在这方面,金理提出的"青年构形"和蔡翔提出的"青年或青年政治"范畴①更接近本书的研究,对本书的写作启发也更大。在金理那里,"青年构形"包括"青年文学、青年形象与形象的塑造因素三个层面的内涵"②,与本书中"青年议题"的内涵有部分重合,但又不完全一致。蔡翔将中国革命政治视为一种"青年政治",进而提出了所谓"青春"形态和"青春"叙事的范畴。在这里,作者注意到了文学写作中存在的"少年"和"老年"的结构性对立,并以此为线索贯穿在分析过程

① 参见蔡翔:《革命/叙述:中国社会主义文学——文化想象(1949—1966)》,北京大学出版社 2010 年版,第 126—143 页。
② 金理:《历史中诞生——1980 年代以来中国当代小说中的青年构形》,复旦大学出版社 2013 年版,第 1 页。

的始终。但遗憾的是,这种梳理往往只是粗线条的分析,很多问题并没有得到充分的讨论和展开。

以上涉及的是关于文学中"青年议题"的研究概貌。而就"20 世纪 80 年代小说"思潮的研究来看,目前这方面的成果显然已有很多,但问题是,很多都是在"新时期"之"新"的表述框架之内进行的,也就是说,"新时期文学"之"新"的(肯定)价值判断仍然是限制甚至制约着研究者们的"前见",研究者们并没有很好地把"新时期"置于一个客观的审慎对象的位置上,因而其研究成果难免带有某种主观的成分在内,这在某种程度上限制了研究的深度和进一步的展开。近年来,以程光炜、李杨和贺桂梅为代表的学者提出了"重返 80 年代"这一不同的口号,这为重新评价思考 80 年代文学提供了契机。这里之所以采用"80 年代"而不用"新时期"这一说法,即明显体现出这些学者们鲜明的反思意识和客观态度。这一研究趋向目前已有不少显著的成果涌现,其中,程光炜的《文学讲稿:"八十年代"作为方法》(北京大学出版社 2009年版)、贺桂梅的《"新启蒙"知识档案——80 年代中国文化研究》(北京大学出版社 2010 年版),以及另外两本程光炜主编的《重返八十年代》(北京大学出版社 2009 年版)和《文学史的多重面孔——八十年代文学事件再讨论》(北京大学出版社 2009 年版),等等,是最主要的代表。其实,早在 20 世纪 90 年代末期,对 80 年代文学、文化进行反思和重新阐释就已经开始,纽约大学的张旭东是最典型的代表,作者曾在 90 年代末旗帜鲜明地提出"重返 80 年代",只不过他的所谓的"80 年代"更多侧重于 80 年代后半期,其两卷本专著《改革时代的中国现代主义》(美国杜克大学出版社 1997 年版)也多倾向于此。

从总体上看,以上这些研究成果对 20 世纪 80 年代文学/文化现象无疑都有很多相当独到而深刻的见解,但对其中青年主体身份的建构及变化却关注不够。有些研究对这一时段个别小说创作潮流中的青年主体身份建构有所涉及,有的虽然也注意到"潘晓讨论"与 80 年代小说创作之间的某种内在关联①,但这些大都没有被上升到 80 年代文学的整体上加以把握,最终,也就不能从

---

① 参见杨庆祥:《"潘晓讨论":社会问题与文学叙事——兼及"文学"与"社会"的历史性勾连》,《南方文坛》2011 年第 1 期。

整体上提供 80 年代青年主体变迁过程的全貌，这不能不说是一个遗憾而有待补足。因此，本选题研究的起点和初衷就在于，结合今天已有的成果，试图从整体或全景上把握 80 年代小说创作中青年主体身份的建构及其变迁的过程，为"重写"80 年代文学史特别是小说史提供某种可能。

第二节　历史的幽灵与文学想象

一、作为镜像的"历史"："历史"谁能走出？

对于伤痕写作中的老年干部而言，随着"文革"的结束，苦难似乎已成为"历史"（或过去），但对于"红卫兵"一代青年来说，则似乎并不如此，《花园街五号》中的大宝就是这样的一个典型。在小说中，他被作为一个不正常的"精神分裂者"呈现，而之所以如此，是被认为走不出"历史"，"他始终摆脱不了那个疯狂的年代，他的记忆，他的语言，他的行动，他的思想感情……一切的一切，都停留在那个年代。……这是一个疯狂的年代所产生的狂人。"①他擅长演讲，下面是随意摘取的他的一段演讲，"吕莎同志，现在我还叫你同志，是希望你回到革命路线上来，我们不会抛弃你，革命朝你拉开了门闩……吕莎同志，我强烈地要求你站起来造反，放下你的架子……"这段话在小说中，是作为"疯人疯语"呈现的，之所以被视为精神错乱的"疯语"，是因为（"文革"）历史已经翻过了一页，讲话者却没有转变过来；而如果历史没有翻过，还是在"文革"期间呢，情况又会怎样？大宝还会被视为"精神分裂"吗？显然，在那种情况下，被视为"精神分裂"的，恐怕就不是大宝，而是那些反对大宝的人了。因此，某种程度上可以说，大宝并非真的"精神分裂"，而毋宁说是历史的变化，造成他的"失语"：他身处后"文革"时代，还在使用他的"文革"修辞，当然要被视为"不正常"了。

事实上，大宝并不是走不出历史，他只是走不出"我们"的历史；在这里，"历史"实际上是一种构造物。诚如克罗齐所言："一切历史都是当代

---

① 陈骏涛：《谁是花园街五号的主人——读长篇小说〈花园街五号〉断想》，《文学评论》1983 年第 6 期。

史。""历史"的建构显然是为服务当代现实需要的,从这个意义上说,"历史"某种程度上就是"现实"的"他者"。对于"文革"后的主流意识形态来说,更是如此。"新时期"之"新"的表述的合法性,显然是通过对"文革"意识形态的批判而建立的,在这个意义上,伤痕写作通过对"文革"的批判和控诉其实是充当了建构"文革"史的任务。这一"历史"显然是属于"我们"后"文革"时代的,而不是属于大宝。在大宝眼里,与其说现实是对"文革"的反正,不如说是一种"文革"的"异化",故而,一旦给他营造一个"文革"语境的幻想或假象——教授的"文革"收藏室,他会立刻显得异常的清醒和灵敏,但毕竟,这样的营造只是一种掩耳盗铃和自欺欺人,大宝注定了要永远"精神分裂"下去。

从某种程度上看,大宝其实是生活在过去和现在交错重叠的时间中:他在想象中生活在"过去",而这"过去"却只是当下人营造的幻象,他其实是一个被剥夺了时间的人。大宝的这种对进入现在的拒绝,实际上表明,"文革"对他来说,其实是一个镜像。他只有在对"文革"的想象中才能获得自我认同,一旦进入现实这一认同即告破灭。但这只是一种想象性的自我圆满,现实作为一种"象征秩序"无疑已强行侵入,而他如果不能很好地调整,"精神分裂"就是必然的结果了。可见,这一"分裂",既是对象征秩序的拒绝,也是对他人语言的拒绝。从这个意义上,大宝并不仅仅是走不出"历史",更是走不出"时间"。事实上,真正走不出"历史"的,并不是大宝,而是当代人。当代人建构了他们自己的"历史",对于这一认识装置,他们生活其中,就像空气一样,当然不可能走出。

对于大宝而言,一旦他拒绝"历史",也即意味着将被"历史"和现实同时抛弃;因此,对于他来说,唯一的选择就是接受并承认它。而从小说的情节设置来看,如果他接受并承认这一人为的"历史"建构物的话,他也将像叶辉们(《重逢》)一样被历史审判和质疑。大宝像叶辉一样,曾为自己改过名,他在"文革"期间的名字叫"韩学青",所不同的是,叶辉在"文革"后主动改回了原来的名字,大宝则是"被改回";这一被改回,其实也就意味对他的重新命名,是为他招魂。事实上,在这里,改名——无论是改成"叶卫革",还是改回"叶辉",都带有仪式的味道。这其实是一个符号化的意指过程,通过给自己改名,既表明对新秩序的渴望,也表明对自己的"再符码化":对"旧我"的否定和否定之后新我的诞生。在这里,通过改名,完成的是和新秩序——即现实——之间的对接的努力。据阿甘本看来,"仪式的功能是调节神话的过去与现在之间的矛盾,废除了二者分割开的时间间隔,再次将所有事件吸收到共时的结构之中。"①换言之,仪式具有调和"矛盾"和化解差异的功能,它在仪式的瞬间通过把历时寓于一刻完成的是共时和历时之间对立的和解:历时消解凝固在共时的一刻之中。从这个角度看,改名在伤痕写作中具有了和解的象征意义。这一刻既意味着新生,其实也表明"过去"的终结。改名的人,没有了历史。他们只能进入他人的"历史":他们没有属于自己的"历史"。从这个意义上说,大宝的"精神分裂"客观上既意味着对被审判命运的质疑和反叛,也表明对"改名"的拒绝,他虽然没有自己的"历史",但他永远生活在"当下"。

如果说叶辉们通过改名,完成了对自身"历史"的放逐的话,对于那些老年干部而言,他们则注定了要永远挣扎于自己建构的"历史"网络中。他们建构了"历史",却把自己束缚其中。这不能不说是一种悖论。

二、活在当下,还是历史?

也许,连韩潮自己都没有意识到,他们以审判过去的名义建构出一套属于自己的"历史",却把自己无形之中束缚其间。这一束缚,在小说中表现为回忆/记忆的缠绕。他们缠绕在回忆中,拥有"历史",却唯独没有自己。而事实上,任何人往往并不能拒绝回忆,只有大宝除外,他永远生活在没有"历史"的"当下",因而对他来说,是没有回忆或记忆可言的。这是一个悖论,而正是这个悖论,也是结构小说情节和人物关系的主线。

《花园街五号》中韩潮就是一个典型地活在"历史"中的人,他沉浸在往事的回忆中,左右挣脱,不能自拔。而事实上,历史在他那里并不是单向度的,毋宁说他是生活在多个历史交织的时空中。这一多个历史的交错,最为象征而形象地体现在"花园街五号"这一符号中。小说是这样开头的:

---

① 阿甘本:《在游乐场——关于历史与游戏的反思》,见《幼年与历史》,河南大学出版社 2011 年版,第 67 页。

一幢建筑物,往往就是一部生动的历史教科书。

……

凡是古旧的建筑物,往往会成为一块碑石,记载着时代的兴衰,尘世的沧桑,家庭的嬗变。只要它不倒塌垮掉,只要它还矗立着,那些愉快的、甜蜜的、辛酸的、苦涩的,乃至充满血腥气的往事,就会时不时地在居住过这幢房子的人的脑海里泛起。

"花园街五号"就是这样的建筑物。"五十年来,它换了四个朝代,五位主人",而且奇怪的是,"谁住进去谁都没有好结果"。现在,党的十一届三中全会以后正式任命的市委书记韩潮住进去了,他是不是也不会有好结果呢? 而事实上,韩潮自住进去第一天起他就深陷这种"宿命论"中难以挣脱,小说叙述者这样感叹道:"请不要笑话一个共产党的市委书记,一个老布尔什维克会产生宿命论的唯心论观点。因为房子的历史,确实也是这样写的。""尽管他应该算是绝对的无神论者,但却无法解释为什么以前居住过的四户人家,都是一而再、再而三地重复着基本上相同的不幸结局,那就是——"/"后一户总是把前一户干掉,才搬进去住;"/"每一户的上代人和下代人总是悖谬、冲突、决裂,甚至于还有砍掉老子头颅的。"/"为什么? 为什么?"/"我们的市委书记闭上了眼。"小说中这样的叙述还有很多处。"难道花园街五号果真会给居住过的人,带来不幸的命运么? 过去这样,现在这样,难道永远也是这样?"①

这里有一个关键词就是"重复"②。这不仅表示一种时间观——即时间的轮回,还是一种世界观,即人生的悲剧性的反复处境,任你如何努力总难

---

① 李国文:《花园街五号》,作家出版社 2005 年版,第 84 页。

② 在当时,已有评论家敏锐地注意到这种重复:"白俄贵族康德拉季耶夫和他的儿子贝希科夫这两个人物在作品出现,作者是有深意存焉的。他们的性格特征和思维方式,我们在与花园街五号有关系的其他人身上不是也可以看到影像吗? ……历史的发展和人的认识的发展……都不是直线的,而是由一系列的循环往复的圆圈组成,已经逝去的事物和已经作古的人物,往往可以在后世的事物和人物身上留下自己的投影。李国文同志通过一些历史隐喻和人物之间的互相映衬,来表达自己对生活对历史的认识和理解。"(刘梦溪:《生活启示录》,《当代作家评论》1984 年第 1 期)

挣脱。希利斯·米勒曾概括过两种重复形式:一种是"相异中的相似";另一种是相似中的相异。① 对于花园街五号的主人来说,这一命运的"相似"到底是哪一种呢?是悲剧性的必然的反复,还是命运之手的偶然的玩笑,其实完全可以避免?显然,这始终困扰着韩潮的一个问题。而实际上,韩潮常常纠缠在这两种重复的想象中。50 年的历史"反复"告诉他,这是一种宿命,五位主人之间,虽然经历各异,但命运却出奇地相似。这是是否注定了不可挣脱呢?他虽身在当下——即 20 世纪 80 年代初——但其实一直处在历史的幽灵的笼罩之下:花园街几代主人的幽灵,大宝的存在,都一再提醒他历史的梦魇并不曾消失;而从小说矛盾情节的设置来看,他这一"花园街五号"的新主人,也已被他人盯上,丁晓早已对他虎视眈眈,大有取而代之之势。他的爱将刘钊又是那样的风头十足,"哪料到巧得不能再巧,正是花园街五号又到了它的更新期。他不知他会以什么方式,离开这座美丽的院子。而新的主人,又是以什么方式住进来。"②在韩潮身上背负着太多历史的记忆,而这些又同现实纠缠在一起,让他困惑不已。另外,改革的时代潮流也在冲击着他,这一时代的力量在刘钊身上有淋漓尽致的呈现,刘钊的势头让他隐隐感到不安,这使他越加陷入历史的记忆之中不能自拔。因为当年恰恰是刘钊亲手处死了自己的父亲刘大巴掌,从而完成了花园街五号的"新陈代谢",而现在,刘大巴掌的儿子似乎再一次充当"历史"的巨手,这让"他想不通!""为什么偏偏是刘大巴掌的儿子?"在这里,(多重)历史与现实纠缠在一起,造成了韩潮的某种内在的分裂,"历史和现状,经验和教训,理智和情感,抱负与行动,灵魂与肉体,如此错综地在韩潮身上矛盾着、抵悟着、纠缠着"③。小说中主人公韩潮的一段内心对白,极富症候性地表明了这点:

> "是这样——"好像有另一个韩潮,在同自己讨论问题,"保守也好,僵化也好,老兄,年龄是个因素。你不能不承认,并不是每个人都能

---

① 参见希利斯·米勒:《小说与重复》,天津人民出版社 2008 年版,第 1—22 页。
② 李国文:《花园街五号》,作家出版社 2005 年版,第 84—85 页。
③ 刘梦溪:《生活启示录——读〈花园街五号〉》,《当代作家评论》1984 年第 1 期。

够永葆青春,慢慢就会失去年轻时追寻新事物的热情,而像蜗牛一样,旧东西成了沉重的负担。"

"得啦得啦!难道追寻新事物必定好么?"

"那我问你,对自己的过去,无论好坏美丑,一律加以肯定,倒是值得赞扬么?其实你也未必不懂,宇宙发展的基本规律,是新陈代谢,新事物总是层出不穷。本来一个人老了,是正常的生理现象,但记忆力是个很讨厌的东西,它总使你回想自己的黄金时代。那时,你演主角,你挑大梁,你擎天托地,你力拔山兮气盖世气盖世……"

"得啦,好汉不提当年勇!"

"瞧,如今长江后浪推前浪,一种再也正常不过的事情,你也有了老年人的委屈感,可要不得啊!"

"你放心,我不会成为伯爵夫人那样的顽固派!"

"未必吧!我怕你成为老糊涂!"青年韩潮嘲讽地说。

"太刻薄了!我绝不相信我会成为四化的阻力、改革的促退派、新事物的压制者!"老年韩潮坚定地回答。①

在这里,表面上看是"青年韩潮"与"老年韩潮"之间的矛盾,其实也是多重时间和历史在韩潮身上的冲突。青年时的韩潮是不相信什么宿命或历史的重演的,他只会表现出勇往直前,他相信力量和努力。青年时的韩潮没有记忆,有的是努力,而"老年韩潮"则不同,多重历史和时间沉积在他的身上,他把自己编织在记忆的牢笼中,结果变得畏首畏尾,停滞不前。这似乎是不以人的意志为转移的,因为"青年韩潮"终究变成了"老年韩潮",而"老年韩潮"又深陷于多重记忆的深渊不能自已。

如果说"老年韩潮"所呈现出的是一种"宿命论"式的时间观的话,那么显然,"青年韩潮"则代表一种进化论的线性时间观。对于"宿命论"者,他之所以走不出历史,是因为他们活在自己编织的记忆之中,而对于进化论者来说,他们则更相信行动,他们并非没有记忆,而是他们更相信未来。一个

---

① 李国文:《花园街五号》,北京十月文艺出版社1984年版,第84—85页。

纠缠于记忆和过去中的人,在他们看来是很难有未来的,所以刘钊对于亲手处死自己的父亲并不感到别扭和内疚,相反,他始终活在当下和未来;从这个意义上说,"青年韩潮"和刘钊是同一形象的不同显影。以此观之,"老年韩潮"若想走出历史的泥淖的话,就必须放逐记忆,直面当下和未来,而这其实也就是返回"青年韩潮"了。而事实上,小说的最后,"老年韩潮"也正是通过回到"青年韩潮"的方式走出历史的:"从那双闪耀着火花的眼睛里,你仿佛看到,当年那个在花园街五号干过活的小半拉子又回来了。"①显然,这种"返回"并非历史的重复,而只是一种"相异中的相似",因为青春不可能重回。但从这种"返回"中,我们又分明看到"永远的青春"这一主体的凸显,因为"那双闪耀着火花的眼睛"并不会因为年龄的衰老而黯淡,相反,它其实可以穿越历史的尘埃而"永葆青春"。这显然是一种以拒绝历史的面目的出现精神状态,这一回到"青年韩潮"并不是要回到历史,而是在拒绝历史的前提下对历史的超越。但这一拒绝,其实是在另一重意义上建构了"历史",他虽活在当下,但却是以历史的重复/反复的意义上的"回归"而达到对过去的超越,它建立的是一种多重时间的混杂的"历史"。这一"历史"既相信事物的"新陈代谢",任何事物都只能具有过程的意义,同时它又坚信某些东西(如青春)可以永恒,可以永远重复。这其实就是所谓永恒和短暂的冲突,这一矛盾状态,某种程度上正是现代性本身所固有的内在悖论之一。它以前进的想象牺牲了个体和瞬间,它以抽象的永恒而取消当下的意义,从这个意义上讲,这样一种现代性的"历史"其实也最是没有"人性"和反人性的,"哪怕明天我撒手走,今天,我垒一块砖,是一块砖。要是连砖都垒不动了,把那些绊脚的、绊腿的、碍事的、挡道的石头,弄到一边去,也是好的嘛!"韩潮如是说。可见,韩潮以否定历史的面目,结果为自身建构了另一重更加牢固的历史并禁锢其中,他注定永远走不出历史。

三、谁在"历史"之外

事实上,倒是很多反面人物,是活在当下的,他们最没有"历史感"(他

---

① 李国文:《花园街五号》,作家出版社 2005 年版,第 402 页。

们并非不在历史之中，而只是说他们没有"历史感"），故而一身轻松。丁晓如此，许杰如此。他们活在当下，其实也就活在"历史"之外。他们没有历史感、没有记忆，故而轻松。但这一"记忆"的缺失，与刘钊等人的记忆的缺失又不相同。对于刘钊来说，历史记忆之无，并不等于没有历史，而是他们在用自身的行动在创造历史，他们是活在历史当中。他们通过否定过去来创造未来，故而他们的轻松表现在遗忘之上。

如果说历史是一种叙述的话，那是因为通过叙述可以达成现实和过去的和解，从这个意义上说，历史叙述实际上就是一种自我救赎的方式。但这一叙述同时也是一种遮蔽和放逐，它通过构筑"他者"的形式而建构了自身的主体地位。这对伤痕反思叙述而言，更是如此。叶辉（《重逢》）通过改名进入了"历史"，但却放逐了自己，这是一种显而易见的自我他者化的过程：叶辉显示了自身"无名"的状态。他们自身的历史最后被他人书写，红卫兵一代注定了要处于"无名"的状态。如果说，大宝是通过拒绝现在的方式拒绝"历史"的话，多多的《最后一曲》中的妄想狂精神病老妄（也是红卫兵知青一代）则通过想象性的偶发报复事件的方式建筑自身的"历史"。他们都是拒绝"历史"（叙述）的人，因而他们的路途也显得格外的艰辛。一个被命名为"精神分裂"，一个则沉浸于自我想象的妄想之中。对于老妄来说，这一妄想狂状态显然也是一种镜像，这一镜像不同于大宝的时间错位，而毋宁说是一种白日梦。他生活在现实的时空之中，却在想象中把自己塑造成一个拒绝进入现实的形象，以至于连他自己都分不清是在现实中还是在想象世界中。在他这里，现实和想象是绝难区分的，而事实上这两者也无须区分。因为这一现实和想象混杂的世界是那样的"真实"，这使他显得十分的清醒："我不想让谁重新划分我们。我不认为在这个世界上有什么是多余的，应当丢到垃圾堆里用压路机把它碾碎，再榨出石油。"（老妄语）但即使是这一"残缺"的"真实"，某种程度上又是他妄想中的产物，因为他的家庭并非不接纳他，即使 15 年前的"革命"行动已使得父子反目；社会也并不像他想象得那样冷漠。

在这里，区分现实和想象似乎无关紧要，重要的是，在真假难辨的文字世界中，叙述者其实是从他的真实的感觉出发的，从这个角度看，这实际上呈现的是一个感觉的世界。它遵从"感觉的逻辑"。"感觉不是质的、质量化的，它只是一种强度现实，它不再决定再现的元素，而是同素异形的变化。感觉是一种震颤。"①换言之，感觉的世界，不是单向的同质的线性的时间和历史的世界，感觉的世界追求的是一种震颤的体验，而非可供辨认的经验。从这个角度看，叙述者老妄在想象（妄想）中精心策划了一个骇人听闻的报复事件——通过给房间灌满水使整个房间里的人触电而亡——其实只是表明自己对"历史"叙述的强烈不满。而如果从巴迪欧的"事件"的意义上来看的话，这其实是以"偶然的事件"的形式表达的对历史线性的必然秩序的颠覆和重写。"然而老妄正是这历史进程的一部分。谁也别想把我从历史中清除出去，尽管我是多余的一部分。过去的时间是有效的、长存的，现在则飞速向前。我无力控制时间的速度，在于它意味着历史的进程。"如果说历史就是一种连贯的事件的呈现的话，显然，叙述者"我"老妄其实是想通过偶发性"事件"的形式以达到对历史连贯的拒绝。这一事件缺乏历史叙述所需要的因果逻辑关系，它本身就是一孤立的事件，拒绝任何阐释。这其实是以突发事件的方式拒绝历史的表征。另外，老妄通过这一触电"事件"其实也是在建构自身的历史。这一历史没有时间的延续，而只有瞬间的"触"发。这是一种瞬间的历史，它既使"我更虚弱"也让"我""更兴奋"（老妄语），这是一种痛苦和兴奋交织在一起的瞬间，而不仅仅是痛苦或兴奋，这一瞬间既表明死亡也预示着新生；这一新生又不同于涅槃式的重生，因为涅槃式的重生，就像叶辉的改名仪式所显示出的，是以进入"他人"的历史的方式获得重生。这一重生则不同，它是死亡和新生同时发生，它既永恒又短暂，是一种不同于任何历史叙述的历史。

四、反讽中的告别：走向"历史"的自缢

通过前面的分析可以看出，无论是谁（除了大宝之外）都是不能走出"历史"的，即使是妄想狂精神病也是如此。因为，拒绝了这一"历史"（叙述），其实又进入了另一"历史"（叙述）。历史叙述往往就是一种认识论结

---

① 德勒兹：《感觉的逻辑》，广西师范大学出版社2007年版，第55页。

构,处于结构中的人是不可能走出的。① 从这个意义上说,余华的《往事与刑罚》(1989年)就是对"历史"(叙述)的一次冷漠而反讽的告别。在这里,虽然无从知晓陌生人和刑罚专家的出身及背景,但从小说的叙述还是可以看出,他们都始终生活在"左"倾"历史"的噩梦之中,这一噩梦充满血腥,联结着他们的罪恶,因而他们一直处于自我救赎的焦虑之中不能自拔。在小说中,历史——1958年、1960年、1965年和1971年——就像幽灵一样缠绕着主人公"陌生人",既模糊而又具体,就像网一样使"陌生人"无从逃遁。而对于刑罚专家来说,历史则似乎是一种反复的想象和叙述,他被自己编织的叙述笼罩其中,绝望而又悲伤。显然,在小说中,"往事"——历史——与"刑罚"是纠缠在一起的,而"刑罚"却似乎只是杀戮和惩罚,这让历史在记忆中格外显得沉重而难以挣脱。小说通过重现/重复叙述刑罚的场景,与其说是在呈现"历史",不如说是制造出"历史"的镜像,在这一镜像/想象中,陌生人和刑罚专家通过自我惩罚而达到一种圆满和解脱,但反讽的是,"历史"虽能在想象中重复,实际上是通向无望。因为沉浸在自我编织的想象和叙述之中,其实也是再度的自我束缚——而这恰恰是伤痕写作和知青写作所呈现出来的形态,因此,当刑罚专家精疲力竭于自我的想象和叙述中后,他最终还是选择了自缢的方式;而当他以自缢的方式声明挽救了绞刑这一刑罚的时候,也是告诉我们,似乎只有通过自我刑罚才能通向自我救赎。可见,要想走出历史或完成自我救赎,除了自缢,别无他途。从这个意义上,余华其实是以反讽的形式表达了对此前如伤痕知青等历史叙述的颠覆,以及对历史的冷漠的告别。

从前面的分析可以看出,三个文本某种程度上代表了三种不同的历史叙述的方式和立场。这种代表性从三部小说作者的不同身份可以看出。李国文、多多和余华分别作为右派作家、知青作家和"后文革"一代作家,他们身份的不同,经历的各异,某种程度上影响着小说的叙述。如果对于右派作家的写作来说,还能通过走向改革以及告别革命而走出历史的话,那么对于知青一代来说,历史则是不可能告别也告别不了的。而对于余华一代"后

① 参见阿尔都塞:《读〈资本论〉》,中央编译出版社2008年版,第41—57页。

文革"作家而言,历史则变为某种冷漠的叙述和想象。对他们来说,历史能否走出与否似乎已经不再重要;重要的是,历史提供了故事的呈现方式或背景,甚至游戏的对象。① 因为毕竟,一旦没有了历史/时间的维度,一切叙述也将失去展开的空间。

此外,这种代表性也可以从三部小说中主人公形象的夸张的手法中看出。这种夸张的手法,因其集中而夸大地表达了叙述者的矛盾和困惑及其思考,往往很有代表性。这种夸张的表现,使得小说别具象征意味和"历史隐喻"②色彩。在"常人"看来,大宝、老妄和"陌生人",无疑都属于"不正常的人"或"病人"之列;另外,这一"不正常"或病态,却是不可治愈的,它们不是那种可以治愈的"症候"。如果说,它们这些"病态"都与"文革"历史有着密不可分的关联的话,随着"文革"的结束,它们的病症却不会消失,也不可治愈。

对于大多数人而言,通过"告别革命"和投身现代化的想象,或可达到对"历史"的疗救。通过重新书写"过去",他们某种程度上安置了自己,这其实是把"历史"/现实置于时间的脉络之中,时间的疗救作用于此得以呈现。从这个角度来看大宝们的"病症"便可发现,并非他们的"病症"不可治愈,而毋宁说是因为他们失去了赋予"主体"合法性的位置。而如果按照福柯的观点,"主体"是一个位置或空位,由时代社会的权力网络关系赋予的话③,他们显然是被剥夺了"主体"位置的人群,他们没有自己的"语言",也没有自己的"历史",他们在"时间"之外。因此,对于他们而言,重要的似乎就不再是"疗救",而毋宁说是去重新书写自身,并通过重建时间的脉络而重建"主体"。这注定了是一条艰辛之路。

---

① 参见余华:《虚伪的作品》(《上海文论》1989 年第 5 期),作者在文中这样说道:"当我发现以往那种就事论事的写作态度只能导致表现的真实以后,我就必须去寻找新的表达方式。寻找的结果使我不再忠诚于所描绘事物的形态,我开始使用一种虚伪的形式。这种形式背离了现状世界提供给我的秩序和逻辑,然而却使我自由地接近了真实。"

② 参见刘梦溪:《生活启示录——读〈花园街五号〉》,《当代作家评论》1984 年第 1 期。

③ 参见福柯:《知识的考掘》,(台湾)麦田出版 1993 年版,第 133—140 页。

第三节 "青年议题"与现代性

一、"青年":作为表现的对象

在当代文学中,有不少以"青春"为题的小说,择其要者,有《万古青春》(杨朔,1954 年)、《青春的光辉》(逯斐,1955 年)、《青春的火花》(饶鹏飞,1958 年)、《战斗的青春》(雪克,1958 年)、《青春之歌》(杨沫,1958 年)、《青春似火》(吴梦起,1961 年)、《大地的青春》(蔡天心,1963 年)、《青春》(张长弓,1973 年)、《青春似火》(未央,1976 年)、《青春万岁》(王蒙,1979 年)、《追回的青春》(叶辛,1982 年)、《青春,一生中只有两次》(默默,1985 年)、《青春的步履》(吕黎平,1984 年)、《青春梦幻曲》(晓剑,1985 年)、《青春梦幻曲》(肖复兴,1987 年)、《青春期》(宗建梅,1987 年)、《青春的梦餍》(唐颖,1988 年)、《青春宣言》(墨白,1990 年)、《徘徊的青春》(杨遐,1990 年)等。另外,与"青春"主题相关的小说也有很多,比如《一个知识青年下乡的故事》(康濯,1950 年)、《青年一代》(申均之,1952 年)、《一个年轻人》(西戎,1956 年)、《组织部新来的青年人》(王蒙,1956 年)、《青年拖拉机手》(白危,1956 年)、《有一个青年》(张洁,1979 年)、《当代青年三部曲》(郑万隆,1984 年)、《我们这一代年轻人》(叶辛,1980 年)、《这些年轻人》(孔捷生,1981 年)、《我们正年轻》(叶之蓁,1984 年)、《我们已不年轻》(严平,1986 年)、《年轻的心》(秦文君,1994 年)等。从这些小说标题,不难看出,与"青年"有关的话题一直都是文学文化关注的重要议题;只不过,在不同时代(或阶段),"青年"的含义并非一致,但这种念兹在兹,已足以说明"青年问题"的重要性。

其实,不唯当代,自近代以来,"青年"就一直乃文化/文学关注的焦点之一。五四时期的《新青年》杂志自不必说,其所以标榜"新"无非表明"青年"其实并非不证自明而是需要重新打上问号或着重号,应被特别提出来的。而在这前后,梁启超那篇脍炙人口的《少年中国说》更是把"青年"(在他这里是"少年")放到了民族国家的复兴的高度去肯定,在这里,"青年"简直就成了"未来中国"的希望和化身了。此外，像鲁迅和冯友兰也有过针对青年问题的论述。鲁迅常常从中国的希望的角度谈论"青年"①，其所谓的"青年必胜于老年"②之说，虽有社会进化论的影子，仍可见他对"青年"寄予厚望。冯友兰也从老年和青年相对立的角度来看"青年"形象："在从前，老年人之所以可贵者，因为他有老经验。但亦有虽不老而经验丰富者，所谓'少年老成'是也。在现在，青年人之所以可贵者，在其易于求新知识，学新方法。但亦有年虽青而不求，或不努力求新知识、新方法者。这些青年人，应该编入'老子军'。"③从这些表述中明显可感觉到"青年"地位的重要性，但也表明，"青年"作为一个社会问题的提出，其实是与社会历史的发展息息相关的，是作为一个时代的课题被提出并被社会历史推动的。

在文学研究界，也有不少学者十分关注这个问题。"青春文学"是其中最有代表性的提法，如贺绍俊的《以青春文学为"常项"——描述中国当代文学的一种视角》(《文学评论》2011年第1期)一文，这种提法及其理论主张无疑能拓展当代文学研究的空间，但作者把青春文学定位在"青春期的作家所写的反映青春成长的文学作品"上，这样一来其实是把那些非青年期的作家所写的带有青春特征的文学排除在外了。更多的时候，"青年文学"的提法主要针对的是21世纪以来的文学现象，如张颐武的《当下文学的转变与精神发展——以"网络文学"和"青春文学"的崛起为中心》(《探索与争唯》2009年第8期)一文；此外，也有学者提出了"青春体小说"的文学史范畴，如董之林的《论青春体小说——50年代小说艺术类型之一》(《文学评论》1998年第2期)一文，在这篇文章中，作者把"青春风貌"和"青年心态"视为"青春体小说"这一范畴的规定性内涵，因而其就不仅仅涵

① 参见鲁迅：《无声的中国》，见《鲁迅全集》(第4卷)，人民文学出版社1981年版，第15页。另参见《〈进化和退化〉小引》一文，在这篇文章中，鲁迅从"中国人将来的运命"的角度寄希望于青年人："林木伐尽，水泽湮枯，将来的一滴水，将和血液等价，倘这事能为现在和将来的青年所记忆，那么，这书所得的酬报，也就非常之大了。"《鲁迅全集》(第4卷)，人民文学出版社1981年版，第250页。

② 参见鲁迅：《〈三闲集〉序言》，《鲁迅全集》(第4卷)，人民文学出版社1981年版，第5页。

③ 冯友兰：《论青年节》)(民国二十八年八月)，见《三松堂全集》(第五卷)，河南人民出版社2001年版，第341页。

盖那些以"青春"为题的小说,而其实是某一类小说的阐释性范畴了;等等。这些无疑都是关于文学"青春写作"的很有意义和价值的研究。但这些研究,几乎无一例外地都使用了"青春"而不是"青年"这样的表述,这与本书理解中的文学特别是小说创作中的"青年问题",并非同一个范畴,在这方面,蔡翔提出的"青年政治"范畴①更接近本书的研究。蔡翔将中国革命政治视为一种"青年政治",进而提出了所谓"青春"形态和"青春"叙事的范畴。在这里,作者注意到了文学写作中存在的"少年"和"老年"的结构性对立,并以此为线索贯穿分析过程的始终,但遗憾的是,这种梳理往往只是粗线条的分析,很多问题并没有得到充分的讨论和展开。

而如果撇开概念的纠缠,就会发现,在这里,所谓青春、青年、少年、年轻人等这些范畴,某种意义上其实乃同一概念的"星丛",具有"家族相似性",它们表达着相近的意义并具有相似的指向。此外,这一有关"青年"范畴的"星丛",还若隐若现地指向一个潜在的"他者"——"老年",也就是说,对"青年"范畴的理解,往往是在同"老年"范畴对立的意义上显示出来的,因此,对"老年"范畴的理解,往往也就决定并制约了对"青年"的理解。这样一来,这些概念往往就表达了这样一种矛盾心理:当"老年"被作为某种秩序得到肯定时,"青年"的反叛往往就被作为幼稚和无知等否定性的力量被呈现,而当"老年"被视为保守和传统时,"青年"又会被视为活力和现代的体现。换言之,对"青年"的矛盾态度,其实也是对老年的矛盾态度的表征,其结果常常是,这两种矛盾态度往往奇怪地统一在一起。而如果说近现代中国是一种"青年政治"的话,那是因为对于近现代的中国而言,"救亡"(或者说"反帝反封建")始终是社会历史的主要诉求②,这一历史任务决定了青年将起到的作用。毛泽东曾指出:"'五四'以来,中国青年们起了什么作用呢? 起了某种先锋队的作用……就是带头作用,就是站在革命队伍的前头。中国反帝反封建的人民队伍中,有由中国知识青年们和学生青年们组

---

① 参见蔡翔:《革命/叙述:中国社会主义文学——文化想象(1949—1966)》,北京大学出版社2010年版,第126—142页。

② 参见李泽厚:《启蒙与救亡的双重变奏》,见李泽厚:《中国思想史论》,安徽文艺出版社1999年版,第823—866页。

成的一支军队。"①显然,在这里,"青年"是作为帝国主义封建主义的反抗者出现的,而按这一逻辑,"老年"及其所代表的文化无疑将被置于封建的和传统的之列,因为"青年"既然被作为"先锋队"的代表,其对历史及其现状也就注定了不合作的态度,"老年"所代表的传统文化注定了不可避免的衰颓②! 鲁迅在五四前后就是这种逻辑,他在《青年必读书》中,就将传统的东西("中国书")视为不足观而给否定掉了,在他看来,青年理应指向着未来而不是过去和传统。③

二、"青年"与现代性

其实,"青年"之所以成为一个不断被讨论的"问题",很大程度上源自于其自身所携带的现代气质。换言之,"青年"之成为区别于"老年"的"青年",其实是非常现代的产物,或者说,"青年"作为一个"认识装置"④本身就是一个很现代性的范畴。按照波德莱尔的经典阐释,"现代性就是过渡、短暂、偶然,就是艺术的一半,另一半是永恒和不变。"⑤在波德莱尔看来,现代性永远具有两面性,即变与不变的双重性;重要的就是要"从过渡中抽出永恒来"。这里,其实暗含着一个孰先孰后的问题,也就是说,现代性首先而且最重要的标志就是"过渡、短暂、偶然",其次才有可能是"永恒和不变"。换言之,现代性就是从变中求不变,而不是从不变中求变,不变是目

---

① 毛泽东:《青年运动的方向》,见《毛泽东选集》(第二卷),人民出版社 1991 年版,第565 页。

② 而新中国成立后的文化实践也证明,在文化的等级中,传统文化(包括古代文学在内)显然是屈居"新文学"特别是"当代文学"之后的。当时有所谓"厚今薄古"之说,这一倾向,还表现为一种用当今的标准(如"人民性")和规范(如"革命现实主义")重写古代文学的诉求,这在茅盾的《夜读偶记》中也有明显的体现。而在《林彪同志委托江青同志召开的部队文艺工作座谈会要》中更是明确指出:"要破除对中外古典文学的迷信……中国的古典文艺……一定要用批判的眼光去研究,做到古为今用,外为中用。"(《中国新文学大系 1949—1976·史料·索引卷一》,上海文艺出版社1997 年版,第 700 页)

③ 参见鲁迅:《鲁迅全集》(第 3 卷),人民文学出版社 1981 年版,第 12 页。

④ 这一概念借鉴自柄谷行人的《日本现代文学的起源》,三联书店 2006 年版,第 9 页。

⑤ 波德莱尔:《现代生活的画家》,见《1846 年的沙龙——波德莱尔美学论文选》,广西师范大学出版社 2002 年版,第 424 页。

标,变是手段是表征。如果从时间的进程来看,现代性所指向的只能是当下,或者未来,而不可能是过去,它是通过从"当下"中汲取力量获得永恒的"未来",而不是从静止的"过去"中获得永恒。如此看来,现代性倒与社会年龄结构中"青年"有着天然的渊源关系。因为显然,若从与时间进程的序列来看,老年联系着历史和过去,青年则关乎当下和未来。

但青年在历史上并非任何时候都是关乎现代性的。在古代,青年显然是从属依附于老年的。如在中国古代,就有"三十而立,四十不惑,五十知天命"这样经典的表述,显然,在这里,是无所谓青年或老年的区别的,而即使有的话,其区别也似乎仅在于经验的累积程度,经验越丰富,也就越有智慧;这是与传统封闭的静态社会联系在一起的。传统静态的社会,决定了经验的重要性,而这一经验的丰富与否显然又是与年龄的多寡成正比,这样一来,也就决定了青年的依附地位。用本雅明的话就是,"成年人戴着的面具就是所谓的'经验'……大人们充满自信、笑容满面地补上这样一句:你们也将像我们一样。——预先在我们要经历的岁月上刻下了印记。我们当下的岁月被他们贬低为过分天真、幼稚的季节,完全被看作不过是一种进入严肃、漫长人生之前的小孩子的陶醉。"①但随着工业文明的出现,传统静态社会被打破,社会变迁的节奏越来越快,在这种情况下,经验越来越显得不够用,这时,仅靠经验的积累显然是不能应付社会的。这样也就能理解为什么当吴老太爷(《子夜》)从相对静态的乡下来到急剧变化的上海滩后会立时毙命了。显然,在这样的现代性之都,只有青年才能有效而迅速地适应。可见,青年就是现代性,是与时代社会的变化速度息息相关的,只有在高速变化的社会时代,青年才可能是现代性的,而对那些相对停滞的社会,青年则可能相对传统。而从另一方面说,青年又在某种程度上参与了现代社会的急剧变革。青年与社会变革之间,某种程度上是一种互为前提互为因果的关系。这是问题的复杂性的一面。

同时,这一现代社会变迁的节奏,也决定了青年感受方式的变化。如果说"经验"对应着古代相对静止的社会的话,那么"体验"则是现代社会的感

---

① 本雅明:《本雅明论教育》,吉林出版集团有限责任公司 2011 年版,第 10—11 页。

觉方式,这一方式显然是与青年联系在一起的。本雅明在《讲故事的人》一文中,把讲故事的人与经验联系在一起"他(指讲故事的人——引者注)拥有教诲,但这不像俗谚那样只适用于几个场合,而像智者的智慧普遍皆准。他的天资是能叙述他的一生,他的独特之处是能铺陈他的整个生命。讲故事者是一个让其生命之灯芯由他的故事的柔和烛光徐徐燃尽的人。这就是缠绕于讲故事者的无可比拟的气息的底蕴。"①可见,就年龄而言,讲故事的人大都是老年人,他们是靠经验维持自己的权威,而对于青年人而言,则与体验有天然的亲和力了。他最易于感受新的事物,因而也体验最为深刻,本雅明在《论波德莱尔的几个母题》中对这一体验有极为深刻的分析。体验的特性,在本雅明看来,就在于支离破碎而缺乏完整性②。这实际上就形成一个对比,与老年的经验的完整性相比,青年的体验则是支离破碎的。这一支离破碎很大程度上源于这样一种"惊恐"和变数:"在这种来往的车辆行人中穿行把个体卷进了一系列惊恐与碰撞中。在危险的穿越中,神经紧张的刺激急速地接二连三地通过体内,就像电池里的能量。"③相对而言,青年最易于感觉时间的变化,青年也最易于被时间的变化所迷惑,这种双重性决定了人们对青年的态度的矛盾性,因而青年的形象也就具有了双重性:"青春(youthfulness)因此意味着如力量、美丽、理想主义和活力等诸多品质,这些品质也常常被年龄大些的群体视为值得拥有的而贪婪的,但是另一方面,青春又同缺乏经验、不明智、头脑发热、试验、天真以及不成熟和没有辨别能力等许多内在的特征联系在一起。"④这种双重性,恰好对应着现代性的两面性——过渡、短暂和永恒、不变——而且在某种程度上讲,恰好构成一种同构关系:现代性的双重性决定了**青年形态的双重性**,因此,不妨说,人们对

---

① 本雅明:《讲故事的人》,见本雅明:《启迪》,三联书店2008年版,第118页。
② 参见本雅明:《波德莱尔的几个母题》,其中有言:"这种防范震惊的功能在于它能指出某个事变在意识中的确切时间,代价则是丧失意识的完整性;这或是便是它的成就。这是理智的一个最高成就;它能把事变转化为一个曾经体验过的瞬间。"(见本雅明:《启迪》,三联书店2008年版,第175页)
③ 本雅明:《波德莱尔的几个母题》,见本雅明:《启迪》,三联书店2008年版,第190—191页。
④ Gill, Jones youth: key concepts, Polity Press, 2009, p.2.

待青年的矛盾态度一定程度上就是对待现代性矛盾态度的表征。

三、"青年"的塑形及其辩证法

对于当代文学,文学史的做法通常是以"文革"结束为分界线——20 世纪 50—70 年代为一段,80 年代以后为一段——而把当代文学分为两大部分。这种分期无疑有它的道理,但往往也会造成一种"误解":似乎这两个时段之间,文学就表现出截然不同的特征。然而实际上,它们之间并不像人们想象得那样泾渭分明。近年来,"重返 80 年代"一度成为当代文学研究的热点,所谓"重返",如按照李杨的看法,就应带有重新检视 80 年代同 50—70 年代之间的关系这一层含义在内了①。而如果从"**青年塑形**"的角度来看的话,50—70 年代与 80 年代文学之间,显然也有某种内在的关联。这种关联在同一题材不同时代的表现上有集中鲜明地呈现。

对 20 世纪 50—70 年代而言,农业题材不仅是文学等级上的重要题材,还是文学参与或反映现实的重要渠道。这一状况,一直到 80 年代初,都没有显著的改变。对 50—70 年代而言,其最为鲜明的表征就是对农业合作化运动的必然性的叙述;而对 80 年代来说,又表现为对农业合作化运动必然被生产责任制取代的叙述。表面看来,50—70 年代的农业合作化题材小说和 80 年代的农村改革小说,两者之间在叙述内容上针锋相对不可调和,但实际情况并非如此。仅从**青年的塑形**这一角度来看,它们之间显然有很多相似之处。50—70 年代的农业合作化题材小说中,大都有一条贯穿始终的两条道路两个阶级——走社会主义道路和走资本主义道路——之间斗争的线索,而从小说的实际叙述来看,矛盾斗争的双方某种程度上就是青年新人同中老干部之间的矛盾,这些青年系列有梁生宝(《创业史》)、萧长春(《艳阳天》)、高大泉(《金光大道》)、天来(王杏元:《绿竹村风云》)、许火照(陈残云:《香飘四季》)等,与之对立的老干部则有郭振山(《创业史》)、马之悦(《艳阳天》)、范登高(《三里湾》)等。"文革"期间有一个公式,那就是老干

---

① 另参见程光炜的《80 年代与"十七年"的关系》,见程光炜:《当代文学的"历史化"》,北京大学出版社 2011 年版,第 54—58 页。

部=民主派=走资派①,这一公式虽说很荒唐,但其实是非常现代性的,虽是人为,其实必然。换言之,这一公式其实是预设了一组二元对立,即老干部/青年新人,走资派/社会主义新人,传统/现代,保守/创新,等等。这种把老年等同于传统保守,青年对应于现代创新的做法,其实是自近现代以来革命现代性的表征。巴金的小说《激流三部曲》是早期最为典型的文本,而后经由革命文学,左翼文学乃至延安文学一直到新中国成立后,都是如此。对于革命现代性而言,做一个革命青年并不难,难就难在如何保持革命青春这一命题,"永葆革命青春"不仅是新中国成立后某书的标题②,还是彼时流行的一种说法。

再来看20世纪80年代的农村改革小说。鲁彦周的《彩虹坪》、叶辛的《基石》和《拔河》以及路遥的《平凡的世界》是这方面的代表。这些都是80年代直接涉及或描写农业生产责任制的小说,改革者也几乎无一例外地以青年为主,而保守者或反对派则大都是老干部。但此时终非彼时,历史在经历了"文革"之后,已非原来的50—70年代,首先是"风景"的天翻地覆的变化:原来肯定的,现在遭到了否定;而原来受到批判的,现在则被大大地肯定。而奇怪的是,历史虽然经历了某种"颠倒",但青年/老年的辩证法这一结构本身并没有大的改变。如果说当年(50—70年代)推进合作化运动需要靠青年人的热情和锐意进取的精神的话,那么,此时对农业合作化运动的否定和对现状的改革同样需要青年人的热情和进取精神,只不过这时更需要一种反叛精神。他们这种反叛精神,既表现一种独立思考的能力,也表现为一种针对"四人帮"的怀疑和斗争,正是在这一逻辑下,他(她)们也就合法而必然充当了变革现实的新生力量,这从耿秋英(《彩虹坪》)、景传耕(《基石》和《拔河》)和孙少安(《平凡的世界》)中可以看出。而那些保守者或反对派,比如说吴立中、潘文安(《彩虹坪》)、田福堂(《平凡的世界》)等,虽然他们并不一定都是"四人帮"的帮凶,有的甚至受到过一定的冲击,但

---

① 参见弓长:《敌我关系不同颠倒——斥"老干部=民主派=走资派"的反动谬论》,《成都体育学院选刊》1977年第3期;云南省委党校大批判组:《"三段论公式"是彻头彻尾的反革命理论》,《思想战线》1977年第1期;等等。

② 参见《永葆革命青春——从〈红岩〉中学习些什么》,天津人民出版社1963年版。

因为随着年龄的渐老,以及对现实的趋利避害,越来越倾向于保守或安于享乐,这就使得他们往往充当了变革现实的阻碍者。

从前面的分析可以看出,无论是农业合作化题材小说还是农业改革小说,其实,都隐含在一个青年/老年的结构性对立。而说这是一个结构,这既是一种理论预设,也是一种分析方法,更是一种实践形态,是在社会实践中表现出来的结构形态。在本书看来,青年和老年之间是一个具有动态开放的结构,在这里,"结构"一词首先取自皮亚杰。在皮亚杰那里,结构必须具备三要素,即"整体性、转换性和自身调整性"。其中,"主体"是至关重要的,他起着自身调节的作用,"主体是功能作用的中心"①。这样一来,对结构的认识便转换成对结构中能动的"主体"的认识了。而青年/老年这一结构预设的有效性,就在青年和老年某种程度上都只是生理年龄上的区分,随着时间的推移,青年也会变成了老年,这一变化正好与结构中的开放性动态不谋而合,因此,从青年及其自身的动态变化入手考察当代文学(特别是小说)的动态发展及其个中复杂性,就显得尤为有理论和实际的阐释力了。因此,本着这一理解,本书大胆地提出青年范畴的二重性:即"作为结构的青年"和"作为功能的青年"②范畴。作为结构性的青年不可改变,但作为功能的青年却可以变化,这样,(对于后者而言)青年就变得与年龄无涉,而与某种对青年的认识有关了。"青年"是一种功能范畴,作为个体的青年必然会变为老年,但老年仍可具有青年的激情和力量,这一老年就仍旧是作为功能的青年存在;相反,有些人在年龄上虽为青年,但其实业已失去了青年所具有的激情和活力,这样的青年就只是作为结构性的青年存在,而不是功能的青年范畴了。这样一来,在作为功能的青年范畴下,就有了关于青年的各种说法,如"永恒的青春"、"永葆青春"、"青春激情"等,在这里,青春一定意义上就是"作为功能的青年"的替代或代名词了。可见,"青春"就不再关乎生理年龄,而是某种精神状态的表征了。

---

① 皮亚杰:《结构主义》,商务印书馆2009年版,第59页。
② 有论者曾用"作为角色的青年"和"作为社会类别的青年"来区分青年(参见陈映芳:《在角色与非角色之间——中国的青年文化》,江苏人民出版社2002年版),受其启发,本书从结构和功能两方面探讨青年的身份问题。

　　而说这是一个动态的结构，还在于青年和老年这两个范畴，并不是就生理年龄的规定性而言的，而毋宁说具有一种结构的规定性。换言之，像少年、青少年、中青年、中年、中老年等那些在年龄上外在于青年和老年的"亚群体"，都能在这个结构中得到某种阐释。蔡翔在谈到20世纪50年代的小说时指出："严格说来，'青年/老年'的对立并没有构成这类小说（指的是有关青春的故事——引者注）主要的冲突模式，相反，冲突主要是在'青年/中年'之间展开，它蕴含着的是一种新的权力斗争的形式。而在这一斗争中，党始终坚定地站在青年一边，并给予一种合法性的支持。"①在这里，蔡翔之所以在"青年/老年"的二元对立之外，又提出"青年/中年"的二元对立，是因为他没有看到，"老年"和"中年"其实在结构上具有相同的功能，即都是作为"青年"的结构性对立而存在的，因而后一个二元对立其实是附属于前一个二元对立的。

四、青年政治和青春中国：对当代小说的另一种描述

　　在当代中国，文学一直被作为反映现实介入现实的工具和手段，这对青年形象的塑造而言，尤为如此。青年这一群体，其历史地位的变化，在小说中有极形象的表征。简言之，这一形象史，可以用"革命青年"到"问题青年"，经过"青年"的重建再到"反叛青年"乃至全球化时代的青年来概括。

　　说起"革命青年"，很多人就会想到革命历史题材小说。的确，20世纪50—70年代，革命题材小说中有一个恒久的主题，那就是唤醒青年以参加革命的叙述，青年始终是革命题材小说表现的重要群像。其中，林道静（《青春之歌》）、周炳（《三家巷》）、运涛和江涛（《红旗谱》）等就是最有代表性的典型，他（她）们代表了一批不满现状而有所追求的爱国青年，虽然在这些小说中，青年所直接针对的并非老年及其文化，但作为一种现存制度，"旧中国"无疑也已显示出苍老和凝滞的老年风格，从这点来看，仍可看

---

① 蔡翔：《革命/叙述》，北京大学出版社2010年版，第140页。

成是青年/老年的辩证法的表征。而所谓"革命青年"①这一概念,虽然可以追溯到毛泽东在《青年运动的方向》中的相关表述,但其实是与激进的现代性联系在一起的。换言之,这一概念的出现,与革命的逻辑及其在中国的展开息息相关。从这个角度看,1976 年"文革"的结束也就是"革命青年"历史性终结的标志,这在文学尤其是小说中有相应的表征。

对于"革命青年"而言,伤痕写作无疑是其噩梦的开端。正是在伤痕写作中,青年形象(包括青少年)遭遇了全面的颠覆和改写。这在金河的《重逢》和刘心武的《班主任》中有极为象征的表征。如果说金河的《重逢》中,叶辉的改名——从"文革"期间的名字"叶卫革"重新改回原来的名字——意味着"革命青年"的全面崩溃和"问题青年"的诞生的话,那么,谢惠敏(《班主任》)的形象作为"文革"之内伤的代表则意识着对青年的拯救被郑重地提出。小说《重逢》伊始有一个极具反讽的重逢场面:当年("文革"期间)的"革命英雄"叶卫革,在"四人帮"被打倒后站在历史的被审判者的位置;而审判这位"英雄"的,竟然是这位英雄当年誓死保护下的"革命"同路人。他们在"文革"期间曾同在一个"战壕"下,为时代的狂潮所裹挟,但在"四人帮"被打倒后一个成了审判者,而另一个却成为被告站在了被审判者的位置。这就是历史及其表现出的颠倒:曾经被视为英雄的,如今将受到质疑;而曾经被作为历史罪人的,今天无疑已是复出的受难英雄。

这种拯救,在 20 世纪 80 年代并没有仅仅停留于审判上。事实上,这一审判,更多的时候是与对青年的"询唤"和"规训"联系在一起的。这在现代化的想象及其叙述——改革小说——中表现明显。很显然,现代化的建设终究需要更多青年人的参与,因此"询唤"和"规训"青年,以使之参与到现代化的建设当中,就成为现代化的想象及其叙述的重要策略。这在蒋子龙的改革小说,特别是《赤橙黄绿青蓝紫》和《弧光》,以及张洁的《沉重的翅膀》和郑万隆的《当代青年三部曲》等小说中表现明显。这些小说其实代表了改革叙述的一脉,而当现实被作为秩序固定下来,老年作为传统及秩序的

① 关于这一概念,可以参见陈映芳:《"青年"与中国的社会变迁》之"第三编:'革命青年'(1949—1976)",社会科学文献出版社 2007 年版,第 163—212 页。

维护者也越来越沦为保守的力量时,变革或改革现实的任务就自然而然地落到了青年的头上,这时,老年又被作为负面形象被提出,这在柯云路的《新星》三部曲(《新星》、《夜与昼》、《衰与荣》)和贾平凹的《腊月·正月》中表现尤为明显,其他如张锲的《改革者》、李国文的《花园街五号》、张贤亮的《男人的风格》、鲁彦周的《古塔上的风铃》等也都是这方面的代表。显然,在后面这些小说中,"青年"这一群体,已然不再仅仅是被拯救的对象,而毋宁说是现代化建设的中坚和主体了。他们通过积极参与现代化的想象,而完成了对青年自身主体的重建。从这个角度看,《夜与昼》中李向南提出的"力量结构图"和"五代人说",其实就是青年重建自身主体(他把自身视为"第四代人")的宣言书了。

其实,对于当代文学而言,改革文学之谓"改革",某种程度上是不确切的。因为,如果改革意味着变革现实的话,其实反映农业合作化运动的小说也是一种改革小说,而20世纪50年代中期被称为"干预小说"的那些创作也应属于"改革文学"之列了。实际上,改革作为一种变革现实的诉求,其实很大程度上是靠"青年"或社会主义新人形象来推动的。其中最为典型的就是王蒙的《组织部新来的青年人》。在这里,不管是王蒙自己坚持的《组织部来了个年轻人》这一小说名,还是秦兆阳修改后的《组织部新来的青年人》,两个名称其实都共同指向了"青年"或"年轻人"这一角色的重要性,也就是说,在这部小说中,其实是预设了封闭的组织部同开放的青年之间的对立,而这种对立其实也是现存秩序同外来者的对立,以及传统惰性同青年力量的对立。这样一来,青年林震的反对者们自然就成了那些年龄偏大的中老年干部(刘世吾等)了。对这些中老年干部而言,可怕的不是他们实际年龄的渐渐老去,而是革命意志的蜕变和惰性的养成,而这,是比实际年龄更为可怕的心理年龄的"老化"。这一叙述策略在刘宾雁的《在桥梁工地上》、《本报内部消息》和《本报内部消息(续编)》以及耿简的《爬在旗杆上的人》等特写小说中也有所体现。而即使是像李国文的《改选》,其实也是在反面提出了所谓的老年干部问题。

可以说,正是通过现代化的想象和叙述(甚至紧随其后的文学寻根之旅),青年被全面而集中地重建。但随之而来的是,主体一旦重建,其实已然面临着分裂。现代主义小说（或者说"伪现代派"）的兴起，某种程度上意味着现代化想象和叙述的坍塌，青年作为反叛者的形象正式登上了舞台,这在徐星的《无主题变奏曲》和刘索拉的《你别无选择》等小说中表现明显,而先锋小说写作如余华的《十八岁出门远行》以及残雪的《山上的小屋》,某种程度上则是沿着这一脉络而来,直至与所谓"人"的形象的死亡一起最终解体。另一脉,则表现为全球化进程的强大整合力量对青年形象的吸纳。这在路遥那经久不衰的《平凡的世界》、铁凝的《哦,香雪》以及张一弓的短篇《黑娃照相》等小说中有极为象征性的表现。在路遥的《平凡的世界》中,孙少平所走的道路常常被用"个人奋斗"来概括,而实际上这种"个人主义"式的"个人奋斗"其实正是全球化时代的意识形态所亟需的。就全球化的意义而言,这种"个人主义"话语的意义就在于它"生产"出了一个个不安于乡村现状的农业"劳动者"个体,它使得中国数以万计的青年劳动者摆脱了土地的束缚,纷纷来到现代大都市,这显然为全球化的社会分工创造或提供了最大量的"劳动力"。若孙少平身上体现出地是从"劳动者"到"劳动力"的转变①,那么,这一转变恰恰可以看成是为全球化在中国的加快到来做好了充分的准备。而实际上,在20世纪80年代,即使是作为偏僻一隅的农村青年,黑娃(《黑娃照相》)也已具有了全球意识:他通过照相这一虚拟的空间,而把中国和美国奇怪地连接了在一起:"你这美国造的照相机也得为俺中华人民共和国不大不小的社员张黑娃'咔嚓'一下,俺也得'美一回','美'定了!"对少年香雪(《哦,香雪》)而言,联结乡村与外面世界的则是那每天一趟的火车及其带来的外面世界的商品信息和想象。在这里,改革叙述通过释放人的消费欲望,最终意外地为全球化的加速到来铺平了道路。从这个意义上说,正是这几部小说标志着全球化时代青年形象的诞生。

以上分析的是青年形象的当代史。其实,对于青年的"构型"而言,还有另一个层面——即关于"青春"的书写——需要关注。实际上,在青年/老年的结构性对立中,青年和老年的位置其实是处于变动之中的;也就

---

① 参见黄平:《从"劳动"到"奋斗"——"励志型"读法、改革文学与〈平凡的世界〉》,《文艺争鸣》2010年第3期。

是说,老年虽常常作为负面的形象被呈现出来,但"青年"总有一天又会变成"老年",此时,又会有新的"青年"作为"老年"的对立形象而出现。从这个角度看,这一结构性对立其实隐含着某种焦虑,即对青春易逝时光不再的永恒的焦虑。这一焦虑显然是现代性所特有的,因为在非现代时期,老年作为经验和知识的传承者,他们是无须也不必感到恐慌的。而在现代,一旦步入老年,也就意味着封闭、传统①以及衰退和腐朽。因此,针对这一永恒的焦虑,于是就有了"永恒的青春"②这一主题出现了。在这里,"青年"显然是就年龄而言的,年龄可以老去,但精神不老,故而即使是步入老年,他们仍可以焕发出青春的活力和火花,仍旧可以追回逝去的青春岁月("追回的青春")。这就是"永恒的青春"和"短暂的青春期"的区别,也是现代性的内在矛盾——"短暂"和"永恒"的矛盾——从这个角度来看当代文学,特别是小说的发展,青春书写的谱系和脉络依稀可辨;而这,其实是和青年的形象史并行不悖的,它们在互为补充的两个侧面,同时既强化了现代性的线性时间观,也强化了其内在紧张及其矛盾,这在前面分析过的小说创作中也有呈现。

就当代小说的叙述而言,青春的表象,既可指青年所焕发的青春激情,如王蒙的《青春万岁》所显示出的那样,也可以是青春期已逝后的对青春的追怀,或者对某种可以称为永恒的青春理想的表达。这里的关键就在于"青春"所针对的"他者"是什么。也就是说,某种程度上是有关青春的"他

① 传统与经验之间,其实有某种内在的关联处。"传统,按照通常的理解,指的是通过实践或者口耳相传之辞把某物一代一代地传递或者流传下去的行为,它也指那个被传递之物,无论其为学说、实践还是信仰。"(彼得·奥斯本:《时间的政治——现代性与先锋》,商务印书馆2004年版,第180页)换言之,传统往往就意味着经验的传承。但在现代社会,经验已越来越变得可疑,此时,传统连同其传递者和承担者,必然也随之而变得可疑。

② "永恒的青春"这一范畴,受启发于彼得·奥斯本在《时间的政治——现代性与先锋》一书中提出的"永恒的现在","这个永恒的现在抹杀了过去的基础的过去性,并且把将来的彻底将来性当作尚未确定的东西消除掉。"(彼得·奥斯本:《时间的政治——现代性与先锋》,商务印书馆2004年版,第213页)在这里,所谓"永恒的现在",其实就是针对过去和将来的某种协调,其通过把"永恒的"和"现在"偶合在一起,既吸收了"过去"的"永恒的"一面,又"消除"了"将来"的未知和冒险的一面,而这,其实也就是现代性所固有的矛盾——短暂和永恒——的协调,从这个角度看,"永恒的现在"其实可以置换成"永恒的青春"。

者"决定了青春写作的可能和向度。

对于青春写作来说,其首要的叙述当然是指向青年本身所焕发的青春激情了。但是这一激情却不是凭空而起,而毋宁说是有渊源有目的的。对于 20 世纪 50—70 年代的当代中国而言,这一青春激情无疑是来自革命的逻辑和对革命美好承诺的向往。换言之,是对未来的许诺,决定了青春写作的特点:青春、激情、乐观、单纯、向上,充满理想,富有韧劲,敢于斗争,并能为了理想和信念,而不屈不挠地努力。这既是王蒙的《青春万岁》所表现出的 50 年代初青年人的精神面貌,也是杨沫《青春之歌》所呈现出的 30 年代革命青年的精神特质,同样也是张长弓的《青春》中"文革"时期青年人所普遍具有的精神胎记。但遗憾的是,这种精神特质,在 80 年代的青春写作中并没有得到很好的延续;而实际的情况却是,这种精神特征反而受到广泛的质疑,并被冠之以"盲目的崇拜"和"狂热的激情",于是出现了所谓"垮掉的一代"之说,"青年"在 80 年代真正成了一个被打上引号的"问题"。这是其一。

如果说,对青年本身所焕发的青春激情的颂扬还更多地是 20 世纪 50—70 年代的文化实践一部分的话,那么对已逝青春的追怀和对永恒的青春理想的诉求则是 80 年代青春叙述的主要特质了。这首先当然是源于"文革"结束后的历史的"颠倒"了。此前被颂扬的青年人的青春激情,因为过多地与革命的逻辑和激情,以及"激进"的"继续革命"论纠缠在一起而备受质疑,"青春"似乎不再那么可亲可爱了。其次,还在于"青年"自身在 80 年代真正成为了一个社会问题,其最有代表的表征就是 80 年代初轰动全国的关于"潘晓来信"①的大讨论。这一讨论反映出,不仅仅时代社会对青年投注了怀疑的目光,青年人对自身也是充满疑惑而不知路在何方。此外,还有一个原因就是"文革"十年的"浩劫"导致了几代人近十年岁月的流逝。对于那些"右派"和中老年干部,"文革"后复出也早已是"青春"不再,而即使是造反起家的红卫兵一代(其后又被称为知青一代),"文革"结束后,青春时光也被抛在了穷乡僻壤和荒山野岭。可见,"青春"不再,是"文革"后

---

① 参见 1980—1981 年间的《中国青年》杂志,该杂志因刊发"潘晓来信"而引起轩然大波,遂导致持续而广泛的关于"人生意义"的大讨论,其间共收到来自全国各地的来稿、来信六万多封。

几代人共同的感受;但失去的青春,对不同的人群,其意义却并不一样。对"右派"和中老年干部而言,失去的"青春",是他们复出后作为受难英雄的资本,他们可以享受劫后的余生,也可以奋起直追,追回那已逝的"青春"及其激情。但对于红卫兵一代而言,青春岁月却并非资本,而毋宁说是"债务"。因为,毕竟这青春岁月是与他们的狂乱和盲信联系在一起的,于斯种种,他们不能,也不可能摆脱得掉;因此,对他们,必然就会面临一个难题,即,如果仅仅加入对"文革"的控诉和批判,那么他们的青春岁月(历史)也会随之变得一文不值,其结果不可避免的是,既然历史(青春岁月)面目可憎,"今天"也就变得容颜可疑了。因此,对于知青写作,其结果,就只能是在这两者之间寻求某种妥协:他们也是"文革"的受害者,他们是被欺骗被愚弄;他们犯过错误,但那是身不由己;他们需要控诉和反思,但他们更需要回顾和清理;他们的青春理想诚然被利用,但其本身却并非没有价值。这就是知青写作典型的叙述策略:从伤痕中剥离出苦难,从狂乱中剥离出青春激情,从历史中剥离出责任。而也正是通过这种剥离,他们最终完成了对"青春"的重写。可见,在 80 年代,关于青春的写作,虽然表现出不同于 50—70年代的特征,但其内部往往互为差异甚至充满矛盾,而也正是这种差异和矛盾才使得 80 年代更加显得生动丰富而驳杂,"迟到的青春"、"激情"和"理想主义"等作为 80 年代的主题词①,也应从这种复杂性中加以考察。

从以上的分析可以看出,20 世纪 80 年代的所谓青春写作,更多的是一种心像的塑造,一种对于精神特质或理想的表现。在这里,所谓青春,首先是针对年龄上的非青春而言的,也就是说,是青春已逝后的对"青春"的重构和重建,是对"青春"的再次命名。而这,对"右派"和中老年干部形象,和对知青来说,其意义显然是不能等同的。对于那些"文革"后复出的"右派"和中老年干部而言,青春虽然不再,但逝去的并非真正意义上的青春,对他们来说,人生意义上的春天之真正到来,某种程度上是始自"文革"结束,以及党的十一届三中全会的召开。这在那些改革小说中有普遍的呈现,其典型的莫过于蒋子龙的《乔厂长上任记》、《燕赵悲歌》、《狼酒》、《开拓者》,张

---

① 参见查建英:《八十年代访谈录》,三联书店 2006 年版,封底。

贤亮的《龙种》《河的子孙》,以及张锲的《改革者》、李国文的《花园街五号》、张一弓的《赵镢头的遗嘱》等小说中;在这些小说中,改革主人公(如乔光朴等)虽然大都显得悲壮而凝重,但因他们那种不被岁月打败的青春激情,和忧国忧民的情怀,使他们格外显得强大和充满朝气。在这里,既强化了历史/现在、青春/非青春的双重对立,更表现出对这两重对立的重写:现在虽然青春不再("非青春"),但其实是人生最为显示青春激情的时刻,乔光朴有一句话很好地表征了这种重写:"雄心是不取决于年岁的,正像青春不一定就属于黑发人,也不见得会随着白发而消失。"而这,其实是基于这样一种判断,即"我们的祖国,处于继往开来、迅猛前进的伟大时代","现在的中国,需要拼命三郎","需要我们拿出……拼命三郎的勇气"(母国政:《中年人》)。这既是那些复出的"右派"和中老年干部的共识,也是彼时知识分子的普遍看法。80年代有一些表现中年或老年知识分子的小说,也可作如是观,母国政的《中年人》、谌容的《人到中年》甚至《人到老年》,等等,这些小说虽然写的中年或老年知识者的生活,但其实是在重新诠释"青春"的现代含义,这虽然是"迟到的青春",他们却宁愿为之鞠躬尽瘁死而后已。

其实,这种中老年所表现出的青春激情,并非20世纪80年代所独有,早在50—70年代就一直存在。当时有所谓"永葆革命青春"等说法,就是这种体现;而反过来,像《组织部新来的青年人》中的刘世吾、《在桥梁工地上》队长罗立正、《本报内部消息》中的陈立栋、《创业史》中的郭振山、《三里湾》中的范登高、《艳阳天》中的马之悦,以及80年代的小说张锲的《改革者》中的魏振国等,他们作为反面人物被呈现,一方面表明革命胜利后的焦虑和担忧并非没有道理①;另一方面其实也是从反面强化了"永葆革命

---

① 毛泽东曾多次表达过这种担忧,"因为胜利,党内的骄傲情绪,以功臣自居的情绪,停顿起来不求进步的情绪,贪图享乐不愿再过艰苦生活的情绪,可能生长。……可能有这样一些共产党人,他们是不曾被拿枪的敌人征服过的,……但是经不起人们用糖衣裹着的炮弹的攻击,他们在糖弹面前要打败仗。我们必须谨防这种情况。……中国的革命是伟大的,但革命之后的路程更长,工作更伟大,更艰苦。这一点现在就必须向党内讲明白,务必使同志们继续地保持谦虚、谨慎、不骄、不躁的作风,务必使同志们继续地保持艰苦奋斗的作风。"[《在中国共产党第七届中央委员会第二次全体会议上的报告》,见《毛泽东选集》(第四卷),人民出版社1966年版,第1376—1377页]

青春"的必要,因为这些干部都在革命成功后的日常生活中不知不觉间犯了"政治衰老症",故而才会有了矫健的《老人仓》(1984 年)中老干部郑江东和张锲的《改革者》中老政委陈春柱对他们自己革命青春的重新找寻。这是一方面。

另一方面,在当代小说中,还有一种可以称为永恒的青春理想的表达。在那些小说中,其实已经预设了一个不受年龄限制的永恒的先验青春理想的原型,这有点类似于康德意义的"先验理想"①,或齐泽克意义上的意识形态的"崇高客体"②,其作为"蓝本"虽然不受具体年龄的限制,但在经验层面或者说"摹本"的意义上显然又有其具体的原型,这一原型,在 20 世纪50—70 年代,无疑就是毛泽东的形象③,而在小说中则表征为青年的永远正确的引导者"父亲"形象,在《创业史》中是区委王书记对梁生宝的指导,在《组织部新来的青年人》中是区委书记周润祥对林震的支持,在《红旗谱》中是贾湘龙对江涛、运涛的启蒙,在《青春之歌》中是江华对林道静的启蒙,在《红灯记》中是李玉和对李铁梅的影响,等等,这些人在小说中虽然某种程度上(或有些时候)是缺席的,但他们作为"缺席的在场",在总体上,在效果上时刻影响着小说中的青年主人公。从这个意义上说,当代小说虽然可以从青年/老年的结构性对立这一角度得到很好的呈现,但其实,在这一结构

---

① 康德在《纯粹理性批判》中指出,"不言而喻,理性为了这一意图、即为了只是设想对物的那种必然的通盘规定,并不会去预设这样一个符合这一理想的存在者的实存,而只会预设它的理念,以便从通盘规定的一个无条件的总体性推导出那有条件的规定、即对受限制的东西的规定。所以这个理想对于后面这种规定来说是一切物的**蓝本**,一切物全部都是作为不完善的**摹本**从它那里取来自己的可能性的材料,同时一切物都或多或少地接近于这蓝本,但却任何时候离达到它都还差得无限远。"(康德:《纯粹理性批判》,邓晓芒译,人民出版社 2004 年版,第 462 页)

② 参见齐泽克对作为"意识形态的崇高客体"之"货币"的分析:"货币不是由经验的、物质的材料制成的,而是由崇高的物质制成的,是由其他'不可毁灭和不可改变的'、能够超越物理客体腐坏的形体制成的。这种货币形体……可以经受一切磨难,并以自身的纯洁美丽死里逃生。这种'躯体之内的躯体'的非物质性的肉体性,为我们提供了崇高客体的精确意义"。(齐泽克:《意识形态的崇高客体》,中央编译出版社2002 年版,第 25 页)

③ 所谓"毛主席万岁"、"毛主席万寿无疆",以及针对毛泽东的偶像崇拜和对权威的颠覆的奇怪的结合,等等。

的经验性层面之上,还有一个高高在上的"自在之物"或"崇高客体"存在着,对于其"实存"或"摹本"而言,充当者往往只能是中老年共产党干部①,他们作为正义及真理的符号或化身,虽然在小说的叙述中若隐若现,其实是至关重要、不可或缺的。因为显然,青年虽然代表青春活力激情,但如果不能很好地引导,则无疑意味着某种深渊,故而,在小说中就必定有一个角色,或者有一个空缺,他们在年龄上虽然常常是中年或老年,但他们似乎并不受年龄的限制,而毋宁说表现出超越具体年龄的规定性。以此观之,《创业史》中如果没有区委书记对梁生宝的支持,梁生宝的成功显然是不能想象的。同样,《组织部》中,其结果就必定要有林震去敲响关心他的区委书记的门,否则,他的斗争不但要落空,连同其斗争的合法性也要一并失掉,而这,恰恰也是关乎林震这一形象存在合法性的关键所在。

同样,这一青春理想的表征,在 20 世纪 80 年代的小说中仍有延续。这在改革文学中尤为明显。鲁彦周《彩虹坪》中的省委书记钟波,李国文《花园街五号》中的省委书记高峰,路遥《平凡的世界》中的省委书记乔伯年,蒋子龙的《乔厂长上任记》中的霍大道,等等,这些都是这种形象的代表。这些人物,也无一例外地都是作为"父亲"的形象出现在小说中,并作为改革的设计师和推动者登场,故而,在他们的身边或周围,总有一批或一些坚定的追随者,在为改革和四化建设的伟业殚精竭虑。而与 50—70 年代不同的是,这些青春理想的典型,不再是那种高高在上或若隐若现,而是实实在在的"在场";他们虽然代表永恒的正义和真理,但并非没有阻力或障碍,相反倒常常遭遇不可预测的外力;更为关键的是,他们大都历经"文革"的劫难,这种劫难使他们作为正义和真理的化身和符号有了可靠的保证,同时也使他们更加懂得青春理想和信念的可贵。他们虽然在小说中不是作为主人公出现,但他们的存在本身就是一种保证,而正是在他们的存在,才使得那些作为"子"的形象出现的中青年改革英雄——他们分别是吕芹(《彩虹

---

① 对于男性青年而言,这一引导者无疑是中老年父亲形象,而对于女性青年而言,这一引导者则常常又变为男性形象了。而实际上,这一男性形象,常常也是被作为"父亲"之名被呈现的。如《青春之歌》中的江华(虽然江华成为了林道静的丈夫)之于林道静,《淡淡的晨雾》中荆原之于梅玫,《彩虹坪》中的钟波之于吕芹,等等。

坪》)、刘钊(《花园街五号》)、田福军(《平凡的世界》)和乔光朴(《乔厂长上任记》)——能不计后果地、义无反顾地前行。

其实,这一关于青春理想的"崇高客体",还在另一个脉络上显示出来,那就是知青小说的写作。这一不可名状的青春的"崇高客体",其最有代表性的表达就是张抗抗的《北极光》中"北极光"这一隐喻了:"谁要是能见到它,谁就会得到幸福"(芩芩)"无论你见没见过它,承认不承认它,它总是存在的。在我们的一生中,也许能见到,也许见不到,但它总是会出现的"(曾储)。对于"文革"结束以后的知青一代而言,他们所失去的,不仅仅是青春时光,更是这一关于青春的理想和生活的激情,而这,正是小说主人公芩芩苦苦追寻而不知其为何的目标;直到小说结尾,当她看到冰面上跃动着的小女孩的红棉袄时,她才恍然大悟,"那不是红绒球,是芩芩小时候的滑雪帽,是旋转的冰鞋……而那一切是多么遥远了呵,远得好像那神奇的北极光,看不清摸不着,只在无比深邃的天际闪耀,照亮了宇宙的一个小小的角落。"在小说中,"北极光"这一隐喻很好地表达了这种不可名状的永恒的青春理想和激情:其虽看不清,摸不着,但可以感觉,能被把握。此外,像"北方的河"(张承志:《北方的河》)、"南方的岸"(《南方的岸》)等,都是这一关乎青春理想的崇高客体之符号性表达。更多的时候,如在郑万隆、张抗抗、史铁生等知青作家的某些小说中,这一青春理想则表现为那些执着的知青一代对现实之彼岸的精神世界的追寻。

五、结论:"青年问题"与中国的现代性

在当代中国,"青年"作为一个议题之所以不断被提及并被表现,其实,某种程度上源于这样一种矛盾,其最好的表达莫过于李泽厚的"启蒙与救亡的双重变奏"。如果说,20世纪的中国历史,可以用启蒙与救亡之间的矛盾和冲突来加以阐述的话,这一"双重变奏"其实恰好表达了这样一种矛盾,即针对现代性的复杂态度以及在这一态度中"青年"所处的尴尬处境。在李泽厚看来,20世纪的中国后半期,之所以出现"文革",其根源就在于"救亡"("革命")压倒了"启蒙",因此,重申"启蒙"就不仅重要而尤为必要了。在这一逻辑中,"文革"显然就是"救亡"之逻辑必然的最后结果,而"文

革"之所以发生,其实正和"激进的青年"("进步的青年"或"性急的年轻人")之被封建主义的小农文化所包围和腐蚀有关,他们"长期地紧密地处在农民出身的指战员和农民群众所包围所簇拥所共同战斗的环境中"①,这一变化就是必然的了。因此,所谓重新"启蒙"其实某种程度上也包括针对那些走向歧途的青年人,启蒙者自然就是那些中老年知识者了。这一逻辑必然的结果,李泽厚虽然没有明确无误的表述,其实已经隐含在其中了②。但问题是,"青年",在这一"救亡"的激进现代性的框架内,只是一结构性的存在,或者说某种符号,而且,"启蒙"的任务也只能是知识者所承担;换言之,青年既是被启蒙者,而一旦被启蒙后,其中作为知识者的一部分又要承担起"启蒙者"的任务③,这样一种既被启蒙又启蒙他人的矛盾地位和尴尬处境,某种程度上,就是20世纪中国"青年"的整体命运,其在不同时期,因为不同的历史语境,而呈现出各不相同的实际情境,故而就有了所谓"激进青年"、"革命青年"以及"问题青年"等各种不同的称谓④。

对于中国而言,青年始终成为一个问题,某种程度上,正是启蒙和救亡所表现出的中国作为落后国家的现代性困境所造成的。实际上,"启蒙"与"救亡"这一二元对立,表征的是一系列二元对立的"星云":传统/现代、中国/西方、落后/先进、保守/激进、秩序/失序、老年/青年,等等。可以说,正是这一系列二元对立的交错决定了"青年"所处的尴尬处境。具体而论,当"启蒙"处于主导地位时,传统的、中国的、老年的、落后的、秩序的,等等,都

---

① 李泽厚:《中国思想史论》,安徽文艺出版社1999年版,第851页。

② 李泽厚在《启蒙与救亡的双重变奏》中多次把"激进的青年"(或"急切追求实效的当时青年"、"性急的年轻人")同"救亡"放在一起讨论。如"如何解决这么多的一大堆社会问题,性急的年轻人一般很难满足于'多研究些问题'——进行阶级斗争便自然地成为了更富有吸引力的方向。形势比人强,尽管杜威、罗素来华讲演,也轰动一时,但激进的青年却更多地接受了那点非常简单幼稚的马克思主义的知识,组成或加入了共产党,一批批地走向了工厂、矿山和农村,进行'阶级斗争'。"(李泽厚:《中国思想史论》,安徽文艺出版社1999年版,第845页)

③ 这种矛盾的位置,用毛泽东对"知识青年"的表述就是:"和广大的工农群众结合在一块","实行和工农的结合"。[毛泽东:《青年运动的方向》,见《毛泽东选集》(第二卷),人民出版社1991年版,第566页]换言之,就是,既要接受的工农的教育,又要"唤起民众"(主要农民),教育农民。

④ 参见陈映芳:《"青年"与中国社会的变迁》,社会科学文献出版社2007年版,目录。

在一定程度上被视为被否定之列;而当"救亡"处于主导时,传统的、中国的、老年的、秩序的,又被作为合法性的资源被重新改写。在这里,"老年的"既可以等同于"中国的",也可以等同于"传统的",也即落后的秩序,同时,又可以被作为"现代的"激进的,也即正面的。同理,"青年的"也是如此。从这个角度,与其说是"青年"自身成为一个问题,不如说是现代性本身的复杂性使得"青年"成为一个问题。因此可以说,青年问题所反映的,其实也就是现代性本身所具有和呈现的问题。

而这一系列二元对立,其实表征的,正是被称为中国现代性的现代性诉求,其在不同时期有不同的表现:1949 年以前表现为"建立现代国家",在1949 年以后,则表现为"反现代"的现代性①,到了 20 世纪 80 年代以后又变为了"现代化"目标或"新时期共识"②。而在今天,当全球化似乎成为一个时代的表征之后,"青年"问题的复杂性显然已非 20 世纪的中国文化实践所能涵盖,而这,无疑与全球化进程及其本身所具有的复杂性密切相关,因而就需要另一番辨析了。

---

① 参见李杨:《抗争宿命之路》,时代文艺出版社 1993 年版,第 35、44 页。
② 参见张颐武:《新新中国的形象》,山东文艺出版社 2005 年版,第 10 页。

第二章　文学写作的主体性与20世纪80年代的小说创作

第一节　代际竞逐与文坛变迁

曼海姆在谈到"代问题"时,指出"代位置的潜在可能性的实现"及其"实现的频率与社会变迁的节奏有密切的联系"。"社会与文化变迁的节奏越快,处于特定代位置的群体越有可能通过产生自身的实体而对此变迁环境作出反应。"[①]对于20世纪80年代小说而言,作为代群体的青年成为一个问题首先源于时代的巨变,这种巨变,使得青年一代从"代位置的潜在可能性"变而为"代实体"[②]成为可能。但这并不意味着,对任何青年同代人而言,他们都属于相同的"代实体"。"纯粹的代'位置'只具有潜在意义,当具有相似'位置'的同代人参与到共同命运和与此息息相关的思想和概念中去时,就形成了现实代。"[③]对80年代小说而言,真正成为一个问题的,是这样一个青年代,即"文革"中作为造反派出身的一代青年,这些青年曾经作为"革命青年"出现在历史舞台,但随着"四人帮"的倒台以及"文革"的

---

① 曼海姆:《曼海姆精粹》,南京大学出版社2005年版,第75页。
② 曼海姆:《曼海姆精粹》,南京大学出版社2005年版:"代位置"和"代实体"或"现实代"是曼海姆分析代问题时的两个不同的范畴,所谓"代位置"就是"只涉及一种潜在可能性,这种可能性也许会具体化,或被压制,或包含于其他社会力量中,并以修正过的形式来表现自己。"(第70页)"现实代"则"仅指用来表示在代地成员之间的实际联系,这种联系的存在是因为他们共同受到动态变迁过程的社会和知性表征的影响"。(第71页)
③ 曼海姆:《曼海姆精粹》,南京大学出版社2005年版,第73页。

结束这一系列社会历史的变迁,使得他们作为曾经的"革命青年"的天然合法性遭到破坏,他们在整体上被置于怀疑的位置,因而如何书写历史,及因应现实就成为"文革"一代青年必须面对和亟需解决的问题。

随着"文革"的结束,曾经在历史舞台上出现的"革命青年"形象,如今却在整体上被置于怀疑的位置,而成为"迷惘的青年"("潘晓讨论"所显示出来的);这一位置的改变,表征的是一种翻转或"颠倒",其带来的结果必然是原先合法的"革命青年"变得不再合法甚至非法,"革命青年"自身经由狂热而变为迷惘,这一"迷惘的青年"一代表现为以下几个方面的特征:第一,原先意识形态建构起来的"革命青年"范畴,已然松动,新的意识形态建构远未形成,"叔叔(讲)的故事"越来越没有说服力。第二,随着这种松动,青年人开始怀疑之前的意识形态建构,青年人的自我身份意识随之涌动并被不断凸显,"我(讲)的故事"因而出现。第三,随着"文革"后社会秩序的重建以及新的时代主题(如现代化的想象)的提出,对青年的"询唤"成为需要,于是,"叔叔的故事"和"我的故事"慢慢呈融合之势,"青年"重新被纳入主流和秩序之中。第四,时代的推进,青年越来越表现出对以父权为代表的秩序的抗拒(如现代主义小说及其先锋派小说),这无异于表明,("文革")历史记忆已从青年人的视野中慢慢消逝;而一旦历史作为"他者"已不再时,"青年"作为从历史的记忆中建构自我身份意识的群体,已然面临分化,此时的青年已经不再是"潘晓讨论"意义上的青年范畴,而与全球化秩序中的经验联系在一起了。这一倾向在 80 年代中后期的小说创作中已有表露,在 90 年代更是有鲜明的呈现。

从前面的简要分析可以看出,"潘晓讨论"对 20 世纪 80 年代的青年问题意义十分重大。因为显然,正是"潘晓讨论"的出现,表征了一代"觉醒"了的具有怀疑精神的青年,此时的青年虽然痛苦彷徨,但也正是此时,他(她)们才意识到其作为特定群体的存在,青年的自我身份认同正式成为一个问题被提出。而随着这种"迷惘的青年"形象的出现,也对主流意识形态提出新的要求,如何重新把这些"逃逸"的青年形象"询唤"进社会时代所要求的位置中去,就成为一个时代的课题所在。从这个角度看,80 年代小说某种意义上就是对这个问题的回应和解答了。这一回应既反应在单个作家的创作历程上,也反应在不断更迭的文学(小说)创作潮流上。对于前者而言,像刘心武、陈建功、郑万隆等是这方面的代表;而对于后者来说,像伤痕写作、反思写作、改革文学、知青小说以及寻根文学和现代主义等小说创作潮流都是这方面的代表。同时,这也是两个作家群对青年书写的较量,一个是"五七作家群",另一个就是知青作家群。对于前者来说,他们无疑是站在过来人的身份书写青年一代人;而对于后者来说,书写青年则是与他们的青年时代联系在一起的。

20世纪80年代小说,某种程度上其实就是知青作家群(或青年作家群)和五七作家群(或中老年作家群)在竞逐文坛。这一作家构成的状况某种程度上决定了青年叙述上的差异。作家们的经历、出身各不相同,甚至相差很大,但对那段"不堪回首"的历史而言,他们却有着相对共同的记忆乃至遭遇,这一共同的历史记忆,决定了他们在书写叙述"文革"青年一代时往往于有意无意间表现出某些共同的倾向。这在文学思潮的更迭中表现明显。大体上说,伤痕叙述、反思叙述中以五七作家群为主;改革叙述则表现出某种复杂性,其很大部分为五七作家群,同时也有部分知青作家参与其间;知青文学和寻根文学则几乎是知青作家群在唱独角戏了;而到了现代主义小说("伪现代派")创作,某种程度上仍以知青作家为主。

概言之,五七作家群和知青作家群在对待并塑造青年时,其立场和态度显然是不同的。在**伤痕写作**和**反思写作**中,因为与红卫兵的历史不可避免地联系在一起,青年在整体上作为被怀疑乃至被审判的角色出现,而复出的中老年干部,作为受难英雄则充当了历史的拯救者或审判者,他们通过审判青年而达到对"文革"的批判和反思。在这些小说中,知识分子的角色十分独特;他们也是受难者甚至英雄,但他们无疑又与中老年干部不同,他们"归来",但主要不是作为审判者而毋宁说是以启蒙者的角色出现,这在刘心武、从维熙甚至张贤亮的小说中表现明显。**改革叙述**则比较复杂,这主要是由于改革所针对的对象不同所致。当改革针对"文革"之乱时,改革的主体无疑是老年干部,在这些小说中青年仍部分处于被怀疑的位置,但现代化的想象和改革的宏大进程需要最大力量的参与,因此青年虽然被怀疑,仍可以被询唤到现代化的建设中来,青年一跃而终成为改革意识形态的主体。而当改革针对"传统"之旧时,改革的主体则变为青年(甚至中青年)一代了,因为此时老年干部往往以传统守旧者的形象出现;但问题是传统并非没有价值,而现代也并非毫无瑕疵,因此对这一类改革叙述而言,传统和现代之间的关系显然不是想象得那么简单,这种复杂性相应地表现在小说中对青年形象的塑造上。

　　伤痕写作、改革文学的创作主体显然是那些五七作家群或右派作家群,他(她)们相对年龄较大甚至在文革结束后已届入老年,用"中老年作家群"或许更为合适。但正如有些研究者所言,他们在一种强烈的"革命认同"和"启蒙认同"①的激励下,重操笔杆。而也正是在这种"革命认同"和"启蒙认同"的影响下,他们往往会以启蒙者的姿态出现:他们在批判"文革"的时候,往往也自觉不自觉地把批判的锋芒对准了曾为"红卫兵"的青(少)年一代,似乎历史的罪孽非要由那些人承担不可。其中最典型的莫过于刘心武的《班主任》最后那一句"救救那没有被四人帮毒害的孩子"。这种对青年的态度,显然不为大多数知青作家群所认同,从这个角度看,知青作家群登上历史的舞台,就带有重写青年和为青春写史的味道了,梁晓声的《今夜有暴风雪》以及叶辛的《我们这一代人》,甚至像老鬼的《血色黄昏》那样的知青小说,等等,都是这样典型的文本。在"文革"中成长起来的"红卫兵"一代,虽然难免与不堪的历史纠缠在一起,但这并不意味着他们曾为理想付出的青春就一钱不值,而毋宁说正是这种对理想的追求本身(而不一定是共产主义理想)使得他们的青春焕发活力显示出其应有的价值,因为在他们看来,任何时代作为理想以及为理想献身本身都是永恒的而有价值的,知青作家也正是通过对青春的肯定而重建了青年自我的身份认同。正是在这个意义上,才会有知青作家后来转向对传统的文化寻根。对他们而言,仅仅纠结于不堪的历史并不能解决问题,似乎只有从对历史及传统的重新阐释中才能建立他们应有的叙述。因而,与其说他们要去寻找的是传统的文化之根,不如说他们是在寻找自身主体性的文化之根,而也正是通过这一寻根,他们才最终建立了其自身的合法性。

---

　　① 参见何言宏:《当代知识分子写作与现代性问题》,中央编译出版社2002年版,第三章。

在知青小说中,知青虽然大都或多或"少"有过红卫兵的经历,但这段历史对他们也并不轻松,因此,当他们在书写这段历史时往往表现得犹豫甚至矛盾重重。因为毕竟他们的青年岁月都是在"文革"中度过的,否定了那段岁月也就否定了他们自身,因此,如何从那段历史中剥离出"青春"往往就成为他们写作(知青写作)的最大难题,这在某种程度上也是支撑他们进行写作的内在动机和意图所在。从这个角度看,知青写作就是知青作家通过书写自身的故事而建立青年主体性的重要尝试。这一尝试虽然艰巨甚至充满陷阱,但并没有阻碍知青作家的继续努力,这一持续的努力在寻根文学中得到淋漓尽致的表现。寻根文学中的主体虽然不是青年形象,其书写的也不再是他们自身的故事,但在这些叙述的字里行间却充溢着青年(知青作家)主体苦苦追寻的身影。作家们正是通过把他们的青年主体性灌注渗透到小说的人物形象中去,以此来表达他们的困惑与探索,而不仅仅满足于塑造某一两个青年形象。如果说,知青小说中建立的是特定历史阶段知青一代主体形象的话,那么在寻根文学中建立的则是具有超越历史具体性的青年主体形象。此时,青年主体已不再仅仅是改革意识形态所要求的主体,而表现出某种偏移甚至距离,这一偏离在现代主义(或现代派)的小说创作中表现明显。在**现代主义**的小说创作中,青年形象明显表现出同老年或父权秩序的背离;他们桀骜不驯但又无所适从,因此,一方面他们表现出鲜明的叛逆意识;另一方面同时他们无疑又是迷惘的一代,他们有所追求,但又不知道所追求的所为何物,因此他们在某种程度上充当的是历史"中间物"的角色。这一"中间物"的角色随着中国加入全球化进程的加快,以及最终被抛入到后现代的语境中时,将面临挑战和重组的可能,这是后话,显然不再是本选题研究的对象和范围了。

第二节　自我边缘和中心情结——知青作家 与右派作家如何寻根

一、身份制约寻根

在 20 世纪 80 年代中期,像韩少功、郑义、李杭育、郑万隆、阿城、王安忆以及贾平凹和莫言等人,和汪曾祺、冯骥才、林斤澜、邓友梅、陆文夫以及王蒙等人,他们的有些作品虽然可以笼统地称为浪漫主义小说创作潮流,或以广义的"文学寻根"涵盖之,但其实,前一类和后一类作家,往往是不能混为一谈的。这不仅是因为寻根文学的主张是由前一类作家提出,还因为,这些作家不同的身份实际上制约了他们的创作,这种不同在他们的文学创作中有所表征。关于这点,研究者早已有所关注,季红真在《历史的命运与时代抉择中的艺术嬗变——论〈寻根文学〉的发生及意义》①一文中就有意识地把他们分别区分为"青年一代的作家"和"中年一代的作家",并着重区分了他们之间所表现出来的差异。应该说,这种不同,其表现是多方面的,既表现在文学主张上,也表现在创作风格上;如果说这些都还是意识的层面的话,那么这种不同还表现在无意识或潜意识的层面。对于后者,往往为人们所忽略甚至淡忘,但实际上往往更具有决定性的意义。

实际上,在对寻根作家的构成的认定上,寻根倡导者及批评家们的态度也是很复杂的。李庆西曾多次表示不能把邓友梅等列入寻根作家之列②,郑万隆则把汪曾祺、高晓声、陆文夫、王蒙、邓友梅、刘心武等作家的相关作品统统都算作文学寻根的脉络③。相比之下,在这方面,韩少功则比较慎重,他虽然首倡文学寻根,但却没有把什么都列入进来,甚至阿城的《棋王》都被他有意掠过④。说是有意,是基于韩少功有明显的理论自觉性,而且他也以理论性强而闻名。而有研究者甚至把后来公认为先锋作家的马原、洪峰等都列入了寻根一脉。⑤ 可见,在寻根思潮发端前后,作家和批评家们对寻根的看法并不一致,甚至相差很大。这一复杂状况的出现,就像尹昌龙所言:"无论如何,'寻根文学'在'85新潮'中的异军突起,都对20世纪80年

---

① 季红真:《历史的命运与时代抉择中的艺术嬗变——论〈寻根文学〉的发生及意义》,《当代作家评论》1989年第1—2期。

② 参见李庆西:《"寻根文学"再思考》,《上海文化》2009年第5期,等等。

③ 郑万隆:《中国文学要走向世界——从植根于"文化岩层"谈起》,《作家》1986年第1期。

④ 参见韩少功:《文学的"根"》,见韩少功:《在后台的后台》,人民文学出版社2008年版。

⑤ 参见季红真:《历史的命运与时代抉择中的艺术嬗变——论〈寻根文学〉的发生及意义》,《当代作家评论》1989年第1—2期。

代的文学思想起着巨大的整合作用。无论是'文革'题材,还是反'右'题材;无论是都市文学,还是乡村记事;无论是知青记忆,还是改革想象,这些躁动的文学热点,都在文化这一博大的命题下,最终找到了安静而深沉的河床。"①这也表明,正是由于这种"巨大的整合性",不同的题材取向和诉求,以及路径,势必在"寻根"的大旗下显出它的斑驳和驳杂来,在这里面,身份的差异无疑是其中十分重要的因素之一。

其实,对于文学创作而言,身份问题并非可有可无,而毋宁说是关涉自身或自我其来何自的大问题,所谓的"认同"问题也由此而生。虽然如此,但身份问题在文学创作中,特别是小说创作中却往往是以隐蔽的或被遮蔽的形式呈现的。也就是说,其虽重要,但却是以隐蔽的方式发挥作用,因而往往不被人们察觉。

佛克马和蚁布思在谈到身份时指出,"一种个人身份在某种程度上是由社会群体或是一个人归属或希望归属的那个群体的成规所构成的"②。从心理学的角度看,身份其实表明的是一种"归属"感或认同感,其指涉个人同群体之间的复杂关系,因而身份往往具有流动性和主观色彩,显然不同于"出身",虽然身份很多受制于出身。而事实上,随着"文革"后时代的到来,当"出身"不再成为个人的主要规定的时候,"身份"的重要性往往会更加凸显出来,这在20世纪80年代尤为如此。而若据照威廉斯的考证,status(身份)"一方面,它似乎扬弃了 class 的 formation(形构群)概念,甚至是'广大群体'(brload group)的概念;另一方面,它提供了一个社会模式,这个社会模式不仅具有层级、充满个人间的竞争,而且基本上可以从消费与展示来定义"。③ 可见,"身份"的特点在于,它虽表示群体,但又区别于阶级或阶层,这一不同在现代以来的非革命年代或消费时代表现得尤为明显。而实际上,对身份问题的研究,往往也能从另一个层面弥补阶级分析或阶层分析的不足。

应该说,"身份"一方面是自我想象和被(群体)赋予的;另一方面其实

---

① 尹昌龙:《一九八五:延伸与转折》,山东教育出版社1998年版,第37页。
② 佛克马、蚁布思:《文学研究与文化参与》,北京大学出版社1996年版,第120页。
③ 威廉斯:《关键词》,三联书店2005年版,第462页。

也与后天的经历有关,带有某种客观有效性。因而,身份一方面是可以选择的,另一方面又具有某种规定性。实际上,一个人往往具有多重身份,而且它们之间能并行不悖地互相共存,可见,身份其实又是一个复数的概念。"由于出身、社会联系和联盟,每个人实际上属于多个不同的群体。每一个群体都能够——有时候也确实——赋予该人一种归属感和忠诚感。"①在20 世纪 80 年代,当革命认同已然失效或不再具有绝对的约束力的时候,认同的四散和差异也开始愈益凸显出来,这从 20 世纪 80 年代初的那场关于"潘晓来信"的大讨论已见端倪。对于青年一代而言,他们面临的不仅仅是路在何方的问题,另一个更严峻而迫切的问题其实已摆在了他们面前,即对于那些有着知青经历的一代青年而言,如梁晓声的《雪城》所显示的那样,当知青身份作为烙印或污点永远地留在他们的身上的时候,如何为自己的这一身份寻找一个新的替代性身份就显得尤为必要。这样也就能理解为什么知青作家要加入伤痕写作和改革写作的浪潮中去了,他们其实是想通过加入大潮中去,以期望获得一种新的身份认同、一个更大的群体——国家主流意识形态——的认同,但也正如身份的规定性所显示的,他们虽然努力加入其中,就像李向南(柯云路:《新星》)那样,但他们很快发现,知青这一身份往往限制了他们参与进去的程度和可能:无论如何努力,他们始终处于主流意识形态的怀疑境地之中,并不能建立自己想要的身份归属感。从这个角度再来看寻根写作,知青作家题材的转变,其意义就很明显了。

二、中心或边缘:根在何处?

虽然,我们无从得知身份的规定性如何进入小说创作当中,但通过身份各异的作者的作品,我们却可以看出他们明显的差异及其背后的诉求来②。

---

① 阿马蒂亚·森:《身份与暴力——命运的幻象》,中国人民大学出版社 2009 年版,第21 页。
② 郭小冬也注意到青年作家(主要是知青作家)和中年作家(主要是那些右派作家)们在"寻根"上的不同,中年作家们"他们深知中国农村,同时也取得中国城市的生活质感——文化意识,所以他们无须提什么口号,写出来的东西自然是文化的。青年作家……他们对乡村生活、文化是知之不多的。他们具有的,可能是可称之为'知青文化'的东西"。(《中国叙事·中国知青文学》,花城出版社 2005 年版,第 329 页)

这一不同的身份认同,表现在寻根中,最为鲜明地即在对"文化"的不同理解上。在这方面,知青作家和右派作家表现出明显的不同态度。对于寻根文学的提倡者——知青作家而言,他们大都坚持一个类似的观点,即提出了"非规范文化";这一"非规范文化",首先是针对"规范文化"而言的,而这一"规范文化",一方面表现为传统儒家文化,另一方面也表现为当前的主流文化/文学。而从他们实际的写作情况来看,这些"非规范文化"大都保留在穷乡僻壤或化外之地,既远离现代大都市,也较少受传统儒家思想的束缚。从这点来看,所谓非规范文化,其实包含三个层面:第一个层面是非儒家正统文化;第二个层面即非现代文化;第三个层面即非主流文化/文学。在这里,这种"非"的表述,即"非规范文化",其实带有很强的策略性。换言之,它首先是反其动,即反动而行之的,这一反动的特点,决定了"非规范文化"的内涵取决于"规范文化"的规定性。当规范文化表示传统儒家文化时,这一"非规范文化"即**非儒家文化**;而当规范文化是当前主流文化时,这一非规范文化即表示**非主流文化**;当"规范文化"表示现代文化时,非规范文化又是**非现代文化**;实际上,这三种用法之间并不能很好地区分开来,这也往往造成文本内部出现难以弥合的分裂。另外,如果从寻根作家提出"不规范文化"的初衷来看的话,这一文化形态无疑又是以肯定的态度被推崇的;因为,显然,其以"规范文化"的"他者"的形象出现,而"规范文化"又是寻根作家所批判的对象。这样一来,就势必造成一种混乱或矛盾,即"非规范文化"和"规范文化"在整体上被置于一种肯定和否定的关系中;而实际上,这两种文化形态又并不是可以化约或本质化的,因为这两种文化形态各自都表现为三个层面,它们之间显然并不是简单的否定或肯定就可以概括的。

很多研究者都注意到寻根写作中的分裂之处,程光炜解读出《爸爸爸》中的"两个故事版本"和主题——"批判国民性"和返回"原始性的'湘西世界'"[①];贺桂梅也从《爸爸爸》和《小鲍庄》中读出"主体和空间的多义

---

① 参见程光炜:《如何现代? 怎样寻根?》,见《文学讲稿:"八十年代"作为方法》,北京大学出版社2009年版,第350页。

性"①。这种分裂和矛盾,一方面使得这些寻根写作富有阐释的多义性和极大的空间;另一方面往往也造成阐释的困境。这种分裂和矛盾,某种程度上即是"非规范文化"这一提法的含混性所致。仍以《爸爸爸》为例。这一复杂性表现在丙崽这一形象的悖论上。韩少功曾在《文学的根》中明确强调说:"在民族的深层精神和文化物质方面,我们有民族的自我。我们的责任是释放现代观念的热能,来重铸和镀亮这种自我。"如果以此来解读《爸爸爸》,显然是不得要领的,因为丙崽这一形象显然是不能做这种对等解读的,而实际上,丙崽这一形象身上又确实有"民族的自我"成分在,只不过这一"自我"里面有太多复杂的内涵在。这一"自我"有极强的生命力,这表现在丙崽的生命力之旺盛上;同时,这一"自我"又是非现实的或者说非历史的,故而它永远长不大,永远显得年轻而又很老;另外,这一"自我"又是反现代的,故而当灾难降临的时候,他们只能选择向更远处迁徙,而不是走向现世。这种含混,就在于丙崽形象所指向的对象的复杂性。我们知道,寻根倡导者提出"不规范文化",其用意是要最终取代"规范文化",因此,当他们提出"不规范文化"的时候,这一"不规范文化"其实就是一个动态的范畴,其具有流动性和易变性;而事实上,反映在他们的寻根小说中,也的确如此,丙崽这一形象的复杂性就是明证。如果说,丙崽的形象既包括肯定性的内涵也包括批判的成分在的话,这种复杂性应该说部分源于取代"规范文化"的意图。显然,即使身处边地,"不规范文化"也并不真正纯粹,而毋宁说早已深受"规范文化"的影响。丙崽这一形象的生命力之旺盛,无疑是身处边地的"不规范文化"之野性、活力和少约束的象征,但裁缝所代表的"规范文化"、习俗,以及外面世界的渗透,都使得鸡头寨并不纯粹,这种混杂,因而某种程度上造成丙崽形象的杂糅性:既有活力,又充满邪恶;既代表先知,又弱智;而事实上,他的无父的状态更使得他具有了"杂种"的象征。正因为这种杂糅性或不纯,所以当鸡头寨经过一场劫难之后,丙崽才被要求毒死:他并不是纯粹的"不规范文化"之代表。但问题是,当那些作为"不规范文化"代表的鸡头寨青年男女向更远处迁徙时,这样的"不规范文化"其实已

---

① 参见贺桂梅:《"新启蒙"知识档案》,北京大学出版社 2010 年版,第 208—213 页。

表现出"反现代"的倾向,其即使表现出顽强的生命力和活力,又如何能再生并能"释放现代观念的热能,来重铸和镀亮(这种)自我"? 而结果是,丙崽并没有被毒死,反而是死而复生。可见,倒是这种"不规范文化"同"规范文化"杂糅的畸形儿,在现代外来文明的入侵下生存了下来。而这,是否是某种隐喻? 或者说,正是这种复杂,最后其实修正了韩少功等人提出的"不规范文化"的范畴,以及寻根的主张? 因为显然,寻根的结果,让他们发现,纯粹的根只能到更远处寻找,或只能退守到更远处,而只有那些本就具有杂糅性的"文化"符号——像丙崽之流——才能在外来现代文明的影响下劫后重生或涅槃再生。可见,寻根作家提出"寻根"并不是寻找什么纯粹之"根",而只是试图寻找"不规范文化"同"规范文化"之间如何对接,以及如何在现代外来文化的影响下重生的问题。从这个角度看,对于寻根作者,必有某种象征意义上的死亡和重生的仪式,王安忆《小鲍庄》中仁义之子最后的死亡也就具有了这种重生的意义。李杭育的"最后一个"之"最后"的象征意义也正在于这种"最后"之后的"重生"。此外,如郑万隆的"异乡异闻系列",乌热尔图的鄂温克族故事,甚至像郑义的《老井》中,都有这种重生的象征性叙述。

在寻根写作中,往往有这样一种悖论,即如果只写到边地或山区的时候,这样的世界往往是非常令人向往的,可一旦这种相对自足完美的世界遭到外面现代世界的入侵或"外来者"的进入后,小说在叙述上就表现得异常复杂并犹豫不决。而实际上,寻根写作中的大部分作品,都或隐或显地存在外面世界或外来者进入的结构模式;这一外面世界,可能是权力的进入,如乌热尔图的小说,也可能是经济的入侵,如李杭育的葛川江系列,或者是文化上的改造,但不管怎样,一旦"外来者"进入,小说中描写的边地或山区世界的平衡即告打破。虽然,这时小说往往表现出无奈而悲壮的一面,但其实叙述者并没有表现出反现代的一面,而毋宁说是欲拒还迎。他们一方面表现出"外来者"进入后的忧心忡忡,"最后一个"、最后的时光总是显得那么悲壮,但其实,这些"最后一个"并非反抗现代,而只是拒绝现代:其最为典型的形象莫过于李杭育的《流浪的土地》中的主人公滩哥形象,他们其实是守在传统里,不愿面对现实,或避开现代的冲击,其结果,除了向更深处迁徙,当然就只能变成"最后一个"了。

　　这里的关键,还在于如何处理传统与现代的关系。从这些寻根提倡者的小说写作来看,他们的小说大都以中华文化的边缘或穷乡僻壤为背景,这就使得他们的小说表现出远离现代社会的明显倾向。而实际上,在这些小说中,其对现代文明的态度也是极为复杂的。就以前面提到的郑万隆的《钟》以及他的另一部小说《峡谷》为例,这两篇小说中都有一个山里的世界和外面世界——现代世界对比的结构。但两部小说中叙述者的态度却不尽一致,在前者中,这样一个世界对主人公既充满了诱惑也潜藏着恐慌:

　　　　他透过窗玻璃看着这个拥挤的小镇,被一排排砖瓦房挤得很窄很脏的街上,充满了喧嚣的人声,酒旗和各种各样店铺的幌子在人们的头顶上飘着。街的那头有几根大烟囱,铁青色的烟把天空也变成铁青色的。

　　　　入夜了,他躺在炕上怎么也睡不着,心里一片荒凉也一片恐慌。

　　　　墙上的钟在"滴答、滴答"地响,整个屋子都充满了这种神秘的声音。四壁的墙把什么都隔断了,只有他和这个活物在这个屋里。……他觉得这个既神秘又有些凶险的活物,一定是什么宝贝,也许比太阳、月亮、星星还宝贵,要不汉人为啥养着它呢?

　　　　……

　　　　他觉得这声音太可怕了,再也忍受不了啦,从炕上像受惊的狍子一样爬起来,……悄悄地出了屋子,到后院拉出马来,头也不回地逃走了。①

　　在这篇小说中,叙述者一方面对山上那种生命力和野性充满迷恋;另一方面又对其野蛮、落后和不近人情的一面满含批判。小说中的主人公莫里图因为不满族中的陋习,带领所爱的人白丹吉娅一起出逃,但当他逃出山寨被汉人救起后,他没有表现出应有的亲近,而是有一种本能的警惕和反感;他对

_____

　　① 郑万隆:《钟》,见《生命的图腾》,中国文联出版公司 1986 年版,第 114—115 页。

汉人所引进的现代文明,也是充满了仇恨,这使他重又回到山寨,可回到山寨,自己所爱的女人的尸体已被父母辈拿来祭天,这让他不知所以:"莫里图栽倒在地上。可他却在地上找不到自己了,什么也找不到了,只有一片粉碎一样混沌的响声。"在这里,这一"响声"极富象征性,因为这一响声里有所谓的汉人带来的现代文明的物件——钟——的响声,也有他的女人的隆起的肚子里的未出生的孩子的响声,而且还混杂着父母辈祭天时吃肉喝汤的声音,以及各种各样声音;它们显然已经混杂成一多声部的杂音,辨不出音质何在了,故而其"找不到自己"也就再自然不过了。现代文明既让人困惑和恐慌,而山上的世界又是那样的野蛮和荒诞,无怪乎主人公会感到既"荒凉"又"恐慌"了。

其实,在寻根书写中,传统同现代之间的矛盾,并不都是那样激烈。实际上,在寻根写作中,传统同现代之间的矛盾往往只是表面显得如此,并不真正构成一个问题。其表现出的现代同传统之间的矛盾,并不像改革写作中直面的交锋那样,而是调转头,转回自身内部即主人公内心世界。因而,寻根主人公也一个个显得都像是"内面之人",他们并未真正受到现代文明世界的冲击,他们一直都是活在自己的世界中,活在自己的世界所包含的传统之中,这一传统其实完好,只是当转而向外时,一旦同现代世界直面交锋才显得不堪一击,所以才会有那么多的"最后一个";而也正是这种完好无损,对于他们,似乎只要经过涅槃后的重生,才能重新立足于现代世界,而这也正是郑万隆和李杭育甚至像《爸爸爸》等小说所显示的他们的意义的地方。传统通过涅槃后完整地再生于现代世界,这样一来,其实也就把传统"耦合"进了现代世界之中。

这种"耦合",在郑万隆的小说《峡谷》和《我的光》以奇怪的方式表现出来。在小说《峡谷》中,外面的世界被表现为一种具体化的想象,即浴池里洗澡、看电影、下馆子、照相和坐飞机,它们以远景的形式展现出来;而山上的世界,作为近景,却是以申肯的死所显示出的勇敢和智慧而被肯定。这就形成一种矛盾和对矛盾的想象性解决:既向往外面的世界,也肯定山上的世界。外面的世界以物质的形式呈现,并给人以美好的承诺;山上的世界则显现为一种精神,一种呈现为勇敢和智慧的生命力,申肯虽然死了,但他以他的死获得一种涅槃式的重生,精神得到了提升。在这里,其实也表现出作者努力糅合寻根与四个现代化或改革的意图:即山上的世界虽然不可挽回地缩小或被现代世界所挤压,但山上的世界却可以以死后涅槃的形式,作为一种精神长存于现代世界,这种精神——即力量、勇气和智慧,在现代世界却是那样的缺乏。同样,在《我的光》中也有一段涅槃后重生的表现,即纪教授跌入云海后的死。这其实是以替代的方式——即他人之死,完成库巴图父子之间的和解,这一和解同时也是传统和现代之间的和解,因为他们父子之间的矛盾,都是源于儿子对外面世界孜孜不倦的追求。这一切最终都汇合在对"我的光"——其实也是"我的根"——的既虚幻又真切的追求中,小说因而别具象征色彩。

　　寻根提倡者的这种分裂和矛盾,其实正表明知青作家的内在焦虑和困境所在。他们这种"非"或"不"的表达,其实传达的是一种反动或反抗的意图:不是反现代或反儒家,而是反主流。他们只知道所要反抗的是什么,而不知如何重建;他们知道如何去"非"或"不",但却不知道如何去"是"。这显然是一种还没有想清楚或表达清楚时的策略选择,是一种急切的表述姿态:这恰恰表明他们内在的焦虑所在。① 他们提出"非规范文化",显然针对的是当时占统治地位的现实主义小说创作主流,具体地说就是伤痕写作、反思写作和改革叙述;这一写作潮流,由于表现的都是重大社会主题,因而即使故事发生在边缘地带,其实也是关乎社会中心的议题,也是中心;另外,这一诉求也决定了主流写作面向现实生活的倾向及其现实关怀。因此,为了显示同这一写作主潮的区别,寻根提倡者的写作则有意避开重大社会主题和现实生活,故而他们立足边缘地带,并从远离现实生活的角度加以呈现。从这个角度看,这一边缘地带实际上就成为一个文化符号,成为作家自我意识的文化表征。

　　从前面的分析可以看出,寻根写作虽然表现出远离现代的倾向,但其实

----

① 程光炜在谈到 20 世纪 80 年代文学对"经典的颠覆与再建"这一现象时,指出:"'去中心'的背后,是对新的文学中心的渴求;反权威的同时,是对单一化文学观念和立场的坚持。"(程光炜:《文学讲稿:"八十年代"作为方法》,北京大学出版社 2009 年版,第 221 页)

并不反现代①,也不可能反现代化;相反,其实际上是以远离现代的名义,进入现代的大潮之中。韩少功在《文学的根》中表达得很清楚:"这里正在出现轰轰烈烈的改革和建设,在向西方'拿来'一切我们可用的科学和技术、思想和制度,正在走向现代化的生活。但阴阳相生,得失相成,新旧相因。……我们的责任是释放现代观念的热能,来重铸和镀亮这种自我。"②而这一切又是在穷乡僻壤这一地理上的边缘发生的,因而,这一边缘其实也就有了中心的意义了。而实际上,所谓"不规范文化",包含的另一个层面就是非主流文化或非中心文化,因此,"不规范文化"的提出,其意即在于以此作为更新"规范文化"的动力,从这点来看,寻根写作其实是一次通过边缘的方式,最终进入中心的文化实践。

三、越过现实,活在传统中

比较而言,那些被称为寻根写作的右派作家,或老一辈作家,他们那些带有文化寻根的写作则显得相对雍容。这一雍容首先源于他们在伤痕反思写作中通过苦难叙述所建立的主体地位和优越感。"曾经也是受'四人帮'迫害的刘心武们,突然间看清了历史的真相,看到历史的过去、现在和未来。重要的是他们可以反思历史,有能力重新规划历史。这种启蒙主体的位置是历史本身给定的,因为历史的变化,新的历史时期的开始,人们天然地成为新的历史时期中的历史新人。"③可见,在新时期之初,"刘心武们"作为"新的历史时期中的历史新人",他们无疑是处于"历史的主体"位置的,他们身处中心,作为受难的英雄出现。而对于知青一代而言,则很难成为"历史新人",他们需要经过被救赎和自我救赎的过程。这种不同,某种程度上决定了他们在倾向"寻根"时的不同立场和态度。

---

① 20世纪80年代末期,曹文轩曾对文学寻根表现出"文化复古"的倾向表示担忧。参见曹文轩:《中国八十年代文学现象研究》,作家出版社2003年版,第247—254页。应该说,知青一脉的寻根作家写作,虽然表现出"远离现代"的倾向,但并不反现代,因而也并不是真的"文化复古"。而如果说有的,这种倾向更多地表现在部分右派作家的文化寻根中。这一问题十分复杂,应具体分析。

② 韩少功:《文学的根》,见《在后台的后台》,人民文学出版社2008年版,第278页。

③ 陈晓明:《表意的焦虑》,中央编译出版社2003年版,第7页。

这里有一个现象需要注意,即无论是寻根文学的提倡者们,还是那些老作家们,如林斤澜、邓友梅、冯骥才、刘心武和陆文夫们,他们的寻根小说都很少涉及改革题材,改革在这些作家的寻根写作中,很大程度上是缺席的,或是被忽略的。对于具有寻根倾向的作家们这一针对改革的共同倾向,很值得玩味。因为我们知道,改革或现代化话语在 20 世纪 80 年代乃是一个具有天然合法性的超级能指,在当时,即使是现代派往往也要借助于现代化话语才能获得其合法性,更何况那些知青作家。而实际上,正如前面所引韩少功那段话所显示的,他就是从现代化的角度为他的寻根主张寻求合法性的,从这个角度看,改革虽然在寻根写作中往往是缺席的,但这一缺席却同老作家们寻根式的写作中改革的缺席,是不能等同视之的。

对于寻根提倡者们而言,郑万隆在 1985 年前后创作题材上的转向,虽然显得很突兀,但其实并非没有根据,而是有内在的关联;郑万隆的“异乡异闻”,某种程度上可以看成是其早先在《当代青年三部曲》和《同龄人》中改革叙述的延续。实际上,即使是在这“异乡异闻”中,始终都没有表现出叙述者针对改革或现代化的敌视态度,而毋宁说呈现出努力从深山老林中找寻现代化或改革事业的精神支柱,这一点特别明显地表现在对“我的光”的追逐中(《我的光》)。而郑义的寻根写作,特别是《老井》,以及李杭育的长篇《流浪的土地》,其实也是把改革同寻根糅合起来进行的。改革在这些小说中,始终处于若隐若现的位置,但其实是不在中的永在,是“缺席的在场”,不在而始终存在,制约着小说叙述的始终。

而在老作家的被称为寻根写作的小说中,改革却是表现为真正意义上的缺席。他们描写市井生活,这一城市中的空间,其实同改革和现代化之间是关系最为密切的,但即使是这样直面改革和现代化的城市空间,他们的小说主人公却表现出远离改革和现代化的倾向。他们身处改革的最前沿,但却表现出超越现实进入传统的倾向,他们本身就在中心,但呈现出的却似乎是边缘。这与寻根提倡者们明显不同。

林斤澜的“矮凳桥”系列,是最为典型的这种写法。其写矮凳桥的纽扣市场,写矮凳桥的新变,这些虽然与改革有关,但这些其实只是作为故事发生的背景或前景,在这背景之下,小说突出的似乎还是岁月流变后留下来的某些不变的内核，比如矮凳桥的风俗、溪鳗的诡异等。《溪鳗》和《丫头他妈》是两篇富有象征性的作品。这两篇小说可以对照着读，因为主人公基本相同，不同只在于，她们在不同小说中有不同的表现侧面，这很有点《史记》中的互现法的味道。这样来看，就会发现，溪鳗和丫头他妈其实象征两类形象，或者代表象征的两极；如果说溪鳗表现为一个文化符号，是矮凳桥魂的表征的话；丫头他妈则毋宁说是一个现实符号，现实在她身上刻写了历史及其变化。对于溪鳗而言，任你历史多变，溪鳗似乎仍旧是那样的诡异，那样的具有魅惑力，而对于丫头他妈，是改革使她从一个无名之人变成有名之人——即"丫头他妈"到"王梦水"——，但改革给她带来的变化似乎也仅于此。

在这方面，邓友梅的写作表现得尤为明显。他的《那五》《烟壶》和《寻找"画儿韩"》则几乎只是写到新中国成立，此后的生活就不写了。这似乎是一种回溯式的写法，预设了一个终点——即新中国成立，以此往回溯，这既是在"寻根"，其实也是在表明"根"的难在和消逝，因为，历史一路向下，在他这种预设中其实是在走下坡路，至于到新中国成立后，虽然着墨几无，但已表明"根"之不存或日渐式微了。从这个角度看，陆文夫的《美食家》可以说是把邓友梅预设的终点向下延伸到20世纪80年代了。同样，冯骥才描写天津卫的津味小说也可作如是观。其《神鞭》《三寸金莲》等，就像评论家所说，多少有些沉溺在对传统的玩味中而出不来。

通过分析可以看出，这些被称为市井文学的小说，都表现出回避时代现实，进入历史的取向：他们越过现实，把目光投向历史的纵深。这种取向，表现在时间上，最为明显的就是今非昔比，而非改革小说所承诺的今胜于昔，和未来更加美好的预设。从这个角度看，这种时间取向所呈现出来的，其实是对改革文学的"反动"。而实际上，在创作这些小说的同时或之前，这些作家，很多都是伤痕小说的作者。在这之前，陆文夫写过《献身》，冯骥才更是不用说，其《啊！》常常作为伤痕文学的代表作品被例举，林斤澜写过《十年十癔》等大量伤痕反思之作，刘心武则是众所周知的伤痕小说名家。因此，问题是，他们是怎么从揭露伤痕而转而回到历史中去的？这一转向是如何成为可能的？

在这方面,陆文夫的《美食家》可能是一个最好的说明。这篇小说写苏州饮食传统的变化,跨度很大,从解放前,到新中国成立后,再到"文革"结束后的 20 世纪 80 年代。但这一时间的脉络却不是向前发展的,也就是说并不是新中国成立后就比新中国成立前好,恰恰相反,新中国成立后叙述者"我"推行的一套改革,把苏州城里的名菜改得面目全非,美食不复为美食了。一直到 80 年代,叙述者"我"复出后,痛定思痛,反省以前的改革教训,重又改回到新中国成立前的传统,苏州的美食传统才得以恢复。此时,"改革"其实就成了对前此"改革"的反动,改革实际上就是回到了"传统"。显然,在这篇小说中,虽然也有写到改革,但改革并不是作为传统的"他者",而毋宁说是以"传统"的重建者的身份出现的。新中国成立后十七年的实践,使得传统荡然无存,故而"文革"结束后的首要任务就是要恢复被革掉的"传统",这也是"改革",是他们理解中的另一种"改革"。

而如果说这也是一种"改革"的话,这其实是从"文化"的角度对历史的重写。这与改革文学中从"四个现代化"的角度引导的经济等物质层面的改革不同。还以《美食家》为例,这篇小说其实也写到伤痕,但这种伤痕不是指向身体和国民经济的维度。这些都不是小说表现的重心,其侧重从对"文化"破坏的角度来写,故而"文革"乃至"文革"前,都被视为"文化"的乱象期;"新时期"到来后,若要"改革",当然就要恢复到乱相前的传统秩序了。显然,这种"文化伤痕"的写作,虽然表现出对新中国成立后十七年的批判,但并没有导向对现实秩序的批判,因为"文革"结束后,针对乱象的拨乱反正,在他们看来,还包括"文化"上的回到"传统"中去。

从这个角度看的话,冯骥才的《雕花烟斗》也具有类似的倾向。这篇小说显然更像伤痕写作,但在小说中已然表现出**文化伤痕**的迹象,这样,我们再来联系冯骥才的伤痕写作,就可以看出,这种转向虽很突然,其实必然,其间显然有明显的内在关联。他们从政治批判转向文化批判,只不过这一文化批判并不是今天所理解的把传统视为封建,并加以批判,而是从"文化"传统的角度反思"文革"乃至新中国成立后的历史,从而得出或表现出"文化"重建的主张和诉求。

四、结语:如何"文革"? 怎样"传统"?

可见,虽然都是写到传统,中老作家和寻根提倡者们的态度是明显不同的。虽然寻根提倡者们想通过"现代"之光烛照"传统",以实现重造"自我"的意图,但其实他们表现出的却是"传统"和"现代"的耦合,而没有充分注意到其间的矛盾。这在韩少功的《爸爸爸》和《女女女》中再也明显不过的表现出来,其丙崽和幺姑的畸形形象某种程度上就是这种"耦合"下的产物。而事实上,对于其他大多数寻根提倡者而言,这一"耦合"却是表现为"传统"和"现代"的错位式的形象;它们虽不可避免地注定相遇,也注定了产生矛盾,但结果是矛盾还未及时充分地展开,就转身各顾。就像在李杭育的《流浪的土地》中,"现代"之声光与隔绝的小岛,永远处于一种若即若离的关系之中,其虽近在咫尺,其实远在天边;因为,小岛一直以来都在移动,从未停止过,"现代"之光虽能长驱直入,但其实终不能到达:这小岛与那河岸间,永远都只是擦肩而过,而这也为滩哥永远的流浪提供了可能。另一种就像李杭育的《土地与神》一样,"现代"和"传统",虽不可避免地劈面相遇,但其实可以相安无事,就像那山上的神像可以转移到山下,而形成一奇怪的空间;这一空间,既可以用来供奉神明,也可以用来娱乐青年。可见,"传统"与"现代"之所以相安无事,某种程度上是因为它们在寻根提倡者们那里并不是截然对立的范畴,事实上,"传统"往往被"文化"范畴所置换,这样一来,时间性的"传统"和"现代"的对立,一变而为空间性的"文化"和"现代"(化)的并置。

相对而言,中老作家的文化寻根则表现出"传统"与"现代"的明显对立。这一对立主要表现为两种倾向:一种是对传统的迷恋式的叙述;另一种则是表现为对传统的挖掘和批判。对于这些中老年作家的作品,即使如《那五》、《烟壶》以及《神鞭》等,表现出越过时代现实的倾向,但他们所发掘的这一"传统"资源,无论如何却总是要面对"现代"的,而事实上,"现代"始终处于"缺席的在场"的位置,他们写传统,写历史,写习俗,其实指向的是当下。就像前面分析过的,这些写作寻根的中老年作家,大都是伤痕文学的作者,而当从对"伤痕"的揭露进而转变为对"伤痕"的文化反思时,他们转向历史就势在必然。但问题是,如果他们把"文革"理解为历史发展的最低点的话,历史一路下降而来,"传统"自然就成为弥足珍贵的存在;《那五》等是其代表。而如果他们把"文革"理解为(封建)"传统"发展而来的最集中鲜明的发作的话,那么通过对"传统"的批判继承其实是可以导向美好的未来的。这在刘心武的《钟鼓楼》中特别明显。这篇小说深受丹纳的《艺术哲学》中的"环境决定论"影响。在这篇小说中,对于每个出场的主人公,小说叙述者总要从历史和家庭出身上去挖掘他(们)的性格的形成的原因,而后把他们置于新的时代中,让其在新的时代精神和环境的烛照下发酵、反思、自我否定和扬弃,并最终得以自我提升。可见,中老年作家们对待"传统"的不同态度,关键不在"传统"本身,而在于如何看待现实,尤其是"文革"。某种程度上,如何看待"文革"及其现实历史根源,决定了他们对待"传统"的不同态度。

而对于知青寻根作家而言,"文革"则是他们有意回避或者虚化处理的。在知青作家的寻根小说中,他们超越现实,其实正表明了他们对现实/历史——即"文革"——的回避。阿城的"三王"之所以被研究者视为"寻根小说"的代表,正在于其表现出对"文革"现实的超越,小说的主人公虽生活在"文革"的现实中,但现实却似乎并不能真正左右主人公,主人公的心灵世界尤其显得自由不受约束。换言之,在阿城的小说中,主人公虽生活在"文革"的现实中,但他们却能一个个表现出超越的态度,这种超越态度,即在于他们"无视外部世界"的约束:他们从外部世界转向内在精神世界,而一旦内在精神世界得以确立,外部世界便显得无关紧要了。韩少功的寻根小说如《女女女》、《诱惑》、《空城》等都是如此。乌热尔图和郑万隆的小说,莫不如此。

从前面的分析可以看出,寻根作家(包括寻根提倡者们的寻根写作和中老年作家的文化寻根写作)虽然写到"传统"和"现代",及它们间的冲突,但实际上,他们并没有正面触及传统和现代的真正对立和冲突。而如果说传统和现代之间的冲突不可避免的话,那么他们通过他们的文学写作完成的现代和传统间的和解,其实就是一厢情愿式的想象性解决。这在一定程度上表明,他们对这种冲突既充满恐惧而又无力解决的矛盾心理。而这,其实又是同他们的处境和身份不无关系。对于中老年作家和知青作家来说，"文革"的结束之于他们的命运的转变是截然不同的。如果说，"文革"的结束，对中老年作家意味和标志着"复出"与"归来"的话，对于知青一代作家而言，则意味和标志着"失语"与"合法性"的缺失。这种整体性的命运的差异，决定了他们在对待"传统"时犹豫不决而最后分道扬镳。寻根提倡者们虽然执意"寻根"，但其实是意在"现代"（或当代），他们向"传统""寻"根，建构的却毋宁说是"现实"的合法性；这一矛盾状态，决定了"传统"——在他们那里则成了文化——同"现代"之间在不劈面相遇时就能达成和解。而对于那些中老年作家，他们自伤痕的记忆和写作而来，在这一脉络中，"传统"要么成为了"文革"之"创"的受害者，或者成为伤痕的制造者；在他们那里，传统同现代之间，实际上也是还没劈面相遇就已擦肩而过。他们的小说，虽然表现出"传统"和"现代"的矛盾和冲突，但只是一厢情愿式的想象的结果：它们在不同时空中的相遇，其实是一种想象中的"错位"，而不是事实。从这点来看，倒是像贾平凹等返乡知青的写作显得特别，其既能创作气定神闲的寻根小说《商周初录》，也能创作触及矛盾及其充分展开的改革小说《腊月·正月》以及后来的《浮躁》等。

第三节　文学返城与回乡——回乡作家与知青作家中的城乡想象

一、返城与回乡

路遥的小说《人生》发表后曾一度引发人们的热议，有批评家这样指责小说主人公高加林："他从来就没有当农民的精神准备，在他看来做一个普通农民，便意味着理想的破灭。……这使他不可能建立与广大农民的深厚感情，把生活建筑在想入非非的幻想之上，造成自己在生活信念方面的软弱。"①这一指责使我们想起了柳青的《创业史》对农村姑娘徐改霞的批评。在《创业史》中，徐改霞也是像高加林一样的农村青年，他们都对城市生活

---

①　曾锦清：《一个孤独的奋斗者形象》，《文汇报》1982 年 10 月 7 日。

充满了向往之情,稍微不同的是,高加林是一个更有抱负也更有能力的知识青年;结果却相反,平庸的徐改霞顺利地实现了进城当工人的愿望,优秀的高加林却最终还是回到了农村。更具反讽的是,小说结尾,高加林其实是第二次踏上了"回乡"的山间小路,这似乎某种宿命,是耶非耶?

事实上,高加林的回乡和徐改霞的进城,都并非宿命,而只是当代中国社会进程中的一种暂时的现象,徐改霞当年进城是为了响应国家工业化建设的需要,高加林的返乡也是国家特定时代的产物。表面看来,束缚高加林乃所谓的"社会分工"或"城乡差别",其实真正决定高加林"人生"命运的是当代中国的历史进程,当年高加林没有实现的进城理想,后来在孙少平(《平凡的世界》)身上得到了实现,只不过,这一实现并不是想象得那么容易,实则是充满了艰辛:这是一条注定了充满磨难的人生之旅。

应该说,这一艰辛,并非高加林或孙少平那样的农村知识青年所独有,对那些当年返城的知识青年而言,也是如此。这一情形在梁晓声的《雪城》中有特别详细的描述。且不论当年知青们如何轰轰烈烈、敲锣打鼓、热血沸腾地"上山下乡",后来又如何千方百计绞尽脑汁地返城(《今夜有暴风雪》),这发生在城市和乡村之间空间上的不断位移,其实表征的是当代中国现代化想象和实践的变化。当年知识青年们响应号召来到农村,不正是为了建设美好的农村吗?而事实上,在 20 世纪 50—70 年代的中国,农村也确实是作为现代化想象和实践的重要组成部分,只不过那种"改天换地"的理想和现代化的管理(如合作化运动)最终无法改变"时序更迭"的农村时间:这其实是现代城市中线性的时间观遭遇相对静止而循环的农村时间观的失败,落后的农村还是那样的落后,城市还是那样的充满诱惑,无怪乎即使是像徐改霞那样的普通农村少女都对城市充满了期待,更何况是高加林?从这个角度看,知识青年的返城,一方面表示返回到他们的出生地,另一方面其实也是现代文明再一次战胜传统文明的表征。在这里,不管是返城,还是回乡,都一再表明现代文明的魅惑力的强大,农村注定要成为城市的"他者"式的存在。

但也奇怪的是,一旦回到了朝思暮想的城市后,有些人却想着如何如何地"返乡"——返回他们的"流放地",这在铁凝的《村路带我回家》、王安忆的《本次列车终点》、孔捷生的《南方的岸》,以及郑万隆的《同龄人》等一批知青小说都有所呈现。而事实上,并不是作者和主人公们不被城市接纳,相反,这些写作者和主人公某种程度上都是"成功人士",他们在城市先后站稳了脚跟,心里却不断想着曾经的乡土。只不过,返乡的只是小说中的主人公们,小说作者们都留了下来。这不一致,不妨称之为"文学返乡"。这是一方面。而另一方面的情况却是,当那些"回乡青年"如贾平凹、莫言、张炜甚至路遥们一个个通过个人的努力都走向城市后,他们的写作却越来越表现出对农村的依恋①,这也是另一重意义上的返乡——"精神返乡":他们虽身在城市,农村却始终是他们写作的宝库,念兹在兹的故乡。他们越是在都市生活得久,就越表现出对故乡的怀念。诚然,这两种"返乡"的想象方式不能一概而论,但其作为一种共同的倾向却是不约而同。对于这种趋同,该怎么解释? 这与他们的身份和经历是否有关?

二、苦难与浪漫

在谈到知青作家对农村的描写时,莫言曾这样说道:"从我自己对农村生活的感受出发,我觉得农村生活并不像'右派'作家、'知青'作家笔下所表现的那样暗无天日、悲悲戚戚。农村生活的确很艰苦,但农村生活并不是一点快乐也没有。"②莫言虽表达了很多回乡作家的不满,但事实上,这种指责并没有触及问题的实质。这里的关键不在于农村是否艰苦,而在于这种苦难叙述的背后蕴含了什么? 应该说,任何时代、任何社会都会有艰苦,都会有困难,但所谓艰苦也只是相对而言的,其往往通过比较才成立;换言之,"艰苦"是不会指向自身的。而事实上,知青的生活,在本地人眼里,倒是值得羡慕的:"在我的经历中,我那时是多么羡慕着从城市来的知青啊! 他们敲锣打鼓地来,有人领着来;他们从事着村里重要而往往是轻松的工作,如赤脚医生、代理老师、拖拉机手、记工员、文艺宣传队员;他们有固定的中等偏上的口粮定额,可

---

① 最有代表性的莫过于贾平凹,他不断宣称:"我是农民。"参见贾平凹:《我是农民》,陕西旅游出版社 2000 年版。

② 莫言、杨扬:《小说是越来越难写了》(对话),见《莫言研究资料》,天津人民出版社 2006 年版,第 11 页。

以定期回城,带来收音机、书、手电筒,万金油,还有饼干和水果糖。"①可见,所谓苦难,并不能自我命名,最典型的莫过于鲁迅的《故乡》,小的时候,叙述者觉得闰土可爱活泼,一旦当多年以后返乡却突然发现:闰土原来是那样的麻木而愚昧;反讽的是,闰土本人却不自知。可见,这种"命名"往往只是一厢情愿的想象,被命名者,或生活在被命名环境当中的人,却浑然不觉。

　　为什么会产生这种认识上的差异呢? 显然,这是因为视角变了。即以农村为例,一直生活在农村从来没有出去过的人,他们是不会感到他们的生活之艰辛的,因为显然他们一直生活在其中,他们觉得这些都是天经地义的,他们没有比较,习惯了因而并不觉得有什么特别;而只有那些生活在农村之外的人,或那些走出农村来到城市的人,当他们与农村生活有了距离之后,他们回过头观看,这时才发现农村原来是那样的艰辛而不可忍受。这时,农村被他们作为"问题"提出并被命名。从这个意义上说,农村之贫穷落后状态是身处农村之外的人的一种"命名",虽然这种状态可能一直存在。晓剑和严亭亭的《一代人的情歌》(1986年),提供了"命名"/"被命名"之间的矛盾的象征性表达。知识青年吴大路带领他的伙伴——"七个条半好汉"——下放来到景颇山,目的就是要"解放他们的愚昧和落后","他们教会了我们劳动,现在该我们来解除他们的愚昧和落后了。""改造世界才是我们的根本任务,跟这些勤劳但贫困的人们生活在一起的目的,就是为了让他们能够文明起来,生活得美好起来。"但他们并不能得到当地农民的理解:"知青们一边晒着包谷,一边和景颇老乡们谈论着景颇山的落后以及可能出现的变化。景颇人像听新奇的故事一样听知青们说着,然而最后也是把它当成故事。"他们的所谓"知识、智慧和力量",以及行动,却招致景颇人多次威胁着要赶走他们。

　　若联系此前文学中的乡土/农村叙述,我们便会发现,同样是"外来者",其观看到的结果却是截然不同的。自20世纪40年代末期以来的许多农村题材小说中,但凡描写农村变革的小说,很多都有一个外来者的形象,典型的如《暴风骤雨》、《太阳照在桑干河上》、《山乡巨变》以及《许茂和他的女儿们》等。在这些小说中,农村在那些"外来者"的注视下变得问题重

---

① 贾平凹:《我是农民》,陕西旅游出版社2000年版,第25—26页。

重,因而改革的主题被提上了日程。在这里,虽然农村在"外来者"的观照下显得贫穷落后而保守,但农村无疑是充满希望的,这就是为什么即使走到破产的边缘,梁生宝仍然要待下来。但在那些同为描写农村苦难的知青小说中,知青们想着的却是早日离开。

显然,知青写作中对农村苦难(而不仅仅是贫穷落后)的渲染,也是一种命名。当知青作家们渲染农村的苦难时,大多为了他们回城所做的叙述铺垫。而事实上,那些刚回城的知青,他们的生活并不比在农村好很多,这从梁晓声的《雪城》中可以看出,但即使这样,那些知青仍觉得城市的可爱。可见,农村的苦难在知青写作中,并不指向苦难本身。其事实上是言在此而意在彼。在《雪城》、《多余的人》(韩振波)等一大批知青叙述中,苦难显然指向意识形态的欺骗性。在他们看来,这一苦难显然是"文革"意识形态的欺骗性造成的,他们的青春也在这种欺骗中挥霍殆尽:苦难往往成为他们否定历史和过去的"意识形态素"。从这个意义上说,知青作家们通过对农村苦难的渲染,客观上成为他们参与控诉"文革"的伤痕写作实践的一部分。这与莫言所说的"艰苦"并不是一回事,其某种意义上只是一种修辞。而事实上,也只有在保持了一定的距离之外,再回过头来观看农村的话,情况可能就是另外一种样子了。叶辛的《在醒来的土地上》就是这样的一个文本。在小说中,当已然回城的知青严欣再一次重返插队时的农村时,农村在他眼里就不仅仅是愚昧落后而贫穷,而毋宁说正蕴含着变革和希望了。在这里,贫穷依旧,但这一贫穷并不是为了推动他远走高飞的"意识形态素",而毋宁说促使他要改变这一落后状态,也正是在这种心态下他参与了农村轰轰烈烈的变革——即农村改革。

如果说像《我们这一代年轻人》、《蹉跎岁月》、《风凛冽》(叶辛),《桑那高地的太阳》、《隐形伴侣》(张抗抗)等知青小说表现出对农村悲苦的描写是一种"意识形态"的命名或"丑化"的话,那么,像《村路带我回家》(铁凝)、《我遥远的清平湾》(史铁生)、《冬天的道路》(陆星儿)、《有一个美丽的地方》(张曼菱)、《塔》(张抗抗)、《同龄人》(郑万隆),以及张承志、梁晓声等的知青小说则同样是对农村的浪漫的"美化"。在他们眼里,农村虽然艰苦,但也并非没有留恋之处。以此来看莫言笔下的农村,也同样是一种想象;因为,所谓真正"原初"意义上的"农村"从来是不存在的。农村呈现在我们读者面前或作者笔下的都只是一种想象和叙述的结果,是经过了文学之"眼"过滤后的产物。而事实上,像《村路带我回家》等小说所显示出的,农村之所以美好,并不在于农村本身的景象如何如何,而在于那里曾经铭刻了他们的青春和理想(就像陆星儿的小说集名《遗留在荒原上的碑》显示出的),那里是他们精神的"对象化",就像《有一个美丽的地方》改编成电影后的题名《青春祭》所表征的那样。如果说青春可以"无悔",理想能够长存的话,那么曾经的青春以及与青春联系在一起的农村景象,就应该是美好而值得怀念的。

　　反讽的是,即使农村是那么的美好,某些知青如李纯(《青春祭》)、叙述者"我"(史铁生:《我遥远的清平湾》、陆星儿:《达紫香悄悄地开了》)、田家驹(韩少功:《远方的树》),仍旧会义无反顾地离开,这一离开,就像张暖忻在谈到《青春祭》的结尾李纯的出走时所说:"尽管我们清醒地意识到现代文明给人类精神生活带来种种问题和苦恼,并且对古朴文明中美好的东西怀着深深的眷恋。然而,我们还是想做现代人,而不愿也不可能再回到人类的幼年,重新过那种男耕女织的生活。"①这当然是一种最简明也最有代表性的阐释,但其实也最没有说服力。因为,事实上,在 20 世纪 60—70 年代,当知青们被从千里万里之外动员到乡下时,这一乡土景观的想象其实是很现代化②的,而且那些知青也是抱着"改天换地"的雄心下去的③。在这里,问题就不在于农村是否真的落后,而在于这种落后/现代的描述是怎么产生的?其与新中国成立前的乡土叙述中的落后/现代模式之间,有无内在的关联?

---

①　罗雪莹:《回望纯真年代——中国著名电影导演访谈录(1981—1993)》,学苑出版社2008 年版,第 143 页。

②　这种现代化的农村景观的想象,充分体现在毛泽东的"农村工业化"构想中。这种构想中的"乌托邦成分",在莫里斯·迈斯纳的《马克思主义、毛泽东主义与乌托邦主义》(中国人民大学出版社 2005 年版)一书中有充分的分析(参见第 22—63 页)。在莫里斯·迈斯纳写的另一本书中,作者这样说道:"农村工业化计划是毛泽东为实现农村地方社会经济自给、缩小城乡差别而制订的宏伟计划中的一部分(也许是最成功地部分)。到毛泽东时代结束时,农村工业化计划已取得了许多良好的成就。"(《毛泽东的中国及后毛泽东的中国》,四川人民出版社 1989 年版,第 470 页)。另参见陆天明:《桑那高地的太阳》,人民文学出版社 1987 年版,第 283 页;通过小说中的叙述可以看出,当时是从"很快能在戈壁滩上建立'小上海'、'小江南'"的现代化想象来动员上海青年的。

③　参见潘鸣啸:《失落的一代——中国的上山下乡运动·1968—1980》,中国大百科全书出版社 2010 年版,第 31—36 页。

三、人生的"返复"与自我他者化

事实上,就在那些知青作家写作返城知青回乡的时候,有些回乡作家却在写着回乡青年进城的故事。路遥的《人生》和《平凡的世界》是其中最有代表性的作品。当民办教师被下,农村在高加林(《人生》)眼里顿时变得"暗无天日"时,这时外面风雨大作,"整个天地似乎都淹没在了一片混乱中"。"足足有一刻钟,这个灯光摇晃的土窑洞失去了任何生气,三个人(指高加林和他的父母——引者注)都陷入了难受和痛苦中","现在这一切都结束了,他将不得不像父亲一样开始自己的农民生涯。他虽然没有真正在土地上劳动过,但他是农民的儿子,知道这贫瘠的山区当个农民意味着什么。农民啊,他们那全部伟大的艰辛他都一清二楚!"既然知道农民的艰辛,他为什么没想过要改变这一切呢?而事实上,随着"文革"的结束,农村此时正酝酿着巨大的变革,作为高中毕业后返乡的知识青年,他为什么就不能像景传耕(叶辛《基石》和《拔河》中的回乡知识青年)、严欣(《在醒来的土地上》)或李向南(《新星》)那样参与进这一历史的伟大进程中,或者就像孙少安(《平凡的世界》)那样带头干个体?可见,这一"伟大的艰辛"其实只是高加林的一种修辞。何来的"伟大"?"艰辛"倒是实实在在的。但即使是这样,他还是没有死心塌地地要做一个农民。当他想到村里的两大"能人"时,"一种强烈的心理上的报复情绪使他忍不住咬牙切齿……只要高家村有高明楼,他就非要比他更有出息不可!要比高明楼强,非得离开高家村不可!这里很难比过他们!他决心要在精神上,要在社会的面前,和高明楼他们比个一高二低!"看来,即使是做农民,高加林也不想做一个"庸俗"而浅薄的农民。那么,到底究竟是什么促使高加林这样坚定地想要走出农村呢?小说《人生》发表后,有批评家这样归纳主人公高加林的五次大的生活转折,即民办教师被下、巧珍的出现、成为县通讯干事、抛弃巧珍以及被解职返乡[①];诚然,这五次转折对高加林来说意义重大,但真正决定高加林一生的,其实并非这五大转折,而是他的高中学习生涯。是高中学习生

---

① 参见陈俊涛:《谈高加林形象的现实主义深度》,《作品与争鸣》1983年第2期。

涯,使他从精神上摆脱了农村所造成的束缚,他虽身在农村,其实心已远飞。

另一方面,即使高加林心比天高,其实他的人生早已注定:他似乎注定要在不断的"重复"中度过一生,离乡、返乡,失而复得,得而复失。而小说某种程度上也正是通过这一离乡和返乡的多次"重复",表达并彰显出某种困惑和矛盾:作为有知识有能力和有抱负的"青年一代",如何在时代的种种限度内发展自身? 高加林虽然最终失败了,但这一失败后的返乡,却与他高中毕业后的返乡,截然不同。这一"人生"的"反复"虽然昭示了为时代所限的种种困窘,但其实也表明某种希望:"人生"的反复并不是简单的原地踏步,而毋宁说标志着某种成熟和成熟后的理性思考。这里面既有人生的反复,也包含了城与乡的差异以及现代和传统之间的矛盾。而这,也正是《人生》向我们提出的命题,即何以"人生"会出现这样的不断"反复"呢?对高加林而言,这一反复的造成显然与他的读书接受现代文明有关。但也正是因为这一对现代文明的接受,高加林的结局也就可以想象,即使他被解职还乡,他也不可能永远待在农村,而事实也证明,一旦环境松动,他又会再次出走——这又是一次"反复"——路遥在他稍后的小说《平凡的世界》中,就以孙少平的形象告诉了我们这一点。

但也不尽如此。高加林的这一执着背后,实际上还联系着当代中国的另一种实践,那就是农村乌托邦实践的失败。在十七年农村题材小说中,在描写城市的时候,往往总会把城市塑造成罪恶的、藏污纳垢的、充满诱惑的所在(陈残云:《香飘四季》;陈登科:《风雷》、《创业史》;等等),而相应的,农村则充满希望。赵树理的《三里湾》中农民画家老梁画的三里湾的三幅景象图:"现在的三里湾"、"明年的三里湾"、"社会主义时期的三里湾",就是一个最有象征性的农村现代景观。而即使是谌容的《万年青》(1975)中,农村青年们制作的万年青"远景模型"也表明了这一点。这一文学实践,某种程度上表征了当代中国毛泽东主义实践中的反城市化倾向,即对所谓"革命的农村"和"保守的城市"①的文学想象。而事实上,在十七年的城市

---

① 参见迈斯纳:《马克思主义、毛泽东主义与乌托邦主义》,中国人民大学出版社 2005年版,第 22—64 页。

题材小说中,城市也往往被想象为"生产性的空间"而更多滤去了它的负面的因素。① 虽然说,在高加林的"走出农村"的坚定信念中,包含有现代文明的诱惑的因素,但这里却也隐含了这样一个前提,即农村的落后和无望。比较从十七年乃至"文革"时期的文学实践,《人生》这一对农村的想象显然是一种翻转和颠倒,这样一种颠倒是那样的"无形"而又影响广泛,乃至于实际上也成为了知青写作中农村叙述的基本前提:"革命的农村","广阔天地大有所为"的农村,现在一跃而成为弥漫着苦难和愚昧的荒野。"土地因失去革命理想主义的支持而变得毫无意义,他们(指下乡知青——引者注)又无法获得与土地的其他联系,他们最终只能逃离土地才能获得一种解脱。"②广而言之,这里的"他们"并不仅仅包括下乡知青,像高加林和孙少平式的回乡知青也属于此类。正是在这个意义上,即使是像严欣(《在醒来的土地上》)那样的参与农村改革的知青,也只是把农村视为城市的"他者"而不是相反。而甚至是景传耕(《基石》和《拔河》)那样的回乡知青,也只能在城市之光的照耀下前行。可见,在农村改革小说中,农村的落后面貌一仍其旧,不论如何书写,农村/城市的等级关系早已注定:农村已然落后于城市,在等级上低于后者。在这方面,鲁彦周的《彩虹坪》别具深意。这部小说带有明显的反城市化的余续,小说结尾处,吴仲曦从城市回到了彩虹坪;他这一回归,既是回归大地母亲,也是从城市的繁华回到农村的质朴。但即使这样,以他的一己之力(或少数几个人的力量),仍不能颠倒这种城乡之间的等级结构关系。因为,这一等级结构一旦形成,便再难改变,而事实上,随着中国加入全球化进程,这一结构只能是越来越强化,而不是相反。

对于农村青年来说,除了高加林式的出走之外,还有另一种出走,那就是通过读书的途径走出大山。可一旦真的走出去后,又会怎样呢? 当他们真正融入大都市并被都市接纳的时候,情况又是如何? 从这个角度看,作家贾平凹、莫言和张炜,以及路遥正可以看成是"互文"意义上的高加林形象:他们通过外出读书完成了高加林没有完成的走出大山之梦。而从他们的写

---

① 参见徐刚:《1950—1970年代中国文学中的城市叙述》,北京大学博士学位论文,2011年。

② 高秀芹:《文学的中国城乡》,陕西人民教育出版社2002年版,第60页。

作来看,他们却是不断地"返乡":他们身在都市,却在不断地返乡,这一返乡既是事实上的回家探亲或体验生活,也是永远的"精神返乡"。他们的文学世界似乎再也离不开乡土的血脉,"高密东北乡"、"商州"、"芦清河"已然成为莫言、贾平凹和张炜的"名片"。这显然与知青作家的情况不太一样。除了张抗抗、叶辛等少数作家至今还在写着他们的知青岁月外,很多作家都已经转向了其他的题材。而即使是 20 世纪 80 年代初知青作家的"文学返乡"写作,也并没有持续多久。这一"精神返乡"显然也不同于新中国成立后的反城市化倾向。这一倾向虽然带有某种"反现代的现代性"的倾向①,但"反现代"并不等同于"反城市化"。在反现代的现代性中,农村虽然被塑造成美好而充满诗意的空间,但这一空间,却只能是城市的他者,而在反城市化(或"逆城市化")的倾向中,城市是农村的他者②。这是根本的区别所在。换言之,在这一"后革命"时代中,无论如何美化农村,其实往往都只是一种"自我他者化"的文化实践——乡土虽然美好,但终究是被"他者化"的奇异景观。如果说这也是一种反复的话,这或许就是不可改变的宿命。

四、远走他乡还是走向全球化?

应该说,知青作家的"文学返乡"只是他们的一次想象性的"回返",更多的是一种象征意义。这一"回返",在陆星儿的《达紫香悄悄地开了》有极

---

① 已有研究者注意到贾平凹的《商周》的"反现代的现代性"取向的一面:"贾平凹的《商周》曾经无意地写到了这样一种文化上的对逆交流关系:就在照川坪的青年人迫不及待地从刚刚凿通的公路骑自行车赶去县城看新鲜世事的同时,省城的美术工作者却来到他们的出生地寻觅到了可以使现代艺术从中汲取智慧清泉的民间意识。一方面,商周世界正在努力向外面的现代世界寻找自己的前景;另一方面,现代世界也从它业已超越的传统世界中重新发现了可资充实自己文化创造活力的东西。"(李振声:《商周:贾平凹的小说世界》,《上海文学》1986 年第 4 期)另外,陈仲庚谈到以贾平凹等为代表的寻根小说时,也认为,这是一种"以对优秀传统的弘扬来体现'现代性'的完整性,这仍是对世界'现代性'潮流的认同"。(陈仲庚:《现代性的别处:乡土与寻根》,陈晓明主编:《现代性与中国当代文学转型》,云南人民出版社 2003 年版,第 200 页)

② 参见李洁非:《现代性城市与文学的现代性转型》,见陈晓明主编:《现代性与中国当代文学转型》,云南人民出版社 2003 年版,第 43 页。

象征性的表达。小说讲述了"我"返城后重访北大荒的故事。在这篇小说中，有一个细节十分重要，那就是"我"的作家身份。"我"已返城，但仍旧不断地写作北大荒，这一"交错"其实表明了叙述者内心的不安和困惑：返城后的个人成功，并不能使"我"获得内心的安宁，而这不安宁，常常来自于对当年扎根农村誓言的背叛，但这无疑又不可能再回到从前，因此，于叙述者而言，对北大荒的回忆和叙述，就成为走向自我救赎和想象中现在同过去和解的方式。但这终究是想象性的"回返"，因为，虽然"我"不断地在精神上表示对北大荒的回归，却终究不能阻止"我"再一次返城。看来，"我"的重访只是这和解的象征仪式。而一旦在这种想象性的"回返"中达到了历史同现实之间的和解之后，"回返"也就失去了意义，因为"回返"是在以历史作为现实的"他者"而存在的。换言之，知青作家的"文学返乡"中的对立是历史和现实的对立，而非城市与乡土的对立；虽然说，当初知青作家返城是因应了城市的诱惑，但他们的"文学返乡"却不尽然是对城市的现代性的批判，而毋宁说是历史的幽灵在纠缠他们，因此，一旦历史同现实最终和解，他们的"文学返乡"也即告终。至于像韩少功、李杭育、郑万隆、乌热尔图等知青作家再一次把眼光投向乡土时，这一乡土显然已经不再是"历史"的载体，而毋宁是城市的对立面了；只有在这时，他们的写作才真正同贾平凹、莫言和张炜等人的"精神返乡"①和文学寻根之作有了内在关联。可见，对于知青作家和回乡作家而言，"返乡"并不是一回事。如果说，对于前者而言更多地是历史与现实之间矛盾的展开的话，对于后者而言则更多的是传统与现代之间矛盾的呈现。正是在这个意义上，张炜和路遥的小说创作就别具意味。

---

① 对这一"精神返乡"，也应区别对待。对于张炜和张承志而言，"虽然受到都市诱惑，但他们自身对都市的抵抗使他们在坚守乡村写作中获得自信，他们的痛苦也成为一种坚守的资源和对都市宣战的优势。可是对于那些试图把握直接生存的城市生活，却由于深厚的乡土经验的限制和束缚使他们游离于都市与乡土的分裂式夹缝里，他们被割断了与乡土的直接关联，却又无力与城市建立起亲密的关系，这也许是大多数出生于乡村的作家或在血缘上与乡村亲密的作家在现实与文学中的一个共同经验。"（高秀芹：《文学的中国城乡》，陕西人民教育出版社 2002 年版，第 310 页）贾平凹和莫言等显然属于后者。

在《远行之嘱》(1989 年)中，张炜塑造了一个即将流浪的回乡知识青年形象。父亲的永难洗清的"罪过"这一家族前史，决定了现实中的叙述者"我"的永远的匮乏，其结果是，"我"的流浪不可避免。流浪汉是贯穿张炜小说创作始终的一个核心形象。对流浪汉来说，他的时间是循环反复的：他没有将来。如果说历史(过去)是先天的匮乏，而将来又只是历史的延续的话，那么就只能寄希望于现在或当下了。从这个意义上说，《秋天的愤怒》(1985 年)就是一篇努力从当下获得救赎的尝试。小说中塑造了一个回乡知识青年李芒的形象。这一形象同《远行之嘱》中的叙述者"我"一样，历史对他们而言都是不堪回首的，地主家庭出身使他的童年充满了屈辱和辛酸，好不容易读完中学回乡，又因为同村支书肖万昌的女儿小织恋爱，而被迫四处流浪，远走他乡，"文革"结束后才得以返回。小说伊始，小织爷爷的病故，使得李芒和肖万昌之间一度被调和——即小织爷爷通过两家联合的方式——的矛盾凸显出来。小说围绕是否解除同肖万昌之间的联合展开叙述，种种历史和现实的矛盾交织在一起，这令李芒的选择尤其具有象征色彩。分开与否因此某种程度上就成为告别历史，拥抱现实和走向救赎的表征。而事实上，在小说中，拥抱或阻碍改革，实际上被作为塑造和评判人物的话语"规则"：李芒是以带领村民并投身农村改革事业——即个体专业经营——作为走向自我救赎的，而且这一实践也在象征的意义上得到党的领导干部县委书记的首肯；肖万昌和民兵连长则被塑造并被解读为"农村改革的主要障碍"①。在小说中，乡土之可爱，之让主人公流连忘返，是因为那里是他的故乡，有他的童年，这也是为什么多年的流浪之后会再回到故乡(《秋天的愤怒》)，但另一方面，乡土无疑又是流放地，那里有着父辈的流放的痕迹，也曾烙下叙述者"我"(《远行之嘱》)或李芒(《秋天的愤怒》)的流浪的足迹；这一内在的矛盾，如果在《秋天的愤怒》中还能通过拥抱现实而有短暂的缓解的话，一旦在现代文明的入侵下，就将不可避免地加剧：乡土正一步步走向毁灭，在这既没有历史(即匮乏)也没有当下(即毁灭)的乡土上，何以构筑自己的"精神家园"？如若联系张炜此后一直延续至今的写作

---

① 宋遂良：《诗化的深化了的愤怒——评〈秋天的愤怒〉》，《当代》1985 年第 6 期。

过程,这一趋势再也明显不过了。在他集二十余年的探索于一书的《你在高原》(2010 年)系列中,一方面表现出作者/叙述者在面对现代文明冲击下的乡土经验的萎缩的困惑;另一方面又难于从历史与现实的纠缠中走出;这两重对立缠绕在一起,最后的乡土成为一个分裂的景观。在这里,乡土既是故乡,有很多美好的回忆,同时,乡土也是荒野和流放地,因为噩梦总随记忆而至;这一分裂既使得小说主人公长期处于一种精神流浪的处境,同时也造成了其小说创作的不断的反复和繁复:张炜的写作无疑已形成一自我缠绕的怪圈。

相对于张炜的繁复,路遥的写作则显得简单明了得多。他的写作虽有"乡土情结"之嫌,实际情形却恰恰相反,他是一个十足彻底的"背土离乡"的人。这从他的《人生》到《平凡的世界》中高加林到孙少平的经历的内在关联上可以很明显地看出。《人生》发表后,高加林曾被批评者视为"个人奋斗"者形象,他的"个人愿望中""只有赤裸裸的个人利益",因而他的悲剧不可避免。① 撇开批评者的情感结构不论,这一批评其实正道出《人生》之暗合历史潮流的地方。批评者指责高加林不切实际想入非非地想着要考国际关系学院,这实际恰恰表明高加林之"不同凡响"之处:他的这一国际视野,不正是全球化进程在中国的表征②吗? 而事实上,当个人主义话语把高加林和孙少平从一个农民变成自由的"个人"时,不期然间已为中国的全球化进程的到来做了最好的铺垫。孙少平辛辛苦苦从大山深处走出,来到黄原地区,其作为"揽工汉"形象,不就是今天数以万计的打工者们的原型写照吗? 他所遭遇的城乡"交叉地带"③的问题,不也正是今天数以万计的打工者们还在经历的难题吗?

就全球化的意义而言,这种"个人主义"话语的意义正在于它"生产"出了一个个不安于乡村现状的农业个体"劳动者",它使得中国数以万计的青

---

① 参见曹锦清:《一个孤独的奋斗者形象——谈〈人生〉中的高加林》,《文汇报》1982 年 10 月 7 日。

② 当中国在 20 世纪 70 年代末期加入以美国为首的世界秩序时,其实已不期然地加以到世界的全球化进程当中去了。

③ 参见安本·实:《路遥文学中的关键词:交叉地带》等,见《路遥研究资料》,山东文艺出版社 2006 年版。

年劳动者摆脱了土地的束缚,纷纷来到现代大都市,这显然为全球化的社会分工创造或提供了最大量的"劳动力"。虽然这种个体有其独立的自我意识,但是这种独立的自我意识,也只是在全球化时代社会分工的意义上才能显示出其价值——即作为有一定文化的自由地等待被雇佣的劳动者这一意义上。从这个角度看,《人生》虽然标志着个人奋斗式的"个人主义"的诞生,但却不期然地成为全球化时代之意识形态实践的一部分。路遥念兹在兹地想要摆脱时代的束缚,竭力想写出一部超越时代的宏大之作,最后却不知不觉间落入了全球化的"陷阱"之中,这是否就是黑格尔意义上的历史或理性的诡计? 历史之手的拨弄何其反讽? 当你想从一个封闭的"意识形态圆圈"①中努力挣脱出来的时候,其实是为进入另一个意识形态的圆圈做了充分的准备。这或许也就是路遥的《人生》到《平凡的世界》留给我们时代的最大"启示意义"吧。从这个意义上说,高加林和孙少平的义无反顾,与其说是奔向城市,不如说是走向全球化。这一历程,无疑已为今天的现实所证实。

---

① "意识形态圆圈"这一范畴借鉴自阿尔都塞,参见阿尔都塞:《读〈资本论〉》,中央编译出版社 2008 年版,第 43 页。

第三章　想象青春与记忆之"痛"

第一节　现代化、日常生活与裂变中的青年

一、"日常生活"的辩证法

在谈到"日常生活"在 20 世纪 80 年代文学中的地位时,李杨曾这样指出:"在'文革'结束后的相当长的时间内,中国文学的基本主题是去政治化,是赋予被左翼政治压抑的日常生活以正当性。在某种意义上,这个时代的告别革命、放逐诸神的时代是通过'回归日常生活'来实现的。"①如果说,"日常生活"在 70、80 年代之交还具有天然的合法性的话,那么随着改革时代的到来,反映到改革写作中,"日常"的合法性则需要重新审视了。因为,在 70、80 年代之交,"日常"的合法性是由"文革"——政治这一"他者"所决定的,而一旦时代的主题从批判"文革"转向改革开放,"回归日常"就不必然而有可能成为改革进程的负面因素了。毕竟,"日常"除了具有批判"文革"的意识形态功能之外,其固有的平庸的一面,在时代主题从批判"文革"转向改革开放之时,就有可能凸显。

事实上,一旦"现代化"的宏大叙述遭遇"日常生活"的平庸的时候,矛盾也就不可避免。《花园街五号》(李国文)中主人公韩潮的一段内心对白,极富症候性地表明了这点:

"是这样——"好像有另一个韩潮,在同自己讨论问题,"保守也

---

① 李杨:《文学史写作中的现代性问题》,山西教育出版社 2006 年版,第 277 页。

72

好,僵化也好,老兄,年龄是个因素。你不能不承认,并不是每个人都能够永葆青春,慢慢就会失去年轻时追寻新事物的热情,而像蜗牛一样,旧东西成了沉重的负担。"

"得啦得啦! 难道追寻新事物必定好么?"

"那我问你,对自己的过去,无论好坏美丑,一律加以肯定,倒是值得赞扬么? 其实你也未必不懂,宇宙发展的基本规律,是新陈代谢,新事物总是层出不穷。本来一个人老了,是正常的生理现象,但记忆力是个很讨厌的东西,它总使你回想自己的黄金时代。那时,你演主角,你挑大梁,你擎天托地,你力拔山兮气盖世气盖世……"

"得啦,好汉不提当年勇!"

"瞧,如今长江后浪推前浪,一种再也正常不过的事情,你也有了老年人的委屈感,可要不得啊!"

"你放心,我不会成为伯爵夫人那样的顽固派!"

"未必吧! 我怕你成为老糊涂!"青年韩潮嘲讽地说。

"太刻薄了! 我绝不相信我会成为四化的阻力、改革的促退派、新事物的压制者!"老年韩潮坚定地回答。①

这段话表明了老年同中青年之间不可避免的矛盾,以及老年对自身即将退出历史舞台的心有不甘。此外,这一矛盾似乎又与"旧东西"/"新事物"之间的对立关系密切,而一旦新旧之间的对立变成新陈代谢的一环节,老年不可避免地就要与"旧东西"联系在一起了。这样一来,其表现出的激烈矛盾就可想而知了:这既是"青年韩潮"与"老年韩潮"的矛盾,也是"新事物"和"旧东西"的辩证法。而之所以"新事物"会变成"旧东西",却不仅仅是青年/老年的矛盾结构造成的,某种程度上也是现代性的日常生活的逻辑所致。

从日常逻辑来看,"新事物"必定是要变成"旧东西"的,这是任何人任何力量也阻止不了的。但问题是,"旧东西"并非就一无是处,而从前引小

①　李国文:《花园街五号》,北京十月文艺出版社 1984 年版,第 84—85 页。

说原文来看,"旧东西"之所以了无价值,无非是因为这样一种理论预设,即"新事物"是与改革和现代化联系在一起的,而改革是当前最大的政治和意识形态,故而与新事物对立的"旧东西"就是阻碍改革的,因此就是了无价值的了。

而如果撇开改革的意识形态,我们会发现,"旧东西"之所以变得一无是处,并不仅仅是改革的意识形态所致,而毋宁说是"日常"本身所固有的内在矛盾造成的。在这里,"旧东西"其实就是一种"日常"的表征。海默尔曾指出:"在现代性中,日常变成了一个动态的过程的背景:使不熟悉的事物变得熟悉了;逐渐对习俗的溃决习以为常;努力抗争以把新事物整合进来;调整以适应不同的生活的方式。日常就是这个过程或成功或失败的足迹。它目睹了最具革命精神的创新如何堕入鄙俗不堪的境地。生活中所有领域中的的激进变革都变成了'第二自然'。新事物变成了传统,而过去的残剩物变得陈旧、过时之后又足资新兴的时尚之用。"①也就是说,在现代性(或现代社会)中,"日常"其实是与世界的瞬息万变和时间的线性发展联系在一起的,其不同于古代静态式的存在形态,它是"动态的",而这"动态"是与时代社会的变迁和具体的语境联系在一起的。从这个角度看,若要考察"日常"的变迁,也可以从时代社会的变迁的角度进行。

1."革命激情"坠入庸常和冷漠

张旭东在谈到 20 世纪 80 年代回到康德这一倾向时,曾指出:"每当我们听到'回到康德',我们就知道,它说的是要从黑格尔和马克思回到康德,即回到那个市民社会的自然而又理想的道德和政治规范中去。在中国社会主义语境或后社会主义语境里,从马克思、黑格尔回到康德,就是要从历史回到规范,从革命、乌托邦、大叙事回到一种过日子的常态,回到常态所需要的稳定的形式和范畴。它是要回到一个想象的市民阶级主体性的道德原点,再由这个原点推出一个新的社会秩序和文化秩序。"②从这段话的表述中可以看出,在我们的社会主义实践中,其实存在着"革命"、"乌托邦"和

① 海默尔:《日常生活与文化理论导论》,商务印书馆 2008 年版,第 5 页。
② 张旭东:《全球化时代的文化认同》,北京大学出版社 2006 年版,第 37 页。

"大叙事"和"过日子的常态"之间的某种对立。如果说,在 50—70 年代的文化语境中,是前者压倒后者的话,那么在 80 年代的语境中则是后者压倒了前者。表面上看,似乎是如此,"按一般的理解,80 年代是'文化大革命'之后整个中国社会'去政治化'、'正常化',以经验主义、实用主义为理论指导(虽然它以'反理论'的面目出现),一步步解放欲望,为商品经济、功利主义、个人主义正名,直到今天接近用法律形式肯定私有财产。但有意思的是,这场'人道主义'、功利主义、个人主义的社会转型,一开始却是以一种非功利主义,追求崇高、先验、形式为出发点的。这同康德的道德哲学里的'人是目的'的论断、美学里的'审美自律性和非功利性'论述是很接近的。如果我们把 80 年代以来的'改革时代'看做是现代中国历史同当代世界格局的一个新的契合点,那么这个现象,这个思想史上短暂的'回到康德'的瞬间是很值得玩味的。"①这种看似矛盾的现象在改革叙述中表现尤为明显。

在改革叙述中,现代化显然是一种政治化的意识形态表述,同时它还是一套完整的宏大叙述,甚至可以说现代化某种程度上就是革命的意识形态。而这,是否同 20 世纪 80 年代的"去革命化"和"去政治化"互相矛盾或互为抵触? 表面看来似乎如此。

典型的就是"数字决定型"甚至"传统/现代型"的改革叙述。在这些小说中,改革的反对力量,并不仅仅是桀骜不驯的青年,有时甚至来自从事革命大半辈的老干部,是他们"革命激情"的衰退某种程度上阻碍了改革的进程。《改革者》,当省委书记陈春柱来到 C 城视察时,他所见到的很多事情让他感到震惊:

> 魏振国轻轻叹了口气,结束了他的话。陈春柱注视着他,忽然觉得这个他非常熟悉的老下级,在他眼里变得陌生了起来。……难道这真是那个在战争年代跟着他从枪林弹雨里闯过来,在任何艰难险阻面前从没有皱过眉,解放以后也一直工作得很不错的魏振国? 他确实感到

---

① 张旭东:《全球化时代的文化认同》,北京大学出版社 2006 年版,第 87 页。

魏振国已经有变化。"①

　　就在魏振国终于想起了这个重要情节(注:他们来到了当年他们解放 C 城时涉水渡江的浅滩,而就在这个浅滩,魏振国现在妻子的父亲就牺牲在那个浅滩上的矮树林中——引者注),默默地低下投来的一瞬间,陈春柱又扫了他一眼,惊奇地发现他在这样的时刻竟还来得及微微伸伸手臂,看了看手表。

　　这种惊人的冷漠和从容,使陈春柱不禁大为怅然。不,这不仅是怅然,甚至可以说是愤慨。而使陈春柱更为愤慨的,还是在他们重新上车之后。当车子已经开动时,他竟又发现坐在他身旁的魏振国,悄悄地转过脸去,背着他一连打了几个哈欠……②

从叙述来看,陈春柱指着那片矮树林和浅滩显然是为了重温当前的革命激情(他"放眼四周,眼睛里闪射出一种奇异的光芒",③,但让他失望的,魏振国竟然忘得一干二净,并表现出那样的"冷漠和从容",这不能不让陈春柱感到"愤慨",革命回忆无疑已经从魏振国的脑海中消失,更何况是曾经的"革命激情"? 那么到底是什么促使魏振国变得如此"萎靡"和庸常呢? 这从魏振国的日常生活细节中明显可以感觉得到。

　　《改革者》有两个很有症候性的日常生活象征空间,下面是省委书记陈春柱眼中看到的市委书记魏振国的房子:

　　这是个独院,外表上并不特别华丽阔绰。隔着围墙只能看见院内有一座普普通通的深灰色两层楼房。那楼房不高大,式样陈旧,有点土气。一进院内,这才感到,原来别有洞天。转过照壁,有一座小巧玲珑的假山石。院内两旁栽着各色花卉,有菊花、月季、美人蕉、四季桂、夹竹桃……现在正是菊花盛开的季节,品种繁多的菊花迎风摇动,婀娜多

① 张锲:《改革者》,人民文学出版社 1983 年版,第 47—48 页。
② 张锲:《改革者》,人民文学出版社 1983 年版,第 49 页。
③ 张锲:《改革者》,人民文学出版社 1983 年版,第 48 页。

姿,散发着一阵阵清香。楼前有几棵石榴树,树上缀满了拳头般大小的石榴,有的已经绽开了嘴,露出了红艳艳、白生生、水灵灵的玉石米儿。通往楼前的碎石小路上有几只深灰、银灰、粉白色的鸽子正'咕咕咕'叫着安详地在啄食。

最能表现出主人的匠心的,还是室内的陈设。陈春柱走进两开间的起居室兼会客室后的第一感觉,就是这里的一切肯定都是经过精心涉及和周密安排的,没有一件多余的东西,没有一件放得不是位置。室内十分注意色调的和谐。基本色调是高雅的素色,墙壁天花板是浅蓝色,桌布、椅套和沙发套、电视机套全是月白色,窗帘是浅绿色,茶几上、花架上是青枝绿叶的白色和淡黄色菊花。……

这一切都像是按照陈春柱的趣味,特意为他布置的。……两年前他来 C 城时,也到这里来过,当时他们夫妇刚搬来,院里屋里都还没有整理。现在重来,他发现一切几乎全变了样。对于这些变化,他一方面觉得惬意舒适,悦目赏心;另一方面又觉得好像多了些什么,又少了些什么。①

相比之下,副书记徐枫家的房子风格明显不同,这同样也是通过陈春柱的眼睛看到的情景:

这是一个新建的职工住宅区。总共有十几幢楼房,像一个个火柴盒排列着。这一幢幢楼房盖得那么相似,没有熟人引导,根本无法辨认。徐枫住在中间一幢楼房的第三层楼上。……

……

他端起茶杯,喝了口茶,扫视了一下房间的陈设。这是一个大约有十六七平方米的房间,四周摆满了书橱,还有一张大沙发,一张大书桌,几把椅子以及其他一些零散东西。空间几乎全被占满了。陈春柱还不知道这个单元里究竟有几个房间,但从这间房子的格局和陈设来看,是

①　张契:《改革者》,人民文学出版社 1993 年版,第 51—53 页。

比较拥挤窄小的。

……

陈春柱没有再说什么，心里却止不住翻腾了起来。面对着这个简陋的房间里一些同样简陋的陈设，他自然而然地想起来了魏振国家里的那种阔绰。C 城一二把手的两个家庭，竟然有着这么大的差别，究竟是因为什么呢？他不愿多想，又不能不想。①

只要读读前后两种不同的描述，明眼人一眼就能看出，在这种对照性的描述中，谁是改革者谁是保守者了。而为什么陈春柱会觉得魏振国家的变化，**"他一方面觉得惬意舒适，悦目赏心；另一方面又觉得好像多了些什么，又少了些什么"**呢？从小说的叙述来看，陈春柱的这种矛盾，其实正是他自身的微妙变化的一种表征，因为官居高位，使他养成了养尊处优的习惯，同时也使他越来越少地接触民众，他的生活必定发生某些微妙的变化，这就是他为什么在身处优雅的环境中会"觉得惬意舒适，悦目赏心"的原因，但他又并非庸人，他胸怀为共产主义奋斗的理想和信念，虽历经"文革"而没有稍减，而如今这种信念又被努力建成四个现代化的信念所激励。如果说，当年参加革命靠的是某种"革命激情"的话，那么在他眼里，建成四个现代化同样需要这种激情。但对于魏振国而言，显然是没有了这种激情，这从他的家庭的摆设就可以看出，而他的言行举止无疑也"泄露"出这点，难怪陈春柱会感到失望和"愤怒"。显然，在这里，对"日常生活"的眷恋和经营，某种程度上成为"革命激情"衰退的很大原因。

其实，这种针对"日常生活"的警惕和焦虑，并不独独表现在改革叙述中，而毋宁说其渊源有自，早在 20 世纪 50—70 年代的文学实践中就有表现，唐小兵在分析《千万不能忘记》和《青年一代》时指出，"两出戏不仅在现实生活的深层揭示出'阶级斗争'这样一个'真实'，而且直接提出了一个如何重新安排和组织社会生活这样一个大问题。换言之，正是通过这两个剧作，'日常生活'开始成为一个问题，并且迫切地需要一个答案"，这一问题，

---

① 张契:《改革者》，人民文学出版社 1993 年版，第 94—98 页。

在唐小兵看来,显然与"现代工业化所带来的个人日常生活和经验层面上的片段化和零散化的日益明显"①,无疑有很大的关系。以此看来,针对"日常生活"的焦虑,某种程度上是现代性本身所固有的矛盾,因此,如何表现并组织日常生活往往也就成为文学表现上的一个相对"恒久"的命题。从这角度来看改革叙述,其并不比50—70年代的文学实践高明多少;区别似乎在于,如果说在50—70年代,针对"日常生活"的警惕更多地是对"青年一代"提出来的话,而到了改革叙述中,则主要是针对老年干部提出这一问题了。这种微妙的变化说明了什么?

事实上,在不同的时代,针对"日常生活"的态度显然是不尽一致的,甚至在改革叙述中,态度也不尽一致。曾有学者指出"作为'新时期文学'开端的'伤痕文学'是用小说讲述的同一个故事,那就是政治对亲情、爱情、家庭生活组成的日常生活的伤害"。② 因此,与其说是"日常生活"本身的内在规定性决定了它自身的合法性,不如说是"日常生活"作为"文革"之"政治"的对立面,而显示出它的崇高价值。显然,"日常生活"在这里是作为"政治"的"他者"的面目出现的,20世纪80年代之提倡"告别革命"和"去政治化"的主张,也多从"日常生活"的这种合法性中获得理论资源。而到了改革叙述,针对"日常生活"的态度似乎又发生了变化。在伤痕写作中,"日常生活"虽然有"被本质化"③之嫌,但并非固定而不可更易;而"政治"也并非向来都是压制性的,而毋宁说它在某种程度上也可能是生产性的,在改革叙述中,现代化无疑就是最大的"政治",而这一"政治"某种程度上也同样是以否定"日常生活"为保证的。就像前面提到的小说,其他如张洁的《沉重的翅膀》、张贤亮《男人的风格》、柯云路的《新星》三部曲、《耿耿难眠》等小说中都是如此。在《沉重的翅膀》中,改革英雄老干部郑子云和他的妻子夏竹筠之间对比鲜明,郑子云一心只为工作,日常生活几乎被压缩到极点,他的妻子则注重打扮和生活质量,而也正是这种对日常生活的注重,

①　唐小兵:《〈千万不要忘记〉的历史意义——关于日常生活的焦虑及其现代性》,见《再解读——大众文艺与意识形态》,北京大学出版社2007年版,第226、229页。
②　李杨:《文学史写作中的现代性问题》,山西教育出版社2006年版,第277页。
③　参见李杨:《文学史写作中的现代性问题》,山西教育出版社2006年版,第279页。

腐化并消磨了她的意志,使她变得庸俗不堪。小说正是通过这种对比,来塑造为了"四化"的建设而废寝忘食的改革英雄群像的,像陈咏明和叶知秋等,都是这样的形象。其他小说如《男人的风格》中的陈抱帖和《耿耿难眠》中的杨林,几乎看不到他们的日常生活场景描写。在这些小说中,日常生活往往成为人物塑造的工具和手段,人们针对日常的态度成为区分英雄与庸众的标志。对改革英雄而言,日常生活要么被削减到极限,要么只在缺席的存在的意义上出现在他们的生活中。日常生活往往只是塑造改革英雄必不可少的"他者",而与之相对的则是为了现代化事业废寝忘食,忘我的工作,是公共生活的一部分。

这种针对日常的态度,其实也正是这类改革叙述的某种策略。因为,"文革"结束后,老干部复出,他们占据时代的舞台,但他们青春已逝,而要想成为现代化建设的主导的话,除了继续保持"革命激情",勇于进取,此外,别无他途。这就要求他们时刻要有警惕日常的心理。对于这点,柯云路的小说《新星》三部曲中的第二部《昼与夜》中靳一峰十分清楚:

> 他热心于扮演一个为年轻人所拥戴的导师的形象,——被年轻人所拥戴、所崇拜,比任何权威、地位的荣耀都更使人感到享受。他身边经常聚集着许多有抱负的年轻人,正是和他们的接触,他每日汲取着新鲜的思想和感受,从而才更能在上层不断拿出自己的新政策见解,保持自己的影响和作用。他的声音之所以重要,很大程度上受惠于与年轻人的交往。①

那么,他们如何才能保持"革命激情"呢?对他们来说,人生的时间显然已不多,有些甚至身体极度衰弱,且重病缠身,如郑子云(《沉重的翅膀》)和杨林(《耿耿难眠》),而要想在这极其有限的时间里,为现代化的建设和改革事业创出局面,就只有抛弃或压缩日常生活,才能争取更多的时间或空间。从这个角度来看,正是有限的生命和无限的困难这一矛盾结构决定了"日

---

① 柯云路:《昼与夜》,人民文学出版社1986年版,第619页。

常生活"在这些改革英雄的生活中的位置。

2.日常之"光"的发现

如果说,对"日常生活"的迷恋对老年干部来说,还只是表现为腐蚀他们的革命激情的话,那么对那些另类青年而言,"日常生活"的特定场景如私人空间就是滋生他们的罪恶的渊薮了。《新星》三部曲中有很多这样的空间描写,如秘密私人舞会,(江岩松家的)私人聚会,(顾晓鹰的)私人房间,等等,在这样的空间中,有的只是赤裸裸的欲望以及对欲望的展示。改革生产了很多人的欲望,反过来,这欲望在某种程度上又是阻碍改革的发展的,因此,对这些欲望的遏制改写就显得尤为必要了。

但情况似乎并不如此简单,就像"日常生活"的内在丰富性所表明的,在改革叙述中,"日常生活"在不同对象,不同层面,其意义并不一致。对那些复出的老干部——改革英雄来说,"日常生活"的庸常无疑是充满了陷阱,但对于那些阻碍改革的老干部来说,"日常生活"的平稳则成了他们维持现状的温床。而对于中青年形象来说,日常生活似乎又是另一重意义了。

在这里,日常或日常生活的意义,某种程度上是由"非日常"决定的。也就是说,日常的他者,很大程度上决定了人民对待日常的态度。《沉重的翅膀》中有一段青年工人拿到奖金之后聚餐的描写很值得注意:

> 杨小东顺着圆桌的座位,挨着个儿瞅着那十三张脸。十三张嘴虽然说着和这顿欢宴、和这次奖金毫不相干的话,但杨小东知道,此时此刻,他们每个人的心里正激动不已。因为对他们这群被苛求的偏见排斥于信任之外,却又在努力挣脱自我的蛮荒并要求上升的人来说,今天的聚会,太不寻常了。这无疑是一种光亮,给他们自信,照彻他们自己,也照彻前面道路。这光亮并不来自别人的恩赐,而来自他们自身的不屈。
>
> ……
>
> 只有麦芽色的啤酒,在瓶子里嗞嗞地冒着乳白色的泡沫,泡沫顺着瓶颈溢了出来,催促着他们赶快地斟满自己的酒杯。①

① 张洁:《沉重的翅膀》,人民文学出版社 1984 年版,第 121 页。

从小说的叙述可以看出,这次聚餐本身所具有的生物学意义或物质上的意义并不重要,重要的是,这是一次发泄他们的情绪及表达他们的情感的空间和象征。也就是说,这一日常生活的场景其实提供了一个象征结构,即表面的物质需求和内在的精神需要之间的相互对应的结构。"对他们这群被苛求的偏见排斥于信任之外,却又在努力挣脱自我的蛮荒、并要求上升的人来说",表面的物质需求的肯定是对他们的作为"人"的内在精神特征的肯定的表征。在这里,物质和精神之间被一种奇怪的逻辑联系起来,似乎物质上得到了满足,精神上就能得到提升,而之所以出现这一逻辑,并能被人们接受,从某种程度上说,关键就在于现代化的想象,是现代化的想象提供了这一逻辑成立的可能和条件。

这里其实包含两个层面的问题:第一层即欲望和压抑的问题。我们知道,在 20 世纪 50—70 年代的中国社会,在对待生产上是以重积累而轻消费为主张的,这一极端的例子就是《犯人李铜钟的故事》,在这种语境下,个人的(消费)欲望往往是受到压抑和遏制的,乃至被否定,而即使是奖励也是以精神为主,物质上的奖励往往只是某种象征而已,似乎只要精神上的食粮就足以支撑一个人的全部生活;但在《沉重的翅膀》中,则表现出某种逆转,在对待工人的积极性上,物质上的奖励不再只是某种象征或附属,而成为主体,是人的精神提升的前提。这一逆转在很多改革叙述中都存在,比如说《花园街五号》中刘钊的改革等,从这个意义上看,这种物质上的奖励,无疑是对个人欲望的肯定和对此前压抑政策的反拨。表面看来,这是现代化的想象赋予了这种逻辑的合理性。现代化的建设需要以调动主体的最大积极性为前提,而调动主体,就需要对主体之合理的欲望加以肯定和认可。但就像阿尔都塞所说的,这其实是一种询唤,即此一主体,已显然不是 50—70 年代的主体范畴,而毋宁说是在新的时代中的主体性存在,这一主体性存在在经历了伤痕叙述以及新时期的主体性论争之后,必然发生巨大的变化,用小说的话说就是:"今天的聚会,太不寻常了。这无疑是一种光亮,给他们自信,照彻他们自己,也照彻前面道路。这光亮并不来自别人的恩赐,而来自他们自身的不屈。"简言之,这就是"自我"之个体的发现,而正是通过这种对"自我"的肯定,呼唤或"询唤"出了"四化"建设的意识形态主体。这一个体无疑是 50—70 年代所不存在的,从这个角度来看,这一段话所表现出的,与其说是对欲望的肯定,不如说是对 50—70 年代的主体之重写,是借现代化的意识形态的重写。

第二层面,即"文革"结束后青年的出路问题。从前面的引文可以看出,这是一群"被苛求的偏见排斥于信任之外"的青年,用车间主任吴国栋的话就是"刺儿头",是"杠头",但这是他们自己的错吗?显然,在小说看来,这并非他们自己的过失,他们这"自我的蛮荒",无疑是历史造成的,不然也就不存在"照彻他们自己,也照彻前面道路"。显然,是现代化的"询唤"唤醒了他们,使他们找到了自己的位置,并发现了自己。可见,在这里,日常生活之显得有意义,正在于"日常生活"所对应的是对个体的重视和肯定,而现代化正是通过解放人的欲望,最终解放并"询唤"出新的意识形态主体来;这一主体,并非改革的英雄,而是改革和现代化的参与者,更确切地说,就是觉醒并奋起的青年一代现代化的建设者。

而正是沿着这一脉络,我们发现,张一弓的短篇小说《黑娃照相》显然比《沉重的翅膀》更进一步了。如果说,在《沉重的翅膀》中,现代化的主体形象,是通过对欲望的肯定和自我个体的发现而得以建立的话,那么在《黑娃照相》中这一主体形象则通过对欲望的颂扬和消费主体的想象性建构而得以显现的。在《黑娃照相》中,"日常生活"是以象征性的空间得以显现的:

> 黑娃纳罕地跑过去,看见广告牌上写着:"彩色快照,化妆摄影。随照随取,画面新颖。西装旗袍,任意选用。弹簧沙发,天然布景。对座饮酒,多样表情。中岳留念,诗意无穷。"①

这一广告空间无疑就是象征性的虚拟空间,而用波德里亚的话,就是"**仿真**"空间,在这一空间中,真实与否似乎并不重要,重要的是它能唤起人们无穷的欲望和对欲望的满足。黑娃怀端着从来不曾有过的数量巨大的八块

---

① 《1981 年全国优秀短篇小说选评》,上海文艺出版社 1982 年版,第 293 页。

四角钱,并带着老娘的"想吃啥,吃!想穿啥,穿!"的嘱托,来到集市,但逛了一圈后,最终把目光锁定在照相馆以及照相馆里虚拟的消费空间。虽然这一虚拟空间并不能提供黑娃任何实际欲望的满足,但却凝聚了黑娃老娘全部消费欲望的想象,这一全部欲望在照相机咔嚓一下定格,并在这一瞬间被全部象征性地释放出来。"这'美一回'可真是'美一回'呀!吃的、穿的、用的,相片里全都有啦,还是'自来彩'!娘说得老好,'想吃啥,吃!想穿啥,穿!'难道只兴俺张黑娃辛辛苦苦喂养长毛兔,剪下一寸七的特级纤维,给你们外国人做那啥'开司米'的花毛衣,就不兴你们外国人为俺张黑娃服务一回吗?你这美国造的照相机也得为俺中华人民共和国不大不小的社员张黑娃'咔嚓'一下,俺也得'美一回','美'定了!"①而说这是一象征性的空间,还在于它在全球化的意义上把中国和美国连接了起来,黑娃通过参与中国的农业现代化建设(农村改革),却意外地加入全球化生产和消费的链条之中,成为全球化空间中的不可或缺的一员。可见,改革叙述通过释放人的消费欲望,并把青年"询唤"进现代化的想象中,最终却意外地为全球化的加速到来铺平了道路,这是否历史的反讽?而这其实也预示了"青年"形象的分裂,即,除了"生产性"的青年之外,还有"消费"的青年存在,这在改革叙述中,虽然不是"主流",但也普遍存在,比如在高晓声的短篇《水东流》等中都有所表征,而在20世纪90年代以后的文学实践中,则越来越表现明显了。

二、日常生活的含混与现代化的意识形态

通过前面的分析,可以看出,日常生活既有庸常的一面,也是某种希望之"光"的表征。在20世纪80年代,这一"日常生活"的含混,既是日常生活本身所内在的,同时也是现代化的意识形态本身的复杂性的表征。

现代化作为意识形态,它既是一种压制性的力量,也具有某种生产性。其作为20世纪80年代主导性的意识形态,现代化无疑是一超级能指,但在具体所指上却又是模糊而两可的,这就造成了含混性,即一方面极力推崇现

① 《1981年全国短篇小说选评》,上海文艺出版社1982年版,第205页。

代化;另一方面对于何为现代化,大多数人却没有明确的认识,正是这种明确和不明确之间的矛盾,使得现代化成为一个杰姆逊意义上的"意识形态素",它是一个被争夺的话语对象。它既能生产出老年的"青春的激情",也能生产出现代化建设的青年主体;它既是欲望得以满足的保证和前提,也表现出对欲望的否定和重新压制;它既激发起青年人的斗志,也导致青年人的野心;这些矛盾状态,都在说明,任何人都可以从现代化的想象中获得理论资源和合法性。这可以从《耿耿难眠》中反面人物董乃鑫的形象中得到完美的阐释。董乃鑫敢说敢干,很有手腕,而又精力过剩,这本可以有成为改革英雄的潜质,但这却成为牟取私利的手段。"董乃鑫是个敢字当头的人:敢说,敢干,敢骂人,敢当家,敢拍板,敢专断,敢用人,敢报复,敢为部下撑腰,敢为贴心的人谋利。"①"这是个外表粗犷、质朴的权谋家。在人人厌恶空洞说教的当今,他这种人有着很大的魅力:'他实在!'董乃鑫也以此自诩:'我就知道一个实字,讲实的,干实的,好赖算个实干家!'"②而这些在他看来,就都是为了四化。"谁顺手,干得好,就谁干嘛! 还不是为了四化!"③"搞四化需要安定团结。"④他"平常讲起话来总是能从最大的政治口号一下子过渡到最具体的充满实际利益的事情上"。⑤ 因此,现代化也就为他所用,而实际上却成为"阻碍"四化的武器。

因此,如果从这个角度看的话,正是现代化想象的复杂性,某种程度决定了日常生活的复杂性。现代化作为一种宏大叙述及伟大的承诺,其显然是拒绝日常的平庸的,也是现代化之所以要否定日常的部分原因所在。但现代化的想象将"个人"——作为感官个体之"人"——从欲望的压制中解放出来后,却意外地发现,恰如潘多拉的魔盒,这一欲望终究变得一发不可收拾而终难收束。

而如果从青年/老年的对立结构来看,现代化的矛盾和日常生活的含

---

① 柯云路、雪珂:《历史将证明》,山西人民出版社1984年版,第204页。
② 柯云路、雪珂:《历史将证明》,山西人民出版社1984年版,第205—206页。
③ 柯云路、雪珂:《历史将证明》,山西人民出版社1984年版,第205页。
④ 柯云路、雪珂:《历史将证明》,山西人民出版社1984年版,第206页。
⑤ 柯云路、雪珂:《历史将证明》,山西人民出版社1984年版,第206页。

混,正好也是青年/老年通过现代化的想象书写或建构自身之努力或企图的表征,青年/老年结构的复杂性,决定了现代化想象的复杂性和日常生活的悖论。当"日常"之欲望通过现代化的想象而被释放出来后,青年形象也再一次面临分裂,此前迷惘的青年形象被现代化的想象整合进改革叙述之中后,再一次分裂为生产性的青年和消费的青年。这一分裂,某种程度上也决定了20世纪80年代乃至今天的青年形态。

其实,改革叙述的这种"他者化"的策略,某种程度上就是改革意识形态的欲望和恐惧①的投射。改革意识形态的生产,虽然要通过"他者"的确立才能确立自身的主体性,但这一"他者"代表或表现的是改革意识形态的欲望和恐惧的转移。换句话说,改革意识形态往往把压抑否定乃至恐惧欲望的对象投射到"他者"的身上,并通过对这些恐惧的压抑和否定来建立或确立自身的规定性。这在某种程度上有点类似于黑格尔所谓的"主奴辩证法"。在黑格尔看来,主人的真理在奴隶身上,就像奴隶的真理在主人身上一样。因此,可以这样理解,即奴隶(或他者)身上投射的是主人的真理,是主人(或主体)的欲望和恐惧的投射。用黑格尔的话就是"主人把奴隶放在物与他自己之间,这样一来,他就只把他自己与物的非独立性相结合,而予以尽情享受;但是他把对物的独立性一面让给奴隶,让奴隶对物予以加工改造"②。或许可以这样理解,主人(主体)不能直接占有物体,但可以占有奴隶(他者);奴隶(他者)能直接占有物体,但却必须服从主人(主体),因此,主人(主体)通过奴隶(他者)也就占有了物体和欲望。用来分析改革叙述,则可以这样说,改革叙述通过把欲望投射到"他者"身上一方面表达地是对主体身上潜在欲望的恐惧;另一方面则是通过把欲望投射到"他者"身上而达到对欲望的控制。这些欲望,很大程度上其实就是今天所谓的消费欲。也就是说改革意识形态某种程度上是通过对消费欲望的控制而建立其自身的主体性的。这一主体性与积累和生产联系在一起,同样,这一主体也是民族国家意义上的主体,它联系的是中国的经验,明白这一点很重要的。联系

----

① 参见迈克·克朗:《文化地理学》,南京大学出版社2005年版,第54—74页。
② 黑格尔:《精神现象学》(上),商务印书馆1979年版,第128页。

20世纪80年代中国四个现代化的构想,我们发现,其中并没有"第三产业的现代化"一说,也就是说,与第三产业联系在一起的消费虽然没有被否定,但并不是作为现代化想象的目标,也并没有获得足够的重视。80年代的实际情况也似乎如此,商品紧缺一直是80年代中国的国情,这与现代化的想象不无关系。消费水平,在冷战后的欧美现代化理论看来,是一项相当重要甚至十分关键的指标,而中国80年代的现代化想象却独独不提"第三产业的现代化",可见,这一"缺席"的存在,使得中国的现代化想象并不能仅仅看做冷战后的欧美现代化理论的中国版本。

第二节 历史和现实纠缠中的知青写作

在柯云路的《新星》三部曲中,有一个细节给人印象深刻,但也往往被人们忽略,对理解小说却十分关键。那就是李向南的"红卫兵"身份。对李向南来说,罹患了胃癌固然让人绝望,但真正让他绝望和窒息的还在于他的红卫兵身份。这一身份始终制约着他的前途和命运,而即使是他竭力挣脱,其仍像一个幽灵式的存在,显影并回荡于小说叙述的始终。他的政治对手三番五次地抓住这点不放,而他却无能为力;他说服林虹走出"文革"的阴影,但他自己却始终笼罩其中,不曾走出自己布下的"迷宫"半步。对于李向南来说,不论他多么地想挣脱历史的束缚,历史却始终是作为一个"缺席"的"在场"高悬于现实生活的星空,你可能感觉不到它,但它作为绝对的存在,时刻闪耀。而实际上,这又何尝不是知青作家的困境的表征呢?即使现在,距离知青岁月的结束已有三十余年,很多作家仍旧沉浸于知青岁月的回忆和想象中,做着几十年前的"旧梦"。可见,要想真正走出这一段历史,并非易事。

其实,不唯李向南如此。事实上,对于20世纪80年代小说中的中青年主人公们来说,"红卫兵"的身份始终都是一个幽灵式的存在,这一身份及其与之相关的记忆,总是作为"噩梦"或"疼痛"被烙刻在现实生活之中,任你如何努力总也不能抹去。无论你是玩世不恭,还是愤世嫉俗,抑或破罐子破摔,或者郁郁寡欢,甚至铤而走险,如此种种,都一再表明,回避或遗忘都并不能解决问题于万一,而只有坦然或者正视,才有可能走出。80 年代初,"潘晓来信"之引起全国范围内持续的大讨论,正表明这点,而这,其实也正是社会时代对文学提出的要求。

在知青写作中,吴欢的《雪,白色的,红色的……》十分特别。小说开头,主人公郑良珏沉浸在出国的想象中忘乎所以,但这一切却因与多年不见的同学夏芸芸的偶遇而突遭破坏:夏芸芸的出现,使他一下子回到了早已淡忘的知青岁月。而这"过去的经历"曾被他以"荒废"为由早已忘得干干净净。历史既然在他看来毫无价值,过去中的人和事,曾经的情感经历,自然就可以如敝屣一样弃之不顾了。但眼前两人截然不同的处境,夏芸芸那虽处逆境但不气馁而仍平和的心态,都深深触动了他,这种触动遂变成一种强力,过去的经历在他的"记忆"之阀下得到"重写":"生活本来是片段的、零星的,是被连续而来的一个又一个日夜粉碎了的。但是,**记忆**却把这零星、粉碎的生活联结起来,使它完整了。"(《雪,白色的,红色的……》)原来,"荒废"的历史其实并非一无是处,过去的经历其实可以悟出许多道理。而正是通过这种"记忆",叙述者"我"渐渐看清自己原来"是一个极端狭隘的小人"。在这里,"记忆"通过讲述一个连贯的故事(即"完整")而对历史进行了重新的"编码","记忆不是对过去的事实的简单描述,而是一种对事实的建构以及积极地对世界重构的形式"[1],而历史同现实之间也在这种讲述中得到某种和解,"我"虽然认识到自己的"小",但最终释然了,其结果自然就可以安心的出国去了:即为了追求所谓的国家富强而不是个人的一己享乐而出国。在这篇小说中,历史虽然像幽灵一样偶尔出现在记忆之中,但并没有构成现实的债务,相反,现实的优越感反使得历史看起来无足轻重,因此,对叙述者而言,既然将来一片光明,自然就不存在走出历史的阴影这一沉重的问题了,历史也仅仅成为现实欲求的合法性资源。但对大多数知青写作而言,历史似乎并不如此。

----

① 阿斯特莉特·埃尔:《文学作为集体记忆的媒介》,《文化记忆理论读本》,北京大学出版社 2012 年版,第 229 页。

一、记忆之"痛":肯定现实/走出历史

对于知青一代,记忆之"痛",是刻骨铭心而又不堪回首的,这里面既包含有年轻时的狂热,也有真诚;既有盲目的自信,也有无尽的迷茫;既有言不由衷的世故,也是发自肺腑的天真。概言之,历史对于知青,显然并不轻松,而毋宁说十分沉重。这一沉重,不仅表现在历史本身的"荒谬"性上,还表现为历史往往造成对现实道路的潜在的负面影响上。换言之,历史往往成为一种债务或疼痛式的存在,若不及时清理则可能使人最终走向毁灭。

"文革"的结束,很大程度上是某种"颠倒":此前的"革命理想"如今看起来显得极其荒谬,而此前的"谬论"现在却被视为天启式的预言。随着这一"颠倒"而来的,是对知青历史的彻底否定:上山下乡运动真真是历史对知青一代所开的最最荒唐的玩笑。这一否定在事实上的知青大返城中表现无遗,而随着知青的返城,等待他们的已不再是红花和锣鼓,而是冷漠和怀疑,是避之犹恐不及。历史就像垃圾一样,既被社会唾弃,也被知青一代所憎恨,从这个角度看,知青写作在 20 世纪 70 年代末表现出对"文革"之"创"的控诉就显得再自然不过了。可以说,很大一部分知青写作都属于此列。

在这些小说中,《伤痕》和《枫》比较特别。这两部小说既不同于一般的伤痕写作,也不同于大多数知青叙述。这两部小说中除了充满对"文革"的简单控诉之外,给人印象最为深刻的就是主人公对自己过去的深深的忏悔和否定;但问题是,忏悔过后,如何面对现实的生活? 而一旦全面否定自己的过去后,又该如何重建自身。而实际上,即使是那些全面否定"文革"的知青写作,也并没有完全否定自身,而是一种可以称为具体的否定和抽象的肯定的结合。孔捷生的《大林莽》和《在小河那边》就是这样的代表作。前者中,"大林莽"是一个可以做多种阐释的意象,其既可以是"文革"中人们的迷乱和无助,以及因此付出惨重的代价后最终的觉醒的象征,也可以被理解为"文革"中的一块"飞地",是人类的困境的比喻,在这里,人的全部人性,包括丑恶和崇高,自利和他利,等等,都得到展示并集中地表现出来,而这,其实又是几十年的人生历程,以及整个当代历史在这短短数天中的浓

缩。在这部小说中，虽然无情地批判了"文革"，但对红卫兵一代曾经坚守的理想本身，直至小说最后都并没有彻底否定：理想本身并没有错，错只错在理想被人利用，或者其他。后者中，虽然以离奇夸张的手法表现"文革"的荒诞，但这种荒诞背后却是异常清醒而痛苦的觉醒者。这就给人一种"感觉"，似乎"文革"越是荒诞，越能反衬出他们作为先觉者的孤独和伟大。某种程度上说，这两部小说代表了知青写作控诉"文革"的两端，前者代表着这样一种趋势，即通过对"文革"的扬弃，而达到对理想主义本身的肯定，青春也在这种理想主义的光芒下放射异彩。这一趋势，其后在梁晓声张承志等的小说中达到极致。后者则通过对"文革"的荒诞和残酷的展示，以表现知青一代中先觉者的成长过程。叶辛的知青写作，张抗抗的《隐形伴侣》、老鬼的《血色黄昏》等都是这样的典型。不管如何，这两类作品都表现出某种共同的倾向：即对"文革"的批判，其实是与知青一代的自我重建同时并存的。"文革"带来青年的迷狂，也引起他们的思考和反省，而这种反省，反过来又更加导致他们的命运的磨难，这些小说也更加别具悲壮色彩。

实际上，对这些写作来说，其执着于"文革"历史的倾诉是为了走出历史，但往往事与愿违，他们越是想走出历史，越是被带进历史的胡同不能挣脱，这似乎是一个循环。梁晓声的《雪城》就是一个典型的例子，这部小说从知青大返城开始叙述，但对小说中的主人公而言，却似乎是真正开始了生活和人生：现实的极端困顿使得他们不得不面对现实的琐碎和坚实，这也更加促使这些知青沉浸在对(兵团)历史的想象和回忆中不愿走出；另外则是现实中的人们纷纷投来的怀疑、警惕和不信任的目光，这也使得知青主人公们变得异常敏感而多疑，也变得越来越表现出对现实的抗拒和无端的愤怒。小说中的姚玉慧就是这样一个典型。返城使得她从一个兵团营指导员，沦落为待业青年，这种处境的逆差让她十分难堪。而这又同她作为一个业已三十的老姑娘的心态缠绕在一起，这些让她越加显得与周围环境格格不入。她虽贵为市长千金，不愁工作和去向，但要靠自己的双手在现实中找到属于自己的位置，却显得十分艰难；对于她，知青岁月留给她的似乎除了思想政治工作的经验，再也没有别的，而这种经验在现实生活中却显得那么的荒谬。而正是由于这种思想政治工作的限制，在她身上形成了理性和感性的分裂式的人格特征;虽如此,对于她,知青岁月并不一定就是噩梦,与现实生活相比,其至少能给她以更多的认同,她虽然并不想回到从前,但凡是涉及从前和返城知青的人事,总能引起她强烈的震动和共鸣,而这也更加使她同周围环境及现实生活格格不入,她虽然"身"在现实生活,其实是"活"在历史及其对历史的回忆中。

其实,这种走不出的历史,还表现在那些理想坍塌后的对日常欲望的追逐中。对于知青一代,理想主义崩溃的结果,往往会使他们从一个极端走向另一个极端,那就是彻底放逐理想后的对日常欲望的追逐。陈建功的小说《飘逝的花头巾》和《迷乱的天空》就是这样的典型。在《飘逝的花头巾》中,"花头巾"是一个很有象征性的意象,也是一个需要不断被阐释的意象。最开始,"花头巾"是沈萍用来向她妈妈招手的标记或符号,在小说的主人公秦江眼里,这迎风飘展的"花头巾"却无异于一个旗帜,使他迷惘的内心突然明亮起来,小说主人公正是在这符号的象征力量的指引下,开始并最终完成自我人生的重建。但反讽的是,"花头巾"的主人却一步步"沉沦"下去,变得虚荣而浅薄。究其实,"花头巾"只是一个符号,她的主人只是把她当做一个实物,而主人公却非要从中解读出象征意义,这种阐释的错位,是导致他们之间的感情悲剧的根源,但问题似乎又不仅于此。事实上,在小说中,对秦江和沈萍来说,都有一段不堪回首的历史和记忆,这才是问题的根本。对于前者,为了逃避这种记忆,甘当水手去做苦力,但他并不能真正从中挣脱出来,所以一旦看到那迎风招展的"花头巾"和不屈的沈萍,他感觉有如灵光乍现一下子找到了自己的目标。而对于后者,这"花头巾"其实只不过是个信物,不时唤起她对历史的记忆,它的另一端连接的毋宁说是不堪回首的历史,因此,对于她来说,要想走出历史,就要改变自己的装束,就要让自己"看不出一个外省姑娘的丝毫痕迹";在她这里,显然,装束和饰物,既表明历史的残留,其实也是身份的表征,所以改变装束就是告别历史和对庸俗日常的追逐。

二、现实之"重":从日常出发回到历史

在 20 世纪 80 年代初期,日常生活是一个内涵非常复杂的范畴,其一方

面被作为"文革"意识形态的"他者",在针对"文革"的批判中发挥了重要的作用,典型的莫过于古华的《芙蓉镇》以及从维熙的小说;另一方面,日常所具有的平庸的一面,也常常被理想主义或改革意识形态所摒弃和否定,而在另一些时候,对日常的超越,也往往是主人公精神升华的象征,这在张贤亮的《绿化树》、《男人的一半是女人》等小说中表现明显。应该说,这种复杂性在知青写作中都有呈现。对于80年代的知青写作而言,日常生活叙述却并没有占据重要的位置,梁晓声的《雪国》是为数不多的执着于直面日常生活的知青写作,但这种日常生活在他的小说中并不具有本体论的意义,而毋宁说往往只是一个过渡形态。换言之,日常生活对知青来说,是他们为之疯狂的革命理想主义坍塌后暂时休息的港湾,他们并没有表现出对日常生活的迷恋而毋宁说时时表现出针对日常的超越。在知青小说中,日常叙述往往显得暧昧而游移。虽然日常是作为革命理想主义的"他者"而存在,但日常却并不一定接纳他们这些归来的"逆子"们,而毋宁说日常的"门"并不向他们敞开,因此,某种程度上,他们是一群被排除在日常和革命理想主义之外的存在,对于他们,回到革命理想主义已不再可能,而奔向日常其实也显得困难重重,更何况日常往往表现得那样的平庸和无助。

事实上,对于返城知青而言,他们之所以常常怀念过去,很多时候源自于日常生活的困窘。但他们并非真的愿意回到过去或他们曾经待过的农村、农场或兵团。这里,往往有一个奇怪的悖论,这在梁晓声的《雪城》里表现尤为明显。在刘大文和姚玉慧的眼里,过去对他(她)们而言,竟十分的相似,即日常生活的重要性胜过一切,虽然一个(即刘大文)是通过沉溺其中来张扬日常幸福的意义,一个(营指导员姚玉慧)是以被压抑的形式显示正常欲望其不可遏制的力量。但当他(她)们返城后,却要表现出对日常的超越的渴望:刘大文渴望成功,姚玉慧不甘被父母安排。这一悖论表明,当过去在回忆中呈现时,"日常"是作为否定革命意识形态出现的,而当回到现实中时,为了重建一代知青的自我形象——因为在小说中,返城知青无时无刻不受到民众的质疑乃至嘲讽——又表现出针对日常的超越。而实际情况是,对大多数返城知青而言,日常生活的困窘却是真切而紧迫的问题,他们缺衣少食,没有工作,但另一方面,他们为了证明自身(一代人)又不甘于此,不甘于被生活的洪流淹没,正是这种极端矛盾,在小说中奇怪地缠绕在一起,使得小说极富症候性。

其实,梁晓声以《雪城》的写作表征了知青面对日常的**四种方向**和可能。第一种是,现实的困窘,促使他们回到过去。第二种是日常的平庸使他们追怀过去,但并不想回到过去。对于前者,王安忆的《本次列车终点》、铁凝的《村路带我回家》、陆星儿的《冬天的道路》等,是这样的小说,而更多地是后者,像梁晓声的小说,陈建功的小说《水流弯弯》和《迷乱的星空》、张抗抗的《北极光》等都是这样的典型。第三种是现实的困窘使他们怀念过去,但却并不想回到过去而是对现实有所求,这在叶辛的《爱的变奏》等小说有所表现。第四种像张承志的小说,如《黑骏马》以及《绿夜》,史铁生的知青写作,韩少功的《远方的树》,等等,则表现为,日常的平庸而非困窘,使他们重返故地,但并不是回去。但无论如何,这些过去,都已经不是原来意义上的过去,而是经过"现实"改写了的"过去";因为,这些针对过去的回忆都是在日常的对照下进行的。对这些小说而言,过去显然已经不再是噩梦式的存在,而毋宁说过去在同日常的平庸和困窘的对照下闪耀出诱人的光芒。

其实,现实的困境只是暂时的,返城知青们迟早大都会有工作,不管这是什么样的工作;而且事实上,在 20 世纪 80 年代的中国,物质上也并不宽裕。物质上的困窘和贫乏毋宁说是整个 80 年代的时代特征,因此,从这个角度来看,第一种知青写作并没有持续多久也并不普遍,而第三种也不可能得到广泛的呼应。对于知青写作而言,更多地是第二种和第四种,即虚化历史和重返"故地"。

如果说,对于第一种和第三种而言,是日常的困窘使得他们对过去充满了想象和温情的话,这种"怀旧"之情终究难以持续下去,因为困窘总是暂时的。而日常的平庸却是永恒的,是日常的本质性规定之一,从这点而言,第二种和第四种表现出的对过去的怀念就带有了永恒的味道在内了。在这里,有一个区别,即对于第二种而言,像梁晓声的部分小说,张抗抗的《北极光》,以及陈建功的《流水弯弯》等,日常虽然显得平庸,但他们并没有想到要回到历史回到过去,他们的意图还是表现在如何超越日常平庸的层面,因此,"历史"在他们这里,只是作为现实的"他者"式的存在,他们通过现实来反观历史,其实是预设了一个不同于平庸的现实的"历史"的存在,故而历史在他们眼里往往就成了抽空具体内容的抽象的理想主义的象征。换言之,为了达到对日常的庸俗的超越,历史的平庸而不堪的一面都在这种预设下被过滤掉了,历史最终变成类似于理想主义的代名词。梁晓声的《这是一片神奇的土地》就是这样的典型。这篇小说虽然始终都是在回忆性的口吻中呈现,但其实是在现实和历史的对照下展开叙述的,而且,这一充满死亡之气的"鬼沼",其实就有点像孔捷生的《大林莽》中"大林莽"一样,都是一个极富象征性的意象;所不同的是,在孔捷生的"大林莽"中人性的弱点暴露无遗,"大林莽"其实就是一个人性丰富性的浓缩和凝聚;而"鬼沼"则不同,这是一块就像题目所显示出的"神奇的土地",这块土地虽然充满死亡的气息,但这气息在征服自然和艰难困苦的英雄主义气概下,最终烟消云散,而且,这也是对历史的寓言式的表达:知青经历中的"文革",不正是这种"鬼沼"式的存在吗? 其虽到处弥漫着死亡之气,但在这死亡气之侧,是一代人甚至更多的人改天换地的雄心和毅力,是改造世界的坚韧和不拔,而这是任何人都不能否认和否定得掉的。如果说,在梁晓声的这篇小说中,日常的平庸只是一个潜在的可能性存在的话,那么在陈建功的《流水弯弯》、《迷乱的天空》以及张抗抗的《北极光》、《淡淡的晨雾》等小说中,日常的平庸却是切实而令人窒息的。

> 是的,当我紧靠着明伟(小说叙述者"我"的丈夫——引者注)那宽宽的肩膀,一起走向高雅的剧场,迎来等待退票的青年男女们羡慕的目光的时候,当我和他坐上公共汽车,听他高谈文艺界趣闻,而乘客中有人认出他就是某剧里的某角色的时候,我心里确实升起一种满足。满足什么呢? 我也不知道。也许,这就是他所说的"懂得生活"的乐趣? 也许,这不过是女性的虚荣? 唉,我对幸福的要求也许太苛刻了。因为在一时的满足过后我又觉得,生活是很幸福的,又很无聊。我的生活里好像缺少一点什么更有意思的东西,……缺少什么呢? 我自己也说不清。
>
> 渐渐地、不由自主地,我想起了和钟奇一起的日子,我来到了这静

静的小河边。①

显然,在这里,是现实的平庸使"我"想起了钟奇,而"和钟奇一起的日子"其实就是历史,就是过去那些插队的日子;这些日子虽然很苦,但生活得"充实",那种"青春的活力",是"多么有魅力!"相比之下,现实却是那样的平庸、沮丧和无聊。在小说中,历史是同"奋斗"、"激情"、"虔诚的热情"和"理想的境界"连在一起的,虽然这"奋斗"这"理想"(即组织"红卫兵公社")显得多么地不切实际。这样一来,在小说中,"文革"和插队生活,就被过滤抽象为对理想主义的坚守和追求了。而且,这种过滤,是在回忆的过程当中一步步完成的,"生活已经无忧无虑,却并不使人感到满足……越这样,我越忍不住插上回忆的翅膀,回到六年前,回到钟奇身边。渐渐的,我觉得,该恨的也许是我自己,而不是他。他对生活的态度,有一种难能可贵的东西,而我却丢弃了它,今天才明白它的可贵。"②在这里,叙述者通过"回忆"最终完成了针对日常的超越和对理想的回归,而这些并不是在实际层面而毋宁说是精神层面完成的。

其实,这种日常所表现出的平庸,是与"文革"造成信仰的毁灭和坍塌息息相关的。"唉,我们这代人,生不逢时,历尽沧桑。没有看到什么美好的东西,叫人如何相信生活是美好的呢?理想如同海市蜃楼,又如何叫人相信理想呢?有人说这叫什么虚无主义,我认为也总比 20 世纪 50、60 年代青年那种盲目的理想主义好些……"③换言之,是"文革"意识形态的失效导致青年一代理想主义的缺失,以及沉溺日常的平庸中的倾向。显然,"50、60 年代时代"那种"盲目的理想主义"已然失效,但对那些不甘于沉沦的人,像小说中的芩芩和曾储,却并不愿意就此变得平庸或玩世不恭,他们想重新寻找到生活的支点,"人活着到底是为什么呢?人生的意义到底是什么?……也许永远也找不到。但是我不愿意像现在这样活着,我想活得更

---

① 《水流弯弯》,见《陈建功小说选》,北京出版社 1985 年版,第 179—180 页。
② 《水流弯弯》,见《陈建功小说选》,北京出版社 1985 年版,第 189 页。
③ 费渊语:《北极光》,见《塔》,四川文艺出版社 1985 年版,第 122 页。

有意义些"①。在这里,他们两人的知青身份和经历虽然没有过多涉及,但其实一直是他们思考问题的起点,即旧的理想主义破灭后如何重建新的理想。但问题是,这一支点又难以从日常生活中寻找得到,而历史对他们而言,又过于沉重,他们也不想回到过去,所以小说一方面没有过多涉及芩芩和曾储的知青历史,只是偶尔在回忆中闪现;另一方面现实又是那样的平庸,这种困境,到最后就导向从现实回到历史深处——即不同于"文革"的他们的"幼年"历史,在小说中是芩芩的幼年——去寻找那理想之光(北极光)。在这里,"北极光"是一个极好的象征,它与现实的平庸恰好形成对照,其既可能存在,又难以找寻,其既能"言说",又难以具形,而正是这种既具体又抽象的"无言"的表征,与记忆深处的人类"幼年"状态十分相似;因此,可以说,"北极光"这一象征,其实就是阿甘本意义的人类"幼年与历史"的符号表达②,是从人类幼年的历史中去寻找精神之源理想之光,从这个意义上,此后的寻根文学中回到人类的幼年的倾向③,同《北极光》之间,显然有某种内在精神上的一脉相承之处。

三、再造历史以再造自我和现实

实际上,像张抗抗的《北极光》以及《淡淡的晨雾》等小说,那种否定现实而又不愿回到过去的倾向,其实已经预示了向历史纵深处探询或重新构造历史的可能,而正是这种否定现实,也使得这些小说忽视了20世纪80年代最大的意识形态实践——即现代化的想象和实践。如果从另一方面看,这种忽视与其说是无意的,毋宁说是有意为之。因为,现代化的实践,虽然承诺了美好的未来,但这一承诺终究是以物质——即四个面向——形式表现出来的,而对于理想主义的知青写作来说,物质层面其实正是他们要力求超越的。所以,从这个意义上说,韩少功和史铁生以及张承志等人的知青写作,其实正是沿着《北极光》、《流水弯弯》等小说这一脉络发展而来的。

---

① 芩芩语:《北极光》,见《塔》,四川文艺出版社1985年版,第217页。
② 参见阿甘本:《幼年与历史:经验的毁灭》,河南大学出版社2011年版,第41—51页。
③ 参见洪子诚:《作家姿态与自我意识》,陕西人民教育出版社1998年版,第67—74页。

但对于韩少功和张承志等人而言,却并非要否定日常现实,而毋宁说他们通过向历史纵深处的挖掘,试图给现实寻找到另一重根源,以此作为现代化实践的补充或延伸。因为,从实际的情况来看,这些作家的知青写作所呈现出的并非要回到故地,而是在故地和现实之间做来回的穿梭,以及表现出的精神上的回归。换言之,现实仍是他们的"持存"和基础,但他们要在精神上寻找一个家园,这一家园对于他们而言,只能回到历史或故地去寻找。张承志的《绿夜》很有代表性。这篇小说从叙述者"他"返城八年以后重访草原开始叙述,"这漫无际涯的绿色,一直远伸到天边淡蓝的地平线……一点点得在他心里勾起滋味万千的回忆",其实,这所谓的"滋味万千"并不是矛盾重重,而毋宁说是现实的平庸琐碎使得叙述者产生了回到过去以寻找精神依托的冲动,"生活……淹没了诗",故而回到故地就是为寻找那被淹没的诗,那"逝去的青春",就是回应那"遥远的呼唤"。在小说中,小奥云娜无疑就是这诗、青春和呼唤的隐喻。但其实,这些都是叙述者一厢情愿式的想象,不仅身边的人不可理解,即使真地回到草原见到分别八年后的奥云娜,实际情况也与想象和回忆中的判若两然:"她没有羊角似的翘小辫,没有两个酒窝。她皮肤粗糙,眼神冷淡。她甚至没有亲热地喊他一声啊哈——哥哥。他慌了。""这是他的小诗、他干旱心田中的绿洲、他青春往事的象征、他的小奥云娜么?"事实上,所谓的"小奥云娜"只是叙述者想象和回忆中构造出来的形象,这一形象之所以显得那么的美好,无非就是因为远离现实而与历史相勾连,因而,小奥云娜其实就是叙述者通过想象和回忆构造出来的"历史",一旦遭遇现实,霎时便会显露出的它的不实来,"生活露出平凡单调的骨架"。而这也使叙述者清醒到"在现实中追求梦境就是使梦破灭","应当让那种过于纯洁的梦永远萦绕在心头",相反,生活的严峻"使他将把献给梦的爱情投入现实"。从这里,叙述者突然认识到,生活其实是矛盾两分并行不悖而结合一体的,其既可以表现出超越的一面,也会显示出平庸的一面,对于叙述者,也大可不妨一面沉溺于生活的平凡,一面去寻找追求那"浩渺的暗绿中亮起的""奥云娜为他举起的灯"那"明亮的星",只要他不曾忘记生活中一定会有那颗"明亮的星"就足够了。

从以上的分析可以看出,叙述者寻找理想和生活中的诗其实是为了更好地投入现实生活,这一意图在他那篇《北方的河》中同样如此,他通过重回并寻找"北方的河",并不是走向历史的纵深而毋宁说相反,是想通过走向历史的深处重新更好地走回现实人生。这也是一种双重的扬弃,既扬弃了日常现实,也扬弃了历史,其结果是在否定现实的同时,也否定了历史,同时又是在更高的意义上肯定现实。韩少功在《归去来》中以极具寓言式的形式表征了这点,其他的作品,如《远方的树》、《飞过蓝天》和《西望茅草地》等也都如此。《归去来》这一题名即表明现在与过去间的龃龉和距离。其曰"归去来",虽预设了一名知青返乡的故事,但其实,返乡的结果,与其说是回到了过去,毋宁说是现代文明对传统秩序的一次冲击。小说叙述了一个叫"黄治先"的男人来到乡下收购香米和鸦片,却被乡民一致认作十年前回城的"马眼镜",而叙述者"我"(黄治先)也在恍惚记忆的引导下,冥冥之中,重温了一遍历史。在这里,名称并非可有可无,而其实是一种象征,因为"黄治先"和"马眼镜",虽然是属一人,但其实分属不同时代,其间不可能混淆。如果说"马眼镜"代表的是过去和历史的话,那么"黄治先"则对应着现实和当下,而这两个"名称"在叙述者"我"回乡过程中的彼此矛盾,也在意味着现实和历史间的不可通约不可化解乃至不可逾越,而"我"最后逃也似的返回县城,最终表明任何企图填平这一鸿沟的意愿都是那么的无望而不可能。这里,与其说是"归去",不如说是"归来",这"归去来"一名,其实表明,一旦回到现代文明的大都市,"归去"其实已不再可能,《飞过蓝天》这一小说也一再表明这点,当鸽子晶晶远涉群山千辛万苦回到主人身边,却于意外之中死于主人的枪口。从这个意义上,《远方的树》与其说是一次重访旧地,不如说是一次精神上的回乡之旅,是一次现实意义上的超越之路了。在《远方的树》,这棵"树",既真实,也虚幻,其真实是因为曾经存在过,后来被砍掉了,而说其虚幻则因为是作为画的形象得以再生,这其实是"过去"的极好象征。那段知青岁月,显然不可能从记忆中抹去,但无疑早已远去,因而其只能以画面或叙述中的形象存在,这一存在,因为是在生活现实的对照(现实的庸俗和烦恼)下呈现,显然已非原来意义上的过去,而毋宁说是再造后的历史了,因此,叙述者"田家驹"的返乡之旅,其实就是为他重回现实和都市重建了一精神上的支点,他的重访旧地毋宁说是一次精神上的返乡。这一逻辑,发展到后来,其结果自然是走向历史的纵深:"过去"既然已不可能重回,那么对于现实中的"我"或叙述者作者而言,最好的办法无非就是立足当下,或者走向历史的更深处,而这两者,其实是可以实际上也是相通的。其后不久的寻根小说显然证明了这点。

　　而这其实也表明这样一个趋势,即对于第四类而言,这里有一个成功者返乡的结构①。他们的返乡显然不是因为在城市的失败经历,而毋宁说是一次精神的返乡之路,他们返乡是为了寻找曾经丢失的美好的东西,而这些东西,在现代大都市里显然已经荡然无存或微乎其微了。而也正是沿着这种路径,他们最终走向边地,走向了文化寻根之路。可见,文化寻根,从某种意义上就是成功者精神返乡的表征。而对于现实中失败的知青来说,这显然是不可想象也不可能做到的。

四、结语:如何过去,怎样未来?

　　对于知青写作来说,既有张抗抗那种于焉其中参与称赞知识青年上山下乡的《分界线》,也有像卢新华和孔捷生的那种立足"现在"的角度批判和表现知青"历史"经历之"痛"的《伤痕》和《在小河那边》;在这两类写作中,叙述者同叙述内容之间,不是过于"和谐"(前者),就是过于对立(后者),因而,在这两类创作中是不存在叙述内容和叙述者立场之间对话的可能。而对于知青写作,更多的则是一种错位,即现实同历史之间的矛盾处境。换言之,知青一代的历史,虽然伤痕累累,沉重并充满血泪,但并非一无是处,而现实也并不如当年想着回城时的那样美好或尽如人意,这就造成了某种错位:"将来"并不能从"现实"中得到承诺,相反,倒是常常同历史纠缠在一起,结果似乎是"历史"决定了"将来",最终也就决定了"现在"。这就有点像马尔库塞所说的记忆的治疗作用,"记忆所以具有治疗作用,是因为它具有真理价值。……

---

①　对于第二类而言,虽然也有一个精神返乡的结构,但对于知青主人公却不是现实中的成功者,也并没有在现实中建立自己的位置,故而他们返乡只是为了重建生活的目标,而对于第四类而言,生活的目标虽没有得以重建,但无疑他们是生活的强者,他们回到过去只是为了给现实提供某种补充,因为现实对于他们而言,是某种缺失,他们需要这种过去来弥补这种缺失。

解放过去,并不是要使过去与现在调和。与发现者自己施加的限制相反,面向过去的结果将是面向未来。追回失去的时间成了未来解放的手段。"①从这个角度看,知青写作显然不同于那种现代性时间进程中的从昨天经由今天到明天的主流写作,而更多地表现出时间上的混杂的现代性特征。

对于知青一代(不论是作者还是主人公)来说,直面知青的历史或许不难,难就难在"历史"的阴影无论怎样挣脱,而始终不能,总也不能走出。在20世纪80年代小说写作中,"红卫兵"身份及其知青经历作为一个幽灵式的存在,出现在中青年主人公的生活中,其往往于不经意间流露,便成为不可遏止的"记忆"之"痛"。即使主人公有意回避或遗忘,反而是更加被纠缠其中不得解脱。从这个角度看,80年代的小说创作被人为或刻意地分为伤痕小说、改革小说、知青小说以及寻根文学,乃至现代主义小说,就似乎显得不很恰当。实际上,80年代的小说创作中,始终贯穿着一条若隐若现的脉络,那就是,如何从沉重的历史记忆中挣脱出来并重建自身的主体性。这一脉络,不仅指向那些复出的"右派"和中老年干部,还是经常萦绕于红卫兵出身的知青一代身上。

这既是现实和历史的纠缠,同时也是现实和历史之间的对话、冲突、融合乃至和解的过程,因而某种程度上决定了知青写作整体上的"对话体"的文体特征。从前面的分析可以看出,记忆以及对记忆的叙述,很大程度上是取决于现实的取向及其意图的,换言之,现实处境某种程度上决定了记忆的方式及其向度②。这种记忆的叙述其实就是故事的呈现方式。就像前面分

---

① 马尔库塞:《爱欲与文明》,上海译文出版社2005年版,第13页。

② 这一取向,决定了不能仅仅从疗救的作用上去理解记忆。莫里斯·哈布瓦赫虽然对记忆的美化功能表示困惑:"在遥远的世界里,我们遭受了令我们无法忘却的苦难,然而,对某些人来说,这个遥远的世界却仍然散发着一种不可思议的魅力,这些人历经磨难,幸存了下来,他们似乎认为,他们自己最美好岁月都驻留在了那个艰难时世里,他们希望重温这段逝去的时光"(《论集体记忆》,上海人民出版社2002年版,第86页),但他仍从"昨日社会里最痛苦的方面已然被忘记了"这一角度去理解:"在某种程度上,沉思冥想的记忆或像梦一样的记忆,可以帮助我们逃离社会。"(第87页)因为显然,生活在现实中的人,总要面对现实,而事实上也不可能做到永远逃离社会。这就决定了"记忆"的疗救功能只是一种缓冲和转移,是为了更好地面对现实。这在晓剑和严亭亭的《一代人的情歌》和梁晓声的《雪城》(下)等小说中有明显表现。

析过的《雪,白色的,红色的……》,这篇其实是提出了通过两个时代之"我"的对话的方式而达到现实同历史和解的问题。

在这里,首先需要针对"故事"做一必要的解释。本书使用的"故事"是针对"记忆"而言或存在的。换言之,"记忆"通过故事方式呈现的同时,也就最终达到了现实同历史的和解。用爱尔兰哲学家理查德·卡尼的话说就是"众多的故事使我们具备了人的身份"。"有人问你是谁,你得讲自己的故事。也就是说,你会依照对过去的记忆以及对未来的期望来讲述自己的现状。你根据自己过去的状况和将来的发展来阐述自己现状的境遇。这样,便给自己一个叙事的身份,而这个身份便终身黏着在身上。"①而如果说"故事"确定了何为人及其身份的话,那么"记忆"就不仅仅指向历史,其实也具有了本体论的意义了:通过"记忆"使我们明白,我们原来是有历史的存在,而这一历史指向今天,我们有了时间感,也就知道我们在什么地方,将要往何处去了。简言之,通过"记忆"和"记忆"中不同时期的"我"的对话,我们埋葬了历史,也安置了自身,更设定了未来。

第三节　回避历史与走向传统

一、题材转变的意义及其局限

在当代中国的文化实践中,题材的意义并非可有可无,而是关乎大是大非需要严肃认真对待的,一段时间内甚至出现"题材决定论"的倾向,题材的重要与否直接关系到小说创作的价值高低,这一状况到 20 世纪 80 年代的小说创作中仍有一定的延续。80 年代初,大凡引起广泛争议的,很多都是反映重大社会现实问题的小说,这在伤痕文学、反思文学和改革文学,以及知青写作中都有呈现。但是到了 80 年代中期,情况有了明显转变,这一转变非常明显地表现在寻根写作中。郑万隆和郑义是一个很明显的例子。在写作"异乡异闻系列"之前,郑万隆写作了像《当代青年三部曲》(1980年、1981年、1983年)《同龄人》(1981年)、《夜火》等表现知青或青年的题

---

① 理查德·卡尼:《故事离真实有多远》,广西师范大学出版社 2007 年版,第 12、13 页。

材小说,但到了 1984 年下半年起,作者陆续推出了像《反光》、《老马》、《老棒子酒馆》等一系列以"异乡异闻"为总题的小说①,这种转变之快实在让人惊异,很难想象这是出自同一作家之手。同样,郑义也是如此,1979 年,郑义曾以批判"文革"的短篇小说《枫》而闻名,但到了 1983 年和 1984 年,他的小说《远村》和《老井》相继出现之后,他的笔触开始转向偏远的农村,开始写些不太关乎现实变革的小说。此外,还有贾平凹,在发表《鸡窝洼的人家》和《腊月正月》(1984 年)之类的改革小说之前,他就写了《商周初录》(1983 年)这样的寻根之作。特别是李杭育,一本《最后一个渔佬儿》更是把我们带到超越时空的葛川江上,而在此之前,他也写作了反映"文革"题材的小说,如《沉浮》等,在这前后也写过带有时代印记的长篇《流浪的土地》。

事实上,在 20 世纪 80 年代中期的小说创作中,被例举为寻根写作的作品,所占的比重并不是很大,甚至可以说很小。而即使是被称为寻根写作的作家,像郑万隆、郑义以及韩少功等,他们的被称为寻根写作的小说作品也不是很多,这在王安忆那里尤为明显,除了《小鲍庄》和《大刘庄》等外,王安忆的很多小说并不能归到寻根写作中去,而且王安忆也并非有意要寻什么"根"。更有甚者,即使是像韩少功和郑义等寻根作家,他们在提倡寻根的主张后,所创作的作品仍有很多并不能被称为寻根小说。如果这样的判断成立的话,那么接下来的问题是,数量并不是很多,虽轰动一时但转瞬即逝的小说创作潮流为什么能不断被人言说,并能在文学史占有醒目的位置呢?这是否与其所带来的题材上的转变,有一定关联?

作为寻根文学重要的批评家兼作家李庆西,在事隔多年以后反思寻根文学时,他这样总结道"文化"其实是"一个替代物","这是一个蒙眬无间、指向不明的庞然大物。于是,评论家们在谈论'寻根文学'作品时,出现了'楚文化'、'秦文化'……等说法……所有这些都跟'现代化'和'改革开放'的政治话语拉开了极大的距离。其实,'文化'是虚晃一枪,只是为了确

---

① 1986 年 9 月以小说集《生命的图腾》的形式在中国文联出版公司出版。

立一个价值中立的话语方式。这是一个叙事策略,也是价值选择。"①这种说法诚然如此,但李庆西其实忽略了一点,那就是寻根文学为什么要"跟'现代化'和'改革开放'的政治话语拉开"距离呢?而实际上,"现代化"和"改革开放"是20世纪80年代的共识和超级能指,其在80年代具有天然的合法性,对于这样一个具有超级能指的话语,寻根文学仅仅是要拉开距离吗?若此,寻根文学又如何获得自身的合法性?显然,问题并不像李庆西所说的这么简单。可以说,表面上,寻根写作是要同"'现代化'和'改革开放'的政治话语"保持距离,但其实是在更深的层次上同它达成一致,而要达到这一目的,"文化"显然是最为主要的"叙事策略"。从这个角度说,这是一次"看似反拨的顺应"②。其实,题材的转变只是问题的一方面,对于像韩少功和阿城而言,他们仍旧执着于知青题材的写作,而事实上,他们的有些知青题材小说如阿城的"三王"系列和韩少功的《诱惑》等,往往也被作为寻根文学的代表作被例举;这一情况表明,题材的转变并不是问题的根本,根本在别处。

二、从具体现实到模糊时空

讨论寻根作家题材的转变,不仅要看到寻根写作的题材特征,还要注意到寻根作家的创作轨迹。可以说,大部分寻根作家,像韩少功、王安忆、阿城、李杭育、郑万隆、郑义等都是知青作家出身,并且都写过知青题材的小说。而且更为关键的是,有些以知青生活为背景的小说,往往不被看做知青小说,而视为寻根写作的代表作,最为典型的就是阿城的"三王",其他如韩少功的《诱惑》、《空城》等也是如此。因此,对于这些作家而言,都有一个从写作知青小说到寻根小说的过渡。这是一方面。另一方面,当知青题材的小说被命名为寻根写作时,(从)这种急于同知青小说撇清的姿态中,不难看出,文坛对超越知青写作的内在焦虑。

---

① 李庆西:《"寻根文学"再思考》,《上海文化》2009年第5期。
② 参见王又平:《新时期文学转型中的小说创作潮流》,华中师范大学出版社2001年版,第22页。

在杨晓帆的最近一篇分析《棋王》发表后如何最终被确认为寻根小说的文章中,作者分析道:"随着寻根意识的渗透,王一生作为城市底层出身的知青身份渐渐模糊,他的社会属性或阶级属性变得无关紧要。当秉承现实主义文学成规的批评家力图从知青在'文革'中的特殊经历来解释王一生的性格行为,从历史学或政治学角度发现其现实意义时,寻根批评中的王一生更接近于一个没有个性的符号。"①诚然,这里有一个阅读的不同角度和面向的问题,但似乎并不仅仅如此。因为这其实还是没有解决这样一个问题,即,为什么《棋王》(1984 年)先是被指认为知青小说,而到了 1985 年前后又被追认或重构为寻根文学的经典作品? 因此,对于我们来说,问题不在于《棋王》是否为知青小说或寻根小说,关键在于这种命名说明了什么?换言之,为什么有些作品被命名为知青小说,而有些以知青为背景的,却被视为寻根小说? 这种命名的变化说明了什么?

在今天,研究者大都倾向认为寻根文学是对知青文学的反拨和超越,而不太注意到其间存在的内在关联。似乎寻根作家一个个都是横空出世,甫一出现就震惊世界,实际上并不如此。阿尔都塞曾经指出,"概念"的变化,其实反映的是"问题总领域"的变化,换言之,是新的问题的出现,生产了新的对象,并决定了新的问题的提出方式和解决方式。在他看来,这一新的对象,在此前的问题领域或问题系中,是"看不出来"的,因为这一问题域早已预先决定了原有对象的存在,在这一问题系中,被看到的只有这一对象。②因此,对我们来说,关键不在于通过"寻根文学"这一范畴,去指认何为寻根小说,何为知青小说;而是要去探询,到底是哪些因素决定了"根"的发现,以及"根"的呈现方式。这一文学之"根",如按柄谷行人的说法,其实就是"一套认识装置",其发现的关键在于"内面的颠倒"和内面之人的产生。③

在这里,关键是要去探讨"根"是如何被发现的。李庆西曾多次强调:"在对'寻根'的研究中,不要把'根'与'文化'看得太重要,重要的是'寻',

---

① 杨晓帆:《知青小说如何"寻根"——〈棋王〉的经典化与寻根文学的剥离式批评》,《南方文坛》2010 年第 6 期。
② 参见阿尔都塞:《读〈资本论〉》,中央编译出版社 2008 年版,第 14—16 页。
③ 参见柄谷行人:《日本现代文学的起源》,三联书店 2006 年版,第一、第二章。

而不是'根'"①。李庆西突出所谓的"寻"的过程,其实正道出了"寻根文学"这一新的"认识装置"的重要意义。正是有了新的认识装置,文学之"根"才会被"看"或"寻"出来。仍以韩少功的《文学的"根"》为例。在这篇文章中,被作为"文学有根"的例子被推举的有贾平凹的"商州系列"、李杭育的"葛川江系列"以及乌热尔图的描绘鄂温克族生活的小说(实际上即《七叉犄角的公鹿》等小说)。此外,王安忆和陈建功小说的新变,也作为文学超越性的代表被例举。毫无疑问,这种例举实际上就是一种命名,其通过例举和指认,借以凸显这些小说与此前小说创作的截然不同,似乎寻根文学就是某一横空出世的新物,让人惊羡不已。其实就像杨晓帆那篇文章所显示的,小说《棋王》发表后引起的批评和接受上的差异,不在于被接受者——即小说,而在于接受者,也就是说,其实是接受者的"认识装置"决定了他们眼中的《棋王》到底为何物——即,是作为知青小说来读,还是作为寻根小说来读。同一篇小说,却引起截然不同的读法,足见知青写作和寻根写作并不像想象得那样截然两分。实际上,《棋王》也被选入了贺绍俊、杨瑞平编选的《知青小说选》(1986年3月出版,编选工作应该在《棋王》发表后不久结束)中。

不过让人奇怪的是,在那篇被称为"寻根文学"旗帜的《文学的"根"》中竟没有把《棋王》作为寻根文学的实绩例举,这是否为有意的疏忽? 显然,韩少功写作这篇文章时,《棋王》已经发表,因为作者在文章的末尾也提到了这篇小说,"在前不久一次座谈会上,我遇到了《棋王》的作者阿城,发现他对中国的民俗、字画、医道诸方面都颇有知识。他谈到了……"显然,这里并不是把它作为寻根文学的代表来举例的,实际上从这段话中也可以看出韩少功显然已经注意到了《棋王》这部小说,那么是什么因素导致了韩少功没有把它作为寻根文学的实绩来例举呢? 韩少功是一个理论意识很强(被称为"小说界的'理论家'"②)并有鲜明自我意识的作家,这从他自20

①　见李庆西1993年写给宋寅圣的信。另见《"寻根文学"再思考》(2009年),见《当代文学60年》,上海大学出版社2011年版。

②　参见程光炜:《文学讲稿:"八十年代"作为方法》,北京大学出版社2009年版,第349页。

世纪 80 年代以来写的大量的理论文章中可以看出,也从他翻译米兰·昆德拉的《生命中不能承受之轻》这一行止得以窥见。看来,这种"遗漏"不能归因于作者的疏忽或大意,而只能从别处去找原因。

而若从与这篇文章几乎同时写作的小说《爸爸爸》和《蓝盖子》和《归去来》(都是写于 1985 年 1 月)来看,或许能看出某种端倪。《爸爸爸》被称为"寻根文学"的代表作品自不必说,作者自己也并不否认这点①,关键是看另外两部。《蓝盖子》和《归去来》其实可以对照着读。"蓝盖子"既是小说名,也是一个意象,更是一个象征,即象征那噩梦式的"文革"岁月,于是就有了小说中的陈梦桃不断地寻找"蓝盖子"这一奇怪的举动。所不同的是,对于陈梦桃来说,那是"个永远也找不到的盖子",故而他也就注定了永远走不出"文革"及其阴影;但对于叙述者"我"而言,却不同,虽然"我"也有时分不清"渐入夜色的参差屋顶""穿过漫长的岁月,(这些屋顶)不知从什么地方驶来",但仍要"仔细地看着它们,向它们偷偷告别"。这种"告别"的意识在《归去来》表现尤为明显,因为在这部小说中,知青历史是以梦境或幻觉的形式出现的,而即使是当那个在现实中叫着"黄冶先"的人意识到自己就是曾经的知青"马眼镜"时,他也毫不犹豫地选择了逃离,因为,就像"黄冶先"这一名称所表明地,他其实早已在意识中忘掉了知青岁月那一段历史,并且不愿再记起来,虽然在实际上相当困难。这两篇小说都表现出"告别"历史的冲动,虽然不一定能告别得了,这样我们就能理解《爸爸爸》的"横空出世"了。在这篇小说中,看不到任何现实的影子,时空模糊不辨。如若联系作者写于同时的《文学的"根"》一文,可以发现,作者提倡"寻根"的主张其实是从告别现实和近史(即"文革")的角度立论的。换言之,寻根是以现实和近史作为"他者"来建构自身的主体的。这样,就能理解为什么作者没有把《棋王》作为寻根小说的代表作品来举例了,因为显然,在《棋王》中,知青生活是作为背景出现的,而在贾平凹的"商州系列"、李杭育的"葛川江系列"以及乌热尔图的鄂温克族文化小说中,现实和近史是不多见的,即使是出现(如在乌热尔图的《一个猎人的请求》等小说中),也是作为

---

① 参见马国川编著:《我与八十年代》,三联书店 2011 年版,第 209—211 页。

自然自足状态的对立面或被否定的对象。而从王安忆和陈建功当时的小说创作来看,他(她)们也并没有一直纠结于知青题材的小说创作,他们的创作在"立足现实的同时又对现实进行超越"。从这里可以看出,韩少功提出"寻根"显然是针对那些现实主义的写作的,而实际上,像"葛川江系列"、"商州系列"以及乌热尔图的鄂温克文化小说,也是不能被归之于现实主义的,即使是《蓝盖子》以及《归去来》也很难归到现实主义而毋宁说带有象征主义色彩,更不要说《爸爸爸》这篇小说了。

明白了这点,我们就能清楚"寻根文学"这一"认识装置"所为何物了。其显然是一种超越现实主义的理论预设,其意图即在于超越现实或告别历史(即近史)。从这个角度来看,这也是为什么后来的研究者或批评者往往把陆文夫、邓友梅、冯骥才等具有浪漫主义风俗的市井文化小说纳入寻根文学的范畴,虽然寻根提倡者们不一定愿意。① 而像阿城的《棋王》,小说中明显就有现实细节的影子,甚至还直接写到了知青的生活及对吃的偏好,以此观之,韩少功的文章中避而不提就很自然;而实际上,现实生活在韩少功的寻根写作中也是被作了象征主义或浪漫主义的处理过的。韩少功的寻根写作明显表现出远离现实的倾向,这在他所称赞的那些作家如郑万隆、李杭育、贾平凹等身上也有鲜明的体现,其显然与阿城的世俗写作并不相同,而这也正表明了寻根文学的不同路向。

在这里,郑万隆、李杭育、郑义等作家纷纷远离现实,纷纷从事模糊时空的小说创作,同寻根的主张之间,虽可以互相指认,但其实是两回事。对于那些创作而言,可能代表某种共同的倾向和趋势,但在当时的批评家眼中是不被作为寻根小说指认的,而只是在韩少功的《文学的"根"》发表之后,在这一理论视域中,那些作品才被作为寻根的代表提出,因此,可以说,文学寻根是一次从不自觉的过程进到自觉的有意识的过程,这是一方面。另一方面,若从郑万隆、郑义和李杭育等人此前的小说创作来看,他们不约而同地表现出的题材转向,显然又潜在地暗含着某种共同的自觉的意向。从这点

---

① 参见李庆西 1993 年写给宋寅圣的信,见《当代文学 60 年》,上海大学出版社 2011 年版,第 148 页。

来看,韩少功率先提出"文学的根"的主张,其实是把他们自觉的创作意图作了理论上的表达,韩少功虽然有意识地表明了文学寻根的这种共同主张,但又在另一方面遮蔽了这种共同倾向,因为他并没有注意到,或者说他根本就是忽略和遮蔽了他们创作题材上的集体转变。

三、题材转向与不规范文化的提出

事实上,韩少功之所以对《棋王》视而不见,还在于其并不属于他提出的"不规范文化"之列。在韩少功那里,只有"不规范文化"才有值得去"寻"的价值,而"规范文化"其实也就是主流文化,那些文化主要存在于中心地带。虽然这两者都属于"传统文化",韩少功更倾向于"不规范文化"。在他看来,似乎只有那些边缘地带的"不规范文化"才真正具有活力。"更重要的是,乡土中所凝结的传统文化,更多属于不规范文化。俚语、野史、传说、笑料、民歌、神怪故事、奇风异俗等,其中大部分鲜见于经典,不入正统。它们有时可被纳入规范……反过来……有些规范文化也可能由于某种原因从经典上消逝,流入乡野,默默潜藏……这一切,像巨大无比、暧昧不明、炽热翻腾的大地深层,承托着我们规范文化的地壳。在一定的时候,规范的上层文化绝处逢生,总是依靠对民间不规范文化进行吸收,来获得营养和能量,获得更新再生的契机。"(《文学的根》)显然,在韩少功这里,"不规范文化"主要存在于乡村等边缘地带,而且这一边缘地带,从韩少功的寻根写作来看的话,更多的时候是那种模糊时空,即或同时代社会纠缠在一起,也往往自成一格而相对自足,这与阿城那种直接表现知青生活或以知青形象作为视角的小说明显不同。后者(即阿城的《棋王》)不被韩少功作为寻根写作的典范,也就可想而知了。

应该说,"不规范文化"的提法,在寻根文学的提倡者那里比较普遍。李杭育的《理一理我们的"根"》中,这一所谓"我们的'根'",用作者的话也即在"规范之外"。他同韩少功一样,并不是想从传统规范文化中寻"根",而是把眼光投向了边缘地带,只不过在李杭育那里,这一边缘更多的是少数民族聚居区,而非汉地。"与汉民族这个规范比较,我国各少数民族能歌善舞,富于浪漫的想象,从经济形态到风俗、心理,整个文化的背景跟大自然高度和谐,那么纯净而又斑斓,直接地、浑然地反映出他们的生存方式和精神信仰,是一种真实的文化、质朴的文化、生机勃勃的文化,比起我们的远离生存和信仰、肉体和灵魂的汉民族文化,那一味奢侈、矫饰、处处长起肿瘤、赘疣,动辄僵化、衰落的过分文化的文化,真不知美丽多少!"①从李杭育的这段描述可以看出,"规范之外"的文化,其比起规范文化来,还在于虽"质朴",但"生机勃勃",这与韩少功对"不规范文化"的评判基本吻合。郑万隆也有相似的看法。"那个地方(指黑龙江边上一个汉族和鄂伦春人杂居的山村——引者注)对我来说是温暖的,充满欲望和人情,也充满了生机和憧憬。"②

从这些论述可以看出,对于寻根的倡导者来说,提出"寻根",其实是基于对现实的主流文化的某种判断,即主流文化作为规范文化,经过了数十年的发展后,已经僵化而没有活力了。这一主流文化某种程度上即现实主义文化传统,用李杭育的话说,就是载道的文学:"两千年来我们的文学观念并没有发生根本的变化,而每一次的文学革命都只是以'道'反'道',到头来仍旧归结于'道',一个比较合时宜的'道',仍旧是政治的、伦理的,而决非哲学的、美学的。"③这话说得很明显,这一"载道的文学"就是现实主义传统及其在20世纪80年代的复兴——伤痕、反思和改革小说思潮。虽然这些思潮都指向"一个比较合时宜的'道'",但终究是"道",距离他们所理解的文学相差甚远了。

可见,寻根作家提出寻根,其潜在的认识论根基还在于对文学的不同理解。因此,寻根文学的"认识论装置"还表现为一套关于"文学"的新的认识。这在李杭育那里尤其明显,即文学是主情的,而不是主智的。"纯粹中国的传统,骨子里是反艺术的。中国的文化形态以儒学为本……无暇顾及本质上是浪漫的文学艺术","重实际而黜玄想的传统,与艺术的境界相去甚远"。(《理一理我们的"根"》)这是一种斥理性功用(即李杭育说的"实

① 李杭育:《理一理我们的"根"》,《作家》1985年第9期。
② 郑万隆:《我的根》,见郑万隆:《生命的图腾·代后记》,中国文联出版公司1986年版,第310页。
③ 李杭育:《理一理我们的"根"》,《作家》1985年第9期。

用")而诉诸想象和浪漫，追求一种无用之用的文学观。这一文学观，虽通过溯源到古代而得以"理"出一条脉络，"寻"到一条"根"，但其实这种对"起源"的追溯和重构，正是因为有了"文学风景"这一新的认识装置才得以可能的。而这一认识装置的产生，虽然可见出西方现代美学思想如康德关于美的无功利性观念的影响，但终究还是通过"内面的颠倒"和内面之人的产生才成为可能。

四、重新发现"风景"：在穷乡僻壤中发现"美"

这可以以知青小说中的自然描写为例。韩少功的《西望茅草地》是有代表性的一篇。这篇小说讲的是中学毕业生响应国家建设祖国的号召支农的故事，小说视角的转变很有象征性。这是一些在城市里的中学生，他们没有到过农村，他们对农村的想象，主要来自于想象和叙述，距真实的农村很有一段距离，因此，当最初坐上西去的火车，看到沿途的农村景象时，心中充满的只是豪情：

> 当列车穿过白天与黑夜，驶过重重青山，广阔的茅草地展现在我们面前。拔地而起的巨石，扑扑惊飞的野鸡，木桥下弯弯的河水，还有耳环闪亮的少数民族妇女，一切都令人兴奋不已。据领队的老杨说，这里汉、壮、瑶多民族杂居，经过历史上多次大规模械斗和迁徙，人口日益减少，留下一片荒凉。可荒凉有什么要紧？一张白纸可以画最美的图画。眼下我们要在这里亲手创建共青团之城，要在这里"把世界倾倒过来，像倾倒一只酒杯"。（《西望茅草地》）

显然，这只是一个想象中之自然，与真实的自然并不一致，毋宁说是这只是一个主观心灵中的自然景观，很有"风景"的味道，但一旦他们来到这个在想象中"描绘"过的自然后发现，一切并不是这么回事，于是"风景"不再是"风景"，而还原为自然的本真：

> 我后来才知道，茅草地一点也不诗意，而是没完没了的地雷阵。那

些大大小小的顽石,盘根错节的树蔸,就能把钯钉和锄口每天磨溶好几分,震得我们这些少男少女的手心血肉模糊。要命的是,这样的地雷阵一眼望不到头,还不把我们吓晕?(《西望茅草地》)

从所引这两段可以看出,所谓"风景"显然是与"内面之人"有关的,换言之,即"风景"是站在一定距离之外通过想象完成的。这是一种典型的审美状态,所谓风景,也即那种主观合目的性的产物,而对于那些身处"风景"中的人而言,审美所应有的距离消失了,"风景"扑面而来,人与自然的关系从原先那种想象性的关系而变为直面的关系,"内面之人"遂在这种直面的自然中,成为"外面之人",自然变得"一点也不诗意"也就顺理成章了。显然,在这种自然中,人是作为"外面之人"或者说具体时空中的人而存在的,这与"风景"的产生中那种想象中的"内面之人"明显不同。相对于"内面之人"的主观抽象状态,"外面之人"则表现得客观而具体,这是一个个实体性之人,不可磨灭的实存。"内面之人"则是那种可以抽象为非个体的超级主体,他不是一个个实体性的人,而是可以具有某种符号性特征的象征物。

显然,在知青小说中,自然是很难表现得很美的,因为小说中知青很难同自然之间保持一种恒久的审美距离。即使是偶尔表现得很美,那也是小说主人公表现出的超然态度所致。但在寻根写作中,自然则普遍表现出美感来,这是一种常态。"自然"在寻根小说中,并不仅仅是背景式的存在,而往往成为了小说的构成性因素,这也是为什么寻根写作中,往往有大段的景物描写,而这在知青写作中是很难想象的。若还以韩少功为例,可以发现,如果说,知青写作表现出把"风景"变为"自然"的倾向的话,那么寻根写作某种程度上其实是把"茅草地"从"自然"重新变为"风景"的过程,所不同的是,此前的"风景",如《西望茅草地》中所显示的,是他人给予并叙述,最后通过自己想象中完成的,而这时重新发现的"风景"则是知青作家或叙述者本身通过有意识的审慎和超越而建构起来的。因为就像小说《诱惑》中所显示的,瀑布一直都在,其在村民眼中并不一定很美,它的美是在知青"我们"的眺望中生成的,这显然是一种身处其中的对现实情境的超越。因为,同样是身处其中,在《西望茅草地》中的"我们"眼里茅草地的美无疑早

已褪色,而在《诱惑》中的"我们"眼里瀑布却表现出美,这显然就在于距离的产生和对现实的超越态度:

> 总是在雨后,这一钩银光就出现于苍翠远景。雨越大,它就越显眼地晶莹灿烂,然后一天天黯淡下去。
>
> 那时候,我们在马子溪洗尽一层汗盐,哆哆嗦嗦爬上岸,甩去耳朵里暖和的水珠,常常愿望着这道大瀑布,猜测大概不曾有人到那上面去过。
>
> 当夜色落下来,它自然熄灭了。而白日里远近相叠的峰岭,此时拼连融合成一个平面的黑暗,一个仰卧女子的巨大剪影。这女子一动不动,想必是累了,想必是睡了,想必是在梦想往事。她的头发太长太多,波浪形地向北舒摆开去,每夜都让星光来晒着,让山风来抚着——等待朝霞来再一次把她肢解。
>
> 那时候,我们的自由部落就建立在这里。大家常去山下的寨子里挑粮,听农民说些话。他们说马子溪是从这羞女峰的什么地方流出的,女子们喝了,会长得标致,而且将来多子多福。他们是瑶民,或者苗民,自己也说不太清楚。他们黑洞洞的门槛里,地面坑坑洼洼,有嗡嗡的蚊蝇和朽木的酸味。

显然,在这里,瀑布之所以美,没有有意识的心理的努力是不可能产生的。因为"我们"身上有"**汗盐**",劳动的辛苦,"**哆哆嗦嗦**"的体验,在这种情况下,是很难有美感产生的。只有"**当夜色落下来**",一切都变得模模糊糊的时候,远山和瀑布才能变成"风景",因为在这种情况下,"我"的外在的视觉受到了限制,距离得以产生,想象也开始发挥作用,内部的感觉变得异乎寻常的敏捷,"自然"于是变得充满美感了。

同样,对于像《空城》这样的小说也是如此。这篇小说中的空城,即锁城,这个锁城并不美,而且似乎有点恐怖,在锁城中发生的故事,也不尽动人,甚至充满血腥,就是这样一个锁城,叙述者"我"的叙述中,却是那样的充满遐想和神秘:显然,从这里可以看到一个由"自然"变成"风景"的过程。

这一"风景"的产生,无疑与叙述者"我"的位置有关。这是叙述者"我"以一个回城后的知青的身份回忆中的锁城,这一回忆的远距离对于锁城之美的产生很重要。另外,更重要的是,小说中叙述者"我"作为故事的主人公的位置。锁城并非知青的"我们"劳动的地方,而是在这之外作为我们劳动的草场的对照出现,如果说"茅草地"对应的是迫近的现实和自然的话,锁城则是作为这一现实之外的、想象中的神秘的"他者"的形象出现,这一位置决定了锁城作为"风景"的可能;另外,"我们"在锁城又言语不通,因而对锁城就又多了一重审视的距离。最为重要的是,"我"虽然是知青,虽然也有现实中的冲击,但这一冲击却是以浓缩的方式被跳过"什么事也没发生过似的,我们就骨架粗硬,喉结突出,进入了中年"(《空城》)但,是真的"什么事也没发生过似的"吗? 显然不是,而之所以这样叙述,无非表明叙述者"我"的那种超越现实和历史的自我意识,正是这种有意的自我意识,锁城最终成为一个想象中十分美好的"风景"得以产生。

从对韩少功寻根写作的分析可以看出,这些文学风景的发现,其实是由那些摆脱现实羁绊的"内在之人"发现的,他们可以是知青主人公,也可以是作者/叙述者。韩少功的《爸爸爸》、郑万隆的"异乡异闻"系列,李杭育的"葛川江"系列等就是这样的典型。可以以郑万隆的"异乡异闻"系列为例。其实,早在写作"异乡异闻"系列之前的 1980 年,郑万隆就写过在题材上十分接近"异乡异闻"的小说,那就是《长相忆》。这是一篇以第一人称视角和回忆的口吻叙述幼年时经历的故事。"多少年来,我一直在找。找一个人,一个老头儿,我的鄂伦春族的爸爸,是他把我的心带走了,教我怎么能不找呢?!"这是小说的开头。如果撇开小说写作的日期,这简直就是一篇寻根小说。而实际上,这篇小说很富有象征意义,因为,这个"鄂伦春族的爸爸"并不是叙述者"我"的亲身父亲,而只是义父,因此,这种寻"找"就带有寻找"精神之父"的意义了。而如果从这篇小说中的主人公/叙述者"我"再到"异乡异闻"系列中的叙述者的转变,可以很明显看出,这一叙述者从主人公"我"到无人称叙述者的转变,正好表征了寻根文学的出现:寻根写作正是这样一个从主人公"我"转变为无人称叙述者的过程,这一过程建立的正是无人称叙述者的主体地位,这一主体以无人称的姿态出现,其实也正是知青作家的有意识的自觉的集体亮相和出场。

如果说，寻根写作是把知青写作中的"自然"重新变成"风景"的话，这其实是知青写作中返回倾向的延续。知青写作中的返回，早在那些《本次列车终点》、《村路带我回家》、《南方的岸》等中就有呈现，但这一返回无疑是现实中失败后的返回。因而某种程度上，这充其量不过是某种精神上的返回，就像陆星儿的《达紫香悄悄开了》所表明的，对叙述者——也即主人公——来说，他还要回到城市，因为那里有他(她)们的位置，有他(她)们的梦想，而在穷乡僻壤，则是不可能实现的。因此，对于这些小说而言，虽然也写到乡土中的"自然"，但他们的眼光并没有在这上面停留，故而也就很难表现其永恒的美来，这样的"风景"其实只是浮光掠影。但在寻根写作中，自然风光——风景——则具有了本体论的意义，其之所以具有本体论的意义，就在于这样的"风景"寄托了作者/叙述者深厚的感情，但这样一种情感的寄托却并不是直接的倾泻，而是客观化的呈现。如果说，在那些具有返回倾向的知青写作中，"风景"是由那些现实中失败的知青主人公返回乡土时发现的话，那么在寻根写作中，"风景"则更多的是由作者/叙述者超越现实后所发现的。这一作者/叙述者显然不同于那些现实中的失败的知青主人公，他们比这些现实中的失败主人公更进一步，他们没有通过返乡来建立自己的主体，而通过精神上的烛照，就能在自然中发现美的风景，并以此寄托他们的情思和愿望，因此，在这里，对于寻根写作而言，题材的转变与否并不重要，重要的是如何对待自然或现实/历史，以及它们背后的自我。如果取自自我之外的启蒙理性，"自然"在他们眼里就是落后而不美的，但这时他们也只能成为外在启蒙理性的符号，这表现在那些知青写作中；而如果从内心出发而达到对自然的超越，叙述者或主人公就能成为他们自身的代表，这就是寻根写作。

这样，就能理解阿城的小说为什么很难用知青写作涵盖之了。因为，在阿城的小说中，自然之美是同现实的纷扰相对立的，而这自然之美则来自于内心的超然态度。在寻根写作中，阿城是比较独特的一个，这种独特性即表现在他的寻根写作并不表现出超越时空的倾向，相反，他追求的是那种日常生活的超越性。这种超越性往往表现在两个方面：一方面以日常生活对抗宏大生活,这种对抗即表现在沉溺于日常生活中而对宏大生活的不见,用阿城自己的话说就是"世俗之门",这扇门是被"寻根文学""撞开"的①,在这扇门里看见的自然就只能是俗世生活而非宏大生活了,从这一脉络下去,就有了阿城自己梳理的像王朔、新写实,刘震云、叶兆言等作家,后者其实距寻根文学已经很远了。另一方面表现在日常生活中的文化呈现,即他所说的"文化制约着人类"。他要挖掘的正是那在人类生活中的深藏的"文化"制约因素。这种超越性恰好就与老庄哲学的某些精髓相似,这也是阿城特别喜欢老庄的缘故。

　　虽然阿城后来在《闲话闲说——中国世俗与中国小说》这一本书里梳理了中国世俗与中国小说之间的关联,但理解阿城的寻根小说,却不能局限于此,因为若此,他就和那些沉溺日常生活的写作没有什么两样了。其实,对阿城而言,沉溺日常只是其第一步骤,这是一种以退为进的策略,以此才能对抗宏大生活,之后才是超越,即沉溺日常中的超越,这个超越靠的是文化。这一脉写作虽然在寻根写作中不占很大的比重,但其实十分关键。因为这一脉络直接表现的就是知青的下乡岁月,但他们不是作为"伤痕"来写,而是作为背景或前景存在,是需要对之进行超越的。批判或启蒙式的知青写作,虽也表现出超越,但那是以现实生活秩序的合理性作为承诺的,而在寻根写作中,这一承诺是以"文化"的名义给出,因此,其针对的就不仅仅是主人公,还包括叙述者在内。换言之,在批判或启蒙式的知青写作中,主人公对现实的超越来自于主人公之外的启蒙理性或批判精神,而在阿城的寻根写作中,主人公对现实的超越却来自于内心的努力,他无视外面世界的纷纷扰扰,而能静守内心的超然。这一超然来自于不同于宏大的革命叙述的日常叙述,即他所谓的"世俗之门",但问题随之而生,即这一世俗日常,虽能表现出超越宏大叙述的意图,但其最后却把文学引向日常的泥淖中,终于难以回头,这是后话,不过,阿城代表了寻根的另一脉和走向,却是事实。

---

① 参见《闲话闲说——中国世俗与中国小说》,见《阿城精选集》,北京燕山出版社2011年版,第379页。

第四章　青年形象与"人"的历史

第一节　历史的颠倒与创伤书写谁来承担

一、历史的颠倒和反讽：审判者和被审判者

在当代文学史的写作中，有一部短篇小说往往不大被提及，但对于伤痕文学的写作而言，它却是一篇十分重要的作品。说它重要不仅在于它是一篇揭示"文革"造成的创伤的控诉之作，还在于它使得"伤痕"本身成为了一个需要被追问的问题。这篇小说就是发表于《上海文学》1979 年第 2 期上的金河的小说《重逢》。

小说伊始有一个极具反讽的重逢场面：当年（"文革"期间）的"革命英雄"，在"四人帮"被打倒后站在历史的被审判者的位置；而审判这位"英雄"的，竟然是这位英雄当年誓死保护下的"革命"同路人。他们在"文革"期间曾同在一个"战壕"下，为时代的狂潮所裹挟，但问题是，在"四人帮"被打倒后一个成了审判者，而另一个却成为被告站在了被审判者的位置。这种情况为什么会出现，当然是这篇小说所不能解释的，但其作为一个症候无疑已预示着某种历史的颠倒：曾经被视为英雄的，如今将受到质疑；而曾经被作为历史罪人的，今天无疑已是复出的受难英雄。随着这一颠倒而出现的，对于青年人来说，他们的身份及命运也将重新受到审视。

基于这种理解，本书认为，伤痕文学的小说创作其实存在着一个老年和青年的二元对立结构，这既是一种理论预设或假设，也是作为方法论被提出。说它是一种理论预设，是基于这样一种理解，即任何文学写作其实都不

116

可避免地涉及年龄问题,青年/老年之间的对立,随着现代性的诞生以及现代文学以来已然成为一个惯例,其在伤痕写作中也不可避免。而说它是一种方法论,则基于这样一种对伤痕写作的思考和理解,即青年/老年之间的对立在伤痕写作中不仅仅是年龄上的差异问题,更是一种政治上和文化上的话语实践,因此,对伤痕写作的研究而言,理应以此作为思考和分析的方法而被提出。

二、苦难与"创伤"

伤痕文学无疑是以揭示"四人帮"乃至"文革"造成的创伤为指向的文学创作潮流,因此,如何叙述创伤实际上就成为伤痕文学的核心所在。若就创伤所针对的对象(即"他者")而言,这一创伤本身对遭受创伤的对象来说,是没有什么区别的;通过对创伤的渲染和展现,"四人帮"乃至"文革"的反动性和非人性的一面昭然若揭。对它们的批判自然就在这描写和叙述之中了。但就叙述的潜在意图和实际效果而言,这一创伤对不同的对象而言,其意义却是截然不同的。

1.苦难作为一种典型或形象

苦难,向来是文学创作中不竭的主题,在现代社会中,苦难更是被赋予崇高的位置:"现代性确立的历史观成为文学艺术表达的基础,人类生活的历史化,也就使得文学艺术的表现具有精神深度,而这个深度主要是由'苦难'构成其情感本质。苦难在文学艺术表现的情感类型中,从来都占据优先的等级,它包含着人类精神所有的坚实力量。苦难是一种总体性的情感,是终极的价值关怀,说到底它就是人类历史和生活的本质。"①如果说"苦难"是一种具有"精神深度"的"情感类型"的话,其深度并不表现为苦难本身,而在于苦难能导向超越和升华。② 因此,一旦主人公顺利而成功地经受

---

① 陈晓明:《历史终结之后的苦难叙事》,见《审美的激变》,作家出版社 2009 年版,第 226 页。

② 陈晓明也曾指出:"伤痕不再是伤痛,它是痊愈之后的证明;更重要的意义在于,它不证明伤痛,而是证明对伤痛的忍耐以及始终超越伤痛的意志。"(陈晓明:《表意的焦虑》,中央编译出版社 2003 年版,第 12 页)

住苦难的考验,往往一跃而能以受难英雄的形象出现;受难的耶稣就是最为典型的例子。进言之,对于20世纪中国文学而言,如果说"感时忧国"是其最为主要的"情感类型"之一的话,"苦难叙事"则注定了是其中最为鲜明的表征,这一情况在80年代的伤痕写作中尤为如此。

但有一点必须清楚,即苦难并不等同于悲剧。苦难,虽然在某种意义上是悲剧表现的对象,但对苦难的叙述却不一定导向悲剧。安德鲁·本尼特和尼古拉·罗伊尔认为"悲剧包含四个基本要素:第一个要素是悲剧要有一个中心人物(主人公),他是一个'高贵的'、能够引起同情和认同的人物。第二个要素是这个人物应该遭受痛苦和(最好是)死亡,并且他或她的失败和死亡应当与悲剧的结局大体一致。第三个要素是悲剧主人公的失败或死亡应当让观众或读者感到既是不可避免的、'合适的',但同时在某种意义上也是不正当的、不可接受的。第四个要素可能涉及启示"。① 对于伤痕文学的苦难叙述而言,问题显然要复杂得多。

在伤痕文学的写作中,对伤痕或苦难的揭示显然具有悲剧的某些因素。但揭示苦难显然不是小说的叙述意图所在,其对苦难的揭示指向的是对"文革"的批判,建构的则是受难英雄的形象,而事实上,这一英雄又大都为中老年干部或知识分子;伤痕文学通过把悲剧形式内置为小说叙述结构的一部分,其实就形成一个青年和老年的二元对立的内部结构:

老年	启发/被启发	青年
受难		被启发
悲剧	转化	正剧

在伤痕文学中,苦难(或受难)对(中)老年(干部)而言,其意义往往表现为两个方面。首先苦难意味着不仅仅是(中)老年人自身所受的苦难,而是联系着广大的人民,因此,他对苦难的承受就是人民承受苦难的象征了。换句话说,苦难在这里其实具有了一种典型的意义。或者说是一种**苦难的典型**,

---

① 安德鲁·本尼特、尼古拉·罗伊尔:《关键词:文学、批评与理论导论》,广西师范大学出版社2007年版,第101页。

这种苦难与(中)老年干部联系在一起,是"一种能让我们合乎逻辑地作出推及联想的特定形象","一种能将更为广阔的一般现实加以集中、强化的特定形象"①。这种苦难,既是个人的,也是人民的乃至国家的,在他的身上,集合了全部的苦难。而说这种苦难也是国家的,往往是因为受难者之所以受难是与维护党和国家及人民的利益联系在一起的。叶蔚林的《在没有航标的河流上》有一段关于受难老干部徐鹤鸣的对话:

> "土改,合作化全靠他操持,咱们这一带,有点年纪的人谁不认得他! 老徐是好人哪!"
>
> "谁说不是呢!"
>
> "可他怎么会在这里?"
>
> "说来话长罗。"大嫂说,"五八年大跃进,上面说他反对大炼钢铁,反对公共食堂,五九年他被撤职,回家耍泥巴! 文化大革命一轰隆,李家栋他们又揪他出来斗;斗个七死八活,去年发落到我们这村里劳动……他有痨病,常吐血,可他硬撑着,从不讨饶……造孽啊,有点良心的人,谁见了不难过?"②

苦难在这里其实已成为了一种形象、一个符号,被展现在民众面前,等待民众的读解(议论),读出他们被需要读出的内涵,给人以力量。无论是攀上墙头采摘白玉兰祭献总理的葛翎(《大墙下的白玉兰》),倒毙在流徙途中的陈赞老教授(《罗浮山血泪祭》),像"鬼一样"的"劳改犯"徐克文(陈国凯:《代价》),还是小镇上的人们谈话中的老将军形象(《小镇上的将军》),以及他人凝视中的马车夫罗群(《天云山传奇》),都具有这样的特征。这样一种形象可用《小镇上的将军》中的老樟树的形象概括之。陈世旭的《小镇上的将军》中,在小说的结尾,当人们要在将军经常站立其下的老樟树下为将军建立一个纪念碑时,引起了一场争论,其中老裁缝这样说道:"好人们啊,

---

① 威廉斯:《马克思主义与文学》,河南大学出版社 2008 年版,第 109 页。
② 《1977—1978 年全国获奖中篇小说集上》,上海文艺出版社 1984 年版,第 125 页。

什么纪念能比得上它呢？它老皮斑驳，叫雷轰了顶，但是它根不死！看看吧，这碧绿鲜亮的新枝枝、新叶叶……"《罗浮山血泪祭》也这样描述惨死的陈赞教授："'我不相信有灵魂，可是我现在希望它有……我要找马克思……找达尔文，我要控告……'/灰暗的瞳仁凝住了，愤恨地仰望着苍天。/他死了，死在罗浮山的入口处。/这块经过精心加工的活化石，现在终于变成了愤怒的雕像！一颗永恒的活化石！"在这里，苦难和死亡显然已经成为了某种象征和历史的见证，需要那些懂得历史的读者去解读，最后终能转化为某种力量。

　　苦难的形象符号化，最为典型地表现在《天云山传奇》中。罗群显然是小说所着力塑造的受难英雄，但这一英雄始终没有直接出场或以故事的直接参与者身份呈现读者面前，而是通过他人之眼的凝视得以呈现的。小说开始，罗群是作为一个侧面形象，出现在第三人称周瑜贞的（回忆性）讲述中。"我（指周瑜贞——引者注）不由欠起身，歪头打量起这个车把式。这个人……他的脸从侧面看过去，轮廓特别分明，眼睛鼻子和脸型，使我想起我看过的一个希腊雕像。我越看越觉得这个车把式有点怪，我后悔我上车时没有仔细注意他。"而随着故事情节的叙述，罗群又在小说第一人称叙述者"我"的回忆中，第三人称周瑜贞的讲述中，以及冯晴岚的叙述中一一呈现，这些回忆、讲述或叙述，虽然支离破碎，但作为受难的英雄这一形象特征显然已经树立，因此，当第一人称叙述者"我"（宋薇）隔着窗户看到二十年未见的罗群时，小说这样叙述道："金灿灿的阳光，射在他那脸上，使他的脸上充满光辉。看着看着，我的手猛然抖起来，我的心也猛烈地跳了，那正是他，是罗群啊！他那魁梧的身材，雕塑型的面孔，虽然有二十年没见了，但是他还是那个样子啊！困苦只是磨炼了他，却并没有能够损伤得了他，相反，他好像比以前更健壮高大了！"在这里，受难已经凝固为一个雕塑式的视觉形象，展现在读者或他者面前，这不仅是一个空间视觉形象，还是一个历史时间形象。这一形象就像莱辛所说的雕塑"**拉奥孔**"一般，其能于瞬间凝固历史，留下时空的轨迹或痕迹，等待被辨认或读解。

　　这一苦难是在针对青年的意义中显示出来的。也就是说对中老年干部来说，苦难是真正意义的悲剧，主人公往往生命垂危奄奄一息或干脆就是殉难,但这一受难无形中形成一种"启示",青年正是在这种启示中觉醒,从而最后走向抗争。吴强的短篇《灵魂的搏斗》、王亚平的《神圣的使命》、从维熙的《杜鹃声声》、齐平的《看守日记》、中英杰的《罗浮山血泪祭》等等都是这方面的例子。在这些小说中,青年往往为彼时一些意识形态的宣传所蒙蔽,简单冲动,幼稚而天真,但正是他们身边的老年干部(所谓的"反革命"之类的反面人物)的受难使他们最终觉醒,并走向了抗争之路。而正是在这个意义上,一定意义上可以说,是青年的存在使得中老年干部的受难成为了可能而必需的。有的小说是在开头出现中老年干部的受难,比如中英杰的《罗浮山血泪祭》,小说伊始的陈赞教授惨死,为后来他的弟子们的抗争埋下了伏笔。大多数则出现在结尾,比如《杜鹃声声》中江浩的父亲被捕,最终使青年江浩和杨虹幡然醒悟并走向反抗"四人帮"的道路;此外,还有吴强的《灵魂的搏斗》,这篇小说在结构上同《杜鹃声声》很相似,都是那种父女最终分道扬镳的模式。父亲何必礼投靠"四人帮",而女儿则幼稚单纯,当得知因父亲的"卑鄙""无耻""出卖战友"而使得男友丁小飞的父亲被捕时,毅然离开了父亲。显然,在这两篇小说中,中老年干部的受难最终成为了青年走向觉悟的标志。对这些小说而言,中老年的受难是必不可少的,一定意义上是内在于小说的结构之中的。

　　从上面的分析可以看出,伤痕文学对中老年苦难的叙述显然不能归入悲剧的范畴。伤痕对受难者而言,仅仅只是"受难",而不是宿命。换句话说,苦难或受难并不是他们个人的事情,而毋宁说是他人的事情。他们的苦难只有在同他人的关系中才能显示出其作为苦难的价值,**苦难并不针对自身,而是指向他者**。就像从维熙曾说过的"我在处理(这些)悲剧性题材时,是把个人所承受的痛苦,和祖国的命运紧紧融合在一起的"①,也正是在这个意义上,苦难对受难者来说就显得格外意义重大了。首先,在这里苦难是指向"四人帮"及"文革"的,苦难作为"四人帮"及"文革"的"他者",承担了批判"四人帮"及"文革"的功能。其次,对他们而言,受难的过程其实就是走向天堂的炼狱,是基督式的磨炼。他们的受难是与救赎联系在一起的。

①　从维熙:《文学的梦》,《花城》1983 年第 2 期。

最后,苦难既然是关系中的存在,一旦在完成了对"四人帮"及"文革"的批判之后,其反过来也建构了自身,即但凡经受了苦难并在苦难中坚守过来或死去的人,都作为受难的英雄而出现。这一英雄不仅是其身边的群众及青少年的榜样,还是作为现实中复出的老干部的自我主体形象的建构。

2.当"革命行为"变成"创伤"

如果说,苦难是中老年成为英雄的必备前提的话,那么其对于青少年而言,则不尽然。对中老年和走资派而言,苦难意味着磨炼和考验,而对青年而言,则可能是不可弥合的创伤。进言之,如果说苦难指向"他者"的话,创伤则意指自身。青少年虽然在"文革"期间也遭受了一定的苦难,但这一苦难某种程度上却是他们自己造成的。他们曾经是中老年苦难的制造者和帮凶,同时也间接制造了自己的苦难。如果就他们是苦难的制造者而言,青少年无疑是需要加以批判的;但他们同样也是苦难的承受者,他们也是受害者,因此对于青年与苦难的关系就应该区别对待。

当青年作为苦难的制造者的时候,苦难对他们而言是无所谓苦难的,他们有的是激情、狂热以及亢奋;而只有当他们也成为伤痕的承受者并意识到伤痕的时候,创伤对于他们才是伤痕。也就是说,"伤痕"不仅是一个物理事实,还是一个心理事实。而对青年来说,更是一个心理事实。从这个角度看,"伤痕"对于青年而言,主要表现为两方面。首先"伤痕"是一种自我意识。卢新华的《伤痕》是这方面的代表。显然,对晓华来说,在"文革"及"四人帮"被打倒之前,她是从来没有怀疑过她的"革命"行为的,她采取了毅然离去的姿态同"叛徒"妈妈决裂;但在1978年春天当她归来的时候,她却开始"痛苦地回忆着","九年了"。她在心里默默地说。在这里,"痛苦"一词无疑已表明了她对此前行为的怀疑和否定,就像黑格尔所说的,怀疑主义是自我意识的表现之一,"痛苦"显然是她鲜明的自我意识的表现。这样一来,她曾经犯下的过失和无意的过错,都在这种回忆中一一呈现。以前在她看来是很"革命"的举动,现在看来是那么地荒唐滑稽;她曾经对母亲表现得那么绝情,现在看来都是因天真无知而被愚弄的缘故。小说的结构也很有意思,现实+历史+现实三段式结构,配合以插叙和倒叙的手法,很好完成了对自我意识中的"伤痕"的叙述。可见,"伤痕"作为历史,是在现实的观照下才成为可能的。这种自我意识产生的过程也是一种颠倒,就像犯人叶辉要永远忘掉"叶卫革"一样,他毫不犹豫地否定了自己在"文革"中的过激的行为"'叶卫革'这个名字,是我在文化大革命开始时自愿改的,这是一个幼稚和耻辱的标记,我想永远抛弃它……"(金河:《重逢》)

而更多的时候,对伤痕叙述来说,青年所受到的"伤痕"是一种被指认和被叙述出来的存在。也就是说,这种伤痕是被赋予的,而不是自我意识的。因为,对于"红卫兵"/知青一代青年,他们却宁愿把那种"肉体与精神的巨大痛苦"视为"苦难"而不仅仅是"重创":"从个人遭遇而言,许许多多'老三届'人在无异于劫难的'文革'中,经历了精神与肉体的巨大的痛苦,把人生最宝贵的青春年华献给了这场错误的'革命',这种心灵的重创,虽然结疤,却永难痊愈。……但是,令人'惊奇'的是,迄今为止,'老三届'人对毛泽东仍怀有深深的感情与留恋。"这一"矛盾"的原因就在于,"苦难与不公曾经夺走过他们人生中最宝贵的岁月,但苦难也使他们有了夺回已逝岁月的能力","苦难的磨砺与陶冶,铸锻出这样的一代风流,这是我们民族不幸中的侥幸"[1]。如果说"重创"只能得到疗救和痊愈的话,苦难则可以导向救赎和提升;从这个角度看,不妨说是苦难的现代性深度使得红卫兵一代青年不太愿意承认"创伤"的"事实"。

这一被叙述出来的"创伤"在刘心武的小说中有集中表现,《班主任》是其代表。小说中谢惠敏和宋宝琦被作为"四人帮"造成内伤和外伤的代表而被明确地表现出来,但谢和宋他(她)们自己并不认为受到了伤害。在这里,伤痕表现出为一种对"他性"的认定,这个认定经历了一段意识的过程,也就是说只有在伤痕被意识到其是伤痕时才是伤痕,小说中班主任对谢惠敏态度的前后变化即可说明问题。他开始对谢惠敏的行为是持肯定赞赏的态度,但是后来发现那些都是僵化的表现,而需要引导批判了。小说开始这样写道:

---

[1]　秦晓鹰:《苦难与风流》,见金大陆编:《苦难与风流——"老三届"人的道路》,上海人民出版社 1994 年版,第 305—306 页。

> 望着在雨后泥泞的大车道上奔回村庄的谢惠敏那独特的背影,张
> 老师曾经感动地想:问题不在于小小麦穗是否一定要这样处理,看哪,
> 这个仅仅只有三个月团龄的支部书记,正用全部纯洁而高尚的感情,在
> 维护'决不能让贫下中农损失一粒麦子'的信念——在她身上,有着多
> 么高贵的闪光素质啊!

但不久张老师对谢惠敏的态度就出现了变化:"张老师同谢惠敏之间开始显露出某种似乎解释不清的矛盾",比如大热天张老师建议女生穿裙子,谢惠敏却说那是"沾染了资产阶级作风"的表现;等等。显然,这时张老师已经开始对谢惠敏产生怀疑了,但这还只是一种怀疑,"解释不清",而过了一段时间,情况出现了变化,"张老师同谢惠敏之间的矛盾(自然)可以解释清楚"。这时,站在张老师面前的谢惠敏已经难以让他感动,而更多地是感到痛心疾首和责任重大。"救救被四人帮坑害了的孩子!"可见,对青少年而言,他们所受到创伤并非仅仅表现在精神和肉体上,还表现为是一种被指认和确证的创伤。

显然,对于青年而言,"革命行为"变成"伤痕"主要是意识上的变化造成的。表面看来,这是一种内心化主观化的转化过程,如果借用杰姆逊的说法,这其实是一种遏制策略,"它使可被思考的东西看上去像是内部连贯自成体系的,而同时又抑制了超越其界限之外的不可想象的东西"①。它把历史现实的变化转化为潜文本,排除在文本的外部,但其作为缺席的在场,其实内在地决定了叙述的进程。这在伤痕文学的创作中表现得尤为明显。就以前面提到的《伤痕》和《班主任》为例。我们不禁要问,既然母亲是"叛徒",为什么"一回到空空无人的宿舍,她便感到有无限的痛苦压迫着她"(《伤痕》)呢?既然感到痛苦,为什么就没有认真思考或怀疑过这一罪名的可信性呢?可为什么在"四人帮"被打倒,母亲的罪名最终得到平反乃至母亲病逝之后,她才真正开始忏悔呢?显然,这里真正推动她内心变化的并不

---

① 杰姆逊:《论阐释:文学作为一种社会的象征行为》,见《批评理论和叙事阐释》,中国人民大学出版社2004年版,第176页。

是真正意义上的自我意识,而是外部客观现实的变化。这一变化就是"四人帮"被打倒以及"文革"的结束,而这一事件的标志就是对"四人帮"及其"文革"的否定。历史在这里被颠倒过来了,这一颠倒不仅发生在现实历史中,还发生在文学创作中,决定了文学转型的产生。对于小说《伤痕》而言,发生在历史现实中的颠倒是以晓华的忏悔和痛苦的回忆表现出来的,表面看来是主观化的过程,其实主观化只是历史客观化的外化而言。这一状况在《班主任》中表现更为明显,小说以时间的推移来表现班主任张老师对谢惠敏态度的变化:1976年夏天的时候,张老师感到谢惠敏有着"纯洁而高尚的感情";但当谢惠敏被"四人帮"的爪牙作为重点培养的对象以后"打从这时候起,张老师同谢惠敏之间开始显露出某种解释不清的矛盾";而到"'四人帮'被揪出来之后,张老师同谢惠敏之间的矛盾自然可以解释清楚了"。显然,同在《伤痕》中一样,"四人帮"及"文革"的结束是小说叙述的潜文本,始终制约着故事情节的发展,也始终制约着张老师看问题的角度或视域的变化;换言之,并非张老师多么地富有远见,多么地睿智而聪明,而是时代历史的变化及其颠倒提供给了张老师一种新的看问题的视角,只有在这种视角的关照下,谢惠敏和宋宝琦才可能成为"四人帮"造成内伤和外伤的代表而被表现出来。

这一现实历史的颠倒,使得原来处于被批判位置的中老年干部重新复出,而原先处于批判者革命者位置的青少年则被颠倒过来,作为被审判者的角色得到确认,这一历史性的转变,决定了青年从整体上不可避免成为了被拯救的对象。其作为历史,作为缺席的在场的存在,也不可避免地表现在伤痕文学的创作中。

三、青年——拯救之可无

对伤痕文学而言,伤痕叙述显然是为了表达对"四人帮"林彪及"文革"的控诉,而"伤痕/四人帮"这一二元对立式的结构,某种程度上已经预设了青年的结构性位置,即站在哪边的问题。也就是说,如果青年是作为伤痕的承载者的话,那么即使他们犯过过失,他们仍能被作为"四人帮"的"他者"而获得最终道义的同情和肯定。而如果青年是站在"四人帮"一边,直接充当"四人帮"的打手,或者就是作为"四人帮"的代言人出现的话,这样的青年在伤痕文学中是不可能获得道义的同情,也不可能得到拯救的。可见,如何叙述"四人帮"其实是决定青年形象的决定因素。

在伤痕文学中,对"四人帮"的批判大都采取的是妖魔化的处理手法,这是些政治投机分子,为了某种自私而隐秘的欲望,而不惜践踏革命的圣洁。他们打着革命的旗号,从事的是最不革命(或反革命)和最肮脏的勾当。显然,在伤痕文学的作品中,"四人帮"是作为人民的敌人的形象塑造的,其中最为典型的是对江青的叙述,说她是"女皇",是红颜祸水,等等,总之,江青显然被道德化了,是一个邪恶的化身,是灾难的罪魁祸首。这一先验或预设的"他者"的形象,内在地决定了伤痕文学的写作中青年形象的位置和功能。也就是说,只有那些作为伤痕的承载者的青年才可能得到拯救,而对那些作为"四人帮"的代言人的青年,则显然是不可能获得这殊荣的。从这个角度看,伤痕文学对青年的书写及叙述,总的来说,可以分为两类:一类是被愚弄损害的青年形象;另一类就是罪恶的青年形象。这两类青年形象,因其处于二元对立的两极,故描写起来相对要容易;而对于那些介于两者之间,既是伤痕的承载者又是"四人帮"的帮凶的青年,却不好把握。因此,这一类中间青年人物系列对青年形象的塑造而言就显得尤为重要。因为这是一中间人物系列当中糅合了最鲜明两种不同青年形象的特征,因而也更具有代表性。

1.被愚弄损害的青年形象

这一类青年形象,他们首先是作为"四人帮"的受害者的文化身份出现的,也就是说他(她)们处于"伤痕/四人帮"二元对立两极中伤痕的一极。他(她)们没有直接参与"四人帮"的罪恶勾当,没有参与迫害他人,制造灾难,因此,他(她)们相对要纯洁得多;但他(她)们不自觉地受到当时"四人帮"主导意识形态的深刻影响,不自觉或没有意识地带来过伤害他人的事情,他(她)们的言行举止乃至思想深深地打上了"四人帮"意识形态的影子,因此,他(她)们并不纯洁,而毋宁说是有污点的。正是这一矛盾,决定了这些被愚弄损害的青年形象在叙述的层面上必定处于一种被置于"他者"的结构位置,他(她)有污点,因而**需要被拯救**,他们不可能是主体,但他

(她)们并不是直接的施害者,因而他(她)们**可以被拯救**。这一类青年形象在伤痕文学的创作十分普遍,典型的有:刘心武小说如《班主任》中的谢惠敏和宋宝琦、《醒来吧,弟弟》中的弟弟、《穿米黄色大衣的青年》中的邹宇平、《这里有黄金》中的田欢和佟岳、《乔莎》中的李月梅,从维熙的《杜鹃声声》中的江浩、杨虹和杜鹃,陈国凯的《代价》中的徐惠玲,韩振波的《多余的人》中的苏惠捐,吴强的《灵魂的搏斗》中的橙子,王蒙的《最宝贵的》中的蛋蛋,卢新华的《伤痕》中的晓华,竹林的《生活的路》中的娟娟,等等。

正因为这一类青年形象具有两面性的特点,故而伤痕文学创作在描写他(她)们的时候往往也表现出某种区别的态度来。这在刘心武的小说中表现明显,刘心武当时曾有意识地以描写青年为己任,他的小说往往喜欢采用并置的手法,把被愚弄损害的青年的两面性呈现出来。其中典型的有《班主任》、《这里有黄金》以及《醒来吧,弟弟》。在这些小说中往往有两类不同类型的青年形象,他(她)分别代表或象征了被愚弄和被损害的青年之两面性的特点,像被作者和评论者们常常提及的作为"四人帮"造成的内伤和外伤之代表的谢惠敏和宋宝琦,就是明证。《这里有黄金》中,田欢和佟岳虽然是两种截然不同的青年,但在被"四人帮"愚弄和损害上却表现得出奇地一致。在小说中,田欢是一个干部子弟,生活宽裕悠闲,"不过这些也还不足以使他的灵魂充实……他(还)缺少那么一种东西"(《这里有黄金》);而佟岳则生活多艰,他父亲是"右派",自己又犯过错,杀人未遂,做过小偷,但就是这样一个人,他有同情心,虽历经磨难,但却不消沉,他深感极"左"的危害,因此而要呼吁要讲真话。对这两类青年,叙述者写道:"我坐在自己的斗室里,沉思着。一开始,我只为田欢那样的幸福青年过分的幸福而愤慨,为佟岳这样的不幸青年如此地不幸而抱不平;渐渐地,我的心平静而充实起来,我意识到,要改变田欢的个人品质也好,要开采佟岳那深埋的黄金也好,关键在于改造他们所处的环境。"(《这里有黄金》)可见,在叙述者眼里,这两个青年都是有问题的,因而需要被引导。对田欢而言,他的个人品质与他的环境有密切的关系,他的灵魂空虚而不自知,傲慢而无所忌惮,但他并非一无是处,毋宁说有某种蒙蒙眬眬的追求意识;而对于佟岳来说,是他的艰辛造就了他的愤激和偏颇,因而一定程度就掩盖了他身上那

"深埋的黄金"。显然他们两人的性格特点都与"四人帮"及"文革"有很大的关联,某种程度上说是"四人帮"及"文革"造就了他们的荒芜和玩世不恭,因而叙述者会不无感慨地说"关键在于改造他们所处的环境"。而在《醒来吧,弟弟》中,叙述者也在有问题的弟弟身边,并置了一个朱瑞芹的青年形象,恰好形成鲜明的对比,一个是消极沉默,一个是积极主动,这两种形象都与"四人帮"及"文革"有关。小说中,弟弟对什么都"满不在乎"而"冷漠",这些显然都是作为"四人帮"流毒的内伤的形象而有意表现出来的,即使"四人帮"被打倒后,现代化的号角也不能使他立刻振奋起来:

> "向四个现代化进军的时代步伐囊囊可闻,周围是沸腾的、充满希望的生活。而弟弟,我的弟弟,他那受伤的灵魂,却还没有完全苏醒过来,他还在'红尘'边缘上犹豫着……"(《醒来吧,弟弟》)

而朱瑞芹虽然也被"四人帮"的宣传所欺骗愚弄,但她不甘于消沉,她这样倾诉道,"我比他(指弟弟晓雷——引者注)强不了多少……可是,我一定努力试试"。在这里,叙述者是从伤痕对青年的内心造成的影响的角度来批判"四人帮"及林彪的。

2.罪恶的青年

相对于被愚弄损害的青年形象,罪恶的青年处于"伤痕/四人帮"二元对立两极中"四人帮"帮凶的一极,他(她)们直接作为灾难和伤痕的制造者出现。对于这一类青年,因为他们是邪恶的化身,因此是无所谓救赎可言的。但作为完整的文学叙述,首先是需要叙述的逻辑性支撑的;也就是说,叙述一件事必须从头说起,有因有果。以对这些罪恶的青年的叙述而言,如果不把他(她)们罪恶的根源揭示出了,他(她)们的恶就不能得到很好的解释。在这里,伤痕文学采用了阶级话语和道德话语相结合的策略。这与妖魔化的处理"四人帮"有相似之处。这些罪恶的青年有郑百如(周克芹:《许茂和他的女儿们》)、崔海赢(《生活的路》)、刘学雷(《多余的人》)等。

对于伤痕文学而言,阶级话语并非失效,而是被重新颠倒过来而为"伤痕叙述"所用罢了。这明显地体现在莫应丰的《将军吟》中。这是一部描写

"文革"期间发生在中国南部军事小城的围绕斗争空军司令员彭其而引发的故事的长篇小说。小说结构意识鲜明,矛盾大都在斗彭和保彭之间展开,因此,小说在人物设置上也大都表现出非此即彼的特点。青年形象的设置尤其表现出这样的两极性特点:一极表现坚决的斗彭派;另一极则表现为同情彭的遭遇。在这里,阶级话语再次被调用,这表现在对女青年刘絮云的叙述上。小说中,刘絮云和她的丈夫邬中都是典型的邪恶的青年化身的形象出现,而在对刘的叙述上,则把她的邪恶本质归之于她的家庭出身上。小说这样写道:

> 她是一个穷小学教员的女儿,因父母早丧,跟着姨妈长大。姨妈的丈夫原是一家大绸庄的股东,也早死了,于是寡妇、孤女合成了一个家庭。那寡妇可真厉害,不但保留了丈夫的家底,还有所发展。在姨妈的言传身教影响下……姨妈的一套处事功夫她继承得很好,苦心钻营……①

显然,这是把她的投机本质同她的剥削阶级家庭出身联系在一起了,其言外之意无非表明,家庭阶级出身其实决定了一个人的本质。而对于她的丈夫邬中,小说这样写道:

> 邬中冒着细雨走在路上,心烦意乱得很。他跟随彭司令员已四年了,眼看有希望调任一个团级或更高一级的职务,哪知这老头子是一株朽树,风声这么大,随时有被连根拔起的可能。……为了这样一个丧失了作用的老头子,把自己的一切赔进去,没有必要。他待你虽然不错,因老头子没有儿子,秘书就同儿子一样,但这是政治斗争,是从来不照顾感情和面子的。不是没有感情,是因为感情在政治斗争中无用。②

---

① 莫应丰:《将军吟》,人民文学出版社 1980 年版,第 68—69 页。
② 莫应丰:《将军吟》,人民文学出版社 1980 年版,第 69 页。

同样是投机分子,邬中同他的妻子却不尽一致。刘絮云虽然也表现出没有感情的一面,但这种没有感情是同小市民习性相关,并由其作为剥削阶级的意识形态所内在决定的。而邬中则不然,他是一个有明显意识的政治投机分子,他处处处心积虑,他的没有感情显然是理性选择和权衡的结果;对他来说,为了利益什么都可以不顾,因此,一旦彭其摇摇欲坠,他就想着怎样脱身,而为了使得利益最大化,他不惜倒戈一击,以一个秘书知晓领导任何秘密的有利条件出卖了彭其,致使彭其不得翻身。在这里,有无感情是区别邪恶与否的标志,也是伤痕文学中惯用的手法和策略之一;而对于一个人之有无**感情**,其实也是人道主义话语所要探讨的对象之一。

从这个角度看,"感情"其实可以视为杰姆逊意义上的"**意识形态素**"这一范畴了。"意识形态素是一种具有双重特性的结构——一种概念或信仰系统,一种抽象价值,一个意见或偏见——又可以表现为一种元叙事,一种关于'集体性格'的终极的阶级幻想,这些'集体性格'实际上就是对立的各个阶级。这种双重性意味着,对意识形态素加以全面描述的基本要求已经事先提出来了:作为一种结构,它必须同时既是概念也是叙事表现。"①在杰姆逊这里,意识形态素是作为文本的第二种阐释模式,即社会的视域中出现的,在这个视域中"社会阶级之间"具有"一种构成性张力和斗争"的关系②,而意识形态素一定意义上就是这种"构成性张力和斗争"的"共有符码"③。围绕着这个"共有符码",不同的阶级话语之间展开斗争,并形成各自的叙述。"感情",某种程度上就是这样一个"意识形态素"或"共有符码",在伤痕文学的写作中,各种不同(阶级)话语之间展开各自不同的叙述和辩论。

在伤痕文学中,各种不同(阶级)话语之间的辩论和斗争,显然不是共时意义上,而毋宁说是把历时意义上的阶级话语对抗放在共时的框架内进

---

① 杰姆逊:《论阐释:文学作为一种社会的象征行为》,《批评理论和叙事阐释》,中国人民大学出版社 2004 年版,第 208 页。

② 杰姆逊:《论阐释:文学作为一种社会的象征行为》,《批评理论和叙事阐释》,中国人民大学出版社 2004 年版,第 197 页。

③ "共有符码"出自杰姆逊:《论阐释:文学作为一种社会的象征行为》,《批评理论和叙事阐释》,中国人民大学出版社 2004 年版,第 205 页。

行。换句话说,是表现为这样一种叙述上的时差,即故事讲述的时间和讲述故事的时间上的差异。具体而言,写作伤痕文学的前后,"四人帮"及林彪已经被打倒,"文革"也接近尾声或结束;而伤痕文学的叙述所呈现的故事却是发生在"文革"及其以前的故事。这样势必造成一种混杂,即写作伤痕文学时(讲述故事的时间)的主流意识形态不可避免地渗透到小说的叙述中去,从而在小说的内部形成两种意识形态的冲突和碰撞。这种冲突和碰撞,集中地体现在"感情"这一意识形态素的表现上。

在伤痕写作中,并非人人都有"感情"的,事实上,只有正面形象才有,对那些反面角色而言,他们显然是没有感情的。他们为了权力和利益不惜出卖亲人、朋友、同事、战友。在这里,感情是衡量邪恶与否的重要标志,也是衡量是否具有"人性"的觉醒的表征。显然,这是从读者阅读小说和作者写作小说的时代赋予小说的意识形态①。但在小说所叙述的时代,却不尽然。如《将军吟》中邬中所言:

> "'其实,感情是表明一个人蒙昧、愚蠢的东西。'……'你看小孩子,他没有知识,他的感情最浓厚、最纯洁;一般的芸芸众生也是父子、夫妻、朋友、亲戚,千丝万缕扯不清。凡是大智大勇都是没有感情只有理智的。你研究过历史吗? 古代的帝王有多少父子兄弟之间互相残杀的? 林副主席谈政变的那篇讲话中就举了很多例子。所以,在大是大非问题上就不能讲感情。"②

这里所谓的"大是大非"显然是指"文革"时期的阶级斗争和路线斗争。从他这番话来看的,这无疑是用所谓阶级斗争和路线斗争来否认人的感情存在的必要性。而事实上,这样一种观点,放在"文革"期间,乃至"文革"以前,一点都不觉得突兀,因为,在经过了 20 世纪 50 年代末 60 年代初的关于"人性论"的讨论之后,"人性"的提法已经被"阶级性"取代。"人性"的合

---

① 这从伤痕写作前后的人性论、人道主义论争可以看出,而事实上,伤痕写作也以对"人"和"人性"的塑造参与了这一场论争。

② 莫应丰:《将军吟》,人民文学出版社 1980 年版,第 388 页。

法性只有在"阶级性"的范围内才有效。按此逻辑,一旦像亲情、爱情和友情违背了阶级情意(性)的话,皆可以被抛弃。从这个角度来看的,邬中其实是很"革命"的。但为什么他在这部小说中又变成了反面人物了呢? 在小说中接下来的一段中,徐凯虽没有说出来(心理描写),他这样反驳道:

> 邬中是反对感情的,究其实,他难道真是没有任何感情吗? 也许他对同志没有感情,对人民没有感情,对他的父母兄弟可以没有感情,对与他关系最密切的妻子也可以冷漠无情。但是,所有这些无情都有它的反面,不爱大家就是因为太爱自己;不爱人民就是爱着人民的敌人;不爱美好的事物就是正在迷恋着丑恶的事物。每个人都离不开感情的纠缠。……爱一爱他人吧! 总比光爱自己好些。徐凯决定我行我素,不被邬中牵引。①

如果说,读者从小说的描写中读出邬中式的人物之"非人性"的一面来,这一行为本身是讲述故事的年代和阅读故事的年代的表征的话,那么,讲述故事的年代的主流意识形态之渗透进小说的叙述中去,并不是以很明显的方式表现出来的,而毋宁说是借用小说讲述的故事之年代的意识形态而表现出来的。也就是说,像前面所引徐凯的心理描写,其实就可以看成是对"文革"时主流意识形态的一种辩驳。而他借用的话语形态仍旧是"文革"时合法的意识形态,即阶级话语的表现形态。按照阶级话语的逻辑,"不爱大家就是因为太爱自己;不爱人民就是爱着人民的敌人;不爱美好的事物就是正在迷恋着丑恶的事物",邬中无疑就是人民的敌人,也就是阶级敌人,是反动阶级了。

  而也正是基于这种逻辑,伤痕文学的写作中,但凡把小说中的人物描写成有血有肉,有感情的人,即使多么的反动,他都有被拯救或救赎的可能。而也正是这个意义上,那些虽然也迫害别人,直接给他人造成伤害的人,一旦他们某些时候良心发现,或感情迸发,那么他们也就走向被救赎和拯救之

---

① 莫应丰:《将军吟》,人民文学出版社 1980 年版,第 390—391 页。

路。对那些青年权且称为被"审判"的青年。

3.被"审判"的青年

相对于前两类青年明晰的形象特征,被"审判"的青年则显得要复杂得多了。他们处于"伤痕/四人帮"二元对立两极中"四人帮"帮凶的位置,但他(她)们并非完全的邪恶,他(她)也有"人性"的一面,也有感情,他(她)甚至也是"四人帮"及"文革"的受害者,从这个角度看,他们也需要被拯救,需要被救赎。因此,对这类青年形象的描绘,在表现对"四人帮"的批判中占有重要的意义。

这类青年形象,并非想象得那样单一,而毋宁说很复杂。其主要分为三类。第一类是"文革"中的红卫兵和造反派,他们参与了文革中的打砸抢,但他们并非没有感情,而是感情服从于"革命"的需要,他们有郑义的《枫》中的卢丹枫和李红钢。李红钢同《重逢》中的叶辉一样也有过改名的行为,他们改名的行为都与"革命"行为有关,都是为了表示对"革命"的忠贞,但不同于叶辉的是,从李黔钢改名后的李红钢至死再也没有把名字改为原名,而叶辉在"四人帮"被打到后则把"文革""四人帮"时期使用的叶卫革重新改为了叶辉。如果说叶卫革最后改回原名叶辉是以当事人的身份表现出对"四人帮"及"文革"的忏悔和批判的话,那么李红钢至死都使用这一名字则表明"四人帮"及"文革"对他欺骗和愚弄之深,他至死都没有意识到"文革"的荒谬,更不用说批判了。但无疑,李红钢也是"文革"的牺牲品和伤痕的代表。他同卢丹枫本是一对恋人,但因在"文革"中加入不同的造反组织,最后两派火拼,他(她)们先后献出了生命。在小说中,在革命和情感之间,他们表现出应有的游移,但最终"革命"的"宏大叙述"压倒了个人的情感话语,他(她)们的决裂不可避免。他(她)们都是十分优秀的青年,热情,单纯、有朝气、有理想,但正是因为他(她)们的这种青春特质,使得他(她)们容易被误导被欺骗,"革命"的"宏大叙述"激励着他(她)们,直到付出生命的一刻他(她)们都没有意识到他(她)们被愚弄的本质,小说正是从这个角度表现出"四人帮"及"文革"给人们造成的伤害之深。但无疑也同时告诉我们,在"四人帮"的蛊惑下的青年并非都是历史的罪人,他(她)们本身也是历史的牺牲者,某种程度上也值得同情。

第二类有《重逢》中的叶卫革,《第十个弹孔》中的鲁小帆,以及《将军吟》中的范子愚,等等。这些青年无疑都是"四人帮"及"文革"中打砸抢的制造者,曾残酷而无情地迫害过他人,甚至参与了绑架杀人等犯罪的勾当。但这些青年也是牺牲者,有的甚至付出了生命,而在"四人帮"及"文革"结束后或自己遭迫害时也大都意识到自己的罪行,表示过某种忏悔,他们本质上也并非真正邪恶之徒,他们虽也有过投机心理,但他们也有普通人的感情,因此,当他们对自己的行为表示出怀疑或困惑的时候,小说的叙述者无一不表现出某种宽容和谅解。尤其是《第十个弹孔》中的鲁小帆,其形象特征更为复杂。他也是作为在"文革"中受害者的身份出现:"文革"初期父母被打倒,他作为走资派的狗仔子,在歧视和冷漠中慢慢长大。但他无疑又是深受"文革"意识形态的熏陶而慢慢长大的青年,他幼小的心灵不可避免地受"文革"意识形态的影响,这种双重性决定了他的畸形的矛盾性格特点:他虽然深受折磨,但他又把这种折磨视为是父母及家庭所"赐",因此,越是所受折磨越多,越是痛恨家庭。"他不怨天怨地,只怨自己落生在'黑帮''走资派'的家庭。他默默地忍受着,待到夜阑人静的时候,他才用被子蒙上头,自己在被窝里偷偷哭泣。悲恸之余,激起了牛犊般的勇气,他对自己发誓,一旦有了机会,定要洗掉家庭和寄人篱下给予他的耻辱。"①因此,一旦造反派想利用他作为儿子反老子的典型对"走资派"进行围剿的时候,他立刻就投入了造反派的怀抱,"他恨这个家庭,把他抛入了深渊;而'造反派'却伸出一只手,把他拉上岸,让他重新看见蓝天……"②以至于最后犯下了炸毁桥梁的罪行,甚至造成一名铁路工人的死亡。

显然,对这类青年,小说叙述者的态度是十分复杂的。他们虽然犯下了不可饶恕的罪行,但这些罪行的罪魁祸首似乎并非他们自身,而是与"四人帮"及"文革"有很大的关系。当公安局长鲁泓凝视着犯人儿子鲁小帆时,不禁这样沉思道:"谁在他那双黑宝石的眼神中撒进污秽? 谁在他那纯洁善良的面孔上刻上傲慢和粗野的刀痕? 多么残酷的黑手啊! 从他心里挖走

---

① 《第十个弹孔》,《从维熙中篇小说集》,中国青年出版社1980年版,第100页。
② 《第十个弹孔》,《从维熙中篇小说集》,中国青年出版社1980年版,第112页。

了他的儿子。"①在小说《重逢》中,叶辉的罪行也被视为"四人帮"及"文革"所造成,而在《将军吟》中,范子愚的形象较为复杂。他开始完全是作为一个罪恶的青年形象出现的,参加造反纯粹是源于某种投机心理,但他无疑又是一个没有头脑而鲁莽的造反派,因此当他意识到被造反派头头利用完后弃之不顾时,也曾对自己的过激行为产生某种怀疑和忏悔,而最后在他被造反派头头迫害,他自己也对灾难感同身受的时候,这时他才真正良心发现,"范子愚受了这一段教育,心地变得非常善良了,他由自己联想到别人,将心比心才知道别人的痛苦。于是,在怜悯自己之余,也怜悯着那些被他斗过的那些人……他们所受到的痛苦更沉重啊!"②。对这一类青年形象,小说叙述者无疑带有既谴责又悲悯的复杂心理。作为青年,他们之所以走入歧途,都是因为没有自己的思考能力,人云亦云,结果被误入歧途,甚至葬送了自己的生命,从这个角度,小说塑造了这一类青年,其实是提出了自我启蒙和被启蒙的命题。

在这个意义上,第三类青年形象,就带有自我启蒙的意义了。这一类形象以《将军吟》中的赵子明和礼平的《晚霞消失的时候》中的李淮平叙述者"我"为代表,他们虽然参加了"红卫兵"造反派,也参与了打砸抢,但他们也有普通人的情感,他们也会有情感和理智的矛盾;他们虽然被时代的洪流裹挟,虽然也会狂热冲动,但他们并非没有自己的思想,他们也会运用自己的头脑冷静地思考问题。这种矛盾的性格特征,决定了这些青年形象不可能始终为"四人帮"及"文革"意识形态所欺骗和愚弄,他们注定了在同林彪及"四人帮"帮凶的周旋中最终成长起来。伤痕小说在表现这些青年形象时,其经常采用的叙述策略是通过情感和理智之间的矛盾,来表现他们的觉醒过程。以《将军吟》中的赵子明为例。"文化大革命"的轰轰烈烈进行,任何个人都不可能置身度外,赵子明也不例外。最开始的时候,他全身心地投入进去,但在情感上还有所保留,有些事情他一时也不能理解,且很矛盾,而理智告诉他,作为一个革命青年,理应毫无保留地投入时代的洪流中去,由此,不可避免地造成他情感和理智的矛盾。正是这种情感的有限保留,使得他

---

① 《第十个弹孔》,《从维熙中篇小说集》,中国青年出版社 1980 年版,第 121 页。
② 莫应丰:《将军吟》,人民文学出版社 1980 年版,第 652 页。

对很多事情都能保持一定的距离,而能冷静地思考观察分析,其最后同造反派的决裂就是情理之中的事情了。

从上面的分析可以看出,在伤痕文学这里,情感之有无其实是作为阶级话语的表意策略表现出来的。在这里,显然表现出两个翻转或颠倒:一方面把理性视为情感的"他者",以达到对"文革"意识形态的批判;另一方面通过对"文革"意识形态的批判而重建了新的理性,即后"文革"的意识形态。这一过程具体表现如下:通过情感和理智的矛盾,以情感的残留作为表现青年之"人性"的残存,而正是这种情感的存在,使他们能客观而公正地思考社会人生,以至于最后认清现实,否定林彪"四人帮"乃至"文革"本身,甚至走上奋起的斗争道路,而这奋起和觉醒,其实已是另一个层面的理性了。这就必须涉及"觉醒的青年"了。

如果从情感和理性之间彼消此长的过程来看伤痕写作的话,我们发现,觉醒的青年恰好对应了情感和理性之间否定之否定之后新的理性之代表了。他们大都已经超越了"文革"初期盲目狂热的阶段,也超越了情感之矛盾阶段,而上升到新的理性阶段。在这一阶段,他们自觉地参与了同林彪"四人帮"及"文革"的斗争,开始理性地思考甚至表现出对"文革"意识形态的怀疑,从这个角度看的话,他们代表了伤痕写作中青年形象之最高阶段了。换句话说,只有在这个阶段,他们作为青年主体才真正意义上建立起来。这一形象以遇罗锦的《冬天的童话》中的遇罗克、韩振波的《多余的人》中的周唤民和鲁彦周的《桂花潭》中的晓峰为代表,他们代表了在"文革"中觉醒并成长起来的青年形象。这一类青年形象,他们首先是作为"四人帮"及"文革"的受害者的身份出现的,他们蒙受苦难,甚至付出了青年及生命,以此为代价才换得了所谓的青年主体性问题。对于觉醒的青年,只有在经历苦难之后他们的成长才有可能,这其实是重复开始的分析逻辑,即苦难的意义问题:受难是成长的必经之路。在这里,青年的形象同中老年的形象表现出某种重叠之处,但问题是,这种重叠说明了什么?

四、谁在启蒙——伤痕文学的主体性问题

从伤痕写作的实际情况来看,青年显然整体上是被置于质疑甚至批判

的位置上的,这一位置固然与青年在"文革"中的表现有关,而从另一个角度看,这其实也是叙述及建构的产物。这一叙述的特征最为明显地表现在两个方面:一方面是表现在小说人物关系的设置上;另一方面是伤痕写作的作家群构成上。

对于小说而言,人物关系的设置显然并非无足轻重,而毋宁说关乎情节的配置乃至小说意义的生成。这在十七年文学乃至"文革"文学中尤为明显。彼时,在人物关系的设置上无疑带有阶级话语的明显特征,小说人物之间大都是按照人民/敌人之间二元对立的矛盾展开并结构情节的,新人(人民,或英雄人物)同落后人物(敌人,或走资派)之间泾渭分明,而即使是偶有所谓的"中间人物"出现,也往往被视为越轨而遭到批判。这一模式,随着"文革"的结束和新时期到来,自然日益式微,其阶级话语的明显表征也渐渐不在作品出现,但其二元对立式的结构模式仍旧在伤痕写作中保留下来。这一最大的二元对立无疑就是"伤痕/文革"之间的二元对立,其表现在人物关系的设置上,往往显形为中老年和青年的对立。Pierre Bourdieu 曾提醒我们,控制形式导致了社会中明显是武断的年龄划分,这种划分同时也反映了权力关系。他论证道,青年和老年都是在青年和老年的冲突中被社会地建构的。[①] 在这里,确立谁为青年谁为老年,或确定哪一年龄段为青年所特有,哪年龄段特指老年,似乎无关紧要,关键的是,在小说中青年是作为老年的对立面出现的,这某种程度上是"伤痕/文革"这一二元对立在人物关系设置上的表征。因此,不难发现,从这一二元对立面之青年一极往回溯,少年、青少年等都可视为这一二元对立中青年之一极[②];同样,如果向老年这一极往回溯,中老年、中年等,都可视为这一二元对立中老年之一极。表面看来,这只是伤痕小说建构的一个年龄差异的星群,但实际上这些星群之间是泾渭分明不容混淆的。从这个角度看,伤痕文学其实表现出**年龄的政治学**特征。而之所以出现这种特征,其实乃是基于一种意识形态预设,即伤痕的制造者多多少少与作为整体的青年有关,中老年整体上是作为伤痕

---

① 参见 Gill,Jones:*Youth:Key Concepts*,Polity Press,2009,p.3。

② 参见 Gill,Jones:*Youth:Key Concepts*,Polity Press,2009,p.59。

的承受者出现的。

这一年龄的政治学特征在刘心武的小说和从维熙的小说中表现尤为明显。刘心武的小说在人物关系上总有一个青年(少年)和中年(老年)的潜在对立。典型的有《班主任》、《醒来吧,弟弟》、《这里有黄金》、《穿米黄色大衣的青年》等。《班主任》中班主任张老师(中年)同谢惠敏和宋宝琦(少年)之间年龄上差异是人所周知的例子,这一年龄差异显然是同他(她)们之间的位置差异息息相关的:张老师的启蒙者位置与他的长者年龄上的优势密不可分,其最后一句"救救被四人帮坑害了了的孩子!"再明显不过地表现出作为长者的优越感。《醒来吧,弟弟》中也是如此,"我"、妈妈和工厂卢书记显然同弟弟及朱瑞芹之间构成一种年龄上的对比,这种对比使得弟弟甚至朱瑞芹不可避免地成为被凝视和审视的对象,弟弟之被启蒙的位置自然就是这种逻辑的延伸了。同样,《这里有黄金》中,这种年龄上的对比也体现在"我"(中年)同田欢及佟岳(青年)之间的对立上,他们前来拜访或向"我"讨教,这一模式其实也已先期地使得他们将成为叙述者"我"审视和阅读的对象,"我"的启蒙者地位其实已内置于小说人物关系的设置上。从维熙的小说也有类似特点。这一特征最为明显地表现在《杜鹃声声》中,小说中江铁(老年)同江浩、杜鹃和杨虹(青年)之间年龄上的对比,无疑为江铁最后引导这三个青年走向成熟并奋起斗争提供了年龄上的证据。

当然,这并不是说青年(青少年或少年)天生就应该被启蒙或引导,青年在另一方面完全可能被作为青春理想乃至热情革命等的代名词而被提出①。年龄的政治学在伤痕小说中表现为青年年龄上的劣势和经验上的不足,这不可避免地使得他(她)们或多或少带有天真、幼稚、冲动、不成熟乃至容易受骗等性格特征。鲁彦周的《天云山传奇》中,宋薇就这样为自己辩解道:"当时我们毕竟是年轻啊!我们是既天真又幼稚。那时又哪里有自己的正确的是非观念呢!"这一性格上的弱点一旦遇到别有用心的"蛊惑"

---

① 参见 Gill,Jones:*Youth:Key Concepts*,Polity Press,2009,p.2。"青春(youthfulness)因此意味着如力量、美丽、理想主义和活力等诸多品质,这些品质也常常被年龄大些的群体视为值得拥有的而贪婪的,但是,青春又同缺乏经验、不明智、头脑发热,试验、天真以及不成熟和没有辨别能力等许多内在的特征联系在一起。"

或宣传,如"四人帮"等主流意识形态的宣传,则可能转为历史罪恶的推动力。因此,在伤痕写作中,为了引导这些青年走向成熟势必需要一个有经验有智慧有勇气,具备辨识力和高瞻远瞩的长者出现。他们能一眼识别林彪"四人帮"及其党羽的丑恶嘴脸和险恶用心,他们能看清历史的迷雾,能辨识并能剖析林彪及"四人帮"造成伤害的表现及其程度,并能对症下药引导/启蒙青年走向成熟。这在很多伤痕小说中都有体现,而即使是有的小说中,只出现青年或老年的形象,但其实这一对立的老年或青年也是作为缺席式的在场,决定了小说对青年或老年形象的塑造。小说《伤痕》就是这样的例子,在这篇小说中,晓华之作为忏悔者的形象出现,这不仅是在对缺席的母亲忏悔,还是在向缺席的祖国忏悔。反过来说,这也是历史老人和母亲在对她的灵魂进行审判。

可见,伤痕文学在建构青年的同时,其实是在建构老年的主体性地位。而若从伤痕写作作家群的构成上,也可发现伤痕写作老年主体性的特征。从年龄构成来看,参与伤痕写作的作家群大部分都是中老年,而少有青年作家出现。仅以下表为例:

作家名	出生年份	备注
刘心武	1942 年生	
陈国凯	1938 年生	
张　弦	1934 年生	右派出身
金　河	1943 年生	红卫兵出身
古　华	1942 年生	
宗　璞	1928 年生	右派出身
从维熙	1933 年生	右派出身
冯骥才	1942 年生	
叶蔚林	1934 年生	右派出身
王　蒙	1934 年生	右派出身
刘　克	1928 年生	
张贤亮	1936 年生	右派出身
周克芹	1937 年生	右派出身

作家名	出生年份	备注
白　桦	1930 年生	右派出身
中英杰	1934 年生	
张　洁	1938 年生	右派出身
孙健忠	1938 年生	
莫应丰	1938 年生	
左建明	1948 年生	
卢新华	1954 年生	知青出身
陈世旭	1948 年生	
竹　林	1949 年生	知青出身
王亚平	1956 年生	
郑　义	1947 年生	知青出身
刘绍棠	1936 年生	右派出身
肖　平	1926 年生	
韩少功	1953 年生	知青出身
林斤澜	1923 年生	
刘　克	1928 年生	
戴厚英	1938 年生	"文革"初因"右倾"遭批判
茹志鹃	1925 年生	"文革"期间遭到批判
邓友梅	1931 年生	右派出身
李国文	1930 年生	右派出身

对这些作家而言,或许以 20 世纪 40 年代中期为分水岭,把他(她)们分为共和国成长起来的一类和共和国前成长起来的一类是比较合适的。这样区分是基于两种考虑,第一,40 年代中后期出生的一代,在"文革"发生前后恰好适逢青春期或正步入青春期,他们因此也曾作为"文革"造反运动的亲历者参与到这一时代洪流中,而"文革"结束他们仍旧大部分都还处在青年的尾声;而对此前出生的一代,"文革"浮现时他们已稳稳步入中青年,有的甚至被打成右派,而待"文革"结束他们已经步入中老年的行列了。第二,这既是一种基于他们的年龄的区分,也是一种基于不同经历和不同思想

面貌的划分。这里显然是受启发于弗洛伊德和拉康的说法。在他们看来，童年对一个人的成长至关重要。而若按照这种观点来看，新中国成立前和新中国成立后经历童年阶段的人显然是不能混同的，他们之间毋宁说是两代人了。这里可以王蒙的《青春万岁》为例加以说明。小说中的少男少女们虽然年龄相仿，但无论如何，他们的身上总带有旧社会的痕迹——有的经历磨炼，已经入党，有的有过伤痛的旧社会记忆，他们是两个时代的过渡中长大的一代，显然与那些出生并成长在新社会中的一代，经历明显不同。

本书无意去讨论人生的何一时段为青春期这一问题，本书只想探讨作家是以何种身份参与伤痕写作的。也就是说，叙述者和作者之间是一种什么样的关系？这一关系又是如何影响并制约伤痕写作的。显然，这里涉及一个叙述的时间差问题。对那些 20 世纪 40 年代中期以前出生的作家而言，"文革"结束，他们也已从青年步入中老年的行列了。他们中某些人的青年虽然也是在"文革"中耽误的，但当他们在"文革"结束后面对比他们更年轻一代或下一代时，他们却感到某种严肃的使命，本着这样一种使命他们开始了他们的写作。刘心武是这方面最有代表性的作家。他曾明确表示"我认为我有一种不可推卸的责任，我应当迫不及待地把我们感受到的林彪、'四人帮'对下一代的伤害，通过艺术形象，向整个社会疾呼"，①"写《班主任》时，我只是觉得骨鲠在喉，必须一吐为快；我凭着一种真挚的责任心，一股遏制不住的激情，提笔勾勒着我所熟悉的人物，呼唤人们警觉起来，'救救被'四人帮'坑害了的孩子！'"②。在这里，他显然是把他自己同"下一代"区别开来的；而正是这种区别意识，使得他闭口不谈林彪、"四人帮"对他的影响和伤痕。同样，这里也可以看出，他其实在潜意识的层面把自己视同中老年的群体，对于中老年，苦难虽然存在，但苦难对他们而言其实是一笔财富，他们作为受难的英雄，某种程度具有面对林彪、"四人帮"毒害的免疫能力。

这种把自己同青年区别开来的做法，在 20 世纪 40 年代中后期以前出

---

① 刘心武：《心中升起了使命感》，见《一九七八年全国优秀短篇小说评选作品集》，人民文学出版社 1980 年版，第 626 页。

② 刘心武：《〈班主任〉后记》，见《班主任》，中国青年出版社 1979 年版。

生的很多伤痕文学作家身上有明显体现。① 邓友梅曾表白道:"我是在新四军长大成人的,从小接受了老一代无产阶级革命家的关怀培育……从未怀疑过他们是我学习的榜样。'四人帮'横行之时,疯狂迫害老一代革命家……他们践踏、侮辱了我心中最神圣、最美好,血肉相连,引以为自豪的父辈的形象。与此同时,匪徒们则在现代迷信的妖雾中欺凌人民,作威作福,把革命的理想、情操、道德毁坏无余,搞乱青年人的思想,以致世风日下!""在批判丑恶与谬误的同时,按照老一辈革命家的品格塑造自己和青年人的灵魂,永远是我们不可忽视的责任。"②茹志鹃在一篇创作谈中也表达过对当前青年的忧虑:"我认为目前的青年缺少一种比较高尚的情操,气质比较差……所以我觉得应该来一点气质上情操上的教育,就想到应该树立这么一个比较理想的女孩子。"③这种区别意识,使得他们在意识上同中老年干部倾注了大量的同情乃至认同,而在塑造青年时则保持某种距离感和冷眼旁观的叙述态度,就好像是说别人的故事,而与自己无多大关涉。

　　而对那些 20 世纪 40 年代中后期以后出生的作家,即使他们在塑造青年的时候,倾注了大量的同情,但这种同情也是混杂了某种忏悔的成分。这在《伤痕》、《枫》等小说中有明显的表现。这种忏悔无疑是叙述者作为历史的过来者的身份所决定的。对叙述者而言,青春往往同无知、盲目和狂热联系在一起,其不可避免地会造成不可弥补和无法挽回的过失。但在小说讲述的年代,特别是在"文革"中,青春却是激情的、向上的和革命的。在这里,重要的不在于青年或青春到底是什么,或有什么规定性,而在于小说讲述的年代和讲述小说的年代之间的巨大差异上。对伤痕写作而言,这一差异甚至可以说是至关重要的。在这种意义上,1976 年"四人帮"被打倒是一个关键的分水岭,而随着"四人帮"被打倒以及"文革"的结束,"文革"意识

---

① 另外,刘心武等作家在当时还写过一些指导青年的应用文体,参见刘心武等著的《恋爱　婚姻　家庭》(中国青年出版社 1979 年版)和王安忆等著的《扬起理想的风帆》(中国青年出版社 1983 年版)。

② 邓友梅:《不可忽视的责任》,见《一九七八年全国优秀短篇小说评选作品集》,人民文学出版社 1980 年版,第 630、632 页。

③ 茹志鹃:《〈草原上的小路〉的创作及其他——在短篇小说创作学习班上的讲话》,见彭华生、钱光培编:《新时期作家谈创作》,人民文学出版社 1983 年版,第 11 页。

形态最终被否定,这一否定的现实结果就是大量在"文革"中被打倒的中老年干部的复出。此前,"中老年"干部在整体上几乎是等同于走资派的,他们无疑是处于一种被质疑和(将要)被打倒的地位,而随着"文革"的结束,"中老年"干部的复出,他们在"文革"前后被颠倒的地位被重新颠倒过来;这一颠倒一定程度就是小说讲述的年代和讲述小说的年代之间的根本差异所在了。其反映在伤痕写作中则表现为青年不可避免地处于整体上被质疑的地位;中老年虽然身处困境,但他们在精神上却奇怪地立于明显的优越地位,这样就形成一种怪论:中老年越是遭受更多的灾难,其精神的优越地位就越大。受难之深浅简直就是衡量他们是否英雄与否的重要标志之一,戴厚英的《人啊,人》中的英雄何荆夫就是因为所受磨难的深巨而成为这样一位精神上无比高大的典型的。

　　这一颠倒也是造成《重逢》中那充满戏剧性的重逢场面的原因,曾经被视为英雄的,如今将受到质疑;而曾经被作为历史罪人的,今天无疑已是复出的受难英雄。其结果必然是,当当年("文革"期间)的"革命英雄"在"四人帮"被打倒后站在历史的被审判者的位置,审判他们的必然是历史上的受难英雄。但问题是,到底是谁赋予了他们作为启蒙者或审判者的身份和权力? 而当他们启蒙或审判青年的时候,他们自身是否需要被审判? 同样,当那段历史被呈现为青年/老年之间的矛盾关系史时,这种呈现是否也是一种刻意地简化? 换句话说,当伤痕写作把青年/老年之间的二元对立视为其基本结构模式和内在的方法论时,这一预设本身就意味着对历史的简单化处理。而事实上,这一结构本身已限制了任何对历史的丰富性思考,从这个意义上看,金河的《重逢》显然耐人寻味意味深长。

第二节　改革叙述、空间想象与"青年"的诞生

一、改革叙述、空间想象,及其意义的生产

　　"每一个社会都会生产出它自己的空间",①雷米·埃斯在他为亨利·

---

① 亨利·勒菲弗:《空间与政治》,上海人民出版社 2008 年版,"序言"第 10 页。

勒菲弗的《空间与政治》所写的序言如是说。这句话看似简单明了,其实是道出了一个大的道理,即"空间"并非静止而恒定的,而毋宁说每一个社会每一个时代都有属于自己的空间形态,而"空间"既是社会生产出来的,同时它自身也具有生产性。应该说,"空间"的这种动态特征,某种程度来源于时间的易变性。"时间不同于空间,这是因为,它不像空间,它能够被人类加以改变和控制;它已经变成了一个分裂因素:一个时空结合中的变化不断的动态角色。"①这句话的言外之意其实是,时间变成"一个分裂因素""能够被人类加以改变和控制",其实是"现代"以来才有的事情;也就是说,只有在现代性中,时间才变得更为"变化不断",因而"空间"也就随之发生变化,呈现出丰富性易变的一面。

我们知道,相对于时间而言,空间无疑具有更大的恒定性,这一恒定性某种程度上是基于它的物质属性;而实际上,随着时间的推移,空间在本质上无疑已发生变化,有时甚至是质的变化,这在那些变化激荡的时代表现尤为明显。本着这样的理解,改革叙述所呈现出的空间形态,相对此前的小说叙述而言,无疑就具有更为显著的易变性和裂变状态。这是因为,改革首先针对的是现状——不管这现状是由什么造成的——是凝固的传统,而要打破这现状和传统的形态,其实也是在摧毁旧的空间同时建构新的空间。而随着新的空间的建立,新的意义也随之在这一空间被生产建构出来。从这个意义上讲,空间的生产也是新的生产关系的再生产。

列斐弗尔·勒菲弗曾从生产关系的再生产的角度讨论空间,这对更好地理解改革叙述中的空间呈现很有启发。他认为空间的生产其实也就是某种"解码—重新编码"的过程。"所有的编码围绕着一个文本(一条信息)构造出一条地平线,将它展开,然后围拢、封闭,就确定了一个中心化的空间。这个文本可能是实践——感觉性的和社会性的,因而不是永久性,也不一定必须是用文字写出来的。……所有的编码中,都包含着某种赌注和某种意义的生产。这种意义可能会取代给出的文本,而且要么会让它变得贫乏,要么会让它变得丰富,从而增加自己的价值。由此就产生了含混。解码——

① 齐格蒙特·鲍曼:《流动的现代性》,上海三联书店2002年版,第175页。

重新编码意味着一种或者多种虚幻的效果,因为一个编码的形式结构,只有在那种生产降低的时候、意义的呈现变得模糊的时候,才会表现出来。所有已经形成的编码,将不再掩盖它!"①这段话的意思很明显,即空间的生产是一个过程,这一过程必然伴随着解码——重新编码的过程,也就是说是旧有空间的"形式结构"崩溃和新的空间的"形式结构"的生成。在这个过程中,变化的似乎只是中心化的"文本",或是围绕文本的运动形式,而与空间的外观无涉。对改革叙述而言,情况似乎就是如此。其最为典型的莫过于何士光的短篇《乡场上》。这是一篇以梨花屯乡场上——这一空间——发生的一场冲突及其最后的解决,来折射改革大潮的势不可挡及其给民众带来的深刻变化的小说。"乡场上"这一特定的空间无疑极富象征色彩,还是这个乡场上,还是那些人,但变化的是人的心态和"面貌":冯幺爸再也不是过去唯唯诺诺给人以猥琐狼狈的形象,他的腰杆挺直了,说话也变有力了;这一切都是在一瞬间不知不觉地发生的转变,而这其实正表征折射着整个中国发生的翻天覆地的变化,这一变化的发生无疑都是改革这一"中心文本"所促成的,是新的生产关系的出现带来空间(上层建筑也是一种空间的比喻)内部关系的变化及新的空间的产生。② 从这个角度看,改革叙述中空间结构的变化也是一种上层建筑的变化的表征。

对改革叙述而言,改革首先面对的是现状和传统,而要想战胜现状和传统,就要达到对现状和传统的改造,这种改造可以从空间形态上的变化中看出。比如说日常生活空间。如果说伤痕文学通过对日常生活的回归,达到了对"文革"之非常态的批判的话③,那么当这一日常生活变得平庸而琐碎,而改革时代也几乎同时到来时,日常生活的空间就可能成为阻碍改革之进程的表征,那么这时从日常生活空间中发掘出其日常之"光",或者说重新

---

① 亨利·勒菲弗:《空间与政治》,上海人民出版社 2008 年版,第 10—11 页。
② 参见作者的创作谈《同父老乡亲们共呼吸——写〈乡场上〉的一点体会》,其中有这样的表述:"为了使人民相信我说的是真的,我就原原本本地,把生产关系的改革怎样促进了生产力的发展,怎么促进了人的面貌的改变,据实写下来。"(彭华生等编:《新时期作家谈创作》,人民文学出版社 1983 年版,第 67 页)
③ 参见李杨:《文学史写作中的现代性问题》,山西教育出版社 2006 年版,第 276—294 页。

改造日常生活的空间,就显得尤为必要而迫切了。从这个意义上讲,改革叙述所表现出的对日常空间的改造和重组,实际上就是勒菲弗所谓的空间的"解码——重新编码"的过程,这既是对旧有空间的改造,也是在重建新的空间。

列斐弗尔的"解码——重新编码",某种程度上即意识形态的生产,这类似于阿尔都赛所说的意识形态的封闭结构①。所不同的是,在列斐弗尔那里,突出的是动态的过程,是空间生产上的多义性,而阿尔都塞的意识形态封闭系统则更多地表现为结构内的封闭运动,这是一种相对静止的过程,说其静止是因为意识形态的生产是在结构内进行的,而列斐弗尔所谓的"解码——重新编码"则意味着结构间的变化和相互作用。阿尔都塞的意识形态封闭结构其实就是一种空间形态,在这一封闭系统内,进行的也是意识形态的生产。从这个意义上讲,列斐弗尔的中心化的"文本"就是阿尔都塞的意识形态范畴。因此,这里关键的问题是,要搞清楚这一"文本"或意识形态是什么。对于改革叙述而言,这一中心"文本"或意识形态无非就是改革和现代化的宏大叙述。在这里,要从两重意义,也即阿尔都塞和列斐弗尔的区别的意义上,来理解这一中心"文本"。第一重意义,即结构性的意识形态范畴。改革和现代化的意识形态表现为某种美好承诺,这既是某种先在的存在,也是某种预设。换句话说,当从事改革叙述的写作时,即已落入了改革意识形态的"圈套"或"结构"之中,写作本身既是在证明这一个意识形态,也是在生产这种意识形态,从这个意义上讲,改革叙述本身就是这样一种结构性的空间写作。

这里还有另一重意义上的空间想象,即具体空间的建构。如果说改革叙述从整体上说就是一种结构性的空间写作的话,那么,小说中具体空间的建构则可以视之为这一结构性空间的扩散和表现。在这里,这一中心性的"文本"/改革意识形态本身并不是固定不变的,而毋宁说其自身充满了生产性和歧义性,小说中矛盾的设置及其矛盾的解决都是围绕这一中心"文本"来进行的。也就是说,小说中矛盾的双方或多方,往往通过争夺对这一

---

① 参见阿尔都塞:《读〈资本论〉》,中央编译出版社 2008 年版,第 128 页。

意识形态或中心"文本"的书写与阐释权,而达到战胜对方的目的。这一典型的例子即蒋子龙的中篇《乔厂长上任记》。这部小说发表后引起轩然大波,评论家们围绕小说中乔厂长一方和反对方展开了针锋相对的争论。小说中矛盾各方(包括评论各方)对改革和现代化显然是没有异议的,也不可能有异议,但对如何改革、如何现代化以及改革针对的对象——混乱的现状,却表现出极大的分歧和矛盾,乔厂长一方(包括评论支持者)认为在数字和效率的尺度下,只要能为现代化的建设出力,就可以团结一切可以团结的力量,即使其在"文革"期间有不太好的表现也可以不顾;而反对方(包括评论批判者)则认为混乱是由"四人帮"及其余党造成的,因此只有将"揭批查"进行到底,肃清了"四人帮"之流毒,就可以很自然地达到现代化建设的目的。看来,这里关键的问题还在于如何理解现代化及其实现的途径;而这并非是小说本身所能提供答案的,毋宁说是与小说("文本")外的当代社会实践密切联系在一起的。"文革"结束后,随着中国加入全球化的进程,以及认识到中国的落后,崇尚科学和技术决定论一度盛行,这样一来,以数字和效率为尺度的乔厂长一方当然最终将获得胜利(事实上也是如此)。而对于那些刚刚经历了"文革"之"乱"的人们而言,早已对整肃等政治运动十分厌倦,因此,反对一方遭受挫败也就是必然的结果了。

下面将结合具体的例子来探讨改革叙述如何围绕中心"文本"——改革的意识形态——来建构空间及进行有效的意识形态生产的。

二、公共空间对私人空间的入侵——改革意识形态的胜利

柯云路的《新星》三部曲和张洁的《沉重的翅膀》,除了表现改革之艰难深巨给人以触动之外,给人印象最为深刻的莫过于各种"空间"或"场所"的呈现。特别是在《沉重的翅膀》中,改革英雄郑子云和陈咏明,在他们的生活中,日常生活被压缩到极点,与之相对应地,他们所处的空间,除了家庭之外,似乎也就只有办公室或工厂了。对于后者(办公室或工厂),不妨用"公共空间"称呼之。这里的"公共空间"首先是相对于"私人空间"而言的。而之所以在空间关系上有公私之分,这既是一种理论假设,某种程度上也是由改革的意识形态内在地决定的。也就是说,凡是涉及或处理公共事物——

在改革叙述中则是涉及改革及国家前途的事业——的空间就是公共空间，而若与公共事物无关，只涉及私人或个人恩怨情仇喜怒哀乐等琐事的，那就是私人空间。在这里，区分公共空间和私人空间的标准，不在于空间本身，而在于其涉及事物之公私性质。也就是说，公共空间，某种程度上承担了改革意识形态的生产，而私人空间则作为改革意识形态的"他者"被生产出来。就这个意义上说，即使是家庭内部场所，也可能是公共空间，而像办公室这样的场所，也可能是私人空间。比如说《沉重的翅膀》中郑子云的卧室，因为他把工作带到了家庭内部，所以这样的空间就不再是私人空间了；陈咏明的家庭，则是典型的私人空间，在他的家里有的只是夫妻恩爱和天伦之乐；即使是像办公室那样的空间，在何婷眼里，也变成了私人空间，因为在这样的场所，她所关心和处理的只是她个人的私事，公事在她眼里只是私事的延伸和手段。

显然，这里的"公共空间"并非哈贝马斯意义上的"公共领域"或"公共空间"，因为，在哈贝马斯看来，"公共领域"是资产阶级（或中产阶级）市民社会的产物；但并不是说这二者之间就没有任何共同之处。哈贝马斯的"公共领域"，就社会定位而言，是介于公共权力领域与私人领域之间的一块中间地带。比如说咖啡馆、沙龙和文学艺术的俱乐部等都是这种领域的具体体现，而在运作机制上，资产阶级公共领域采取的是平等交往、关注世俗和公开讨论的方式。[①] 在这里，论者关心的是"公共领域"的功能和机制。对"公共领域"而言，其意在通过"平等交往"和"公开讨论"的方式造就一个"介于公共权力领域与私人领域之间的一块中间地带"，它既非官方，也非民间，而毋宁说是介于这两者之间，因此，其参与者某种程度就有了一定的限制，他们都是同一类或具有某些共同的特征，不然就不能进行有效的"平等""讨论"。同样，参与者又不能过于"同质化"，否则就不能达到很好的争论。从这个角度来看的话，改革叙述中，特别是《新星》三部曲就有大量的这样的"公共领域"存在，在这些公共领域中，作为一个群体或类的形

---

① 参见王先霈、王又平主编：《文学理论批评术语汇释》，高等教育出版社2006年版，第853页。

象的老年和青年,在其中明显扮演不同的角色,并于有意无意间突出其作为群体的特征。正是在这个意义上,本书使用"公共空间"的范畴,既承担了生产改革意识形态的功能,同时也是群体表述自身和参与公共事物的表征。

如果说,改革意识形态内在地决定了"公共空间"和"私人空间"的区别的话,那么,完全有理由认为,改革意识形态在生产出"公共空间"的同时,也必然会在某种程度上改写并重组"私人空间"。也就是说,改革意识形态内在地决定了"公共空间"的主导位置,这样一来,"公共空间"必然会在某种程度上造成对"私人空间"的挤压乃至入侵甚至改写和重组。这在《沉重的翅膀》中表现十分明显。改革英雄郑子云的家庭内部空间就是一个极有症候性的分裂式空间。从外面看来,这是一个非常和谐美满的家庭,因为郑子云要给人一种模范家庭的印象,这是改革者所必须面对的社会语境或社会大的空间。他(她)们必须要在社会规范和制度的"期待"下,学会"表演"自己作为丈夫和妻子的角色以及作为领导干部的角色。① 这种表演是为适合社会大的空间或语境的需要所决定的,而一旦退回到"私人空间",在性格各异的两个人之间不可避免地会发生矛盾的情况下,改革意识形态显然充当了"侵入者"或"他者"的角色,郑子云凭借公务缠身理直气壮地人为地在家庭内部划出一个异质的空间:他和妻子夏竹筠分床而眠;表面上看,是郑子云退居于书房一隅,其实是他凭借改革的意识形态放逐了妻子,使妻子只能徘徊于书房之外,甚至是客厅的边缘,因为他家的客厅也常常成为参与公共事物的空间,这样一来,妻子最终只能守住仅有的卧室,从这个角度看,她的愤怒也就变得可以理解了。这里的潜在逻辑是,私人空间某种程度上等同于日常生活的庸俗,因此,其不可避免地常常以改革意识形态的"他者"面目出现。通过前面章节的分析,我们知道,日常生活本身其实是一个空洞的存在,换句话说,日常本身并没有内在的质的规定,它既表现出庸俗的一面,也见出"光"的意义,关键是作为"他者"的"非日常"指代的是什么;如果它对应的"非日常"是改革意识形态的话,日常自然就显示出它的消极否定的一面。这一逻辑在改革叙述中普遍存在。日常生活的庸俗既

---

① 参见戈夫曼:《日常生活中的自我呈现》,北京大学出版社 2008 年版,第 15—68 页。

能造就一个个内部私人空间的产生,也能毁灭家庭内部的空间,前者以何婷的家庭及其办公室为代表,何婷的市侩气使得办公室也充满庸俗和腐臭味;后者则以万群的惨死为表征,正因为日常生活的琐碎庸俗,万群又无力去抗争,最终只能落得香消玉殒命丧车底了。

《沉重的翅膀》中,另一家庭内部空间——女记者叶知秋的家庭内部空间,也很有症候性。这是一个由养子和养母组成的奇异的家庭,这样一个家庭的组成,从源头上看,显然就已经非常公共化而非私密性了。养子莫征,出生于一个书香门第,本来十分完美的家庭,因为"文革"之乱而父母惨死,自己也沦落街头,成为乞丐和小偷。显然,莫征的形象本身就包含了对"文革"非人道的控诉,而叶知秋四十多岁了还是孤身一人,这不仅与她的怪异的性格和外貌有关,更与历史/现实脱不了干系。她是一个记者,记者这一身份决定了她的家庭必然成为一个敞开的空间,成为(主流)意识形态意义生产的场所。因此,这样两个人组成的家庭,就显得极富象征性。这是一个"私人空间"被改写置换成"公共空间"的话语场,同时也是改造"私人空间"的有益尝试:这样一个家庭,其成员之间虽没有血缘关系,但却有比血缘关系更为深厚的感情和心灵相通,其成员之间不是为了私利而聚集一起,而是为了某种更高更深厚的追求而自觉地走到一起;小说的最后,郑圆圆的加入显然也可以从这方面得到证明,而郑子云出现在这一家庭空间的入口——门口,更是某种象征:当"私人空间"敞开大门的时候,这时所谓的"公""私"之间的区分似乎就不再显得那么重要了。这样一个家庭空间形态,在当代文学史上并不少见,其最为典型的就是"文革"期间的样板戏《红灯记》中的李铁梅一家,李铁梅一家三代之间都是单身而且没有血缘关系,是阶级友爱使他(她)们走到了一起,组成了一个奇特的家庭。显然,这也是"私人空间"被改写置换成"公共空间"的有效叙述策略,从这个角度来看,《沉重的翅膀》显然与之有一脉相承之处。

对改革意识形态的生产而言,另一个相关而十分有效的策略就是,通过针对私人空间的区分和改造,来塑造改革英雄的典型及其对立面。这在《改革者》中表现明显。小说中有两个极富症候性的对比鲜明的家庭私人空间描写——针对市委书记魏振国的房子和市委副书记徐枫家的房子的描

写——,任何人通过这种对比鲜明的描写都能形成自己的判断,何况是通过省委书记陈春柱看到的。其中的一个空间描写:

> 这是个独院,外表上并不特别华丽阔绰。隔着围墙只能看见院内有一座普普通通的深灰色两层楼房。那楼房不高大,式样陈旧,有点土气。一进院内,这才感到,原来别有洞天。转过照壁,有一座小巧玲珑的假山石。院内两旁栽着各色花卉,有菊花、月季、美人蕉、四季桂、夹竹桃……现在正是菊花盛开的季节,品种繁多的菊花迎风摇动,婀娜多姿,散发着一阵阵清香。楼前有几棵石榴树,树上缀满了拳头般大小的石榴,有的已经绽开了嘴,露出了红艳艳、白生生、水灵灵的玉石米儿。通往楼前的碎石小路上有几只深灰、银灰、粉白色的鸽子正"咕咕咕"叫着安详地在啄食。
>
> 最能表现出主人的匠心的,还是室内的陈设。陈春柱走进两开间的起居室兼会客室后的第一感觉,就是这里的一切肯定都是经过精心设计和周密安排的,没有一件多余的东西,没有一件放得不是位置。室内十分注意色调的和谐。基本色调是高雅的素色,墙壁天花板是浅蓝色,桌布、椅套和沙发套、电视机套全是月白色,窗帘是浅绿色,茶几上、花架上是青枝绿叶的白色和淡黄色菊花。……
>
> 这一切都像是按照陈春柱的趣味,特意为他布置的。……两年前他来 C 城时,也到这里来过,当时他们夫妇刚搬来,院里屋里都还没有整理。现在重来,他发现一切几乎全变了样。对于这些变化,他一方面觉得惬意舒适,悦目赏心;另一方面又觉得好像多了些什么,又少了些什么。①

另一个是这样的:

> 这是一个新建的职工住宅区。总共有十几幢楼房,像一个个火柴

_____

① 张契:《改革者》,人民文学出版社 1983 年版,第 51—53 页。

盒排列着。这一幢幢楼房盖得那么相似，没有熟人引导，根本无法辨认。徐枫住在中间一幢楼房的第三层楼上。……

……

他端起茶杯，喝了口茶，扫视了一下房间的陈设。这是一个大约有十六七平方米的房间，四周摆满了书橱，还有一张大沙发，一张大书桌，几把椅子以及其他一些零散东西。空间几乎全被占满了。陈春柱还不知道这个单元里究竟有几个房间，但从这间房子的格局和陈设来看，是比较拥挤窄小的。

……

陈春柱没有再说什么，心里却止不住翻腾了起来。面对着这个简陋的房间里一些同样简陋的陈设，他自然而然地想起了魏振国家里的那种阔绰。C城一二把手的两个家庭，竟然有着这么大的差别，究竟是因为什么呢？他不愿多想，又不能不想。①

这里，需要特别注意的是叙述视角的设置，这两个家庭空间都是通过省委书记陈春柱的眼睛看到的，这是第一重视角；而第二重视角则是叙述者的视角，这显然是一个带有全知叙述的叙述者的视角，他既能透过省委书记的眼睛看到这两个空间，也能透过省委书记的眼睛看到他的内心；但他并不急于表明自己的好恶或观点，而是通过对省委书记内心变化的看似"客观"的描述来表达叙述者自己的观点和看法。同时，这里还有另外一个视角，即读者的视角。这两个空间既是通过省委书记的眼光一一呈现的，同时也是一一展现在读者的眼前，供读者自己判断的。因此，这种看似"客观"的描述，其实已经暗合了叙述者（或者作者）的内在意图所在，即通过对不同空间的客观描述，达到对改革英雄及其对立面的塑造。

从前面所引的小说内容可以看出，这两个空间虽然都属于私人空间，但对于改革意识形态而言却是意义不同的。前一个空间充满了情调和趣味，但对于改革者而言，则可能会腐蚀他的心灵；后一个空间虽然单调简朴，但

---

① 张契：《改革者》，人民文学出版社1983年版，第94—98页。

在这样的空间中,个人却是充满朝气和力量的。对比这两个空间,可以发现,前一个空间中充斥的是针对或投射日常生活欲望的物品;而后一个空间中则表现出对日常欲望的拒绝,这种拒绝显然是通过"书本"这一知识生产的"道具"来完成的。显然,"书本"在这里是起着意识形态知识生产的目的和功能的,进而改革英雄的形象也在这种意识形态的生产中被生产和塑造出来。

应该说,这一通过对私人空间的区分以塑造改革英雄的策略,在改革叙述中比较常见,其典型的还有《新星》三部曲中之顾恒的家庭空间的描写。省委书记顾恒的家中挂着一条横幅,上面大书"难眩以伪";这句座右铭的意义很明显,即要从日常生活的迷惑和表面性中区分出真实/虚假来。其挂在家庭的客厅中,也意在表明,即使是在私人空间也不能有丝毫的懈怠。从这条横幅中,不难看出改革叙述对私人空间的警惕和改造的意图。但实际情况往往事与愿违,即使是在前面提到的顾恒的家庭空间,顾恒的儿子顾晓鹰却往往利用这一具有象征意义的私人空间——省委书记的家庭空间——来达到他个人情欲的满足和发泄,而顾恒的妻子也企图利用这一象征性的私人空间以干预政治及公共事物。可见,私人空间和公共空间之间,在改革叙述中往往呈现出错综复杂的关系。

三、从会场到沙龙——"青年"的诞生

对改革意识形态而言,其意义生产的最好场所莫过于公共空间了。但对于这样的意识形态生产而言,不同的公共空间,其意义显然是不同的。《沉重的翅膀》中有一段郑子云主持思想政治工作会议的描写:

> 郑子云挨着个儿巡视着每个人的面孔,希望看出人们的反应。他的眼睛和杨小东的眼睛相遇。也不知杨小东怎么想的,脸上什么表情也没有。郑子云稍稍地挤了挤自己左边的眼睛,算是打个招呼,杨小东向他规规矩矩地点了点头。不好,怎么一进会议室,在饭馆里那么招郑子云喜欢的、生龙活虎的劲头就没有了?①

---

① 张洁:《沉重的翅膀》,人民文学出版社1984年版,第191页。

显然,在这里,是不可能存在杨小东和郑子云之间平等的交流的,因为,杨小东十分清楚他的身份和角色,这不是平时,也不是在厂里,不是在饭馆里碰到郑子云,这是在严肃的会场。关于这种情境,可以借用欧文·戈夫曼的"表演"理论来加以解释。戈夫曼认为,在一个"特定的场合"中,"特定的参与者","以任何方式影响其他任何参与者的所有活动",这种活动便是"表演"。① 按照他的看法,会场显然是这种典型的表演场合。因为,在会场有"个体在表演期间有意无意使用的、标准的表达性装备",即会场的各种"设置",包括会场设施、布局,以及会场布景和背景,等等,这为个体在这种场合中的"表演"提供了特定的装置,似乎只有"置身于"这种设置中,他们"才能开始他们的表演,而离开了舞台设置,表演也就随之结束了"②。在戈夫曼看来,"表演"的出现,首先要有一种"期待"或"预期"的"情境"存在,而"表演"某种程度上也是为了达到某种"互动"并影响对方的目的。这种特定"情境"恰好为这种"互动"提供了特定的话语生产场,同时也在"期待"的范围内限定了参与者的表现。这样,也就能理解为什么当杨小东进入会场后会变得同平时判若两人了。在这种场合内,参与者都很清楚他们自己的"角色扮演",主持会议的人也会自觉不自禁地认同于自己扮演的角色,正是这样一种"预期"或"情境"使得会议总会按照预期的方向进行。

以上是就理想的情境而言,但也会出现"表演"的失效,表演的参与者并不总能按预定的方向说服或影响对方,因此往往会出现某种争论和矛盾,舞台情境的惯例随之遭到了怀疑和破坏。在改革叙述中,这种情形十分常见。这种争论和矛盾,往往就成为改革意识形态和反对派之间较量的表征。这种情境,其矛盾发生的根源往往在会议的主持者之间,主持者之间的角色差异往往也影响了参与者的角色扮演,柯云路的《耿耿难眠》中杨林初到曙光厂参加第一会议就是这样一个典型的情境。会议上改革派和反对派之间角色扮演立场鲜明,这种鲜明的立场表现在主持会议的党委书记杨林和厂长董乃鑫之间的角色差异上。而在达理的短篇《广厦》中,房产局礼堂的会

---

① 欧文·戈夫曼:《日常生活的自我呈现》,北京大学出版社2008年版,第12页。
② 参见欧文·戈夫曼:《日常生活的自我呈现》,北京大学出版社2008年版,第19页。

议上的争论,则是由于意图和效果之间的差异造成的。这本来是一场针对改革者孙梦南和刘伯阳的批判会,但因为孙并不遵从他的角色扮演——下属和被批判的角色——因此,就把会议开成了改革意识形态和反对派之间的针锋相对的斗争会了。

就改革叙述而言,这里有必要区分两种"舞台""情境",即会场和沙龙。熟读 20 世纪 50—70 年代文学作品的人,想必对小说中常有的会场描写一定不会陌生。而实际上,在 50—70 年代的中国社会中,会议更是几乎成了老百姓日常生活的一部分了,各种各样的动员大会、表彰大会,党代会、社员大会,职工大会,班组会,家庭会,甚至批斗会等大会小会,不一而足。对于那些小说的叙述而言,各种会议之所以必不可少,正在于其对意识形态的生产、贯彻和执行的重要作用。而正是通过这些会议,意识形态最终能成功地"询唤"出符合自己要求的合格主体来。但问题是,在这些会议中,其实参与者并不是对等的,既有会议的出席者、列席者,无疑也有会议的主持者,和领导者。借用传播学的术语的话,这里必定存在一个信息的发出者和接受者,而从小说中的实际情况来看,会议信息的发出者,一般总是以党的领导者或权威的形象出现的,他们代表意识形态的权威,因而必定大都为中年或老年,而少有青年的形象。即使有青年参与者的出现,也是大多出现在听众/观众之中,作为被意识形态询唤的主体出现。

因此,可以这样认为,在改革叙述中,"会场"这一公共空间,是与老年干部的主体性建构联系在一起的。这也是为什么描写老年干部的改革叙述中,充满了各种大会小会的描写;谌容的《太子村的秘密》(中篇)就是这样的典型。新任县委书记冯振明走马上任清明县,接二连三(三封)收到状告太子村支书老干部李万举的匿名信,于是作出批示并先后派人下去调查走访,乃至自己亲自蹲点,最后水落石出,原来这是一个精心设计的"阳谋":李万举其实是一个领导农民致富的改革先驱。小说几乎就是由各种大会小会的场景构成,而这些场景最终都是为塑造太子村的改革先驱李万举服务的。这样的例子很多,张锲的《改革者》、柯云路的《三千万》和《耿耿难眠》、蒋子龙的《乔厂长上任记》、达理的《广厦》(中篇)等等,都是这样的代表。而在沙龙中则不同了。沙龙首先是一个非正式的情境,在这里没有权

威和非权威之分,有的只是平等对话和交流;这种非正式的情境,决定了参
与者之间即使存在着身份和地位的差异,他们也会按照特定情境下的"期
待"和预期进行。这种"沙龙"情境,在柯云路的《新星》三部曲之《昼与夜》
和《衰与荣》,以及鲁彦周的《古塔上的风铃》中,都十分常见。张贤亮的长
篇《男人的风格》中有一幕很有意思的沙龙情境:

> 她(指罗海南——引者注)没有走到那个由一张长沙发和两张单
> 人沙发组成的圈子里,悄悄地选择了一个观察这个陈抱帖的最佳位置,
> 坐在对面的一把简易沙发上。她完全听不清楚那几个人兴高采烈地、
> 叽叽喳喳地说些什么,只看见这个陈抱帖常常抿着嘴唇含蓄地一笑。
> 这种笑,看来很谦虚,实质上却蕴含着一种洞达的智慧、一种凛然的傲
> 气……①

这是通过一个旁观的女性的视角看到的一场辩论。这场辩论发生在她所一
见钟情的陈抱帖和她的追求者王彦林之间,而其他的参与者,虽然有省委书
记和部长夫妇——也即海南的父亲母亲,但他们并不是作为权威者的形象
出现,而是作为观察者的身份,因为,这场争论关系到部长的千金海南的个
人幸福问题,他(她)并不介入,而是要观察并作出自己的判断取舍。这是
一个典型的舞台情境,在这舞台上,除了陈抱帖之外的几乎所有的人,显然
都明白自己在其中所扮演的角色,并在某种程度上按照这种角色预定的程
序呈现自我。但从另一方面看,这同时又是一个典型的平等的辩论空间,王
彦林为了博得海南及其家人的好感,竭尽所能地想驳倒陈抱帖,而陈抱帖
呢,虽然没有意识到他是作为一个被看和被凝视的表演者身份在表演,但正
是因为他这种"忘我"的表现和自然的风度,恰如其分地表现出其作为一个
中青年改革者应有的素质和风度。通过这场平等的辩论,中青年改革家的
主体形象呼之欲出,鲜明而强烈地矗立在参与者的面前。

从前面的分析可以看出,在改革叙述中,沙龙和会场明显属于两种不同

---

① 张贤亮:《男人的风络》,百花文艺出版社 1983 年版,第 94—98 页。

的公共空间。沙龙的存在,其实是在某种程度上提供了一个自由辩论的空间,在这一空间中,人们可以自由而广泛地交流见解,提出主张,引出话题。对于会场来说,则不可能有这种自由辩论的可能,它是一个意识形态生产、灌输、询唤主体的空间。沙龙和会场的区别,在改革叙述中,最为重要的是,前者弱化了身份之间的差异,以凸显自由辩论的存在,而后者则强调参加者之间身份的不同,以保证意识形态的灌输和成功的生产。而从年龄的构成来看,沙龙的参与者多为(中)青年,即使偶有老年参加,他也是作为青年的陪衬或青年的同情者的身份;也就是说,在沙龙中唱主角的是那些具有新锐思想的中青年。但在会场,青年则多为听众或受众,主导会议的则是意识形态的权威形象,这一形象多为老年构成。在会场,即使有中青年作为意识形态的权威形象出现,他们也不是作为"个体的人"的身份,而是作为意识形态的主体;《新星》、《男人的风格》中的会场描写对李向南和陈抱帖的意义,与其说是建构青年的主体性,毋宁说是建构他们作为意识形态权威的合法性。这样的年龄构成,决定了会场中的青年形象的被"询唤"的位置,他们是作为等待询唤或规训的角色出现,而不是作为自我决定的主体形象,这一处境决定了青年形象的被塑造和被命名的命运。而在沙龙中则不同,因为参与者大都为中青年形象,而在这样一个空间,因为没有意识形态的权威形象出现,采取的又是一种自由辩论的形式,因此,这种自由的空间在客观上就为青年表达自身和形塑自我的主体性提供了可能和保证。从这个意义上,沙龙十分接近于哈贝马斯的"公共领域"范畴。所不同的是,哈贝马斯的"公共领域"的出现,标志了资产阶级市民社会的诞生,而在改革叙述中,沙龙的出现,则在某种程度上标志了"青年"的诞生。①

　　之所以说沙龙的出现标志着"青年"的诞生,是基于这样一种理解,即沙龙大都出现在那些塑造中青年改革者的改革叙述中,并以中青年改革者为主导;这与那些塑造老年干部改革英雄为主的改革叙述明显不同。如果说,像《乔厂长上任记》、《沉重的翅膀》、《改革者》、《三千万》、《耿耿难眠》、

---

①　关于改革叙述与"青年"的发现的相关论述,还可参见杨庆祥:《"潘晓讨论":社会问题与文学叙事》一文,《南方文坛》2011 年第 1 期。

《狼酒》、《龙种》、《花园街五号》等小说中,会场的出现频率之高让人记忆深刻的话,那么像《新星》三部曲、《男人的风格》以及《古塔上的风铃》和《彩虹坪》等小说中,特别是《新星》三部曲中,沙龙的出现频率之高、描写之繁复,则在在让人惊奇。在《新星》三部曲之《昼与夜》和《衰与荣》中,充满了大段大段的各种沙龙的描写,如凌海家搞的"周末俱乐部"、秦飞跃家的"哲学——艺术月会"以及在景山召开的"'中国大趋势与我们怎么办'讨论会",还有像英语角,等等,这些沙龙几乎大都以青年知识分子及青年干部为主,他们纵论文学、哲学、社会、民族乃至国家的前途等各种议题。这些人,虽身份各异地位分殊,但都具有鲜明而自觉的代际意识和群体意识,他们视野开阔、纵横古今,并且个个胸怀改革社会国家的雄心抱负。如果说传统/现代型的改革叙述在客观上重建了青年的主体性的话,那么这些小说中的沙龙场景,则是青年主观上对自身主体性的有意识的建构的场域。这些空间的凸显,某种意义上标志着"青年"的诞生。

而说沙龙的出现标志"青年"的诞生,还在于这是一种叙述的结果或效果,也就是说是作者(叙述者)有意叙述或建构的。这在《新星》三部曲之《夜与昼》和《衰与荣》中表现明显;在小说中,像李海山、黄愚公、凌汉光、江啸等老干部,虽都曾经位列高官,但因年龄等原因已经或即将退出历史舞台,可他们并不甘心,而他们越是努力越是显出历史的反讽:他们的努力并没有使他们的威信上升,他们看起来是多么的无力。李海山在儿女面前越来越没有了权威,最后竟至于在象棋比赛上败给了小儿向东;作为协会主席的黄愚公通知在家里召开协会干部会议,结果竟然没有一个人参加,等等,这些都是最明显的例子。后一个例子更是象征性的场景,黄愚公家客厅的冷清,与小说中沙龙之生气勃勃形成对比;从这个角度看,"青年"的诞生是与"老年"权威的衰弱联系在一起的。也就是说,没有老年权威的衰弱是不可能有"青年"的诞生的,而"老年"的权威的衰弱,在小说中某种程度上又是叙述者或作者叙述的结果,是作者叙述者的一种理论预设,因为在作者叙述者看来新陈代谢是不可违逆的生物规律:

他(指李向东——引者注)杀得像狮虎、鹰隼。

眼前是草莽苍苍的大沙漠。一群群狮子。近处这一群,一只威武的雄狮在高处昂首警戒(他已吃完母狮猎来的野牛),一群母狮和幼狮正在草地上撕吃一只野牛。每一狮群都由一只或两只雄狮与十几只母狮组成。小雄狮成熟后,毫无例外地都要被父亲赶出家园,他们或孤身或三两成伙地流浪,看到哪个雄狮因年老、病患而暴露出衰态,就发起进攻,把它赶走或咬死,夺取"族长"的位置……①

显然,在这里,青年/老年之间的较量,被叙述/处理为类似自然生存的法则和生物进化的规律,所谓优胜劣汰适者生存,老年终结要退出历史的舞台。从叙述学的角度来看,这段论述显然不仅仅是李向东的无意识描述,更是叙述者构思小说的理论预设,而正是基于这样一种理论预设,才会有老人最终退出历史的舞台,青年终将取而代之。因此,从这个角度看,也就可以把"青年"的诞生视为叙述建构的产物。

四、现代化的空间想象与青年主体的变迁

通过前面的分析,可以看出,在改革叙述中,"私人空间"首先是作为"公共空间"的"他者"出现的,这一"他者化"无疑是为改革英雄的主体建构服务的。在这里,"公共空间"和"私人空间"之间,显然存在某种等级和主次的关系,这既是决定小说意义生成的外在结构,也是小说情节及人物设置的内在结构。这不仅仅意味着,大多改革英雄人物,总会有众多或某个美女佳人为之倾倒,还意味着,佳人和英雄的"私人空间"也不再仅仅是关乎他(她)自身,而毋宁说是"公共空间"的延续或为"公共空间"及改革意识形态的生产提供条件和保证。《沉重的翅膀》中陈咏明的家庭显然就是为"公共空间"及改革意识形态的生产提供条件和保证而存在的,家庭对陈咏明而言,是劳累和拼命后休息的港湾和继续"革命"的保障;但郑子云的妻子夏竹筠却似乎并不明白这点,她只是把丈夫看成个人获得利益和享受的工具,家庭这一私人空间在她眼里也就只是这一享受的延续而不是其他,所

---

① 柯云路:《衰与荣》(上卷),人民文学出版社 1988 年版,第 182 页。

以最后才闹到众叛亲离。同样，在《男人的风格》中，陈抱帖的妻子罗海南，则整天沉醉在骑士贵妇的爱情想象中，把家庭营造成味道浓重的个人空间："卧室里冷冰冰的，时令已到夏季，虽然夜风习习，但仍有暖意，那么这冷冰冰的感觉是从哪里来的呢？大概是从骨髓里渗出来的吧。……她突然想起的一句词：'一片芳心千万绪，人间没个安排处'，蓦地感到自己如弃妇似地孤单。"①这样的空间乃至于丈夫下班就像是回到了别人的家中，其后来闹得离家出走某种程度上就是因为她不明白作为改革家的妻子，是不能有私人空间的，或者说他（她）们的私人空间是屈从于公共空间的。其次，在改革叙述中，还存在着"私人空间"内在的"自我他者化"，即通过在内部进行划分，从而保证了"私人空间"向着"公共空间"的转化成为可能。最为典型的就是《改革者》中的对魏振国和徐枫家庭的描写，显然，在这部小说中魏振国的家庭空间是作为徐枫的家庭空间的"他者"出现的，而徐枫的家庭空间作为非私人空间性就是在这样的对比中被生产出来的。

在通过"公共空间"对"私人空间"的改造后，"公共空间"自身也面临着"自我他者化"的可能。改革叙述通过在"公共空间"内部进行划分，而达到最终建立改革意识形态主体的意图；"青年"就是在这样的过程中，诞生或最终被建构起来的。改革叙述通过对"私人空间"的改造，建立了改革意识形态的主体性和"公共空间"的合法性；但这一"公共空间"并非同质化的空间，而毋宁说是充满了各种矛盾因素的动态空间，因此，如何建构"公共空间"的主体性就成为必须而紧迫的了。这一空间中的主体当然是改革英雄了，但英雄也可以是青年或老年，因此若从年龄构成来看，这一公共空间的主体性建构显然存在着青年和老年之间内在而艰巨的较量了。如果说"红卫兵"的经历，决定了青年在"文革"结束伊始的被动局面的话，那么现代化的想象则内在地要求青年的参与，这为他们建立自身的主体性提供了某种可能，因此，如何争夺合法性并建立自身的主体性，就成为"青年"建构自身主体性的关键所在。

从这个意义上看，"青年"的诞生，虽可看成青年自我意识的觉醒，但并

---

① 张贤亮：《男人的风格》，百花文艺出版社1983年版，第55页。

不意味着"青年"的独立,而毋宁说"青年"的诞生是以结构上向主流意识形态的倾斜和靠拢为前提的。这从青年们讨论辩论的问题就可以看出。民族国家的前途、改革的前景、社会历史问题,等等,都是他们讨论的话题;他们一个个忧国忧民,充满了抱负和雄心,似乎国家的命运就肩负在他们的身上,大有舍我其谁的气概。这既表现出 20 世纪 80 年代青年的理想主义色彩,表达了他们对历史责任的自觉,某种程度上也是 80 年代青年建构自身的策略,非此,则不能建构青年的主体性。话题的公共性、代际意识,以及个人命运同民族国家命运的"耦合",这既是建构青年合法性的保证,也是他们摆脱历史重负的办法。而且,这一"青年"主体的诞生,是在现代化的意识形态框架内进行的。也就是说,这一主体是与现代化的想象联系在一起的,现代化的想象方式内在地决定了"青年"主体的整体形象特征。

通过前面的分析,可以看出,"青年"的诞生是与公共空间——沙龙——息息相关的,也就是说"青年"的诞生是以私人空间作为"他者"而确立自身主体性的。这样一来,青年的形象,必然表现为几个方面的矛盾状态,即"青年"的主体以群像的形象表现出来的,也就是说,这一"青年"首先是为公共事物——现代化的想象和民族国家的未来——而存在的,一旦离开了这个前提,"青年"主体就不复存在。其次,这一"青年"主体首先是以代言人的形象出现的,典型的就是《新星》三部曲中的李向南、《男人的风格》中的陈抱帖以及陈冲的《厂长今年二十六》(中篇)中的许英杰;也就是说,并不是任何"青年"都具备主体性,只有那些优秀的、具有忧患意识和鲜明自我意识的"青年",才具有主体性(不同于青年主体),而对那些注重享乐的、利己的"青年",像凌海、顾晓鹰、江岩松等(《新星》三部曲)他们则只是一个个个体,甚至不具备作为青年一代的资格。再次,这一"青年"形象是同日常生活保持距离,甚至拒绝日常生活的,这也是为什么李向南始终没有结婚的缘故,而陈抱帖(《男人的风格》)即使结了婚,也表现出对日常生活的若即若离的态度。对改革家而言,要想在改革的制高点上占据一个有利的位置,就必须保持对日常生活的警惕,似乎只有这样才能表明他们进行改革的决心和决绝的姿态,因此那些走马上任的改革家大多都是只身前往赴任地的,这是改革叙述的一贯策略所在,即不管对青年还是老年干部[老干部如顾恒(《新星》三部曲)、高峰(《花园街五号》)、龙种(《龙种》)、徐枫(《改革者》)、杨林(《耿耿难眠》)]都是如此。最后,青年的代言人和青年的构成①之间绝非一致。只有那些具有反思精神并有自我意识的青年才是青年的代言人,才具有青年的主体性,比如说李向南、陈抱帖、许英杰等,而其他青年,如果不具有反思精神,或自我意识不足,则只能作为青年的构成了。也就是说,他们是青年主体,但并不一定具有自我意识,这在很多改革叙述中存在,而在农村题材的小说中更是如此。这一类青年的构成很多,像黄平平、顾小莉和林虹(《新星》三部曲),周克芹的短篇《山月不知心里事》中的容儿和明全,《鸡窝洼里的人家》(贾平凹)中的禾禾,《腊月·正月》(贾平凹)里的王才,蒋子龙的《赤橙黄绿青蓝紫》中的解静和刘思佳,吴仲曦(《彩虹坪》)等都是。这种不一致或距离,其实已然预示了青年的最后分裂,这正好与日常生活在改革叙述中的矛盾位置有某种对应之处。对于那些青年的代言人而言,日常生活只是以现代化的"他者"的身份出现,即日常就是庸常和现状,而一旦"青年"不是产生于公共空间,比如说工厂或沙龙,而是出自消费领域这一混杂的空间时,像韩静霆的《市场角落的"皇帝"》中的吴越、张一弓的《黑娃照相》中的黑娃,高晓声的《水东流》中的淑珍以及《新星》三部曲中的的农民企业家孟立才,贾平凹的《浮躁》中的金狗甚至雷大空,"青年"的主体性不再通过对日常的否定中获得力量,此时,"青年"已经不再是原来意义上的"青年":青年已然出现分裂,从另一方面看,这一分裂恰恰反映的是现代化想象和社会进程的变迁。

从前面的分析,我们发现,在改革叙述中虽然存在青年/老年的结构性对立,但其实在这模式之上,有一个统摄的中心意识形态,对于这结构中的两方面而言,都只有通过向这统摄性的中心意识形态的靠拢来才能获得合法性。这也是我们在讨论改革叙述中的青年问题时所应注意的问题。也就

---

① 这里受到曼海姆关于"现实代"和"代位置"的区分的启发。"青年的构成"类似于"代位置","他们具有相同的位置,因此也存在着被卷入社会变迁旋涡的潜在的可能性"(卡尔·曼海姆:《曼海姆精粹》,南京大学出版社2005年版,第71页),但这些青年并未意识到他们作为一代人的自我意识,因此他们并不能成为青年一代的代言人,即"青年的代言人"。或者还可以说,他们构成青年的主体,但不具备青年的主体性。

是说,青年和老年共享某种共同的理论资源,这一资源某种程度上就是现代化的想象和承诺。事实上,关于现代化的想象并不明确而具体,因此当现代化的想象出现变化时,其必然会在青年/老年的结构性对立中显现出来。这也就是为什么在改革叙述中,青年和老年的结构性对立往往会出现变化,以及后来青年出现分裂的原因所在。

第三节　个人记忆与群体想象

一、回忆与自我救赎:把小说当成故事写

对于知青作家而言,知青写作很大程度上并不仅仅是小说创作,而毋宁说是故事的讲述,其本意并不是为自己或个人,而是写给别人看并试图获得他人的理解和认同。这在陆星儿的中篇《达紫香悄悄地开了》中有极为象征的表达。小说以叙述者"我"在 4 年后回到知青岁月中待过的北大荒开始叙述,现实和历史在小说中的交织和变化,使得小说极富"复调色彩":现实中的"我"和回忆中的"我"之间的博弈和竞争,结果虽然是两个"我"之间的和解,但当"我"从北大荒再一次返回到居住的城市时,无疑也已经历了一次精神的洗礼和提升。在这篇小说中,有一个细节十分重要,那就是"我"的作家身份,和不断书写北大荒的写作经验。这是一个十分富有象征性的细节,"我"已返城,但仍旧不停地写作北大荒,这一"错位"其实表明了叙述者内心的不安和困惑:返城后的个人成功,并不能使"我"获得内心的安宁,而这不安宁,常常来自于对当年扎根农村誓言的背叛,但无疑已不可能回到从前,因此,对于叙述者而言,写作北大荒这一行为本身就成为走向自我救赎的道路,因为,这一书写,联系着地不仅是个人的经历,还是一代人的过去,从这个意义上,这一写作毋宁说故事的讲述了。

在这里,有必要区分故事和小说之间的异同。这种区分首先是基于知青写作的实际情况,而不是某种理论上的预设。对于知青写作,其很大一部分都有代言的意味在内,这一代言式的写作方式,决定了知青写作针对的并非个人的经验或个人的独特体验,而毋宁说是一代人的集体记忆。这就决

定了知青写作在整体上就不是小说而毋宁说是故事的讲述了。关于故事和小说的区分,在理论上主要来源于本雅明。在本雅明看来,故事源于经验的丰厚和可交流性,而小说则导源于经验的贬值和不可通约。"小说意味着在人生的呈现中把不可言诠和交流之事推向极致。囿于生活之繁复丰盈而又要呈现这丰盈,小说显示了生命深刻的困惑。""听故事的人总是和讲故事者相约为伴,甚至故事的读者也分享这种情谊。然而,小说的读者则很孤独,比任何一种别样文类的读者更孤独。""一切讲故事大师的共同之处是他们都能自由地在自身经验的层次中上下移动,犹如在阶梯上起落升降。一条云梯往下延伸直至地球脏腹,往上直冲霄汉——这就是集体经验的意象。"①这也是为什么知青作家往往都以集体或一代人的代言人身份自居的部分原因。他们写作知青小说,往往诉诸一代人的阅读和经验的分享以及一代人的认同,从这点而言,知青写作很大部分其实是在讲故事,而不是本雅明和卢卡奇意义上的小说创作。

在知青写作中,很多以第一人称"我"作为小说的叙述者,这并非偶然,而是有其内在的原因。这其实就是故事的讲法,因为讲故事的人总会把自己化入故事的内容之中,以亲历者的身份来增加故事的可靠性。在这里,往往就有了第一人称"我"和复数第二人称"我们"之间的罅隙和裂缝以及缝合之处。叙述者往往在"我"和"我们"之间来回穿梭,从这个意义上讲,知青写作内在地包含有个人记忆和集体想象的成分在。一方面,这是一种结构性的存在;另一方面,这也导致知青写作中"复调性"的普遍存在。这种复调性源于代言和自我表述之间的内在矛盾,以及自我在集体(或一代人)和个人之间的犹疑不决。

二、代言意识和自我救赎

对于知青写作而言,代言意识十分明显②,这从很多小说名即可以看

---

① 本雅明:《启迪》,三联书店 2012 年版,第 99、110、112 页。
② 赵园在《地之子》一书中,曾这样说道:"无论取何种'代'的划分,你都得承认,与知青一代共存于同一时空的任何其他'代',不曾拥有如此众多且代意识强烈、自觉为一代人立言的文学作者,不曾拥有如此严整、生机勃勃,以其创作影响、规定了一个时期文学面貌的作家队伍。"(赵园:《地之子》,北京大学出版社 2007 年版,第 193 页)

出,如《一代人的情歌》、《我们这一代年轻人》、《我们这个年纪的梦》等。其最为明显的表征莫过于顾城的短诗《一代人》,但也正如这首诗所表现的"黑夜给了我黑色的眼睛,我却用它寻找光明",在这首诗中,"一代人"其实是体现在"我"的"寻找"之上的。这种"不一致的一致性",在知青写作中极为典型。因为,对于知青作家来说,他们毫不怀疑他们是代一代人在写作和思考,故而常常是以第一人称或第三人称的形象,代表"一代人"的形象。但其实,这只是某种一厢情愿或幻觉,因为,就像叶辛的《我们这一代年轻人》这部小说所显示的,在小说中,一代人其实是一个不可被本质化的群体,他们一个个或赌博,或酗酒,或打架,或偷鸡摸狗,他们显然是很难以被归为一类的,而如果说他们有某种共同的东西的话,那就是表现出的,对曾经的革命信念的失望,和失望之后的沉沦与分化。这一分化导致的结果是,知青一代,不论是在"文革"中,还是在"文革"结束后,往往都被作为怀疑和否定的群体呈现,因此,与其说不甘沉沦是知青一代的标记,不如说信念的失落和失落后的堕落是知青一代的精神标记,从这个角度看,知青作家表现出的代言意识,其实带有某种自我救赎的味道。他们是在"代"一代人寻求自我救赎的道路。换言之,他们有明显的代言意识,但最终落实到小说中,是体现在主人公的自我救赎之中的。

在知青写作中,这种代言意识和自我救赎的矛盾统一,非常典型地体现在叶辛的知青写作中。其《我们这一代年轻人》、《在醒来的土地上》、《蹉跎岁月》是这样的代表。这些小说中,无疑描写刻画了知识青年的群像,但真正作为一代知青代表的还是主人公们。而从小说的叙述来看,除了主人公之外,其余大部分知青都是浑浑噩噩犹如行尸走肉一般,而主人公之所以能出污泥而不染,能于逆境中奋争,既靠了其能独立思考之外,也在于有贫下中农作为坚强后盾的存在。也正是这种依靠贫下中农,最终使得知青重建自身成为可能。在这些小说中,矛盾的设置很值得分析,作为反面的一方,无疑是那些农村基层实际上掌权的人,他们靠"文革"打砸抢起家,飞扬跋扈、专制暴力而又无知;矛盾的另一方则是农村中真正的贫下中农,他们在"文革"中失势,但代表了农村中正义的一方,代表了农村中的大多数人的利益。显然,对于知青而言,依靠或投靠哪一方,既决定了知青的立场和合法性,也内在地决定和包含着小说叙述者的态度。在小说中,知青主人公站在贫下中农一方,虽备受打击,但代表真正的人民的利益,因而代表着正义,具有道德上的优越性,是知青的真正代表,而那些具有投机倾向的知青,则投靠农村中实际掌权的人,因而在小说叙述者看来,是否定的对象,他们并不代表一代人。

从叶辛的知青写作可以看出,知青作家所谓的代言意识,其实只是某种一厢情愿式的做法,或者说是某种话语建构的产物。换言之,知青其实是一个混杂的群体,它包含着某种不能被同质化的异质性存在,而以叶辛为代表的知青写作则表现出重新本质化的倾向,即通过内部性的区分,而把那些异质性的知青作为知青内部的"他者"而从内部清除出去,以此完成知青主体的自我救赎。至此,仿佛社会上所诋毁或者否定的,并不是知青的本质属性,只有那些勇于思考并敢于斗争的那部分,才真正代表知青。可见,知青主体完成自我救赎,需要两个步骤,第一步是从外面进行区分,即,区分出敌我:得势的一方,虽掌握话语权,但并不代表正义,其在道德上处于弱势;而另一方是真正的贫下中农及人民群众,其虽暂时处于弱势,但作为推动历史的力量,无疑具有巨大的潜能,一旦世易时移,便会爆发出巨大能量,《在醒来的土地上》和《风凛冽》就是这样的典型例子。第二步,是内部的划分,这一划分是以外部的划分为前提的,外部的划分某种程度上决定了内部的划分,在这一前提下,体现出知青作家鲜明的代言意识。对于处于弱势的知青主人公而言,只有依靠人民群众,才能在道义上具有合法性,这是他们完成自我救赎的前提,而他们之所以能够完成自我救赎,还来自知青主人公自己的独立的思考和对时代社会的反省,以及虽处逆境而能勇于斗争的崇高性。自此,知青才在群体代言和自我救赎的两个层面完成知青的主体形象的自我重建。

从这个角度看,晓剑、严亭亭的《一代人的情歌》和陆天明的《桑那高地的太阳》就显得尤有象征意义。这两部小说都带有明显的自我救赎的色彩,前者如《一代人的情歌》中的景颇山上的"七条半好汉",是通过"劳其筋骨"的方式锻炼和磨砺自己的意志,而这些都是源于他们的"非法性":他们被"文革"中另一得势的造反派污为"假革命",因而对身体的极端的自我折磨,其实就是他们向世人证明自身的方式。同样,《桑那高地的太阳》中的谢平,也是试图通过对自我身体的"折磨"来获得自我救赎的。在小说中,谢平的身份和《一代人的情歌》中的吴大路的身份十分相似,他们都是作为红卫兵/知青的领袖形象出现,他们参与鼓动、带领"红卫兵战友"们下乡,但当上山下乡被证明是荒谬而知青的现实处境又是那么让人绝望的时候,他们更是首当其冲地成为受质疑的对象,在这里,他们其实是在双重的意义上被塑造,即直接充当了"文革"意识形态的代表,同时又是"文革"意识形态的受害者,这种双重性,因而也决定了他们的自我救赎之路格外漫长而严峻:他们既是在自我救赎,也是在"代"一代人赎罪,这双重的重负最终都落实到他们的身体上,他们看来只能先通过身体的"自我"折磨,才似乎能走向救赎。这样看来,老鬼的《血色黄昏》,虽然也写到主人公相似的自我救赎之路,但小说中的主人公,却只是在为自己个人的"狂热"和"轻信"赎罪,而不是为一代人。

三、个人记忆与远离历史之路

虽然,在知青写作中,代言意识十分普遍,但也有一些知青写作表现出很鲜明的个人记忆的叙述风格。这在王安忆的《69 届初中生》(长篇)、张抗抗的《隐形伴侣》(长篇),铁凝的《村路带我回家》(中篇)和陆星儿的《冬天的道路》(中篇)等小说中表现明显。在这些小说中,叙述者总是试图从个人记忆的角度进入历史,历史虽然表现出纷繁复杂斑驳陆离的面向,但在叙述者以及主人公视角的过滤或观照下,往往呈现出简单而纯净的一面来。《69 届初中生》(1984 年)非常具有代表性。小说名为"69 届初中生",表面看来很有代言意识,但其实这是一部相当个人化的小说。就像作者自己所表明的:"每个人都是个别的,每一份生活也都是个别的,每个个别的人依着每一份个别的生活走着其个别的人生。"①小说的开头极富象征和寓言色彩:

---

① 王安忆:《说说〈69 届初中生〉(代自序)》,见《69 届初中生》,北岳文艺出版社 2001年版,"序言"第 1 页。

> 妈妈天不亮就走了,天黑了才回来,雯雯见不到妈妈。
>
> 爸爸天黑了才起来,天亮了才睡下,雯雯见不到爸爸。
>
> 雯雯哭了。
>
> ……
>
> 爸爸妈妈都在忘我地工作,每个人都在忘我地工作。这是一个忘我的时代。
>
> 这一年里,雯雯终于懂了"我",知道了"我"是谁。在这之前,她只会说:"雯雯要。""雯雯饿。"如今,她会说:"我要。""我饿。""我听见。""我看见。""我知道。"或者是"我不知道。"

前面所引部分是小说第一章的"楔子"。紧接着,小说正文部分开头叙述道:"雯雯是先认识别人,然后才认识自己的。"小说第一章的第一节,整个就是叙述雯雯怎么最后认识到"雯雯就是我"这个问题的。

那么对于雯雯,"自我意识"到底是怎么形成的呢?而事实上,要想在众多的人中区分出"我"来也确实不易:

> 雯雯惊异地睁大眼睛;这么多的人,各式各样的,高的,矮的,大的,小的,长头发的,短头发的,没有一个重样的。从这边往那边走,从那边往这边走去,去了再也不回头,而人却一定不见少。……除了人,还有那么多怪东西……雯雯眼花缭乱了,看多久也不腻歪,不哭也不闹,人家都夸她乖。

在这里,"自我意识"显然不太同于拉康所谓地通过镜子认识"自我",毋宁说是通过认识别人(或非我)而认识自己"我"的。其首先是有别于妈妈、爸爸、阿宝阿姨、姐姐等这些身边的人的。而身边的人,其实又可以无限延伸,于是便有了无限多的人,雯雯变得"眼花缭乱了","人家都夸她乖",其实是因为迷惑了,不知所以。如果说,对于雯雯,其最初的时候,感觉是很关键的因素,通过感觉,以及感觉的积累和记忆,通过慢慢地熟悉,雯雯开始慢慢意识到"自己"有别于这些身边的人,但这时,她还不能形成有关"自我"的意识;对于这一意识的产生,仅仅依靠感觉是不够的,还需要进一步的凭借,这一凭借,就是语言。对于雯雯来说,语言实际上成为表达困惑和意识的工具,她的语言的清晰过程也是她自我意识逐渐清晰并产生的过程。在最开始,雯雯只会说些"嘿嘿嘿嘿"之类的象声词,慢慢地雯雯开始会喊"妈妈"和"爸爸"了。自此,雯雯的世界里有了语言,最后也就有了"雯雯是我呀,我是雯雯呀!"可见,是语言赋予了雯雯把差异性的感觉表达出来的功能。可见,雯雯是通过学会了语言,进而产生了有关"自我"的意识。但问题是,这是一个"忘我的时代",在一个没有"我"的时代,又如何才能形成有关"我"的意识呢? 显然这是一个难题。而实际上,这部小说中的雯雯,也始终在"我"和"忘我"之间徘徊,她时而很"忘我",时而又很"自我",其结果是,雯雯同时代之间始终保持一种若即若离的关系。小说的个人记忆的痕迹非常明显。

张抗抗的《隐形伴侣》(1986 年)也是一部这样的小说。这部小说在文体上显得非常独特,带有很明显的意识流和蒙太奇的味道。这种形式特征,在小说中其实与"文革"中荒诞的现实恰相对应:人在这样的语境中,意识之迷离也就可想而知了。但这样一来,这部小说就带有了更多的个人记忆的痕迹;这种个人记忆显然不同于那种理性客观而逻辑明晰的集体记忆,它常常表现出主观的混乱的和充满奇怪的感觉的。其结果是,具体历史内容的呈现变得支离破碎难以连缀而成整体,相反,个人的记忆倒显得异常的鲜活而色彩斑斓。小说中的女主人公潇潇就是这样的视角人物,"文革"虽然是她生活于其中的现实,但其实离她很远,她始终生活在自己的"视界"里。她的性格特征既极端的单纯又丰富复杂甚至充满矛盾,而这,其实也就是"人"的丰富和单纯的表征,是"人"所具有的两面性(即"隐形伴侣")。从这个角度看,这部虽然表现"文革"和知青生活,但并不仅仅指向对"文革"的批判而毋宁说直指"人性"的本质。这一本质是与生俱来的,如影随形始终伴随人的一生,而这,或许就是"隐形伴侣"这一小说名所试图揭示的意义吧。

从上面的分析可以看出,这些小说从个人记忆的角度进入历史,其实呈现出一个个人的"视界";这一"视界",显然与那些集体代言式的"视界"不同,这种不同表现在三个方面:第一,是针对历史的态度。在这些小说中,历史虽然呈现出峥嵘而斑驳的一面,但其指向并非批判历史,而只是表现历史中的个人的独特的存在。第二,表现个人往往并不诉诸自我救赎。即使是像《隐形伴侣》这种批判"人性"之两面性的作品,也无意去寻求自我救赎的出路,而只是表现个人之丰富复杂的面向,这一面向是任何集体代言式的对历史的想象所不能取代也不可能取代的了的。这些小说主人公,总是显得很恍惚迷离,不知身处何处,他(她)同历史往往保持一种远距离的游离状态。第三,这些小说往往是以第三人称视角进行叙述。这是一种限制视角,与第一人称视角相比,其不同之处就在于它有意要营造一种距离感,似乎要在叙述者和视角之间制造距离,从而给人以冷眼旁观的有利处境。而实际上,这些小说也有意在营造一种审视和探索的距离。从这个意义上讲,这些作品,比起前面那些代言式的知青写作更具小说的形式感。

这一形式感,与卢卡奇意义上的小说写作有一定的关联。按照卢卡奇的说法,如果说"小说"是"以赋形的方式揭示并建构了隐藏着的生活总体性"的话,那么先于这一"赋形"的其实是"客体世界的崩溃",伴随"随着客体世界的崩溃,主体也成了一个个断片;只有自我还存在着……这样的主体性像给一切赋形,而且正是由于这个原因,它只能返照出世界的一个片段"。① 正是这个意义上,卢卡奇才会说小说是孤独的事业,因为小说指向的是个人和世界的"断片",而非全本。以此来反观个人记忆的知青写作,其小说写作的形式实践意味十分明显。客观上说,这一形式实践,与他们对主流意识形态的抗拒有关。当这些个人记忆之作执着于个人感受的表现,以及远离历史的趋势时,它们其实是从反面表现出对主流意识形态的抗拒。但另一方面,虽然说,知青写作中的个人记忆某种程度上带有为"隐藏着的生活总体性""赋形"的冲动,但这种冲动其实是十分隐蔽而无意的。他们执着于个人记忆的叙述,表现出对主流意识形态的拒绝,但并不是要抗拒"生活的总体性",而毋宁说他们想以此建构的是那种有别于集体想象的自

① 卢卡奇:《小说理论》,见《卢卡奇早期文选》,南京大学出版社2004年版,第34、29页。

己理解中的生活的总体性,故而他们的小说往往别具探索的形式感。

而且,一个不容忽视的问题是,这些个人记忆的呈现,往往是以女性的视角得以表现的。这与那些男性作家的代言意识明显不同。而实际情况似乎也是,这些女性作家,如王安忆、张抗抗、陆星儿,她们并不像有些男性作家如叶辛、梁晓声、晓剑等那样执着于知青历史的写作,特别是像王安忆和张抗抗,她们很快就转向了其他题材的写作。

四、"复调"中的矛盾与困惑

对于知青写作来说,区分个人记忆和群体想象是一个很有意思的话题,但也往往很难操作。因为实际上,这一区分只是相对意义上的,并不具有绝对性。这一区分,既是针对具体作品而言的,也是针对作品中不同人物形象而言的。而且,这一区分,也体现为文体上的独特性。因此可以说,正是这种个人记忆和群体想象的距离和矛盾,往往使得知青写作别具"复调"色彩。

这一"复调"概念,虽然借自于巴赫金,但其实非巴赫金意义上的"复调"范畴所能囊括。在巴赫金那里,"复调"其实源于对真理的认识:"真理不可能存身于单个意识中",故而"复调"就是一种对真理在交往过程中的揭示,"它(指真理——引者注)总是在许多平等意识对话交往的过程中部分地得到揭示"①,因此,"复调"这种文体形式揭示地是真理的对话性而非独断论。对知青写作来说,"复调"色彩则表现出同巴赫金的明显不同来。

当然,就对以往真理或意识形态的质疑而言,知青写作同巴赫金意义上的"复调"性有一定的相似之处,但对知青写作而言,他们质疑的是以往的意识形态,而非真理本身,故而在知青写作中,真理并不具有对话性质,而毋宁说他们通过知青写作试图建立的是自己理解中的真理。因此,在知青写作中,复调色彩往往就只表现在文体形式方面,而与真理的复调性或对话性无涉。

---

① 巴赫金:《关于陀思妥耶夫斯基长篇小说的复调性》,见《巴赫金全集》(第4卷),河北教育出版社2009年版,第417页。

　　这一文体上的"复调"，主要表现在小说叙述视角上的差异和矛盾上。换言之就是，小说是取个人视角、集体视角或意识形态视角上的差别。而实际情况往往是，这几重视角之间并不能截然两分，故而小说在叙述态度上往往呈现出某种复调和游移之处。这种视角上的差异，在张抗抗的《塔》，晓剑的《青春梦幻曲》（长篇）等小说中表现明显。这两部小说都是以不同视角下的内心独白的形式组织小说，并推进故事情节的。这样一来，叙述者的态度就变得游移而特别暧昧，而实际上，各个视角间也表现出鲜明的差异性，这种差异性突出地表现在对待同一件事情的不同态度上。同时，问题的复杂之处还在于，各个视角之内，又往往糅合了个人记忆和集体想象以及意识形态自我想象的多重因素在内，这就使得小说别具复调乃至复杂性。以《塔》为例。这部小说写的上山下乡运动结束多年以后，分散各地的当年知青相约同游杭州西湖边宝塔的故事。在这里，"塔"其实只是一个象征，象征知青当年的理想和豪情，但这豪情，随着岁月的流逝竟如流水或如风吹，消散得无影无踪，有的只是庸庸碌碌和为现实生活的算计。虽然同为知青，但此后各自经历和处境的不同，他们对这次出行的感受也截然不同，因而短短的聚会，聚合起来的虽然有着他们共同有过的青春岁月，但这过往的历史留给他们的往往只剩下些许记忆的残片，而非集体的想象（理想）。青春和理想已随风飘散，剩下的仅只是些残片而已；显然，这是一部以个人记忆的残片努力试图保留住已逝青春及其集体理想的挽歌。与《塔》不同的是，《青春梦幻曲》直接处理的是知青岁月的故事。但与其说是一个个"故事"，不如说是一部部心灵的"小说"，因为在这些个人心灵独白之间，显然是不能通约和沟通的。因此，这部小说所呈现给我们的，其实就是在那个"忘我的时代"中"我"的不同形态的杂陈。因为，这些不同的"我"之间，并没有多少共同之处，如果说有的话，那也只是曾经共有的青春，而青春时的理想和信念，这些随着时间的推移和流逝，已如"梦幻"变得面目全非不可辨认，对于他们而言，唯一可以辨认的，或许就只是那一个个不可沟通的心灵的存在了。

　　对于知青写作而言，这一文体形式上的复调色彩，还表现在人物形象的多面性上。这在梁晓声的《雪城》中姚玉慧身上表现特别明显。姚玉慧既是营指导员,同时也是一个女人,正是这双重身份的纠缠,使得她的形象别具一种"复调"性,在她的心里或枕边可以放着勃朗特的《简·爱》,她和简之间可以是心灵相通,而一旦在公开场合或是会场,她又会马上变得严肃而不近"人"情,她心中的简也瞬间消散。奇怪的是,这种两面性,竟能相安无事地共处于姚玉慧的心中,而能毫不费力地转换,因而也使她呈现出两种人格来。而这双重人格,其实对应的正是个人记忆和集体想象的差异,以及意识形态实践内主体形象的丰富性。

五、青春有/无悔——指向青春的不同态度

无论是个人记忆还是集体想象,对于知青写作而言,一个不可回避的问题就是如何看待已逝的青春问题。这一青春可以是青春岁月,可以是青春理想,或者是青春激情。

诚然,对于那些集体代言式的写作来说,青春是他们一代人理想和激情的象征,但这种理想和激情,却并非纯粹而毋宁说是有所依附的。因此,对于他们而言,他们通过集体想象和代言式的写作,所诉求的往往就是滤去理想的依附,而把理想抽象化为一种康德意义上先验式的存在。这在梁晓声的《这是一片神奇的土地》等小说中表现明显。

而对于那些备受打击和压抑的知青来说,青春则显得要斑驳得多了。首先是青春时的理想似乎与他们无关,因为他们被抛弃到社会的正常轨道之外,但也因此而使他们获得一种边缘的审视的目光,他们变得特立独行,有思想而善思考,并有自己的与时代不同的见解,这使得他们显得更加不合时宜,因而在今天看来也更具启蒙者色彩。这在叶辛的大部分知青小说、老鬼的《血色黄昏》以及《在桑那高地上》等小说有明显表现。

以上两类可以说是知青写作中集体想象的不同典型,这种不同表现在对青春的态度上,前者是抽象出青春理想和激情;后者则是肯定青春的不息的反叛和探索精神。这两种类型都表现出重建青年主体的意图,可以说代表了集体想象中针对青春的不同态度,一个是滤去具体的历史内容而把它抽象化,沿着这一脉络,就是浪漫主义或后浪漫主义的小说创作,其最后是走向文化寻根;另一个是强化历史的负面作用,以凸显知识青春启蒙者的位

置,沿着这一脉络而来的是指涉现实的现实主义小说创作,这一脉络中的知青写作到今天仍余音缭绕不绝于耳。

相对于集体想象的写作而言,个人记忆的写作道路则要宽广得多。这从王安忆、铁凝以及张抗抗的小说写作可以看出。个人记忆虽然也指涉自我救赎,但这一自我救赎并不针对历史及其曾经的理想信念,而毋宁说是一种内心状态。它们虽然也指向逝去的青春,但青春在她们那里,并不显得张扬而跋扈,而毋宁说青春只是关涉个人的心灵状态,因而这种心灵状态可以表现得很成熟,也可以表现得不谙世事,既可以非常地非个人,也可以非常的个人。对于这种心灵的探索,因为没有一个共同的"他者"式——"文革"——的存在,因而也就显出它的多面性来,这也是为什么这些作家所代表的写作,特别地富有生气的部分原因所在。

第四节　寻根写作与主体意识

对于寻根写作,有必要把主要倡导者同被追认或归类的寻根作家区分开来。因为,如若按照研究者所指出的,"作为一种文学思潮,其(指的是寻根写作——引者注)所包容的文学形态,即使在当时也并不统一……其中,既包括由'寻根'的主要倡导者如韩少功、阿城、郑万隆、李杭育等在这一时期创作的代表性作品,以及与这些倡导者有着相类的文化诉求和历史经验的莫言、王安忆的作品;也包括寻根倡导者在发出'宣言'时予以追认或嘉许的作家,如写江苏高邮故事的汪曾祺、写陕南商周文化的贾平凹、写草原文化的乌热尔图等的作品;同时还包括一些写地域文化和民俗风情为主要内容的作品,如陆文夫写苏州文化的《美食家》、冯骥才写天津文化的《神鞭》和《三寸金莲》、表现'京味文化'的邓友梅的《那五》、《烟壶》和《索七的后人》及陈建功的《谈天说地》等。"①在这些被称为寻根写作的小说中,理论诉求和创作实践之间实际上并不完全一致,而在作家群构成上,这些作家中既有知青作家,也有五七作家;更为重要的是,这些作家在创作所谓的寻

---

① 贺桂梅:《新启蒙知识档案》,北京大学出版社 2010 年版,第 165—166 页。

根小说前后,他们创作上的"异"比"同"要大得多。他们的"聚合"只是短暂的,创作道路各不相同甚至相差悬殊,因此,与其把这些作家作品仅仅冠之以"寻根"写作了事,不如区别对待并作具体分析。

文学寻根作为一个创作潮流出现,其中无疑有这些倡导者的倡导之功在,但其之所以是潮流而不仅仅是一次命名或自我命名,还在于这种命名背后的历史动因。对于我们来说,既要看到这些倡导者们的有意识的诉求,也要看到他们这一诉求背后的无意识甚至潜意识的成分来,尤其是后者,对于我们更好地理解寻根写作或许更为重要。

一、穷乡僻壤与文学寻根

韩少功在《文学的根》中有一句著名的话:"文学有'根',文学之'根'应深植于民族文化传统的土壤里,根不深,则叶不茂。"这句话几乎可以作为寻根文学的理论旗帜,在这一旗帜下,他也正式举起了"文化传统"的大旗。但问题是,"文化传统"并不是一两句话就能说清好坏的,何况他提出"文化传统"时其意并不仅仅在传统,而是另有所指。"中国作家们写过住房问题和冤案问题,写过很多牢骚和激动,目光开始投向更深层次,希望在立足现实的同时又对现实进行超越,去揭示一些决定民族发展和人类生存的谜。"从这里可以看出,作者提出文化寻根,与他对当前现实主义写作——伤痕、反思和改革写作——的不满不无关系。很多年后,在谈到被视为与"寻根文学"有内在关联的"杭州会议"(1984年)时,韩少功回忆到"那次会议开得很激烈,大家谈得昏天黑地。主要的话题就是对伤痕文学的反省。伤痕文学的确起到了破冰的作用,但过于政治化和简单化……所以与会者希望在美学思想上实现新的解放"[1]。《文学的根》,据韩少功回忆说,就是那次会议发言的"延伸和展开"[2]。可见,这种不满,与他提出"文化传统"说之间无疑有某种内在的关联。而就在这篇文章发表后的十多年,他

---

[1]　《韩少功:历史中的识圆行方》,见马国川:《我与八十年代》,三联书店2011年版,第208页。

[2]　参见《韩少功:历史中的识圆行方》,见马国川:《我与八十年代》,三联书店2011年版,第208页。

在另一篇文章中提到1985年的这篇文章时说道"我对传统并没有特别的热爱,如果历史真是在作直线进步的话,如果中国人过好日子必须以否定传统为前提的话,那么否定就否定吧,我们并不需要像文化守灵人一样为古人而活着"。① 从这句话可以看出,正是不满于伤痕、反思,特别是改革文学中那种现代性的伟大承诺他才倡导"文化传统"的。换言之,韩少功眼中的"传统"并不是一个自足的存在,而是一个有待阐释的客体,而实际上,"文化传统"也是一个很复杂的构成,其中有各个层面。

这就涉及一个问题,他之提倡"传统"与20世纪80年代的启蒙话语之间是一种什么关系呢?(是否如甘阳所说的那样截然对立呢?)实际上,韩少功已经注意到了传统的复杂之处,他提出"规范文化"和"不规范文化"的区分正是看到了传统文化中的僵硬之所在,在他看来,似乎只有那些边缘地带的"不规范文化"才真正具有活力。"更重要的是,乡土中所凝结的传统文化,更多属于不规范文化。俚语,野史,传说,笑料,民歌,神怪故事,奇风异俗等等,其中大部分鲜见于经典,不入正统。它们有时可被纳入规范……反过来……有些规范文化也可能由于某种原因从经典上消逝,流入乡野,默默潜藏……这一切,像巨大无比暧昧不明炽热翻腾的大地深层,承托着我们规范文化的地壳。在一定的时候,规范的上层文化绝处逢生,总是依靠对民间不规范文化进行吸收,来获得营养和能量,获得更新再生的契机。"(《文学的根》)可见,韩少功所说的"传统文化"的再生,很大程度上指的就是"不规范文化",正是因为它的"不规范",它也就格外显得有活力。而这些"不规范文化"很多时候是被视为"正统"之外的,这与五四时期胡适和周作人等人从正统诗文之外去寻根五四新文学的源流其实有一脉相承之处。从这个角度看,韩少功提出"文学寻根",与80年代的启蒙话语之间并不矛盾。甚至可以说,他是想从更高的意义上为当时的改革话语寻找传统的合法性。他虽然批判传统文学中僵硬而毫无生气的"规范文化",但他提倡"不规范文化"其实是为了更好地服务于"规范文化",是使不规范变得规范,而令规

---

① 《文学传统的现代再生》,见韩少功:《在后台的后台》,人民文学出版社2008年版,第333页。

范文化显得富有生机。

从前面的分析可以看出,韩少功提出文学寻根,其实是想到边缘地带去寻找"不规范文化"。他提出的湖南的楚文化,贾平凹"商周系列"代表的秦汉文化,李杭育的"葛川江系列"所呈现的吴越文化,以及乌热尔图的小说表现的鄂温克草原文化,等等,都带有这种特点。但我们还要注意一点,那就是韩少功之所以提出文学寻根,其实是和他的知青经验密不可分的,就像前面所引《文学的根》中开头所说"我曾经在汨罗江边插队落户,住地离屈子祠仅二十来公里,细察当地风俗,当然还有些方言词能与楚辞挂上钩"。而实际上,寻根倡导者的很多寻根作品都是与他们的插队生活息息相关的。最为典型的莫过于阿城的"三王"系列了,这些小说,就是直接以知青生活取材的。而即使是韩少功的寻根小说像《归去来》、《女女女》、《诱惑》、《空城》等,也总是离不开他的知青岁月。更不要说郑义的《远村》和《老井》简直就是写他插队过的陕西山区了。这是问题的一方面。另一方面也可以这样认为,寻根文学提倡的不规范文化,从大的方面讲,与20世纪那场知识青年上山下乡运动不无关系。也就是说,正是这场运动,使得那些日后从事文化文学工作的知青,一下子接触广大的边缘地带,而正是这段经历,促成他们日后从边缘地带的不规范文化中提出寻根的主张来。

这里还是可以从边缘地带的不规范文化这一表述入手。韩少功提出这一说法,其实是预设了一个中心地带和中心地带的规范文化的存在。实际上,**边缘地带**,既是知青一代人的历史处境和形态,也是他们返城后现实处境的表征。这一处境决定了他们很难进入现实中心秩序中去,即使是文学创作,就知青而言,他们对"文革"之"创伤"的一味的伤痕和反思式的写作,也并不能真正得到社会的认可,因为毕竟,这种创伤中,就有知青——红卫兵一代所造就的成分在。也就是说,"边缘地带"其实就是20世纪80年代中知青一代现实和历史处境的隐喻和象征。如果说边缘地带对应的显然是不规范文化,中心地带对应的显然就是规范文化了。而按照韩少功在《文学的根》中的阐释:"在一定的时候,规范的上层文化绝处逢生,总是依靠对民间不规范文化进行吸收,来获得营养和能量,获得更新再生的契机。"可以看出,寻根作家提出"不规范文化"的范畴,恰恰是他们想以此进入规范文化和中心地带的意图的流露,因为就像前面所引的,"不规范文化"最终还是为了使规范文化得以再生,而不是保持其自足自在状态。也就是说,"不规范文化"的提出虽然是以"规范文化"的"他者"而存在,但其最终还是想以"他者"的身份进入到规范文化中去。这其实也就是有研究者所说的"文学寻根""看似反拨的顺应"①之义了:其是以"拒绝合唱"(李锐)的姿态,最后成了"合唱"之一部分。

当文学寻根小说出现时,有评论家纷纷表示担忧,如果寻根最终只是寻到深山老林,乃至永远长不大的畸形儿"丙崽",那这样的寻根,其意义何在?② 这样的担忧并非没有意义,但其实是误解了寻根作家的初衷。而实际上,这也恰恰表现出寻根作家对传统的爱恨交织之情。他们深知传统并不一定可爱,其很大程度上是指"规范文化",但如果不进入传统显然也不能真正进入到秩序中去,所以他们提出了"不规范文化"这一歧义丛生的范畴。这既是一种姿态,也是一种策略和选择。这样,我们就能理解韩少功所谓的"文学传统的现代再生"这一命题提出的内涵之所在了。在他这里,传统文化虽然包括两部分,但其实指向的是规范文化,而非不规范文化,因为据他看来,既然"不规范文化"处于边缘地带,富有活力,且"巨大无比暧昧不明炽热翻腾",自然就不存在所谓再生不再生的问题了,因此,他所谓的"再生"其实指的是"规范文化",而这一文化的"再生",某种程度上只能仰仗于"不规范文化"了。

因此,对于寻根作家而言,其关键的问题就在于,作为边缘地带的"不规范文化",如何才能进入"规范文化"并使之再生? 郑万隆在《我的根》一文的开头这样写道:"我出生在那地方——黑龙江边上,大山的褶皱里,一个汉族淘金者和鄂伦春猎人杂居的山村。它对许多人来说就是边境,国与

---

① 王又平:《浪漫的叩问:兼论"寻根"小说》,见《新时期文学转型中的小说创作潮流》,华中师范大学出版社2001年版,第22页。

② 即使是郭小冬这样有过"知青"出身的研究者,也这样认为:"这个口号提出之后,在实践上与解释上都发生了偏差","一些青年作家的所谓文化小说其实并无多少文化意蕴,而仅仅是一个似是文化的外壳,负载着作家本人贫乏得可以的文化知识。力求古些,怪些,原始些或者离奇些,粗蛮些,这是对寻根文学的误解。这些现象绝非是个别的。"(郭小冬:《中国叙事·中国知青文学》,花城出版社2005年版,第327、328页)

国相交接的极限……正因为如此那里失却和中国文化中心的交流,而又不断发生战争;也正因为如此,那里到处充满了荒蛮,充满了恐惧、角逐和机会。也可能就是这些令人神往和震颤的机会,吸引了一批又一批的开拓者……因此,那个地方对我来说是温暖的,充满欲望和人情,也充满了生机和憧憬。"从郑万隆的叙述可以看出,这一"不规范文化"形态,同规范文化相比,显然表明约束的不足,正是这种不足,也就使得这种"不规范文化"形态格外地自由而充满活力和野性。其虽"荒蛮"而令人"恐惧",但无疑富有"力"的表现而洋溢着青春气息,永不会衰老。按照这一逻辑,不规范文化其实就是一种青春文化形态;而若联系寻根倡导者对"规范文化"的分析,便可看出,"规范文化"在他们眼里其实已形同迟暮,"地道的、正宗的中国文学,到了晚晴就算断流了。……如同两千年的帝制命该由清人送终一样,正宗的中国文学(确切说是汉民族的士大夫文学)到了那个时代,已是气数尽了。""对于被我称为'规范'的那部分传统文化,大体上我是不恭敬的。"①正是这一活力和暮气、青春形态和老年形态的区别,"不规范文化"相对于"规范文化"的意义被充分显示出来。而若如郑万隆所说,人类的行为模式在创造了文化的同时,也创造了自身的话,人类显然是在文化中参与了对自身作为"人的本质"的塑造②。这样看来,表现"不规范文化",其实就是表现了"人的本质"和对"人"的重新塑造。这一"人"的形象,显然是与伤痕、反思和改革文学不同的,这一"人"的形象,既非社会主义新人,也非传统之子,而毋宁说表现出某种混杂性。如果说伤痕、反思和改革写作表现的是对"人"的形象在 20 世纪 80 年代的重建的话,那么寻根写作则是对这一"人"的形象的再次重建,对于这一"人"的形象重建,既要注意到创作者的身份,我们也要看到其与知青写作的内在关联。

二、文化之"子"与青春赋形

李庆西曾在一篇分析韩少功小说的文章中谈道:"我们建国以来的文

---

① 李杭育:《"文化"的尴尬》,《文学评论》1986 年第 2 期。
② 参见郑万隆:《我的根》,见郑万隆:《生命的图腾·代后记》,中国文联出版公司 1986 年版。

学作品多强调人的外在的社会关系,比较忽略对人的本体的思考,缺少对人格的哲学思辨。韩少功的'寻根'从某种意义上说,也是一种寻找自我,寻找人的哲学。在舍弃了个体意识的前提下,发现了群体意识,就像《归去来》中的主人公那样,丢失了'自我'以后获得了一个更大的'自我'。"①这段话其实可以用来概括知青一代寻根作家。因为实际的情况是,现实生活中,知青一代很难找到自己的位置,他们回到城市,发现城市早已不再属于他们,陌生而又疏离,即使投入进去,也常常是处于边缘的位置。表现在文学中,亦是如此。他们倾诉"伤痕",并不能获得应有的同情和谅解,如卢新华的《伤痕》;他们投身改革和四化,虽万般努力,总遭遇怀疑和质询的眼光,柯云路的"京都三部曲"和郑万隆的《当代青年三部曲》就是最典型的例子。在他们的笔下,虽然表现的是主人公真实而具体的个人生活,但其实往往有意无意在代一代人说话和思考,其间关于个人身份焦虑的表征十分明显,因为显然,对他们而言,没有群体——一代人的位置,就不可能有自我的位置。而到了寻根写作,这种焦虑则不多见,其虽也有感伤和悲壮,甚至无奈和无助,但这种感伤从一开始就不是个人的,不是关于"自我",而是关乎群体——民族的,因而也就没有了那种浮躁和凌厉,倒更显得气定神闲。这同知青写作截然不同。知青写作从个人经历入手,探求群体的命运,最后却发现,仅仅从现实中是很难找到集体乃至个人的位置;而寻根写作从更大的群体——民族的表现入手,在文化中找到了自己的位置,最后也就有了集体——一代人的位置。

在这里,关键是对"人"的理解。首先,寻根作家笔下的"人"并不仅仅是个体之"人",而是文化的象征,是文化塑造了"人",因此,与其说寻根作家是在塑造"人"的形象,不如说他们是通过"人"的行止来表现或展现文化。这与传统现实主义小说截然不同,传统现实主义小说其最为中心的任务之一是塑造人的形象,故而讲究情节,其情节也更多地是围绕人物的塑造服务的,而不是相反。但到了寻根写作,人则成了符号,文化成为他们表现

---

① 李庆西:《他在寻找什么?——关于韩少功的论文提纲》(1986年),见《文学的当代性》,人民文学出版社1988年版,第124页。

的核心。李庆西在分析《爸爸爸》时,从"崭新走向"的角度预言道"跟以往的叙事作品不同,这部小说所揭示或者表现的不是某种个人命运。在情势发展中,个人的行动不再具有举足轻重的意义。这不仅是情节淡化的结果,从根本上说,还是叙事原则的改变。"①在这里,"情节淡化"显然是为文化的出场服务的,文化成了表现的中心。故而其次,对于寻根写作而言,对"人"的理解,往往就取决于对文化的理解。也就是说,小说对文化的态度往往决定了人物形象的塑造。实际上,寻根写作中,对文化的态度其实是非常复杂的,这也决定了寻根小说中人的形象的复杂性。这也是我们对像韩少功《爸爸爸》中的丙崽形象,《女女女》中的幺姑形象、王安忆的《小鲍庄》中文化子形象的难以分析的原因所在。对于这些人物形象,我们很难以一句话简单地概括,其既不能用好或坏的价值判断来衡量,也不能以立体或单调的性格特征来绳之,自然就不存在人物形象塑造得成功与否这一问题的产生了。因此,李庆西在分析《爸爸爸》时才会把丙崽视为"人生的象征"。在寻根小说中,人物首先是作为象征和符号存在的,这是一方面,但反过来,这一象征内,对"人"的理解,并非没有现实的针对性,这也是我们今天分析寻根写作时应该加以注意的。

寻根写作虽然不以塑造人物形象为其核心诉求,但并不代表人物形象就没有重要意义。事实上,对于寻根文学而言,透过人物形象可以更好地看到作家们对待传统文化的复杂态度。如果说,寻根作家们在他们的文章中对待传统文化的态度还比较鲜明而直接的话,在他们的作品中,传统文化则表现出某种复义性来。这一复杂性在小说的主人公形象中有最为形象的表征。这可以看成是意图和效果的差异,其实又不尽然。韩少功的《爸爸爸》和《女女女》可谓是这样的典型。前者中的丙崽形象自作品发表以来不知引来多少侧目也一再让批评家绞尽脑汁而不知所措。这一形象的难解和晦涩,甚至在作品发表后二十多年作者还在为之辩护:"其实我把自然和历史都写得很美,也写了山民们在愚昧、贫困、暴力之下的团队精神和牺牲精神,甚至写得有点悲壮。批评家李庆西说这里有一种'崇高',但大多数读者看

---

① 《说〈爸爸爸〉》,见《文学的当代性》,人民文学出版社 1988 年版,第 112 页。

不到这一层。"①其实,作者大可不必这样辩护,这样一来反倒使作者陷入了"文明和愚昧的冲突"(季红真)这一当时的意识形态陷阱,因为当说"悲壮"或"美"与"不美",以及"愚昧"的时候,其实就已经认同了当时的意识形态观念。而实际上在小说中,情况并不是这样简单而分明。至少这种暧昧在丙崽这一形象上是如此。丙崽这一形象的复杂性,在于很难说就是传统的象征,因为在他那里只会说那么简单的几个词,他很弱智,但同时他又极富生命力。诚然,丙崽形象所具有的象征性,就连作者本人都不会反对,但这一象征并不是传统文化的象征,而毋宁说有其他的含义。

韩少功在谈到这部小说时曾强调"《爸爸爸》有一个特点:时空特点没有。……模糊时空的目的,是引导读者面对一些超时代和超地域的普遍性难题"。② 很多研究者已注意到小说背景设计中时空的模糊这一点,但对小说来说更重要的还在丙崽形象的生理特征上:他永远也长不大,其既显年轻,但实际上已然很老,换言之,岁月和年龄在他身上是不起作用的。明白了这点,我们再来看他的怪异和弱智之处可能就清晰得多了。在他嘴边永远就那么几句"爸爸"或"XX 妈妈"。他不断地喊"爸爸",实际上他也是一个无父之人(父亲的身份始终暧昧不明),可见,这一"爸爸"的喊声背后,其实显示出某种无父的内在焦虑。他不会说话,但并不表示他就不懂,很多时候他也会愤怒和哭泣,但就是不知道怎么表达,因而只能出之以"爸爸"等名,这正表明他不能真正进入理性的正常人所代表的象征秩序,而这种不能进入恰好是因为他无父,没有父亲的引导。他是一个无名之人,既无父亲,也无自身,因而只能在想象世界中永远的徘徊。他不能形成关于自我主体的想象,哪怕就像在镜子中看见另一个自己那样短暂的时刻也没有,对他来说也就不会有时间的年幼和老态了,故而在他就只有想象的无意识世界的涌动。这是一个等待被命名被引导被规训的混沌的状态,正因为生父的缺席,所以使得丙崽永远处于一种无名而又生命蓬勃的状态,从这个意义上

---

① 《韩少功:历史中的识圆行方》,见马国川:《我与八十年代》,三联书店 2011 年版,第 210 页。

② 《韩少功:历史中的识圆行方》,见马国川:《我与八十年代》,三联书店 2011 年版,第 209—210 页。

说,小说其实写的就是丙崽寻找父亲、混沌等待进入秩序的过程。直到最后,那场决定寨子生死存亡的"战争"和劫难,创造了机会,这场战争就像凤凰的涅槃,裁缝最后那句以父亲之名的询唤:"吾就是你爸,你跟我走"最终完成了丙崽的寻父之路。因而这时他喝完毒药后奇迹般地活过来了是否意味着死后重生?他的留下或被遗弃,是否表明从边缘进入秩序的象征?因为此时,"外来者"已经完全进入鸡头寨。而这是否就是韩少功自己所谓的"规范文化"借助"不规范文化"得以完成的重生?

如果说,对于寻根写作而言,其最为关心的是"文学传统的现代再生"的话,韩少功的丙崽的形象,恰好象征地提供了"现代再生"的原型,即涅槃式的重生,以及从边缘进入到秩序中去的传统。传统——无论是"规范文化"还是"不规范文化"——已如暮年,但传统的野性和价值还在,因而只有经历涅槃才能获得重生。

虽然,寻根作家笔下的世界大都是边远地区,这些地区也表现出模糊时空的倾向,但实际上现代文明已慢慢浸入,"最后一个"不可避免地将会来临。实际上,在寻根写作中,传统与现代之间始终是一个贯穿始终的矛盾,虽然对什么是传统什么是现代,寻根作家自己也未必十分清楚。这是寻根写作中最为纠结和难解的问题,但如果从"文学传统的现代再生"这一角度去看,其实问题相对要简单得多。换言之,虽然传统和现代之间表面上不可调和,但其实它们之间并非泾渭分明或水火不容,而毋宁说有某种内在的统一,这种统一就表现在"再生"这一诉求及其承担的联结传统和现代的功能上。而也正是这一缠绕,使得小说中人物构成表现出极其复杂之处。韩少功曾这样明确无误地表明:"从一九八五年以来……十多年后的中国文学并没有与所谓传统一刀两断","事情只能是这样,新中有旧,旧中有新,'传统'与'现代'在很多时候是一种互相渗透互相缠绕的关系……任何历史都是现在时的,任何'传统'事实上都不可能恢复而只能再生"①。这样我们就能理解韩少功笔下的丙崽和幺姑的形象之意义了。我们很难说这两个形

---

① 韩少功:《文学传统的现代再生》,见《在后台的后台》,人民文学出版社 2008 年版,第 333 页。

象代表传统或现代,而只能说表现出某种混杂性。他们都经历了"死亡——重生",一个是死而复生(丙崽);另一个是老而返童(幺姑)。

这种复杂处可以从小说中青年老年形象的形塑上看出。这一最为典型的就是丙崽这一老小人形象,以及《女女女》中幺姑的晚年奇怪的返童现象。这与此前的伤痕写作、反思写作以及知青写作明显不同。即使是像王滋润的《鲁班的子孙》那样表现传统和现代的复杂关系的改革写作,也与其不尽相同。在寻根写作中,青年和老年之间那种隐然或显然的对立,及其紧张关系,已然不存,而代之以两类形象之间的时间承继关系。其最为典型的就是被韩少功作为寻根作家列举的乌热尔图的草原系列小说。在这些小说,特别是在《七叉犄角的公鹿》这篇小说中,表面看来,青年(少年)"我"同继父之间关系紧张,继父经常打骂"我","我"对他更是充满仇恨,但这种仇恨其实都是源于对鄂温克男子汉的诉求上:继父虽凶悍,但有力而强壮,是一个好猎手,因而能获得人们的尊重;而"我"年龄尚幼,不被尊重也就再正常不过了。于是小说中就有了"我"对力量和坚韧品质的追求,"我"为了证明自己的鄂温克男子汉气概,就必须表现出强悍的一面,必须是一个好猎手,再无他途。而一旦最后"我"达到目的了,"我"和继父之间也就和解了:"我被背在他宽阔的脊背上。……一道透过乌云的阳光照在我的身上,我把脸紧紧地贴在特吉(即继父——引者注)的肩上。"

在这里,少年(或青年)同中年(或老年)之间的对立是力量和经验的对立。也就是说是经验区分了少年和老年,老年有经验,少年经验不足,因此少年要向老年学习。而一旦又有经验,又有力量和胆识,无论大小,都会成为人们崇拜的对象。这是传统社会的特点,在本雅明那里有极为精彩的分析。李杭育的《葛川江上人家》中的大黑,《珊瑚沙的弄潮儿》中的老头,《船长》中的船长,等等,都是这样的形象。但问题是,随着现代文明的入侵,这一依靠经验的区分,越来越显示出无效的一面,李杭育的《沙灶遗风》和《最后一个渔佬儿》就是这样的典型。老头耀鑫(《沙灶遗风》)的造屋手艺,终于敌不过造洋楼的现代建筑技术,以至于连他的儿子也公然背叛了。福奎《最后一个渔佬儿》虽然是好样的"渔佬儿",但河里因污染已无多少鱼儿可捕,空有一身经验和不服老的气概。现代文明的入侵,无疑已造成经验的萎缩,这种萎缩既带有波德莱尔式的对新的经验的表达,同时也带来对旧有经验的回忆和感伤。前面提到的两篇就是这样的小说,但这也只能是怀旧,就像《珊瑚沙的弄潮儿》中的康达,其虽回到魂牵梦绕的故乡,并再一次体验弄潮儿的冒险,但这时,康达显然早已不再是小时候的"赤卵将军",他是作为现代文明之子登场的。

如果说,在伤痕写作及反思写作中,青年和老年之间是造反派和被打倒派之间的对立,改革写作中青年和老年之间表现的是现代和传统之间的对立,那么在寻根写作中,青年和老年之间的关系无疑已经不再仅仅是传统和现代之间的关系,而毋宁说表现出经验和体验的对立。这种复杂关系最为鲜明而集中地体现在"最后一个"的表现上。李杭育的"葛川江系列"就是这样的代表。《最后一个渔佬儿》、《船长》、《珊瑚沙的弄潮儿》和《沙灶遗风》都是这样的小说。但其实,事情往往是辩证的。"最后一个",其实也可以变成"最先一个",这在郑义的《老井》中表现出来。在小说中,"最后一个"无疑是作为传统的代表出现。随着现代文明的入侵,传统无疑表现出危机,这"最后一个"必然出现,但既然是"最后一个"其实也意味着顽强坚忍和毅力,如果并不拒绝现代文明,而是迎接并正视,反倒能成为新的契机,从这个角度看,《老井》中男主人公孙旺泉既是传统最优秀的子孙,也是现代最杰出的代表。显然,在小说中,如果主人公抱残守缺、死守传统的方法,拒绝现代科学——打井科学知识,老井村永远也打不出出水的好井。小说正是把他当成那种既传统而又现代的代表来写的,他是英雄小龙再世,正是这一遗传基因,并结合他不懈地钻研现代科学技术,才打出了老井村第一口科学井;他有责任感,这既是作为孙子、丈夫和父亲应负的责任,也是面对乡民应有的承担,这是历史赋予他的,他没有退缩。所以他才没有为了同巧英之间刻骨铭心的爱情,而抛弃妻子,远走他乡。郑义在谈到《老井》时,也这样说:"赵巧英、孙旺泉有点象征意味。……男主人公本是英雄小龙再世,自带几分神气儿。但积历史、道德、家庭、个性的包袱于一身,渐渐地,竟由人变作一口井,一块嵌死于井壁的石。"①应该说,这种象征意味在寻根写作

---

① 郑义:《向往自由——代跋》,见郑义:《远村》(小说集),人民文学出版社1986年版,第483页。

中普遍存在。而这种象征色彩又大多体现在小说的主人公身上,并表现为一种传统和现代交汇下的排斥、颉颃乃至吸引和融合。从这点来看,寻根写作中的主人公其实大多都是某一文化符号,并不具有典型的性格特征。而既然是一种符号,其实也意味着某种意图,表明了作者针对现实的不同态度。

实际上,并不是所有的寻根写作都表现出这种超越时空的倾向。除了像王安忆的《小鲍庄》、李杭育的葛川江系列,以及郑万隆的"异乡异闻系列"之外,像阿城的《三王》、《遍地风流》,以及韩少功的很大部分寻根小说如《诱惑》、《女女女》、《归去来》、《空城》以及郑义的《远村》、《老井》等,则显然是有具体的时空所指的。其实,这两种时空取向,是可以对照着读的。也就是说,在那些超越时空的写作中,虽然虚构出一个模糊时空的自足的世界,但这世界其实是在作者叙述者之眼的观照下显示出来的,这一世界并不真正自足,而只是作为"远景"被无限地前移。相反,那些有具体时空所指的小说,它们虽然作为"近景"展现在作者笔下,甚至叙述者以第一人称的身份参与其中,但其实也是把具体时空推向深处作为背景出现。典型的就是韩少功的《诱惑》、《空城》和郑义的《老井》。在《诱惑》和《空城》中虽然都刻画了指涉具体时空的知青形象,但其实是把他们作为"他者"式的存在以凸显乡土之奇和美的;而《老井》中老井这一具体的乡土意象,就像作者所坦言的那样,带有很强烈的象征色彩,正是这种象征色调反把具体时空之实给过滤掉了。换言之,在那些涉及具体时空的寻根写作中,现代文明的进入,或侵入了传统秩序,或发现了传统秩序之美,但无论如何,现实社会及其现代之子往往是作为传统抽象秩序的"他者"出现,其根基还是在传统。从这里可以看出,具体时空无论是作为远景,还是作为背景出现,其实都是指向现代社会或现实社会,而这种具体时空的缺席或不明,也即表明小说远离具体现实或现代社会的意图。正是在这种模糊时空的倾向中,小说主人公也就具有了超越时空的象征意味。

这种超越或模糊时空的倾向,其实某种程度上表现为回到人类童年的倾向。这是一种富有青春形态的人类童年,或青年时期。"童年,是个人的童稚时期的一段生活,也是一个民族甚至人类的童年的、原始阶段的状态。

在'寻根'的一些作家看来,人类在历史过程中,逐渐失去了某种东西,造成了各种因素,如感性与理性、现实与理想、本质和表象、经验和超验之间的普遍分裂,他们认为,在原初的阶段,这些本来是同一而不可分的。"①另外,又表现为现代社会的入侵及其表现出暮气和活力的并存。有研究者在读到李杭育的"葛川江系列"时已敏锐注意到这点:"一些表面上看来极不相称,甚至于是相互排斥的对立面,不仅在他作品中经常出现,还正是这种对立面相互排斥的共存刺激了作者的创作想象力。土地与神、原始的渔佬儿面对工业污染,传统的画屋师爹面对兴起的二层洋楼。弄潮的和观潮的,地道的船老大雇佣年轻画家……事实上这种现象的产生正是我们这个新旧交替时代的集中反映,作者善于让过去与现在进行有趣的,有意义的对话,让读者从中强烈地感到城市对农村的影响,工业发展对落后的生产方式的冲击,当今世故与古老人情的矛盾和冲突,贫穷如何使某些习俗得以存在,富裕又如何使某些习俗得以兴起。"②在寻根作家笔下,自然很少是秀美而柔媚的,相反大多表现为一种粗犷而充满力度的美。这是与童年形态相适应的,表现在小说中是原始自然的魅力,例如葛川江的"粗犷、豪放、硬朗且浑脱"以及"野性"(程德培)。这时,这些自然还往往不具备"风景"的现代含义,因为对于生活在这里的人们而言,人和自然是合为一体的。而一旦外来者或"他者"的出现,比如说画家、游客、流浪汉,或者现代秩序,随着他们的进入,"风景"随之产生,人和自然的距离随之产生,于是有了"观潮的"或旁观者出现,自然中人也被作为一种被凝视的对象出现。

三、"风景"的发现与主体建构:知青如何寻根?

其实,对于生活在自然之中的人们而言,是无所谓"风景"的,因为他们就生活在这之中,他们是自然的人,他们和自然融为一体。对于"风景"而言,必须要有距离。韩少功的《诱惑》的开头中有一段这样的描绘:

---

① 洪子诚:《作家姿态与自我意识》,陕西人民教育出版社 1998 年版,第 70 页。
② 程德培:《"葛川江风光"——李杭育作品印象》,《当代作家评论》1985 年第 6 期。

总是在雨后,这一钩银光就出现于苍翠远景。雨越大,它就越显眼地晶莹灿烂,然后一天天黯淡下去。

那时候,我们在马子溪洗尽一层汗盐,哆哆嗦嗦爬上岸,甩去耳朵里暖和的水珠,常常愿望着这道大瀑布,猜测大概不曾有人到那上面去过。

当夜色落下来,它自然熄灭了。而白日里远近相叠的峰岭,此时拼连融合成一个平面的黑暗,一个仰卧女子的巨大剪影。这女子一动不动,想必是累了,想必是睡了,想必是在梦想往事。她的头发太长太多,波浪形地向北舒摆开去,每夜都让星光来晒着,让山风来抚着——等待朝霞来再一次把她肢解。

那时候,我们的自由部落就建立在这里。大家常去山下的寨子里挑粮,听农民说些话。他们说马子溪是从这羞女峰的什么地方流出的,女子们喝了,会长得标致,而且将来多子多福。他们是瑶民,或者苗民,自己也说不太清楚。他们黑洞洞的门槛里,地面坑坑洼洼,有嗡嗡的蚊蝇和朽木的酸味。

在农村,关于这种传说很多。传说的出现,正是在于所传之物的神秘,以及人们对之寄予的美好的想象。从这段描述可以看出,关于羞女峰的传说其实反映的是山民们美好的愿望,至于羞女峰本身的自然之美,他们是并不在意的,也就是说,他们其实是得意而忘"言"——事物本身。但对"我们"而言,羞女峰则无疑是一道"风景"的存在了。那"苍翠远景"和"晶莹灿烂""常常"勾起"我们"的想象。现在的问题是,为什么对乡民而言,这羞女峰并不成其为"风景",而对于知青的"我们"却常常是一种"诱惑"呢?

显然,答案不在于羞女峰本身,而在于观看这羞女峰的人,即乡民和"我们"。更进一步地说,这羞女峰之成为一具有"诱惑"的"风景"之存在,关键在于"我们"的存在,而不在于乡民。对乡民而言,他们想到的是有用,即功利性——"多子多福",对于"我们"来说,这羞女峰则成了驰骋想象的对象,"我们"在其中看到的并非有用而是"晶莹灿烂"是美。可见,"风景"的诞生对"我们"来说,实际上是一审美的过程,在这个过程中,"风景"作为美被发现。柄谷行人指出："风景不仅仅存在于外部。为了风景的出现,必须改变所谓知觉的形态,为此,需要某种反转。""风景是和孤独的内心状态紧密联系在一起的。……只有在对周围外部的东西没有关心的'内在之人'那里,风景才能得以发现。风景乃是被无视'外部'的人发现的。"①这里的"风景",虽然作为一种"认识装置",其实同样适用于我们通常所说的"风景名胜"的发现。羞女峰之所以能成为"风景",显然还在于某种距离的存在,这一距离并非可以用数字测量的物理距离,而是一种心理距离,即精神上的对自然物的观照,是主体投入其中的感情的外化,按照康德的说法就是"客体的主观形式的合目的性"②。在这过程中,是主体赋予了客体以"合目的性"也即"美"。换言之,对于生活在自然中的人而言,"风景"的被发现,显然是有"外来者"的出现才有可能的,而对于发现"风景"的人而言,"风景"的产生,其实也就是"主体"的生成了。可见,"风景"之发现的过程,其实也即"他者"变为"我者"或"主体"的过程了。从这个角度看,"寻根"的提出,也是一种"风景"之发现的过程。因为对于自然中生活的乡民而言,穷乡僻壤是不可能有"根"或"美"的,是"外来者"的出现,以及距离的凸显,才有"根"被提出。"寻根文学"的产生,也即审美的过程和结果,其结果生产的是叙述者——即知青——的主体性。

卢卡奇曾把世界区分为"生活的世界"(the worlds of life)和"本质的世界"(the worlds of essence):"本质的世界因形式的力量而高踞于存在之上(exisentence),这个世界的特性和内容都由那种形式力量的内在可能性所决定。生活的世界,如它们所是,形式只是接受并塑造它们,并把它们带到它们的先天(inborn)的意义上。"③在卢卡奇这里,虽然"生活的世界"和"本质的世界"分属不同的阶段,但其实可以从共时性的角度来分析:它们其实可以看成共时和历时性的结合。这种区分可以用来分析寻根写作中的"风景"和"自然"。"生活的世界"和"本质的世界"某种程度上恰好对应着"自然"和"风景"。对于"自然"而言,形式和它们的意义是融合为一体,不能两

①　柄谷行人:《日本现代文学的起源》,三联书店 2006 年版,第 14、15 页。
②　康德:《判断力批判》,人民出版社 2002 年版,第 25 页。
③　卢卡奇:《小说理论》(*The Theory of the Novel*),The Mit Press,1971,p.47。

分的,也就是说,在自然中形式和意义之间没有距离,但对于"风景"来说,形式则是外在于存在的[这个存在(exisentence)一定意义上即"自然"],它们之间有某种距离,"风景"不是由存在,而是由那形式的力量所决定。这一力量显然来自于某一距离的存在,然后才有可能。卢卡奇把这种形式的力量称为"赋形"(form-giving)。对于"自然"来说,它是自我赋形的,而对于"风景"来说,则是他者赋形的。从这个角度看,寻根写作,其实就是一种"他者""赋形"的尝试和努力。

这一"他者赋形"的努力,最为明显地表现在叙述者超越时代政治的倾向上。换言之,也即叙述者有意保持与时代政治的距离。在寻根小说中,虽然大都描写边缘地带的故事,也曾表现出模糊时空的取向,但时代政治始终是作为"缺席的在场"而存在的。最为典型的即乌热尔图的小说集《七叉犄角的公鹿》。这部作品集,一共20篇小说,开头数篇都表现出模糊时空的倾向,而到了第10篇《鹿,我的小白鹿啊》开始,小说中不时出现了"山下"的"学习班"或"群众专政指挥部"的字样。在这些小说中,"山上"和"山下"显然形成对比,"山下"混乱不堪,让人气闷和窒息,而"山上"则自古依然,让人心情舒畅,充满活力和朝气。后11部小说中很明显,山下的世界已然侵入山上,往日的宁静和谐的山上世界,逐渐变得难以为继而焦躁不安。这时,如果从后面11部小说反观前面的9部小说,我们发现,这些小说虽然都表现出对美好的山上世界的寄望,但这些世界其实已经是残存的孤岛式存在,其越是美好,越让人充满感伤和留恋。在这里,山上世界之"美"正在于其距离政治之"远"所致。

实际上,这种"他者赋形",还表现为一种返回的意向。叙述者返回或返身故土,在故土中发现一直潜藏着的美,而这美恰恰是叙述者在都市中所缺失或遗失了的。李杭育的《珊瑚沙的弄潮儿》和郑万隆的"异乡异闻系列"是其代表。前者中,表现为小说主人公康达中年以后的返/恋乡。当回到阔别二十多年的老家,见到久别的生母时,小说这样写道"葛川江却一下子挑逗起他的情来,虽说二十年间它也像他的老娘一样变得有点陌生。……在这儿,在家乡的这条对他来说如同初恋时的女伴一样的江山,实实在在地寄托着他童年的无数个梦幻,像满汪汪的一江春水,经不得一阵风吹便要漾开来了"。在这里,都市和故土,中年和童年,衰竭和活力,理性和感性等构成隐然地对立,其间的价值判断十分显然。是作者回到故土,一下子记起童年时的荣耀和"抢潮头"的勇猛劲,而这些在多年的城市生活中无疑已经磨炼得几无。这里有一段十分具有象征性:

> 从前百姓是不配在此观潮的。不过从前的百姓也没这分雅兴。他们更乐于弄潮。观潮须有闲,不愁温饱,而下滩弄潮,每日两回潮头上玩命,拣几条鱼,换几升米或几尺布,却是那些职业弄潮儿唯一的谋生之道。在他们眼里,如狼似虎的大潮呼啸扑来,在江堤上撞起冲天的水柱,这光景只有凶险,一点都不有趣。
> ……
> 现在的人性命宝贵,日子也过得富绰,所以葛川江两岸的弄潮儿越来越少,而观潮游客逐年增多。弄潮儿上岸观潮了,好比打猎的参观动物园。①

从这段描述可以看出,"观潮"其实就是把大潮当做"风景"来看,而弄潮则是身处其中,是在自然的狂暴中搏击。这段描述很像康德对"崇高"的分析。显然,对于弄潮儿,潮头是一点美感都没有的("一点都不有趣"),因为他们面对潮头大浪,并不能保持有效的安全距离,而对于观潮者来说,他们距离潮头较远,因而既能感受到潮头的伟大也能不被潮头裹挟。观潮之所以是美(崇高是其一种)正在于这种距离,这一距离主要还是那些"游客"带来的,他们作为"外来者",感受到这美。但美并不一定就是寻根作家理解中的文学之"根",因为"观潮游客"只能是走马观花式的,他们身处这一世界之外,他们并不能发现其中潜藏的"根"基所在。而对康达来说,则不同;康达既是作为"外来者",他也是"弄潮儿"。他从小在此长大,因此,这是童年的世界,是他曾经拥有的世界,只不过长大以后走向城市,逐渐遗失了,因此,他返回故土,就带有重拾记忆和旧日之"根"的味道。这里一个很反讽

---

① 李杭育:《最后一个鱼佬儿》,人民文学出版社 198 年版,第 84 页。

的细节是,当他重回潮头抢滩时,他蓦然发现,他原来已经成为了被观的对象了。

从前面的分析可以看出,所谓寻根,虽说是审美的过程,但只有对那些身处其中的"外来者"而言,才可能发现"根"之所在。这种返回的意向,还表现在题材的转移上。这在郑万隆那里表现十分明显。在写作"异乡异闻系列"之前,郑万隆写作了像《当代青年三部曲》(1980 年、1981 年、1983 年)《同龄人》(1981 年)等表现知识青年的题材小说,但到了 1984 年下半年起,作者陆续推出了像《反光》、《老马》、《老棒子酒馆》等一系列以"异乡异闻"为总题的小说,这种转变之快在在让人惊异,但其实并非没有缘由。因为这些小说写的就是他的家乡黑龙江的故事:

> 黑龙江是我生命的根,也是我小说的根。……那里有母亲感叹的青春和石冢,父亲在那条踩白了的山路上写下了他冷峻的人生。我怀恋着那里的苍茫、荒凉与阴暗……但我并不是认真地写实。……我不是企图再现我曾经经验过的对象或事件,因为很多对我都没有也不可能经验过,而且现实主义并不等同再现。(《我的根》)

从作者这段夫子自道可以看出,题材上的重回,也并不是企图要去"再现"故乡的什么,或自己的童年经验,实际上,在这些小说中,时空十分模糊,因此也几乎不见主人公形象中多少叙述者的影子。在这些小说中,所谓那种身处其中的"外来者"只是就叙述者或作者而言,与小说中的主人公无关。这很像李陀曾说过的那样:"从我的民族来说,我也应该算作是一个少数民族的作家。然而由于多年来远离故乡,远离达斡尔族的民族生活,我却未能为自己生身的民族,为少数民族文学的事业作出一点点实际的事。这常常使我不安。我近来常常思念故乡,……我很想有机会回老家去看看,去'寻根'。我渴望有一天能够用我的已经忘掉了许多的达斡尔语结结巴巴地和乡亲们谈天,去体验达斡尔文化给我的激动。"①可见,寻根往往表现在创作

---

① 李陀、乌热尔图:《创作通信》,《人民文学》1984 年第 3 期。

主体上,而不是小说主人公身上。韩少功的《爸爸爸》也是这种类型。

这种寻根的主体,即表现为"熟悉的陌生人"。所谓既熟悉又陌生,是因为不熟悉就不知道其中之美,而若不陌生,又不能站在一定距离之外,发现这美。因而既要身处其中又要能出乎其外。这是一方面,另一方面,之所以"寻根"成为可能,还在于寻根对于身份认同的重要性。换言之,寻根虽属于,但并不仅仅止于审美。如果说审美在自然中发现的是"主观合目的性",那么这一"主观合目的性"对于现实中审美的主体而言,并非自足而自适的,而毋宁说有其内在的焦虑。因为"寻根"的提出,即表明现实中主体性的缺失,因此所谓"寻根","寻"的就是文学的主体性之根。从这个意义上看,韩少功的《归去来》是一篇极有象征性的文本。对理解知青寻根十分具有症候性。

《归去来》中存在这样一个结构,即离开——归来——再度离开,这一略显简单明了的结构其实包含着两重互相矛盾的脉络:现实中的"黄治先"无疑早已回到城市,历史中的"马眼镜"却永远地留在了下放过的农村。而之所以出现"黄治先"和"马眼镜"这种同一个人两个名称之间的缠绕,一方面表明深陷现实和历史的纠缠中不能自拔的知青叙述;另一方面也表明知青一代身份认同的困境,即无论知青本人如何否定或遗忘曾经有过的知青岁月,知青记忆都会在不经意间流露,甚至以梦境的形式光顾并困扰着主人公,因而就常常使得他们不由自主地怀疑自己的现实身份,即"这世界上还有个叫黄治先的人吗?而这个黄治先就是我?"很难说这是一篇标准的寻根小说,但其无疑已标志着知青写作的困境和新的可能,即现实中的知青("黄治先")早已离开农村,并且将永远离开,因为当"黄治先"甚至开始相信自己就是"马眼镜"时,他还是选择了"潜逃",但这并不妨碍这个叫着"黄治先"的人精神上的返乡,他其实可以同时拥有两个不同的身份,现实中的身份和想象中或回忆中的身份,两者缺一不可,甚至这后一种身份对他们而言更为必要。

说《归去来》极富象征性,即在于这部小说表明了现实中知青身份认同的焦虑,同时也表明了从过去的历史中寻求补偿的不可能。因为,在这部小说中,知青历史是以梦境或幻觉的形式出现的,而在现实中,就像"黄治先"这一名称所表明地,他其实早已忘掉了知青岁月那一段历史,这样一来,即表明知青在现实处境中身份认同的"无根"状态:知青的现实身份没有历史感。换言之,这一现实身份认同是以否定过去那段知青岁月为前提的,这就是小说中的"黄冶先"不认识"马眼镜"的原因,因为"黄冶先"是现在之人,而"马眼镜"是过去之人,而事实上这两个人其实是同一个人,只不过名称变了,因而他们的相遇或相交就只能在梦境或幻觉中以无意识的形式出现了。

实际上,一个现实中的人,是不能没有历史的,对身份认同和主体的建构而言,尤其如此。阿甘本认为,"现代人的根本矛盾恰恰在于他仍没有获得与历史观念相当的时间经验,因此被痛苦地分裂成两半:一半是作为难以捉摸的瞬间流动中的时间中的存在;另一半是作为人类起源的历史中的存在。……迷失在时间中的人无法拥有自己的历史本性"。① 这种矛盾,对知青而言,可以说是有过之而无不及。《归去来》就是这样的一种象征性表达。他们没有自己的历史,要么是批判和感伤,或者悔恨;要么就是从历史中剥离出抽象的浪漫主义,而实际上这一浪漫主义并不能很好地着陆,没有很好地附着。他们也很难在现实中获得应有的位置,就像梁晓声的《雪城》所显示出的,即使被命名或自我命名,总始终同社会之间处于某种游离状态,这一状态在 20 世纪 80 年代一直存在,其在中期以前尤为明显。从这个意义上,"寻根"就成为他们寻找自身"历史本性"的一次文化/文学实践。这就有点像阿甘本所说的诺斯替教的时间观:"它拒绝过去,却又在典型的现在意义上珍重在过去被谴责为否定的东西。"②他们越过历史,伸向历史的纵深处——传统那里。而这一文化传统实际上又并非没有附着,而是建基于边缘地带,这就与知青的经验和他们的幼年时代有着千丝万缕的联系。因此,通过这一"寻根",他们最终建构起现实中的他们和传统的联系,他们现实中的主体也就有了坚实的基础,他们可以理直气壮的声称自己是谁,而不需要怀疑"这世界上还有个叫黄冶先的人吗? 而这个黄冶先就是我?"从这里可以看到,《归去来》其实已经预示着寻根文学的到来,因而可以看成是寻根文学的直接源头。

---

① 阿甘本:《幼年与历史:经验的毁灭》,河南大学出版社 2011 年版,第 94 页。
② 阿甘本:《幼年与历史:经验的毁灭》,河南大学出版社 2011 年版,第 95 页。

第五章　作为方法的青年问题与 20 世纪 80 年代小说创作

第一节　伤痕写作、青年叙述与断裂问题

如果说，"'新时期文学'被建构为'五四'的'回归'，被视为'反封建'和'人的解放'这样一些'五四'主题在新的历史条件下的重述"①，这确实是"新时期文学"倡导者们明确的诉求的话，作为"新时期文学"之初的伤痕写作显然承担了这样的功能。而既然"新时期文学"被建构为"五四"的"回归"，其实也就是提出了"断裂"和"接续"的问题：通过切断同 20 世纪 50—70 年代文学的联系，而同"五四"文学接续。从这个角度看，断裂问题始终是制约着伤痕小说创作的一根主线。所谓的伤痕叙述，说来说去都是围绕于此进行的。对此有研究者指出"伤痕文学的先驱者们显然意识到，既要破就应当立，否则，'新时期文学'的合法性摆在哪里？按照他们的理解，新主题、新思想和新人物的出现，应该建立在对旧主题、旧思想和旧人物的怀疑、批判的前提上，而新的文学秩序的确立，必须是、也只能是对旧文学秩序笼统而彻底的否弃为结果"②。也就是说，伤痕写作作为新时期之始开风气之先的小说创作潮流，其必须面对的问题就是如何"构造"这一断裂。对伤痕的控诉当然是这一断裂的最佳构造法，但伤痕作为一种叙述还必须依附于人物形象及故事中才能成立，从这个角度看，对人物形象的塑造就成为一个关

---

① 旷新年：《告别"伤痕文学"》，见《写在当代文学边上》，上海教育出版社 2005 年版，第 162 页。

② 程光炜：《文学讲稿："八十年代"作为方法》，北京大学出版社 2010 年版，第 196 页。

键。在这里,仍旧可以从青年/老年的二元对立结构入手进行探讨。

一、结构的转换和形象的变迁

在伤痕写作中,青年和老年的群像相对具有稳定性和类型化的特征,因此,仅从伤痕写作中青年/老年形象的差异入手是很难看出其断裂所在的,要考察伤痕写作的断裂,就有必要引入历时的角度,而非共时性的伤痕写作分析。从这一角度看,十七年乃至"文革"文学的小说创作都是这一"历时性"的框架。伤痕写作主要以新中国成立后的语境作为背景展开叙述,因此,一定意义上,这是一种现实题材的小说创作,因此,在选择十七年文学乃至"文革"文学的例子时也多以现实题材为例。为了分析的方便,现以一些有代表性的小说为例。

1.青年/老年形象的辩证法及其变迁

为了更好而较全面的分析,这里准备从十七年文学中的两个脉络入手,分析青年形象塑造的变迁。这两个脉络分别为:一个就是被视为十七年文学的正统及被认可的经典作品;另一个是在当时遭到批判或有质疑的作品。就前者而言,代表性的作品有《创业史》、《金光大道》、《艳阳天》等,后者以百花时期的创作为代表,其很多收录在"文革"结束后出版的《重放的鲜花》一书中。选择这两个脉络,是基于这样一种考虑,即,既要有代表性,而又能从正反两方面说明问题。这两类作品,虽然不好放在一起讨论,但就涉及青年形象及其同中老年的辩证法这一点而言,两类作品无疑又有其一脉相承之处。

《创业史》中两条道路,即梁生宝和郭振山之间的斗争,一定意义上就是青年与中老年之间的斗争。郭振山显然代表农村社会中的保守势力,这一保守势力,包括如梁三老汉、王二直杠、富农郭世富,甚至像地主姚世杰等老一辈农民,他们从传统思想中汲取力量和思想资源,不顾时代历史的潮流及轰轰烈烈的合作化运动,只顾个人的发家和自发;而梁生宝则代表农村中的新生的事物,他们无疑是上一辈中的子的一代,他们虽然年轻,但无疑代表着时代历史的潮流,他们从社会的远景和对社会的理性认识出发汲取力量,因而具有无穷的潜力。在这里,青年和(中)老年的冲突,一定程度上就是现代和传统之间的冲突,保守和变革的冲突。对于这一点,姚文元在当时就曾指出:"梁生宝的性格真实地反映了合作化运动中成长起来的青年干部的特点,他的性格同的经验一样,是跟着社会主义革命的前进而发展的。……读者从梁生宝每一个胜利中都看见了社会主义新生事物不可阻挡的力量,当然就更觉得这个人物形象充满生命力。"①这样也就能理解,为什么当《创业史》出版后,当有评论者如严家炎就对小说中梁三老汉的形象大加推崇,而对梁生宝的形象多有微词(如所谓"三多三不足"之说)②时,作者柳青会十分激烈地出来反驳。"对于我所不能同意的看法,我根本不打算说话。但《文学评论》杂志这回发表的这篇文章(即严家炎的《关于梁生宝形象》,刊发于《文学评论》1963 年第 3 期——引者注),我却无论如何不能沉默。"③那么,到底是什么使得作者不得不作出回应甚至严厉地反驳呢?"这不是因为文章主要地是批评我,而是因为文章从上述两个出发点进行的一系列具体分析,提出了一些重大的原则问题。我如果对这些重大的问题也保持沉默,那就是对革命文学实业不严肃的表现。"④严家炎的评判如从艺术得失的角度去看,当然无可厚非,甚至可以说是有相当的道理,今天的文学史写作也多从此说,但他往往忽略了一点,即,这已经不仅仅是文学写作本身,而是关于革命文学的原则性问题。

比如说,严家炎指责小说主人公梁生宝思想上的成熟,柳青则回应道:"简单的一句话来说,我要把梁生宝描写为党的忠实儿子……是梁生宝在社会主义革命中受教育和成长着。小说的字里行间徘徊着一个巨大的形象——党,批评者为什么始终没有看见它。"⑤柳青的辩白恰好表明十七年

①　姚文元:《从阿 Q 到梁生宝——从文学作品中的人物看中国农民的历史道路》,《上海文学》1961 年第 1 期;另见洪子诚编:《二十世纪中国小说理论资料》(第五卷),北京大学出版社 1997 年版,第 380 页。

②　参见严家炎:《关于梁生宝的形象》,《文学评论》1963 年第 3 期。

③　柳青:《提出几个问题来讨论》,《延河》1963 年第 8 期;另见洪子诚编:《二十世纪中国小说理论资料》(第五卷),北京大学出版社 1997 年版,第 465 页。

④　柳青:《提出几个问题来讨论》,《延河》,1963 年第 8 期;另见洪子诚编:《二十世纪中国小说理论资料》(第五卷),北京大学出版社 1997 年版,第 465 页。

⑤　柳青:《提出几个问题来讨论》,《延河》1963 年第 8 期;另见洪子诚编:《二十世纪中国小说理论资料》(第五卷),北京大学出版社 1997 年版,第 471 页。

小说中青年形象的复杂内涵:其一方面表现为革新和锐意进取的力量;另一方面又表明,这一力量是在党的领导或引导下发生作用的,而后者其实是最为关键的环节。这也就决定了十七年文学特别是小说中青年形象的过程性特征:青年永远走在路上,他们既成熟又不成熟,既进取又保守。用姚文元的话说就是"老成持重的青年人",他这样评价《创业史》中的梁生宝形象"他从进入青年时代起,就生活在无产阶级掌权的光明的新社会里,他用不着一个寻找党的领导的过程,他用不着再经历长期的从自发斗争到自觉斗争的摸索过程,而是一开始就在党的领导下参加了轰轰烈烈的土地改革运动,接着就以百折不挠的毅力,领导下堡乡的农民为实现农业合作化运动而进行了坚决的斗争"。① 这一评价,同样可以用在浩然的小说《艳阳天》及《金光大道》,甚至谌容的《万年青》(1975 年)等小说中。特别是《艳阳天》中,萧长春的出场就极富戏剧性和象征色彩,东山坞农业合作社眼看就要垮了,社员纷纷外出谋生,在这关键时刻,萧长春突然出现在人们面前,挡住了去路。这一幕给人的第一印象,与其说是党的领导者形象的亮相,不如说青年英雄的出场,青年作为时代的弄潮儿从此登上了历史舞台。而历史也证明,此后不久,青年及青少年确实在中国的历史舞台上发挥了影响深远的作用。在这一点上,《艳阳天》和《创业史》之间,其传承关系是显而易见的。梁生宝同郭振山之间在 20 世纪 50 年代初的斗争,在 50 年代中后期得到了延续,这一延续在萧长春和马之悦之间展开。萧长春和梁生宝一样,他们最初登场的时候都只是作为新生力量,是在野派,而马之悦和郭振山则是当权派,在这里,中老年同青年之间的斗争,其实就成为当权派和新生力量之间的斗争,是进取和守成之间的较量。换句话说,年龄修辞具有了政治修辞的意义。

如果说,《创业史》和《艳阳天》都是十七年文学中被主流意识形态极力肯定的小说的话,那么,百花时期的干预小说创作则某种程度上被主流意识形态所否定,关于这点区别,想必是没有什么疑问的。但若从青年形象的塑

---

① 姚文元:《从阿 Q 到梁生宝——从文学作品中的人物看中国农民的历史道路》,《上海文学》1961 年第 1 期;另见洪子诚编:《二十世纪中国小说理论资料》(第五卷),北京大学出版社 1997 年版,第 379 页。

造这一角度来看的话,这两者之间又有某种内在的关联。

　　王蒙的《组织部新来的青年人》是最为典型的代表。这部小说自出版之日起,就广受争议。且无论是题名《组织部来了个年轻人》还是《组织部新来的青年人》,从这两个题名中都可以看出"年轻人"和"青年人"这一相关表述,由此不难看出小说之有意突出"青年人"在小说结构框架(青年/中老年框架)中的作用。而据作者的自我表白来看,他也确实是从"青年"的出路问题入手进行创作的:"最初写《组织部新来的青年人》时,想到了两个目的……一是提出一个问题,像林震这样的积极反对官僚主义却又常在'斗争'中碰得焦头烂额的青年到何处去。"①但也正是这点,遭到了某些批评家的严厉指责"党没有内在的生命,只靠一个匹马单枪的'青年英雄战士'的闯入,才能和这个官僚集体进行奋战。而这个战士所依靠的,既不是领导的支持,也不是群众的协力……这一切,难道和我们党的工作,党内斗争的真实面貌,有什么真正的类似之点吗?"②实际上,小说情节及矛盾的推进也是在青年人(林震和赵惠文为代表)和中老年(以刘世吾、韩常新为代表)之间展开。但这也并非如李希凡所说,没有"领导的支持",相反,小说结尾,林震"迫不及待地敲响领导同志办公室的门"其实已表明,"青年英雄战士"没有党的领导和支持,是不可能将斗争进行下去的。从这点来看,《组织部新来的青年人》与《创业史》和《艳阳天》之间并没有实质的区别,区别只在后者中青年的行动代表的是时代的大潮,而前者中青年是处于一种逆潮流而进的状态,是一种对现状的批评。百花时期其他的干预小说,如《在桥梁工地上》、《本报内部消息》、《本报内部消息》(续)等,也同《组织部新来的青年人》一样,都存在一个青年与中老年干部之间对立的模式。在这些小说中,中老年干部作为现存秩序的维护者和保守者,他们拒绝改良和革新,更别说任何创新了,因此,青年同中老年之间的斗争,在这里就成为了改革和守旧之间的矛盾,是维持现状还是改变现状之间的矛盾。

　　从上面一正一反两方面的分析可以看出,在十七年文学特别是小说中,

---

① 王蒙:《关于〈组织部新来的青年人〉》,《人民日报》1957 年 5 月 8 日。
② 李希凡:《评〈组织部新来的青年人〉》,《文汇报》1957 年 2 月 9 日。另见洪子诚编:
　《二十世纪中国小说理论资料》(第五卷),北京大学出版社 1997 年版,第 179 页。

青年形象无疑是文学写作的核心问题,其关涉的已不仅仅是青年形象本身的塑造问题,而是与整个社会结构的变迁息息相关了,其背后无疑有其深刻的历史内涵。蔡翔在分析《创业史》、《山乡巨变》和《三里湾》等小说时指出:"在这些小说中,青年仍然是被'规范'的。严格地说,'青年/老年'的对立并没有构成此类小说的主要冲突模式,相反,冲突主要是在'青年/老年'之间展开,它所蕴含着的,是一种新的权力斗争的形式。而在这一斗争中,党始终坚定地站在青年一边,并给予一种合法性的支持。"①这一判断无疑是有道理的,但对于百花时期的干预小说而言,党却并不一定"始终坚定地站在青年一边",至少还不十分明显,这也是这些小说遭到批判的部分原因,而也正是这种疏离或疏忽,这些小说往往被后来的文学史写作高度评价。

在十七年文学的现实题材小说中,"'青年/老年'的对立"始终若隐若现地存在,并一度制约小说矛盾的展开,这在农村题材小说中普遍存在。在这些小说中,两条道路之间的斗争,其实一定程度上就是青年和老年之间的斗争,就是传统和现代之间的斗争。这一模式发展到极致就是"文革"中浩然的创作,此外,"文革"中也有很多小说如谌容的《万年青》等也在某种程度上延续了这一模式。诚如蔡翔所说,"'青年/老年'的对立并没有构成此类小说的主要冲突模式,相反,冲突主要是在'青年/老年'之间展开",我们探讨十七年乃至"文革"时期的青年形象的塑造,正是要揭示出这一"青年/老年"政治文化内涵。

换句话说,青年在十七年文学中的关键性意义,正在于其所表现出的现代性特征。不论是农村题材小说的创作,还是百花时期的干预小说,青年始终是作为"过程"被描写的:青年易变而充满活力,这一活力无疑使得青年永远不为现状所束缚,他要么表现出批判现实的精神,要么则表现为改变现实的动力。如果说老年表征着"传统、保守、四平八稳",那么青年则象征着

---

① 蔡翔:《革命/叙述:中国社会主义文学——文化想象》,北京大学出版社 2010 年版,第 140 页。

"未来、希望、创造"①,他们代表理性和智慧,他们拥有现代的知识,与时代一同进步,而不为传统和宿命所限制等这一切特征,都使得青年形象具有鲜明的现代性特征。

如果说,"青年"的诞生是现代性的产物的话,现代性本身所固有的内在矛盾,也同样存在于"青年"形象身上:"现代性就是过渡、短暂、偶然,就是艺术的一半,另一半是永恒和不变。"②正是这种"短暂"和"永恒"的矛盾,使得青年形象虽自现代以来备受推崇的同时,也一直受到怀疑,正如 Gill,Jones 所说,"青春(youthfulness)因此意味着如力量、美丽、理想主义和活力等诸多品质,这些品质也常常被年龄大些的群体视为值得拥有的而贪婪的,但是,青春又同缺乏经验、不明智、头脑发热,试验、天真以及不成熟和没有辨别能力等许多内在的特征联系在一起。"③这一方面可以理解为青年形象的复杂性;另一方面从这种复杂性中,我们也可以看出某种斗争和冲突。不同时代对青年形象特征的强调和取舍,正好与不同时代的历史现实紧密联系在一起,因此,在这个意义上可以说,青年形象的变迁毋宁说就是社会历史变迁的缩影和折射。

2.伤痕写作中青年的破坏意义和老年作为秩序的维护者

如果说,十七年小说中,突出的是青年充满活力和锐意进取的一面的话,那么在伤痕写作中,青年形象的另一面,即"缺乏经验、不明智、头脑发热,试验、天真以及不成熟和没有辨别能力等"则被强调和渲染。程光炜在分析刘心武的《班主任》时指出:"在班上,谢惠敏是团支部书记,品行端正,心地单纯,思想却近于僵化,心灵上打着很深的被四人帮'毒害'的印记。在作者看来,这种'僵化'妨碍了这代青年思想的'解放',与时代的进步构成了极大的矛盾和冲突。但这种否定性的文学描述又势必会引出另一个问题:即,在'十七年',主人公的这种思想品德和行为操守不是曾经被肯定

---

① 参见蔡翔:《革命/叙述:中国社会主义文学——文化想象》,北京大学出版社 2010 年版,第 140 页。

② 波德莱尔:《现代生活的画家》,《1846 年的沙龙——波德莱尔美学论文选》,广西师范大学出版社 2002 年版,第 424 页。

③ Gill,Jones,*Youth:Key Concepts*,Polity Press,2009,p.2.

的,在青少年中具有很大的代表性吗? 这一经典形象,为什么在新时期却处于一个被质疑的位置上?"①过去被肯定的,现在则被否定;过去被否定的,现在则被肯定,这种颠倒在伤痕写作中普遍存在。这其实是提出了"青年"的被启蒙的问题。

仅以刘心武为例,就在创作《班主任》(1977 年 11 月完成)之前的 1975年,刘心武出版了一本小说《睁大你的眼睛》,比较这两篇小说是很有意思的。在《睁大你的眼睛》中,小说描写了一个叫做方旗的小男孩,以一双充满阶级斗争的眼睛,发现了身边暗藏的阶级敌人,从而带领小朋友们,并在大人及领导的帮助下,最终战胜了敌人,取得了胜利。这两篇小说都是以青少年形象为主人公的,两篇小说中的主人公又是何其的相像,但反讽的是,在后者中,青少年形象被树立为英雄典型,而在前者中,青少年形象则一变而为负面的、否定的;短短一年多时间,刘心武的转变不谓不快也! 那么现在的问题是,到底为什么会出现这种转变呢? 这一转变的出现,是表明刘心武的高明和睿智,还是有其他的原因?

在伤痕写作中,青年形象之不同于十七年小说中青年形象的突出之处主要表现在青年形象的狂热幼稚天真和对自身的悔恨与忏悔,这是同一个问题的两个方面。幼稚和天真显然是被文学或社会形塑而成的,时代的巨变造成对历史的重新评价,时易事迁,青年此前的忠诚和追求因而被叙述为狂热和盲目的信从,缺乏自我的判断。这里,有一个关键的翻转,这在那些表现现实/历史对话的小说结构中表现明显。典型的如金河的《重逢》,现实和历史的"重逢"表现在复出的老干部对青年叶辉的审判中,叶辉"红卫兵"时代(历史)的虔诚热情在复出时代现实和老干部的审判下一变而为幼稚和狂热,叶辉也因此陷入悔恨和忏悔之中。在这里,与其说是现实和历史的"重逢",不如说是现实对历史的审判,事实上,参与审判的复出老干部只不过是这一现实的符号而已。从这个意义上说,老干部并不"个人",当他再次面对叶辉时,深陷与叶辉之间的个人记忆的旋涡不能自已,其实大可不必。因为,他参与的,并不是他"个人"对叶辉的审判,而是时代"主体"指向

---

① 程光炜:《文学讲稿:"八十年代"作为方法》,北京大学出版社 2010 年版,第 197 页。

叶辉的审判。当时代"主体"赋予青年以被审视或审判的地位时,同样也赋予了老年以审视或审判者的位置,在这里,个人的记忆无疑已经不再重要,重要的是如何去填充这一被赋予的位置。正是在这一点上,《重逢》显示出了它的意义,它以复出的老干部的视角,纠缠于个人记忆,实则是表达了对这一新的主体位置的质疑。

二、青年、断裂与新时期

洪子诚在谈到 20 世纪的中国文学史时,指出:"在 20 世纪的中国文学历史上,也留下了一串大大小小的断裂现象和时间。而且,'先锋'和'落伍'的位置转换速度之快,也令人瞠目。"①实际上,这些断裂很多都与青年的塑造息息相关,典型的例子就是文学革命和革命文学口号的提出。洪子诚认为:"被我们所指认的'文学断裂',既是指一种存在的现象,同时,指的也是一种普遍存在的心理、情绪,或者是一种姿态。在有的时候,'断裂'与其说呈现在'文本事实'中,不如说带有更多的文本外姿态成分。"②20 世纪80 年代初伤痕写作的"断裂"更多属于后者。

不管是十七年还是 20 世纪 80 年代初的小说写作,青年形象都表征出断裂的意义和品质,这一断裂大都表现为对现实的变革或破坏上。但此断裂非彼断裂也。因为显然,在十七年文学中,青年形象的断裂品质是作为变革精神来加以肯定的,而到了 80 年代初,这一品质却被作为破坏性加以否定了。这里明显出现了翻转。如果说十七年文学中,青年形象的变革精神是现代性线性思维和继续革命的逻辑的表征的话,那么 80 年代的伤痕写作中,青年形象的破坏意义则表现为对秩序的破坏和对日常生活的背离。这两种断裂可以说是革命和日常之间矛盾的不同表现,是革命的逻辑和日常生活的逻辑之间的重新选择。青年形象的变化,在这里对应的是对不同历史阶段的不同看法,以及代表着的不同历史力量。如果说,在十七年文学中青年形象代表的是厚今薄古的进化观的话,那么在 80 年代初的伤痕写作

---

① 洪子诚:《问题与方法》,三联书店 2002 年版,第 107 页。
② 洪子诚:《问题与方法》,三联书店 2002 年版,第 111 页。

中,青年则联系着历史混乱和动荡不安,因此对青年的否定,也就是对秩序的恢复的渴望和对日常生活的回归。从这里可以看出,80 年代的断裂并不是通过革命或激进的现代性来完成的,而是通过对守成和保守的肯定来完成的,但问题是,这一叙述上的策略和变化,与实际上的 80 年代的断裂并不吻合。

新时期是从断裂开始的,并从对断裂的叙述中获得自己合法性的基础,但问题是,这一断裂马上又面临一个新的问题,即,紧随其后的改革又该如何获得其自己的合法性根源。这里有一个时间上的略有先后之分,"文革"的结束,无疑已宣告大乱之后大治的可贵及其价值,而当大治已经获得了一定的现实基础后,再言改革,是否会出现新的断裂? 所以这里就必然出现这样一种矛盾状态,即"文革"之乱/改革之间的关系,以及"文革"后戡乱稳定与改革之间的关系,这两者之间是否等同? 这既表现为时间上的差异,也表现为对历史现实的不同看法。从这个角度看,七八十年之交,与 20 世纪 80 年代前中期,显然是不同的。如果说,七八十年之交,更多地表现为大乱之后,借治乱的名义改革的话,那么 80 年代中期的改革则意味着稳定之后即乱治之后的再一次的"乱",在这时,青年再一次登上历史舞台,充当了锐意进取的革新者的历史角色,而非伤痕写作中表现出的被历史所否定的角色。柯云路的长篇《新星》及其续篇的意义就在这里,它提出了在新的时代中,乱治的循环及其辩证关系。

对改革小说而言,青年形象的复杂并不亚于改革本身的复杂。这可以从蒋子龙和柯云路的比较中看出。以蒋子龙为代表的改革小说中,锐意进取的改革者大都是中老年出身的老干部而非初出茅庐的青年,但在柯云路的小说中,青年则表现出针对老年守旧的斗争,而且这一斗争某种程度上是一种结构性的斗争,也就是说,青年/老年这一结构性的构成,决定了青年对老年的怨恨以及老年对退出历史舞台的不甘。这一复杂状态在改革小说中较为普遍,其他作家,如贾平凹显然属于后者,而路遥以及张洁的《沉重的翅膀》则属于前者。

这里并不打算深入分析,留待下一节再去讨论这个问题,这里只想指出,青年形象的变迁,以及青年/老年的二元结构,在当代中国及其文学中的重要性,而这与现代性在中国的发展又是纠缠在一起的。某种程度上,可以说,现代性的复杂造成了青年形象的复杂性及其内涵的多变性。如果说,在十七年文学乃至"文革"文学中,青年形象更多地联系着革命的现代性的话,那么在新时期之初的伤痕写作,青年形象则带有革命现代性的伤痛,而到了改革之初,青年一跃而从伤痕之肇事者,经由现代化的"询唤",而变为建设现代化的中坚力量和改革健将。改革的合法性最初是从对伤痕混乱的治理而得以建立,青年因而也遭到了历史的否弃,而一旦秩序得以恢复,传统得到重建后,这一秩序和传统又可能重新造成对社会的压抑,此时,改革便不得再一次倚重青年,倚重其锐意进取和敢于革新的性格特征。青年再一次充当了历史断裂之手的承担者。这时,表面看来,是青年形象的合法性得以重建和恢复,青年的性格特征被重新得到肯定,但此时已非彼时,此时的青年已经不再是作为革命青年的形象出现,而是以青年改革家和野心家的面目出现。可见,不变的青年背后是变幻的时代历史。青年仍在,对断裂的焦虑依旧,但物是人非,斗转星移,此时,我们再去回顾当时,似有恍如隔世之慨。

而问题的复杂性还在于,20 世纪 80 年代之初伤痕写作的复杂性某种程度上也预示了 80 年代文学写作复杂性。在伤痕写作中,日常生活的回归(现代性)无疑已经否定了革命的现代性,但作为革命现代性的逻辑并没有因此退出历史舞台,其后又在改革文学乃至寻根文学中都有所持续。从这个角度看,80 年代的文学某种程度上就是日常生活的现代性和激进现代性之间彼此较量了。在改革文学中,激进的现代性重又形成对日常生活的否定,其以现代化的宏大命题而否定日常生活的平庸和琐碎。

三、结语

通过前面的分析可以看出,不管如何,青年始终都是与断裂联系在一起的。这一"断裂"的出现,显然带有现代性的特征。在古代社会,相对较为停滞的社会,循环的时间观,决定了老年的经验的重要性,而这一经验的丰富与否显然又是与年龄的多寡成正比,这样一来,也就决定了青年的依附地位。因此,在这种框架中,青年只有通过向老年的接近和靠齐,才能获得自身的合法性。而在现代社会则不同了,现代技术的进步,工业文明的发展,使得传统的经验越来越难以解释现代社会的发展,随之而来的必然是老年经验的无效,和现代意义的青年应运而生,断裂因此出现。

表现在青年和老年的辩证法中,时间观念应该说是最为核心的方面。鲍曼认为:"现代性就是时间的历史:现代性是时间开始具有历史的时间","时间变成了一个'硬件'(hardware)的问题,人类能够对这一硬件加以发明、建造、使用和控制,时间再也不是绝望地无法延伸的'湿件'问题,也不是变化莫测、反复无常的、人类无法加以控制的风力和水力的问题;……它已经变成了一个分裂因素:一个时空结合中变化不断的动态角色"①。换句话说,现代性的时间,既是一种变量,但并非不可控制。它既瞬息万变,也永恒不变。从这点来看,如果把现代性的时间观视为一昨天、今天到明天的线性过程的话,则显然有简化现代性的时间之复杂的一面。但有一点是很明显的,即对现代性而言,"过渡、短暂、偶然"是首要的,它首先是一个变量,一个"动态角色",其次才有可能谈到永恒和不变。因为,现代性是"随着蒸汽机和内燃机的出现"而出现,"现代性诞生在加速和陆地征服的'星象'中,而且这些星象形成了一个包含所有关于它的特性、行为和命运的信息的星象"②。以此而论,现代性显然更为偏爱"青年"而不是"老年"了。但问题也正出在这里,正因为现代性既短暂又永恒,所以它对任何一种对象,都保持两种印象和态度,这在某种程度上决定了青年形象的矛盾特征,这一特征在今天尤为明显。"青春(youthfulness)因此意味着如力量、美丽、理想主义和活力等诸多品质,这些品质也常常被年龄大些的群体视为值得拥有的而贪婪的,但是青春又同缺乏经验、不明智、头脑发热,试验、天真以及不成熟和没有辨别能力等许多内在的特征联系在一起。"③

青年形象的矛盾特征,同时也决定了老年形象的复杂性。这一复杂状况可以表述如下:

---

① 齐格蒙特·鲍曼:《流动的现代性》,上海三联书店 2002 年版,第 173、174—175 页。
② 齐格蒙特·鲍曼:《流动的现代性》,上海三联书店 2002 年版,第 175、176 页。
③ Gill,Jones,*Youth:Key Concepts*,Polity Press,2009,p.2.

青年	老年	备注
混乱和激进	秩序和持重	传统受到肯定
进步和革命	守旧和反动	传统遭到否定

如果青年的形象特征可以概括为两个方面,进步、革命以及混乱和激进的话,那么其对应的老年也就成了秩序和持重以及守旧和反动了。而从这种区分可以看出,同样是传统,其在不同时期,意义是不同的。这在 20 世纪 80 年代的文学中有非常明显的表现。反映在伤痕写作中,传统的力量因为是秩序的象征而获得它的合法性的。在这种情况下,青年作为传统和社会秩序的异端在整体上遭到了否弃。而在其后的改革写作,以及寻根写作和现代派写作中,则变得更为复杂了。

从上面可以看出,伤痕写作中其实存在两重断裂:一重是青年的激进造成的传统的断裂;另一重是老年所代表的秩序对青年激进的否定,后一重断裂以传统的名义其实是恢复了被青年所造成的断裂的传统。显然这里的逻辑是一种否定之否定,通过这种否定之否定,传统得以某种程度的接续。但问题是,传统和秩序在伤痕写作中并非不证自明,而毋宁说歧义丛生。这从与伤痕写作几乎同时的反思小说的写作中可以明显地看出。如果说反思小说延续了伤痕写作对"文革"的批判的话,这一延续在反思写作的对传统和秩序的反思中实际上被中断。伤痕写作通过反常/正常的逻辑翻转,得以建立了正常的合法性,传统得以重建。而反思小说则通过对反常的追溯性反思,其实是从内部对传统和秩序进行了重新区分:正常不再等同于传统和秩序,而毋宁说反常是由传统中之封建的因素所造成的,因而对反常的"祛魅"就需要另一新的传统——即现代——来完成了。从这个角度上看,反思文学其实是为现代甚至现代主义正式登场扫清了道路。这是我们今天看待伤痕及反思写作时应特别加以注意的。

从另一方面看,伤痕和反思写作在面对传统上的矛盾和差异,其实也就是后来表现在改革文学中的差异。也即改革从何开始的问题:改革是从"文革"之乱始,还是从传统之旧开始? 这已不仅仅是如何看待传统和现代的问题,更是与中国特定的时代历史纠缠在一起的问题,对这问题的分析,只有容待后文去分析了。

第二节　改革文学与青年的辩证法

一、改革的三个故事及其时间上的起讫

按照文学史的理解,所谓改革文学(小说)指的是出现在"文革"结束后的,呼唤或表现农村与城市改革的小说创作潮流。① 可见,呼唤改革是改革文学之"改革"的关键所在;但既然名为改革,就必然有一个谁去改革以及改革什么的问题,就像当时一部改革小说中的人物所言,"现代写改革的作品都是这样:一个厂长,或者一个书记,到了一个新的单位,大刀阔斧地推行改革,于是,就招来对立面的反对,或是告状,或是造谣。这中间再加上一点爱情的佐料,要么是个独身的女工程师,要么是个寡妇。最后,总是以这个厂长或书记的胜利告终。"(石一士语)②但这往往只是说对了一半。改革诚然有一个改革者和对立面的矛盾结构,但还须把这一结构放在历史时间的脉络里才能把握清楚。卢卡奇在谈到小说建构"生活总体性"时指出:"小说将其总体性本质包含在起讫之间,因此把个人拔高到了这样一个高度:通过他的体验,他会创造整个世界,并使之维持平衡。"③暂且无论卢卡奇所谓的"总体性"意指为何,对一部小说的叙述及其意义的建构而言,叙述时间的起讫,无疑是至关重要的环节;这对书写社会巨变的改革宏大叙述而言,尤为如此。本着这样一种理解,我们发现,改革文学其实讲述的是三个故事,三个故事之间,因为改革的起点不同而略有差异。

从文学史的描述来看,改革小说要略晚于伤痕叙述和反思写作,这就出现了一个问题,即改革叙述的时间起点问题。也就是说改革是从"四人帮"被打倒时(1976年10月)开始,从"文革"结束时(1978年党的十一届三中全会的召开为标志)开始,还是从"文革"结束后开始? 这里显然有一个时

---

① 参见洪子诚:《中国当代文学史》,北京大学出版社1999年版,第258页。
② 张贤亮:《男人的风格》,百花文艺出版社1983年版,第295页。
③ 卢卡奇:《卢卡奇早期文选》,南京大学出版社2004年版,第56页。

间差,就以蒋子龙的《乔厂长上任记》为例。这部小说发表之后引起轩然大波,引来一片赞扬,也招致猛烈的抨击。而从当时的争论文章来看,对小说中改革起讫的不同认识,某种程度上决定了他们对待小说的不同态度。评论双方都一再提到小说中描写的电机厂"文革"后的混乱局面,分歧其实只在于,这种混乱是由谁造成的? 而事实上,切入或叙述的起点不同,往往会得出截然相反的结论。批判者从翼申出任厂长的时候——即打倒"四人帮"时(1976 年 10 月)——开始"叙述"(批评也是一种叙述),各种问题及罪责自然都应算在"四人帮"及火箭干部郗望北,而非翼申身上,"显而易见,翼申上任之前,电机厂已经亏损了。这是谁造成的? 不正是那个自称为'运动跟得紧'的造反派头头郗望北追随'四人帮'那条祸国殃民的极"左"路线的结果吗"①。而肯定者的"叙述"则是从乔光朴到任——1978 年——之时叙述,这个时间点被冠以"当前"、"新时期"、"四化建设新时期"等相关指涉的范畴,如冯牧评价说"作者⋯⋯用严谨的现实主义手法表现了当前工业战线的矛盾和斗争"②,在这一叙述中,"文革"开始时的 1966—1978 年显然被视为一整个时段,这其实是把"四人帮"被打倒后的 1976—1978 年这一时段,视为前一段时间——即 1966—1976 年——的延续了,而在前一种叙述(即批判者的叙述)中,"四人帮"被打倒的 1976 年则成为时间的分水岭,一切罪责都算在"四人帮"头上,仿佛"四人帮"被打倒,流毒被肃清,问题也就解决了。在"改革"的逻辑上,这两种叙述似乎没有什么不同,但在对时间的处理上,前一种叙述有意地夸大了"四人帮"被打倒的 1976 年,这其实是忽略了 1976—1978 年的历史延续性,这种处理,在今天看来显然是很有问题的;因为显然,"四人帮"被打倒并不意味着"文革"结束,"文革"的结束要迟到 1978 年年底前后,如果以此来看后一种叙述,无疑更符合当代历史的发展概貌。但并不是说,后一种叙述就没有问题。后一种叙述

---

① 刘志武:《文学应是生活、时代的一面镜子——评小说〈乔厂长上任记〉》,《天津日报》1979 年 10 月 5 日。

② 肯定者多用"当前""四化建设新时期"(冯牧)等语,参见见敏:《对小说〈乔厂长上任记〉的反应》,《文艺研究动态》1979 年第 19 期;彭少峰:《乔光朴——新时期的英雄形象》,《新港》1979 年第 12 期。

的问题在于没有区分"四人帮"时期和"四人帮"被打倒到1978年这两个时段的不同(这也可能是一种有意的混淆),如刘宾雁说"我们这个时代的特点是客观上充满复杂尖锐的矛盾,多年来积累许多难以解决的问题,而主观上又有不少消极因素妨碍我们大刀阔斧地去解决问题。因此,我们需要乔光朴这样的'铁腕人物'",他"义无反顾地同各种阻碍四化的邪恶势力做斗争"①。肯定者从1978年以后的历史开始叙述(评论也是一种叙述),其显然是以时代的宏大主题——改革的意识形态——作为评判和观察的角度和依据,这之前出现的种种混乱都能在改革和"四个现代化"的视域中得到合理的解释(即"四化"的阻碍),也能在改革和现代化的承诺中得到彻底的解决,而改革的迫在眉睫和压倒一切的必要性也在这种混乱局面中呈现出来;否定者则从"四人帮"被打倒开始叙述,这种叙述虽然也能导向对"四个现代化"的呼吁,但改革的时代主题和必然性却不一定得以呈现。在这种视域中,一切混乱和悲剧,都是"四人帮"和林彪所为,按照这种逻辑,似乎只要肃清"四人帮"和林彪的流毒,任何问题也就迎刃而解了。显然,在这里,对改革前混乱局面或现状的认识决定了改革叙述的不同类型:混乱是由"四人帮"造成,经营管理不善,还是由传统力量的束缚所致?而事实上,三种不同的回答,其实也就是三种叙述,这就形成了改革叙述的三种主要类型(故事)。这三种类型,也是三组矛盾的展开方式。

第一种类型,可以称为"乱/治型"。在这一类型的改革叙述中,"文革"之"乱"是造成社会停滞的根本症结,因此,只要"文革"之"乱"得到纠正,社会就会出现快速而迅猛的发展。从这个角度看,这一改革叙述常常与伤痕、反思写作有一定的重叠之处。其中最为典型的就是鲁彦周的《天云山传奇》。天云山特区显然是现代化(工业化)实践中的产物,但是"文革"以及新中国成立后的"左倾"思潮严重阻碍了它的正常建设和发展,因此,当"文革"结束,党的十一届三中全会的召开,天云山重又恢复了20世纪50年代中期的那种火热的生产建设中去。在这一改革叙述类型中,如何看待"文革"往往成为关键,是指批判"文革"的非人性非人道,还是直指新中国

---

① 见敏:《对小说〈乔厂长上任记〉的反应》,《文艺研究动态》1979年第19期。

成立以后的"左倾"思潮。这样又形成了"乱治型"的两种主要模式:第一种表现为,如果只是批判"文革"的非人道非人性,改革则从"文革"之"乱"获得合法性,改革就是改"文革"之"乱"了,社会秩序恢复了,现代化和社会生产也就不成为问题;严格意义上讲,纯粹这一类型的并不是多,何士光的《乡场上》和鲁彦周的《彩虹坪》某种意义上属于此类。第二种表现为,如果矛头直指向"左倾"的,则通过追溯"左倾"的错误,说明正是"左倾"阻碍了新中国成立后的现代化建设和改革进程,"左倾"错误至此成为改革合法性的前提和保证。这一类型的小说比较多,《天云山传奇》、张一弓的《张铁匠的罗曼史》、王滋润的《鲁班的子孙》等,周克芹的《许茂和他的女人们》某种程度上也属于此类。

第二种类型,是"数字决定型"。在这一类型中,改革的一切指标以数字和效率为准则,任何与此无关的都要被否定和改革。仿佛数字就是一切,就是现代化的关键,而改革的乌托邦承诺也往往在这种数字和效率的神话中得以实现。这一类型的改革叙述最为普遍,蒋子龙的很多小说都属于此类,如《乔厂长上任记》、《弧光》、《赤橙黄绿青蓝紫》、《燕赵悲歌》等,此外,如邓刚的《阵痛》、贾平凹的《鸡窝洼的人家》、张一弓的《黑娃照相》、张锲的《改革者》、张贤亮的《男人的风格》、李国文的《花园街五号》等,张洁的《沉重的翅膀》某种程度上也属于此类。

在上面两种类型的小说中,第一、第二类多有重合,而这两种类型的改革叙述,又都显然带有明显的乌托邦色彩:改革总能带给人们希望,而改革者也给人以悲壮感。相对而言,第三种类型则显得要复杂而深沉得多。

第三种类型,可以称为"传统/现代型"。在这一类型中,改革针对的是传统的力量和惰性,在这里,传统可能作为一种秩序和惰性存在,缓慢而又强大地阻碍改革的进程,因此,要想改革首先就要向这些传统秩序及代表宣战。即使如此,改革叙述针对传统的态度也并不一致,这种不一致,某种程度上形成了"传统现代型"的两种模式。第一种是告别传统型。在这一类型中,传统无论从哪个方面看,显然都是需要被否定和革除的:传统往往作为某种主导秩序,严重阻碍了一地一区的发展,不革除则不能前进。其中,如柯云路的《三千万》、《新星》、《昼与夜》、《衰与荣》是典型,另外,像张锲的《改革者》、张贤亮的《男人的风格》、鲁彦周的《古塔上的风铃》和李国文的《花园街五号》某种程度上也属于此类，由此可见，这一类与第二种改革叙述"数字决定型"有某种内在的联系。第二种则是"无望的怀旧型"。在这一类型中，传统虽然终究要被时代历史所遗弃和否定，但作者/叙述者往往表现出态度上的犹豫不决乃至于小说处处笼罩在一种无望的怀旧气息之中：虽然明白时代向前发展的不可抗拒，但对美好而无用的传统又报以无限的乡愁和留恋；现代虽然代表着历史的潮流，但也可能蕴藏着某种邪恶和污秽。因此，这一类小说相对于前面几种改革叙述，在文化内涵上则要显得丰富深刻得多，也最为难以阐释。代表作有贾平凹的《腊月·正月》、《浮躁》，王滋润的《鲁班的子孙》，周大新的《家族》，张一弓的《流星在寻找失去的轨迹》，等等。这种对待传统的矛盾态度，某种程度上又与此后不久的寻根小说存在某种内在的关联，这是后话，暂且不论。

从前面的分析可以看出，这三种类型只是某种大致的区分，事实上，很多小说都难以归类，其既可以归到第一类，也可以归到第二类，甚至第三类：之所以作这种区分只是为了某种叙述分析上的便利。而实际上，对改革前混乱局面或现状的认识其实也是小说内部人物矛盾展开的结构方式。其中典型的例子如《改革者》，小说中的保守派魏振国这样说："说来说去，还得怪'文化革命'，把党风败坏了，把人的是非观念搞乱了。……不正之风，到处都是。"①而正是基于这样一种逻辑，他认为只要恢复"文革"前的秩序，就万事大吉了，而小说叙述的起始时间是20世纪80年代初，这时，社会已经回到"文革"前的那种秩序，所以也就没有必要急于变革了。小说中省委书记陈春柱是这样比较保守派魏振国和改革家徐枫的：

> 魏振国的革命意志有些衰退，有些安于现状，满足于舒适安定的家庭生活，思想跟不上正在迅速发展的新形势，缺少徐枫那种对革命事业的高度责任感和紧迫感，缺少那种闯劲、那种干劲，那种对新鲜事物敏

---

① 张契：《改革者》，人民文学出版社1983年版，第47页。

锐的接受能力。①

在陈春柱看来,魏振国那是"革命热情"的"逐渐衰退"。而也正是他们两个人表现出的对新鲜事物、现状和革命热情的不同态度,使得他们不可避免地处于矛盾和对立的状态,小说的故事情节和人物之间的矛盾也因此而展开。这种结构方式在很多改革小说中表现明显,柯云路的《新星》即此,小说中改革者和保守者的矛盾冲突也是被塑造成安于现状和勇于革新之间的不同,也是副职和正职之间的对立。

而从前面所引陈春柱评价魏振国"革命热情"的"逐渐衰退"这一表述可以看出,这里所谓的"革命热情"其实就是一种关于青春或青年的隐喻。年龄可以慢慢老去,革命热情或激情却不能有所减损,而对那些经历了十年"文革"浪费了大好时光的人来说,就更应该重新振作,永葆激情了。可见,在这里,改革叙述的矛盾结构或展开方式,其实也是关于青春或青年的想象方式。

二、三种青年(观)和青年/老年的辩证法

如果说上述对改革叙述模式的概括成立的话,那么这三种模式其实表征了三种不同的青年观。这三种青年观分别指涉三种青年形象,即被怀疑的青年和永远的青春、被召唤的青年、反叛进取的青年。这三种青年形象,按照顺序分别对应着三种不同类型的改革叙述;而若从过程和整体的角度来看,这三种青年形象,其实恰恰构成一部重建青年主体的全过程。

1.青年从被怀疑到被询唤

先谈第一、第二种类型的改革叙述。在第一种类型的改革叙述中,"乱/治型"矛盾展开方式,某种程度上内在地决定了青年/老年在这一结构中的位置。这一类型与伤痕叙述十分相似,"文革"之"乱",在小说的叙述中,显然很大程度上源自于**青少年**红卫兵小将的造反,因此,重新整"治"之功就责无旁贷地赋予并加在复出的**中老年干部**身上。这在那些凡是直接触

---

① 张契:《改革者》,人民文学出版社 1983 年版,第 167 页。

及或涉及"文革"的改革小说(包括第二种类"数字决定型"的大部分小说)中,表现十分明显,在那些小说中,改革家几乎一律是中老年干部,乔光朴(《乔厂长上任记》)、霍大道(《机电局长的一天》)、龙种(张贤亮的《龙种》)、徐枫与陈春柱(《改革者》)、刘钊与高峰(《花园街五号》)、钟波与吕芹(《彩虹坪》)、郑子云(《沉重的翅膀》)等,而在这些小说中,青年形象则处于被否定被批判或附属陪衬的地位,有的甚至表现为一种缺席的在场形式。《花园街五号》可以说很具有代表性,小说中塑造的疯子大宝极具有象征性。"文革"已经结束,而作为"文革"期间造反起家的"革命派"大宝——他当时改名为韩学青——却始终不能走出,因而出现一种错位——既是时间上的错位,也是一种语境的错位——当时代社会已然恢复秩序,他还始终活在狂热的历史中,故而在常人看来,他就成为一个不可救药的疯子和精神病,而他也只有在置身"文革"时代的幻觉中才能保持片刻的平静。这显然是一种以乱/治的矛盾对立塑造的青年形象,其将无可挽回地遭受时代的遗弃。

在《天云山传奇》中,青年形象基本上是处于某种缺席的状态,但这并非说青年不存在,而是说青年被某种程度的反写或改写了。小说虽然叙述的主要是中老年之间的矛盾冲突,但其实制约小说情节始终的仍旧是青年/老年的辩证结构。小说中的英雄主人公罗群,虽身在逆境,仍心忧天云山的建设,坚持学习。即使青春不再,仍旧始终保持一颗火热青春的心,而随着"文革"的结束、新时代的到来,反而更加激起他的热情投入国家的建设中去。可见,对于罗群而言,生物学意义上的年龄显然不是判定他的青年与否的标志,青春可以流走,但只要在内在的精神特质上保持激情,就可以"永葆青春"。这样一来,青年就从一种生物学意义上的范畴,而升华为一种精神特质上的"永远的青春":青年与年龄无涉。就像乔光朴所说:"雄心是不取决于年岁的,正像青春不一定就属于黑发人,也不见得会随着白发而消失。"(《乔厂长上任记》)这种叙述,在改革小说中相当普遍,乔光朴、武耕新(蒋子龙:《燕赵悲歌》)、徐枫、刘钊、高峰、霍大道等这些中老年干部都被叙述成这样一种"永远的青春"或"永远的青年"形象,这种修辞在小说中比比皆是。如小说《燕赵悲歌》中是这样描述武耕新的:

他的躯干像岩石一样清瘦干硬,仿佛把身上的水分都蒸干了,只剩下筋骨——而这正是他理论和理智的结晶。从他那发红的、严重缺乏睡眠却依然闪着火星的眼睛里可以看出来,他身上还怀着一种悲剧性的热忱和执拗!①

以下是别人眼中的郑子云:

两眼闪闪发光,还瞪得那么大,两颊泛红,声音激昂,一句连一句,前面一句话简直就像让后一句话顶出来的。②

这是典型的改革者形象,"清瘦"而硬朗,睡眠不足而又闪耀着火星。显然,在改革小说,特别是第一、第二类改革叙述中,改革者大都是焦虑而又忧心忡忡的,他们常常为了某时某地的落后现状焦虑不已,又为改革的所遇到的阻碍痛心疾首,这使得他们形象既显得高大又往往充满悲壮感。而关于这焦虑,既是"文革"的混乱造成的,也是中国处于世界格局中的落后局面造成的。同时,荒废逝去的青年岁月又更加让他们感到时间的可贵,反促使他们更加努力,不如此仿佛就不能追回已逝的青春。关于这点,并不为很多研究者和评论家所关注。

这是问题的一方面,《乔厂长上任记》中的青年工人杜兵被塑造成被怀疑的青年;另一方面,这些青年无疑又是能被整合召唤进现代化的进程中去的,这些青年往往又被描述叙述成被召唤的青年。这在鲁彦周的《彩虹坪》和蒋子龙的《赤橙黄绿青蓝紫》中表现明显,两篇小说完整而形象地表现了青年一代如何从被怀疑进而转变为四化建设需要的人的这一过程。《彩虹坪》中的吴仲曦就是一个典型的被愚弄而又可以被拯救的青年形象:他心地善良,但又十分软弱;他伤害过人,但这种伤害并不是有意的;他没有自己的主见,但也并不是十分盲目和冲动;这一切决定了他既容易被迷惑和愚

---

① 《蒋子龙集》,海峡文艺出版社 1986 年版,第 224 页。
② 《沉重的翅膀》,人民文学出版社 1984 年版,第 197 页。

弄,也可能被警醒和召唤,而他最终走向农村,投身农村的改革事业,也正是在这种召唤之下完成的。

在工厂党委书记祝同康(《赤橙黄绿青蓝紫》)眼里,"一个多么好的青年干部,本来是很有希望的,这究竟怪谁呢? 是他党委书记的影响力太弱,还是刘思佳这伙青年人的腐蚀力太强? 现在的青年人一个个简直都是无法猜透的谜,自己的儿子是谜,刘思佳是谜,现在解静也成了谜。"①显然,在小说中明显存在着中老年和青年之间的矛盾,而这一矛盾结构又是同对现状的不同认识联系在一起的。这是一部很奇特的改革小说,说它奇特是因为,在这部小说中,并没有像蒋子龙此前改革小说中那样塑造出富有开拓精神的改革者硬汉形象,而是从中老年干部和青年两个层面思考了他们各自的出路问题。显然,经历了"文革"之后,青年曾经的理想信念一夜之间轰然倒塌,原先的信念已经失效,而新的信念和目标又一时难以建立,这样就造成了青年的怀疑反叛、犹豫和徘徊,甚至堕落了。而于"文革"后复出的中老年干部,如果不能适应新的环境,而又不能很好地把握青年的思想,并引导他们,无疑也会给自己提出或带来新的难题和挑战。小说中的党委书记祝同康就是这样一个典型,"他是个严肃而正派的人,不习惯油腔滑调,……别人可以指责他窝囊,缺少永无果断的领导者气魄,……但是上下不能不承认他是个好人。"②从小说的叙述来看,祝同康不能不说是一个很好的领导干部,他对属下年轻的秘书解静也无不是充满了真挚的感情,但就是这样一个好人领导,却对"文革"结束后新的形势下出现的新的情况束手无策,他既不理解曾经十分温顺纯洁的解静的思想的变化,也不理解被称为刺头的刘思佳的真实思想,更不能把工厂从混乱无序的困境中解救出来,他还在沿用"文革"前老一套的方式管理工厂和工人(包括青年工人),其遭到失败也就是必然的了。既然理应作为导师和领路人的中老年干部,不能承担这一任务,青年的出路何在呢? 既然青年人徘徊犹豫、桀骜不驯而又不甘堕落,他们的出路何在? 小说通过塑造解静和刘思佳这样两个命运相反但

---

① 《蒋子龙集》,海峡文艺出版社1986年版,第151页。
② 《蒋子龙集》,海峡文艺出版社1986年版,第124页。

问题又极其相似的青年典型而回答了这一问题。

解静,一个对党无比"真诚"又有着无比"纯洁的灵魂"的青年,一个在任何时候都不曾对党有过怀疑的青年("文革牌"的新干部),但是在经历"文革"的洗礼之后,似乎幡然悔悟:

> 她心里委屈极了,她刚一进工厂分配她到平炉车间学化验,她本来可以成为一个正儿八经的化验工,可是车间领导老叫她写材料,搞批判,以后党委书记到平炉车间蹲点又看中了她,把她调到厂部当了秘书,这能怪她吗?哪一次调动不是领导哦啊决定,工作需要。现在当她感到自己心里的长城一下子垮掉了,过去她视为很崇高很重要的工作,原来并没有什么实际价值,甚至有很多是空对空,是糊弄人,对群众不仅无益反而有害。她觉得心里空落落的,什么也不懂,什么也不会,这些年白耽误了,……这些年,大家对"四人帮"那一套有一股子气,对政工干部有意见,但为什么要把这股气撒在她的身上?她难道不是受害者!她甚至比别人更倒霉,她浪费了青春,浪费了生命,到现在一无所长……更可怕的是精神受到了捉弄,心灵遭到了蹂躏,她还只有二十多岁,她必须要重新建立新的生活的信念。

相反,刘思佳则是另外一种典型。"文革"期间,他参加过"停课闹革命"并被推选为造反派头头,随后又被父母关在家里,学会并掌握了很好的电工技术。他既自负,又自卑;既瞧不起那些没有真实本领的政工干部和领导,也为自己"上不了大学,干不了电工"而沮丧;因此,他既显得玩世不恭,也很有点头脑。

所不同的是,解静具有鲜明的自觉意识。如果说刘思佳对社会的不满还多多少少带有自发的味道的话,那么解静则是相当自觉而具有反省精神了。"文革"结束以后,她主动并坚决提出要下工厂,并到十分难管的运输队来,她意识到"必须要重新建立新的生活的信念",而在这样一个时代,就必须"掌握一门实实在在的本领"。她曾经这样对刘思佳说道:"我和你一样,也遭受过任何一代人都没有经历过的精神崩溃和精神折磨,经过痛苦的思想裂变之后,多少领悟了一点人生的真谛,想走一条新路,重建人生的信念。"

如果联系此前对伤痕叙述的分析来看,解静和刘思佳都是属于那种被愚弄被欺骗的青年,而不是充满罪恶而等待被历史审判的青年,对于这样一些青年,无疑是可以被拯救的。而对于改革小说来说,其任务似乎就是要重新把这些被欺骗的青年,重新召唤进主流意识形态中来,这一最好的意识形态无疑就是现代化。从这点来看,解静所谓的学习"掌握一门实实在在的本领"以及刘思佳的对电工技术的学习,无疑就是为现代化所内在要求的,而他(她)们有意无意地倾向于此,也无不说明现代化意识形态的内在的召唤力量之所在了。所以,当解静说出"我不会再拿别人的脑袋代替自己的思考了"的时候,其实是掉进了另一个意识形态的"牢笼"之中,只不过这一牢笼是她自己选择的结果而已。

2.重建青年的主体性——反叛进取的青年形象

如果说,青年在第一二种改革叙述中,是处于被动和被询唤的位置的话,那么这一位置在改革叙述的第三种模式中出现了逆转。在第一、第二种改革叙述中,改革英雄大都是中老年干部,他们经历了文革的洗礼,因而更加珍惜时间,立志要把浪费的青春追回,于是就有"永远的青春"和"被质疑的青年"之说了。这样一种模式的形成,部分原因在于改革针对的是"文革"之乱或"左倾"历史的积弊,而随着改革进程的推进,乃至改革把矛盾对准传统或更加久远的历史时,这一结构或模式也势必出现变化,此前通过"治乱"而达到改革的目的显然是跟不上时代的发展了,这时,老年(而不是中老年)①往往被视为或叙述为保守主义或传统的维护者,这样一来,其遭

---

① 这里之所以说是老年,而不是中老年,是因为青年/老年结构的内部变化和平衡功能,在这当中"中年"的位置十分微妙,其既可以滑到青年一边,也可以滑到老年一边,而这就要看小说对待青年和历史的态度了。当小说表现出对"文革"及其"文革"造反派的批判的时候,中年是作为青年的对立面出现的,其自然就要被归入老年那一边;而当小说表现为"文革"一代有为青年辩护时,这时,中年则可能是青年的同盟军了,因为,小说叙述时(现在)的中年,就是"文革"时的青少年了;所以,在这一青年/老年的结构中,可以有中青年的说法,也可以有中老年的说法,这一过渡地带表征地是对历史和现实的不同态度。

到充满锐气的青年改革家的挑战就成为必然的了。

在这一类型的改革叙述中,主导性的青年形象大都是中青年改革家,这在柯云路的《新星》三部鸿篇巨制、张贤亮的《男人的风格》以及鲁彦周的《古塔上的风铃》等小说中表现明显。在这些小说中,与第一、第二类改革叙述不同的是,改革英雄再也不是以复出的老年干部所主导了,而是那些在"文革"中成长起来的青年来充当,他们在"文革"中虽然也曾参与了造反和红卫兵的某些活动,但他们随即发现,事实与宣传并不一致,于是他们开始怀疑并有所觉醒,他们也因此而受到打击甚至迫害。他们是"文革"当中率先觉醒的青年,因此,一旦"文革"结束,他们也就有可能成为并充当时代的先锋和改革的健将。从这个角度看,这一类型的小说某种程度上可以看成是为"文革"中成长的一代青年重建主体性和英雄角色的文学/文化实践。显然,单独来看这一类型的改革叙述,这一意图或许并不太明显,但若联系第一、第二类型的改革小说乃至伤痕小说来看,其意图就再明显不过了。因为,事实是,随着"文革"结束,首先是老干部的复出并被历史地选择了充当时代的支柱和主导,因而若要重建中青年的主导形象,就首先要针对老年干部进行历史性的重写了。这一重写,在很多小说中表现为从历史进化的角度把老年/青年的对立等同于传统/现代的对立,其结果,老年往往被作为传统的代表出现,其注定了不可避免地要为时代或时间前进的步伐所抛弃。

柯云路的《新星》三部曲极为典型。在小说中,很多老年干部被塑造成不甘于退出历史舞台,并做着无望的搏斗,而青年(包括中年)则迫不及待地要取而代之。从这个角度看,这部小说与其说是在写改革,不如说是对中青年和老年之间殊死斗争的叙述。小说中有一幕十分精彩,那就是李向南的父亲李海山同李向南的弟弟李向东象棋对弈的场景,用小说的话说就是"一场父子两代人间的厮杀"①,在李向东的眼里则成了"现代开放型思维"和"保守、封闭性的思维"之间的较量。围绕他们之间观战的众人,也因各自的立场和利益,分别站在不同的位置,有着不同的期望。小说中有一段类似"话外音"似的描写意味深长:

---

① 柯云路:《衰与荣》(上卷),人民文学出版社 1988 年版,第 180 页。

他杀得像狮虎、鹰隼。

眼前是草莽苍苍的大沙漠。一群群狮子。近处这一群,一只威武的雄狮在高处昂首警戒(他已吃完母狮猎来的野牛),一群母狮和幼狮正在草地上撕吃一只野牛。每一狮群都由一只或两只雄狮与十几只母狮组成。小雄狮成熟后,毫无例外地都要被父亲赶出家园,他们或孤身或三两成伙地流浪,看到哪个雄狮因年老、病患而暴露出衰态,就发起进攻,把它赶走或咬死,夺取"族长"的位置……①

显然,在这里,青年/老年之间的较量,被叙述/处理为类似自然生存的法则和生物进化的规律,所谓优胜劣汰适者生存,老年终究要退出历史的舞台,但李海山似乎并不想就这么快地退出,他要拼搏,要显示出自己还有强力,他还要奋力。"当着这些老年人、中年人、青年人,他都不能输。"②"和了,还可以撑起脸来说笑:啊,年轻人有长进啊!"(第186页)"年轻人最好犯个骄傲的错误。"③"他更加冷静。像一只夜晚捕猎的老狼一样谨慎而狡猾。到真正需要老谋深算的时候了。"④"他绝不会犯年轻人的错误……他要一步比一步更狠地杀,把年轻人的实力连同自信一起摧毁!"⑤可见,从以上这些摘录的李海山的心理描写可以看出,博弈的双方都是从青年/老年之间的较量来看待这场象棋博弈的,旁边围观的人也莫不如此。显然,在这里,青年/老年之间的较量并不只是某种概括,而是表现为有意识的行为。这一幕在小说中极富象征色彩。而整个三部曲也是以青年/老年之间的这种矛盾结构小说和故事情节的,其中特别是《夜与昼》和《衰与荣》,通过讲叙四个家族两代人的矛盾来展现当代改革面临的巨大压力和复杂的现状。年轻人锐不可当,但也野心勃勃,而老年虽然垂垂老矣,但似乎又不甘心。

从前面的分析及摘引片断可以看出,小说中老年的形象是以青年形象

① 柯云路:《衰与荣》(上卷),人民文学出版社1988年版,第186页。
② 柯云路:《衰与荣》(上卷),人民文学出版社1988年版,第186页。
③ 柯云路:《衰与荣》(上卷),人民文学出版社1988年版,第187页。
④ 柯云路:《衰与荣》(上卷),人民文学出版社1988年版,第187页。
⑤ 柯云路:《衰与荣》(上卷),人民文学出版社1988年版,第189页。

的对立面呈现出来的,这样一来,老年形象在这部小说中整体上就具有了可怜可悲但也略显悲壮的意味。不仅如此,老年形象,如要显示出其历史的合法性,就必须以是否支持青年人、是否支持改革作为衡量他们的标志。小说中的靳一峰十分清楚这一点:

> 他热心于扮演一个为年轻人所拥戴的导师的形象,——被年轻人所拥戴、所崇拜,比任何权威、地位的荣耀都更使人感到享受。他身边经常聚集着许多有抱负的年轻人,正是和他们的接触,他每日汲取着新鲜的思想和感受,从而才更能在上层不断拿出自己的新政策见解,保持自己的影响和作用。他的声音之所以重要,很大程度上受惠于与年轻人的交往。[①]

显然,老年如若还想占据历史的中心舞台位置,就必须接近青年人,支持青年人,他们只有首先做青年的学生,才能充当青年的导师,只有这样才不会被历史淘汰,被社会遗忘。小说中的省委书记顾恒也是这样的一种类型。而那些反对青年人、对青年人充满不信任的老年人,如李海山、顾荣、黄公愚等,他们不仅要被青年人挤出历史舞台,他们最终还将被历史无情地抛弃。

　　这样一来,我们就能明白小说中何以要以青年形象来组织小说结构了。李向南无疑是这样一代青年的典型。小说中有一幕,是李向南同加拿大记者的谈话,其中提到了"力量结构图",李向南提出了他的所谓五代人说。其中第四代就是李向南他们自己,他是这样描述第四代人的:

> 第四代,主要是"文化大革命"前的初、高中生……
> 　　……这一代人是中国社会中很特殊、很有色彩、很值得重视的一代。
> 　　……历史造就了这一代人,历史正在使这一代人表现出他们的真实价值,使人们重新认识和评价他们。我想说明一下,我指的主要是这

---

① 柯云路:《夜与昼》,人民文学出版社 1986 年版,第 619 页。

一代的那些优秀者。

这一代人有着鲜明的特征。第一,这一代人由于他们的经历,对中国几千年的历史文化传统,有着他们的理解、熟悉和亲切感。他们不是历史虚无主义,也绝不是民族传统虚无主义。他们对一、二、三代人都有着比较深刻的理解。

第二,这一代人在他们的青年时代,有着坎坷的经历,这使他们对中国社会有着直接和生动的感受,有着广阔的事业和深刻的观察。这是他们得天独厚之处。

第三,这一代人对当代文明——包括世界上的各种新思想、新潮流,都有高度敏感,善于汲取新东西,具有革新家的品格。

第四,这一代人有过理想主义的追求,又有过深入社会的各种实际生活,所以他们是理想主义和现实主义相结合的性格。他们经过广泛的理论学习,又经历过各种社会实践,所以他们兼有思想者和实践者的品格。

由于这些特征,他们必将成为今后几十年内中国社会中承上启下的一代。……随着时间的推移,他们必将表现出他们还远未表现出的创造力的深度及广度,必将在中国的思想、政治、哲学、文艺史上都留下一个光辉的时代。[1]

至于第五代,就是:

这几年毕业和尚未毕业的大学生。他们比我们更开放,更活跃,更现代派,更快节奏,更善于对新潮流作出反应。但他们对中国的历史和现实的了解还比较肤浅。[2]

在这里,李向南其实是有意识把青年同历史联系起来,也就是说,只有把他

---

[1] 柯云路:《夜与昼》,人民文学出版社1986年版,第632—633页。
[2] 柯云路:《夜与昼》,人民文学出版社1986年版,第633页。

们一代中青年放在历史的框架内,并建立他们自己的坐标,才能真正建立他们一代中青年的身份和主体地位。而所谓"承上启下",说得明白点,就是要占领历史舞台的中心位置;但问题是,这种表述其实正透露出他们一代中青年的焦虑所在:虽然宣称"承上启下",但更年轻的一代似乎比他们"更开放,更活跃,更现代派,更快节奏,更善于对新潮流作出反应",他们一方面要借助于更年轻一代的支持以挫败老一代;另一方面却隐隐意识到其中潜在的某种威胁(在小说中表现为李向南对李向东等的不信任),而这种威胁对于他们来说,却是致命的,因为他们赖以击败老一代的武器,恰恰掌握在更年轻的一代手里,而且比他们表现得更彻底,这不能不让人担忧。

如果说,以柯云路为代表的改革叙述,是告别传统型的话,传统在这里某种程度上起到维护秩序的角色,那么这样一来,对现存秩序的革新的改革诉求,势必要表现为告别传统批判传统的倾向了。传统在这里表现得是那样的可笑而可悲,这从那些不愿退出历史舞台的老干部身上就可以看到这点;而青年之可爱可敬的地方就在于促进这种传统的速朽。但这并不是说传统就毫无价值,而只是说,在告别传统性的改革小说中,小说叙述者的态度比较鲜明简约而已,但对于那些"无望的怀旧型"改革叙述来说,情况则要复杂得多。在这一类改革叙述中,传统显然已经不再是秩序的象征,也不再是某种权威,随着改革的推进,它们似乎一夜之间被边缘化甚至成为了某种现实的"冗余物"了。在这些小说中,传统的化身当然还是那些老年形象,但他们已不再是"文革"后复出的老干部,他们不曾占据舞台的中心,因此也就没有成为青年的直接对立面,但因为他们表征着某种传统的力量,他们最终还是被青年所代表的改革力量无情地抛弃。这是问题的一方面。另一方面似乎是,青年所代表的改革/革新派并非没有问题,而毋宁说他们虽然生机勃勃,但总隐藏着某种邪恶,而老年所承载的文化符码虽然不切实际,但却充满意义,这样一来,这些小说往往表现出针对青年和老年的矛盾态度,这一矛盾某种程度上反映的是理性和感性、意图和效果之间的冲突。这一类小说以贾平凹的《腊月·正月》和《浮躁》、王滋润的《鲁班的子孙》、周大新的《家族》、张一弓的《流星在寻找失去的轨迹》等为代表。

贾平凹的《腊月·正月》很有代表性。这是一部文化寻根意味很浓的小说,小说中韩玄子无疑就是这样一位传统文化的传承者角色。他一生教书,又曾熟读《四书》《五经》,常好摆弄《商周方志》之类的古书,因此也就有意无意地把自己视为文化的当然继承者,生活很是悠闲自得,但就在他退休后不久,他慢慢发现,这一切似乎都在变化,这一变化最明显地莫过于他那向来温顺的儿子二贝对他的态度上的变化:二贝越来越表现出对他的不恭,而这一变化竟然源自于他向来瞧不起的学生王才——一个窝窝囊囊惯的贫苦农村小子,这让他尤为气愤。但历史就是这样,所谓穷则思变,王才的发迹,一方面源于他的精明苦干,另一方面却也源于他的现实处境,就像柳青的小说《创业史》告诉人们的那样,王才的发家史也是他的现实处境所决定的。这样一来,小说就形成了这样一个矛盾结构,即老年/传统虽可敬可爱可值得怀念,但却于社会的发展没有多大实际用处,以至于最后韩玄子也不得不听任儿子儿媳的"叛离"了。如果说在《腊月·正月》中还没有过多地流露出对改革的保留态度的话,那么,其后写的长篇《浮躁》则表现出对待改革的矛盾态度了。在这部小说中,贾平凹把改革放置于历史的长河中展开,改革虽然一方面给人民的生活带来实际的好处,但也有某些人(如地方领导)利用改革的名义捞取个人的私利,而改革和利益的诱惑,也会使得人心"浮躁",丧失了某些本来十分淳朴可贵的品质。虽然说,在这部小说中改革的弄潮儿还是那些勇于冒险创新的青年,但此时的青年似乎并不必然代表历史的潮流,因此,老年或传统也就不一定非得遭到历史和时代的淘汰了。

在这一类小说中,周大新的《家族》值得注意。这是一篇象征意味极浓的小说,小说描写了一家三兄妹之间因商业竞争而导致家庭破裂伦理败坏的故事。而说其象征味很浓,是因为这是一个专门做棺材生意的家族,而且家族中又出现了一个只会"呀呀"直呼的傻子。本来,开始是红红火火,但后来相互竞争,使尽各种招数,以致三家纷纷倒闭,最终落到自己打造的棺材埋葬"自己"——对自己的空棺葬仪。虽然,这并不是一个严格意义上的悲剧,但小说最后一幕空棺下葬的场景,无疑是一个象征,这既是通过埋葬"自己"而完成一次涅槃重生或脱胎换骨,也是一次对往事的告别和埋葬,是一次对自己的再符码化。但吊诡的是,虽然经过这样一次诡异的空棺葬礼,傻子依然还是傻子,依然要"呀、呀、呀"的边跑边叫,这是否意味无论经过如何的重生和告别,终究不能阻挡历史前进的步伐? 显然,在小说中,五爷和子女间之间,代表的是现代的改革和固执的传统之间的矛盾,但小说中五爷父亲的上吊以及留下的无珠的算盘始终就像幽灵一样盘旋不去,无疑给小说表现的现代式的改革带来一种宿命论式的氛围,让人不寒而栗!

三、现代化的想象与青春书写及其改革小说的主体性问题

改革小说一定程度上是以塑造改革的弄潮儿为诉求的,因此,小说中对改革英雄的态度往往也就决定了改革小说的主体性的取向。而从前面的分析可以看出,现代化的想象其实是与青春书写联系在一起的。也就是说,作为改革的弄潮儿,无论是被询唤的青年、进取的青年,还是老年干部"永远的青春",都是与青年有关的;这里的青年与其说是一种年龄上的区分,不如说是精神的"赋予"和"铭刻",对他们而言,参与现代化首先具备的并不是对科学知识的掌握,而毋宁说是参与的持续的激情,这一激情或可名之曰"青春",它不会因时间的推移而稍减,时间对它显然是不起作用的,而毋宁说这是一种没有时间制约的永恒的"青春",而也正是如此,现代化作为一种乌托邦才能显示出其应有的许诺。从这个角度来看,青春书写无疑是改革小说主体性的表征。就像西方学者所说现代化过程在很大程度上依赖于青年,只是因为这一群体的成员通常渴望扮演现代角色。① 可见,青年问题无疑是与现代化进程联系在一起的关键问题。这是一方面。但另一方面,青年问题又并不是青年自身的问题,而毋宁说是与整个意识形态乃至针对历史及现实的不同态度联系在一起的。

因为显然,改革小说作为一个思潮发生在"文革"结束后,"文革"后的社会格局无疑某种程度上制约了改革小说的叙述。在"乱/治型"的改革叙述中,改革英雄无疑是那些"文革"后复出的受难老干部,而改革针对的又是那些社会之积弊或"文革"之乱象,因此,在这一类小说中,老年干部无疑就是小说主体性的表征了。而且,改革及现代化口号的提出,也

---

① 参见戴维·E.阿普特:《现代化的政治》,上海人民出版社 2011 年版,第 55 页。

显然不是青年人所为,而是作为一种自上而下的社会动员和意识形态宣传,改革及现代化的主导地位无疑掌握在"文革"后复出的老年干部身上,他们代表现行的社会秩序,推行改革及现代化;但作为其发展进程,却是不能没有青年主体力量的参与。虽然改革的主导地位掌握在老年干部身上,但并不等于说老年干部就是改革的主体①;这样势必造成某种矛盾,即自上而下的改革和自下而上的改革间的矛盾,老年秩序和青年创新之间的矛盾,以及传统和现代之间的矛盾。这些矛盾虽然错综复杂,但其实是联系在一起的。

之所以在小说中出现青年/老年之间的结构性矛盾冲突,其实某种程度上反映的是改革主体地位的归属问题。显然,对于"文革"之后的"新时期"而言,"改革"和现代化无疑已经深入人心,成为一个超级的"能指",但对改革的理解却并不一致,这种不同,因与对历史和现实的理解纠缠在一起而变得十分复杂。因此可以说,对历史的理解某种程度上决定了改革叙述的趋向。这对青年问题来说,更是如此。这一典型的文本就是贾平凹的中篇小说《腊月·正月》。小说中退休教师韩玄子表现出的同学生晚辈王才的较量,其实就是针对改革的主体的较量。韩玄子同王才之间,显然没有任何直接或潜在的矛盾,但韩玄子始终把矛头对准王才,这种有意无意的针对性,毋宁说是潜在而必然的。韩玄子并非不识时务,他也曾欢呼过农村新政策的实施,也想日子过得越来越好,但新政的实施无疑又使得他作为传统权威的角色遭到巨大的挑战,这是他无论如何都不能漠视的,而挑战他的权威的竟是向来不被他瞧得起的"不如人"的晚辈王才,这使他尤为不平。传统的权威已于无形中轰然倒塌,取而代之的是那些以爆发的面目出现的新的力量;在这里,传统和现代之间的冲突,既是老年/青年之间的冲突,也是争夺改革的主体地位的冲突。

而对于柯云路的《新星》三部曲而言,其重写改革主体的意图似乎更为明显。显然,对于20世纪80年代的文学创作,特别是改革写作而言,谁占据了改革的主体无疑谁就占据了时代的中心位置,这是由改革时代的意识

---

① 这里需要区分主体和主体性这两个范畴。

形态所内在地决定的。从前面的分析可以看出,改革的主导者无疑是那些
"文革"后复出的老干部,而从改革小说的实际创作来看,改革英雄也大多
是那些人,他们某种程度上充当了改革叙述的主体位置;理解了这一点,也
就能理解小说中改革家李向南的焦虑所在了。从前面所引的那段李向南的
五代力量结构图中,可以明显感觉到李向南要为他们那一代建立主体地位
的企图。但正如李向南个人仕途之不可挣脱的历史所表明的,"文革"那段
历史的经历,对他们那一代人而言,无论如何都是绕不过去的经历,因而到
处潜藏着危机,李向南也是因为那段历史留下的阴影而仕途坎坷,几近沉
没。这种矛盾,无疑给他们重建一代人的主体地位提出了巨大的挑战。显
然,这是小说的叙述者不得不面对的难题,在这里,小说的叙述者采取了某
种策略,即尽量绕开"文革"那段历史,而从传统那里为他们一代改革者寻
找自身的合法性。这从小说的引言部分就可以明显看出。新上任的古陵县
委书记李向南,上任伊始,就来到了古陵的活博物馆古陵木塔。这个塔里陈
列着古陵出土和流传的各种文物,而随着这个塔层的逐渐上升,分别代表着
古陵文明进化的顺序,李向南一层层的看完,其实也就是把古陵的历史给走
了一遍。小说这样叙述道:

> 古陵不愧为古陵。自己上任来这里当县委书记,刚刚两周,今天是
> 第一次登上这座古塔。一层层,看了几千万年来的古陵的自然史,几十
> 万年来的人类史,几千年的有文字史。
>
> 他关了电灯,来到塔外面转圈的扶栏远眺。
>
> ……一颗硕大的星孤零而冷静得亮着。
>
> 广漠的黑暗中,远处是黑魆魆起伏的群山。……
>
> 黑暗的天空苍茫混沌,令人冥想。古往今来,历史沧桑。
>
> 东方天空渐渐透亮,黎明正在慢慢露出宁静、沉思、清凉的额头。
> 在它目光的投射下,一层层夜幕、黑纱被掀掉了,古陵的山川田野、沟沟
> 壑壑,都一点点在黑暗中浮现出来。
>
> ……
>
> 这是黄河流域的一个古老的县。古陵,此县名早在春秋时期已然

有了,与孔子的名字一样古老。……

古老的县又是一个贫苦的县。……

……

古老而贫穷的古陵!

如今,他决心要来揭开它的新的一页。

这是几十年来要揭都没真正揭开的艰难的现代文明的一页。

一千年后,这一页或许也将陈列在这古塔中……①

这一幕极有象征性。首先,通过这个古塔,古陵的历史,同人类史联系在了一起,自然也就联系着中国的历史,可见,古陵既是人类的缩影,更是当时中国的缩影,联系着当前中国的历史巨变,这也就是为什么后来会出现,李向南在古陵县的言行举止会被北京的官场关注,乃致引起轩然大波的原因。其次,从这段叙述来看,李向南登临古塔,其实也就是在向古老的传统及历史告别,"古老而贫穷的古陵!/如今,他决心要来揭开它的新的一页"。但问题是,在这古塔陈列的历史中,独独没有民国和新中国成立后的那一时段,这是否有意无意地忽视?"这是几十年来要揭都没真正揭开的艰难的现代文明的一页。"从这一表述可以看出,叙述者是在有意无意地把自1911年来的民国时期同新中国成立后的30年放在了一起,概称为"几十年",而这几十年的历史也被表述为"要揭都没真正揭开的艰难的现代文明的一页",显然,这既是有意模糊新中国成立前后的区别,也是在"现代化"的意义上把它们联系在了一起。这种模糊,也就把"文革"那段不堪的历史在不经意间给淡化乃至遮蔽了。最后,前面这样的叙述及其策略,无疑又是为李向南登上历史舞台做好充分的准备和铺垫的。而若综合李向南的人生经历及其提出的五代力量结构图来看,小说这样的叙述,显然是在为他们红卫兵一代登上历史中心舞台重建主体地位。因为经历"文革",并作为"文革"的参与者,决定了李向南把改革的矛头转而对准了传统,而老干部作为秩序的维护者和思想上的保守者,往往又自觉不自觉地成为传统力量的一部分,因此,由改革引起地现代和

---

① 柯云路:《新星》,人民文学出版社1985年版,第6—8页。

传统的冲突,往往也就成了中青年和老年之间的冲突了。

从前面的分析可以看出,在这些小说中,因为矛盾双方之间的鲜明对立和不容混淆,改革的美好承诺,作者/叙述者的较为鲜明的态度,其主体身份及地位的建构也就简单而易见。而对于那些针对改革进行反思的改革之作,因为作者叙述者的态度的矛盾,其主体身份的建构也就显得模糊而难解了。贾平凹的《浮躁》、王滋润的《鲁班的子孙》以及周大新的《家族》是这样的典型代表。在这些小说中,改革并不像人们最初想象得那样美好,而毋宁说改革本身就具有反改革的悖论。就像评论家所指出的"作为一部现实主义小说,《鲁班的子孙》的独特性在于,它以父子之间价值观、道德观、人生观的冲突为着眼点,真实地描绘了改革给传统道德带来的冲击和这种冲击的不可避免"。而作为传统价值观和现代价值观之代表的父子两代人,他们身上同时兼具"先进的、落后的因素","唯其如此,才使父子间的冲突更具悲剧性意味"①。其结果是,小说不可避免地充满某种内在的张力和模糊性。传统之固然可爱可值得珍惜,但如果不"与时俱进",则难以继存;而现代之价值观虽然充满生机,但就像小说中小木匠秀川那样为了利益而不惜投机取巧,维金钱至上,这些却让人不寒而栗。这种矛盾,不仅是改革中必然会出现的问题,还是作者所不能解决的,因此,才有了结尾处老木匠仰望天空的困惑:

> 老木匠抬起头,望着高远的天空,喃喃自语道:"秀川,回来吧……"
> 哦,这个家,这座小院子,明天将会发生什么呢? 明天的故事谁来讲呢?②

这既是老木匠的困惑,同时也是作者的困惑。"明天的故事谁来讲呢?"是由老木匠还是小木匠,或者是作者叙述者? 是,又似乎都不是。同样,这种

---

① 曹书文选评:《月亮的背面一定很冷——改革小说》,北京师范大学出版社 1992 年版,第 155—156 页。

② 曹书文选评:《月亮的背面一定很冷——改革小说》,北京师范大学出版社 1992 年版,第 154 页。

困惑在《浮躁》和《家族》也都十分明显,这两篇小说的结尾极具象征性。"那次送葬之后,镇上的人意外地发现,那傻小四一下子变得出人意料的宁静。不跑不叫,见人只微微一笑。有人就猜测说:这孩子的病是不是要转好?但几个月后的一天,晨起,傻小四忽又恢复了旧习。早早地在院子里叫:'呀、呀、呀'而且边叫边喊,正跑两圈,倒跑两圈,直跑得尘飞鸡跳。"这是《家族》的结尾。傻小四的"旧习""复发"无疑是种预示或象征,任何事情都难逃劫数和宿命的轮回,改革注定了是希望和绝望同在。《浮躁》的结尾更是反讽:"这时候,正是州河有史以来第二次更大洪水暴发的前五夜,夜深沉得恰到子时。"小说中的善恶都得到了应有的结果,而主人公金狗也正是事业上升的时候,却迎来了一场史无前例的洪水,这洪水注定要挟泥沙俱下,还只是一次凤凰涅槃式的重生仪式?对于这些,谁又能说得清道得明。相信作者叙述者也一定是得不出所以然的。

第三节 "现代化"的想象与知青
一代的自我重建之路

一、历史作为"幽灵"式的存在

在柯云路的《新星》三部曲中,有一个细节给人深刻印象,但也往往被人们忽略,而对理解小说却十分关键。那就是李向南的"红卫兵"身份。对李向南来说,罹患了胃癌固然让人绝望,但真正让他绝望和窒息的还在于他的红卫兵身份。这一身份始终制约着他的前途和命运,即使是他竭力挣脱,其仍像一个幽灵式的存在,显影并回荡于小说叙述的始终。他的政治对手三番五次地抓住这点不放,而他却无能为力;他说服林虹走出"文革"的阴影,但他自己却始终徘徊不前,并不曾走出自己布下的"迷宫"半步。虽然,柯云路的《新星》三部曲通常被作为改革文学的代表作而被例举,其实,这一小说所要解决的,正是红卫兵/知青一代如何因应/面对现实的发展并建构自身主体的问题。在三部曲的第一部《新星》中,李向南的"前史"——"红卫兵"出身——始终是一个谜一样的存在,但这种"前史"却成为他的仕途晋升中的障碍①,这一点在第二、第三部中逐渐展现出来。从这个意义上说,小说的后两部虽然并未直接涉及改革实践,但通过李向南这一"前史"与今生的勾连,其实是把改革实践同历史噩梦联系起来,改革因此某种程度上就成为历史噩梦的逻辑延续及其化解和展开的实践形式了。

其实,不唯李向南如此,对于 20 世纪 80 年代小说中的许多中青年主人公们来说,"红卫兵"的身份始终都是一个幽灵式的存在,这一身份及其与之相关的记忆总是作为"噩梦"或"疼痛"被烙刻在现实生活之中,任你如何努力总也不能抹去。无论你是玩世不恭,还是愤世嫉俗,抑或破罐子破摔,或者郁郁寡欢,甚至铤而走险,如斯种种,都一再表明,回避或遗忘都并不能解决问题于万一,而只有坦然或者正视,才有可能走出。在 80 年代,虽然始终存在着"告别革命"的诉求,但即使是在那些表现现实题材的小说中,革命历史(尤其是"文革"史)也始终是一个大写的"他者",一直若隐若现地高踞于小说叙述的天空,俯视着主人公,并在不经意间表现出来。余华的《往事与刑罚》就是一个极端的例子,其在改革小说如前面提到的《新星》三部曲、蒋子龙的《赤橙黄绿青蓝紫》、鲁彦周的《古塔上的风铃》和《彩虹坪》、李国文的《花园街五号》、张贤亮的《男人的风格》等作品中是这样,而那些表现知青一代的小说,情况更是如此。且不说那些直接表现知青经历的小说,即使是那些描写知青返城后的作品,历史也常常作为现实的对照萦绕于主人公的心灵深处盘旋不去。孔捷生的中篇《南方的岸》中,叙述者"我"和阿珍们虽然早已离开海南岛农场,但那高悬于他们店铺门口的"老知青粥粉铺"牌匾,却似乎总在提醒他们曾经的历史和已逝的青春;他们虽然生活在现实,并在城市里站稳脚跟,却似乎只有在对历史的不断回忆中才能得到心灵的安慰。同样,在铁凝的《村路带我回家》、王安忆的《本次列车

---

①　另参见董之林:《热风时节》,其在分析礼平的《晚霞消失的时候》中南姗和李淮平的爱情悲剧时指出:"他们的爱情悲剧也像一个寓言:有李淮平'红卫兵'经历的人,注定与南姗所象征的文明生活失之交臂。"[《热风时节——当代中国"十七年"小说史论(1949—1966)》(下),上海书店出版社 2008 年版,第 94 页]这段话,正好可以作为本文论点的佐证,即"红卫兵"出身对知青一代,并非可有可无,而毋宁说其像幽灵一样总是在不经意间影响主人公的一生,任你如何挣脱都是枉然,唯一的办法或许就是直面它,并试图从对其"前史"的叙述中以达到自我的救赎。

终点》、陆星儿的《冬天的道路》等中,都是如此;在这些小说中,知青主人公都渴望并真地回到了生养他(她)们的城市,但当他(她)们回到阔别已久的城市后却发现,此时的都市早已不是他们离去时的都市了,这时,他(她)们往往毅然地决定重返他们的"流放地",因为只有在那里,他(她)们才能真正找到自己的价值和位置。在这些小说,无一不表现出面对急剧变化的现实时的恐惧以及无处安置自我的惶惑,但问题是,他(她)们这种通过在回忆中重建历史的脉络而达到对自身价值的重建①,这种诉求能否实现并能维持多久,而且,这也并非积极地面对,而毋宁说是逃离或回避现实,因此,从某种程度上讲,他们只能永远生活在过去,而不可能是现在或未来。

对于知青一代(无论是对知青作家,还是对知青主人公)而言,执着于知青历史的回忆固然重要,但更为迫近的似乎还在于,就像梁晓声的《雪城》所揭示的,他们毕竟要生活,毕竟要面对现实及其可能面临的困境,而这,对他们无疑也提出了挑战:"虽然所有人都在欢呼'文革'结束,国家终于义无反顾地走向'一心奔四化'的现代化道路,但'文革'十年上山下乡的经历已经使他们(即红卫兵和知识青年一代——引者注)成为与新时代生活不和谐的一群"②,因此,如何因应现实的变化,并做好自己的调整,以便在现实中重新确立自己的位置,就似乎显得十分迫切而尤为必要。这既是现实的发展对"红卫兵——知青"③一代所提出的要求,也是他们在面对现实的诉求时所自觉意识到的问题。20世纪80年代初,"潘晓来信"之引起全国范围内持续的关于"人生意义"的大讨论,也表明知青一代如何从历史

---

① 许子东在谈到"红卫兵——知青"一代拒绝忏悔时,指出"因为主人公对往事既于心不安又不甘心忏悔,所以反反复复做事后辩解,努力以浪漫的抒情消除内心的(甚至是无意识的)犯罪感。……'红卫兵经验'的文学叙述,怎么样也摆脱不了对自己在文革中角色的严肃困惑。……'解脱'的方式可以是情节上设计对红卫兵的不公正审判,从而引起读者以及自己的同情,然后减轻乃至消除主人公的罪责(《重逢》在这方面做得很成功)。'解脱'的方式也可以是在重新叙述中自我辩解"。(《为了忘却的集体记忆——解读50篇文革小说》,三联书店2000年版,第221页)从这个角度看,知青一代投身"四化"的想象,也是一种"解脱"的方式。

② 董之林:《热风时节——当代中国"十七年"小说史论(1949—1966)》(下),上海书店出版社2008年版,第93页。

③ "红卫兵——知青"这一范畴,借鉴于许子东:《为了忘却的集体记忆》,三联书店2000年版。

及其记忆中走出,并重建"人生"的价值,已成为一个严肃而迫切的社会问题①,而这,其实也正是社会对文学提出的要求。80 年代初的文学特别是小说创作恰好为这一问题提供了想象性的解决方案。

二、"疼痛"的深度与自我意识的苏醒

对知青一代的自我重建而言,其最为核心和关键之处就在于自我意识的复苏。这种自我意识,在当时看来,并非任何时候都有,而毋宁说是在"文革"后才产生,是从怀疑和痛苦中开始的,其最明显的表征就是"潘晓来信"所引起的大讨论。简言之,即,此前影响青年巨深的一套关乎革命的宏大理论已然坍塌,而新的理想信念尚未形成,此时的青年恰好处于一种过渡阶段:知青们变得颓废起来,于是乎开始了酗酒、赌博、偷窃、打架、恋爱等,总之是"无聊",是无所事事、得过且过。这无疑也是一种"痛苦",但只有对那些不甘堕落的知青而言,这才可能是深深的疼痛,因为,颓废可以使人暂时忘记或麻痹痛苦,而他们清醒,却又不知前路何方,这种疼痛才更为巨大也更为深广。"在那动乱的岁月里,我们不顾性命追求、捍卫的是什么? 是真、善、美。可是到头来却是一场大骗局,这深深地伤害了青年人敏感的心,这伤口的深重是一辈子也难以愈合的。多少人看穿了……但是,不是还有一些人仍然抱着更加执着、更加坚定的信念,带着日趋成熟的深沉的思想,仍然在不甘沉沦地追求、寻找吗?"(大亮语)②在康德和黑格尔那里,"怀疑主义"是产生自我意识和达到真理的关键环节,但如果仅仅止于"怀疑",并不能真正达到真理③,自我意识也无从出现,可见,"怀疑"只是手段和过程

---

① 参见 1980—1981 年间的《中国青年》杂志,该杂志因刊发"潘晓来信"而引起轩然大波,遂导致持续而广泛的关于"人生意义"的大讨论,其间共收到来自全国各地的来稿来信六万多封。

② 董会平:《寻找》,见《黑玫瑰》,新时期争鸣作品丛书,时代文艺出版社 1986 年版,第 579 页。

③ 参见康德:《纯粹理性批判》,邓晓芒译,人民出版社 2004 年版,第 584 页。他把怀疑论比作休息地,"怀疑论是人类理性的一个休息地,……但却不是它长期逗留的住地"。另参见黑格尔:《精神现象学》,贺麟、王玖兴译,商务印书馆 1979 年版,第 132—154 页。在黑格尔那里,怀疑主义是达到自我意识的必要途径,但又是自我意识最后所要扬弃的对象。

而不是目的。但对那些颓废的知青来说,怀疑却成为了目的,具有了本体论的意义,这在张抗抗的《北极光》中费渊身上表现明显:

> 我不想去看什么冰灯,在这缺乏温暖的世界上我已经被冰冻得够了！难道还需制造什么冰的宫殿来显示水的纯洁吗？不过是自欺欺人罢了！多么透明的冰体,也不过是由被污染的水分子组成,它是伪君子,在黑夜里发光……生活里有什么希望呢？我只能改变自己的境况,而现实是无可救药的……①

这简直就是一篇怀疑主义者的宣言书！对他们,生活显然没有意义,故而只剩下实际利益的考虑和享乐的追求了。显然,对他们而言,历史和现实给他们留下的,绝不可能是那种深深的"疼痛"之感,因为如果感到"疼痛",那说明生活的坚实和内核还在,他们感到"疼痛"是因为旧有的信念作为"蓝本"虽然坍塌,但"蓝本"作为理想本身却并没有失效,他们感到"疼痛"是因为他们还没有找到这新的"蓝本",他们还"在路上",还在苦苦地"寻找"。

这样就能理解郑万隆的小说《当代青年三部曲》中李晖的玩世不恭、特立独行和桀骜不驯了。在小说中,李晖常常表现出"怪异"的举止,而被视为"危险"人物,需要拯救;但其实,这种危险只是表明李晖自我意识的觉醒,是青年一代对父一代信念的怀疑和否定,和对自己一代合理要求的争取:

> 这个老革命和他的老战友在一起津津乐道的话题是战争年代。……有苦难、有矛盾、有斗争、有理想,有欢乐也有眼泪。这是历史,也是他们自己。……而这一切,李晖有些听腻了,也看腻了。虽然她很爱爸爸,也很尊敬爸爸,尊敬那段历史、那浴血牺牲的解放战争,但她不愿意总在历史博物馆里徘徊,她需要的是鲜花一样的春天……她需要更丰富、更现代化的生活,音乐、美术和文学,她需要电吉他和录音

---

① 张抗抗:《塔》(张抗抗中篇小说集),四川文艺出版社 1984 年版,第 166 页。

机,新颖的服装和别致的发型,给她美好的一切一切……这有什么不应该的吗? 过去是属于老一代的,未来是下一代的。今天呢? 今天也不应该属于年轻人吗! ①

　　这种自我意识,在小说中,是同她的"疼痛"记忆联系在一起的。在"文革"初期,她和杨帆为了革命理想,来到草原落户,并组建了"红卫兵公社",但历史和"生活无情地嘲弄了他们这些'红卫兵'。几年以后……屯子里只剩下她和杨帆两个人。当年的'红卫兵公社'破产了,空想的狂热像天上的落霞一样消失了,信誓扎根一辈子的战友们像轻烟一样飘散了"。② 最后,她的爱人杨帆,连同他那圣西门式的理想主义,永远地埋葬在草原了,而杨帆的死却是因为她,是为了让她能离开那被人遗弃和破产的"红卫兵公社":这就是历史,是历史留下的"疼痛"的记忆。显然,这一"疼痛"既关乎个人信念的破产,也关乎一己的情感伤痕,正是这种理性和感性的纠缠,更使得这种"疼痛"意义深广:这种"疼痛"虽起始于一己,但其实具有代表性,因而指涉一代人乃至整个国家的命运,无怪乎她要说"我爱自己,爱生活,爱我的祖国"③。因为在她看来,生活恰好是联结"自己"和"祖国"的纽带,在逻辑上并不矛盾:"我尊重自己的人格,尊重自己的劳动,尊重自己的生活,一切都是为了使我的生活和劳动更有意义、更有价值。"④

　　其实,这种"疼痛"感不仅表现在那些被愚弄和伤害的"红卫兵"身上,还表现在那些"文革"期间的"新干部"或得意的"红卫兵"身上。从这个角度看,蒋子龙的《赤橙黄绿青蓝紫》为我们提供了两种"疼痛"的原型。小说中,解静和刘思佳是两个命运相反但问题又极其相似的青年典型。"文革"结束对解静并没有什么冲击,她虽是"'文革牌'的新干部",与"四人帮"并无任何联系,故而"文革"结束,并没有受到牵连,但从此,她的地位一落千丈,处处遭人白眼,这些都是因为"摇笔杆搞宣传"的政工干部出身,她感到

　　① 郑万隆:《当代青年三部曲》,人民文学出版社 1984 年版,第 62 页。
　　② 郑万隆:《当代青年三部曲》,人民文学出版社 1984 年版,第 70—71 页。
　　③ 郑万隆:《当代青年三部曲》,人民文学出版社 1984 年版,第 101 页。
　　④ 郑万隆:《当代青年三部曲》,人民文学出版社 1984 年版,第 100 页。

精神和心灵受到捉弄和蹂躏,因此,"文革"于她就具有了双重的疼痛的意义:既是受害者——受欺骗和蒙蔽,也浪费了青春——而又不被人理解。而刘思佳则是另外一种典型。"文革"期间,他参加过"停课闹革命"并被推选为造反派头头,随后又被父母关在家里,学会并掌握了很好的电工技术;他既自负,又自卑,既瞧不起那些没有真实本领的政工干部和领导,又为自己"上不了大学,干不了电工"而沮丧;因此,他既显得玩世不恭,也很有点头脑和思想。他们的经历虽然不同,但都经历了从真诚狂热到清醒彷徨的过程,他们都感到纯洁反被愚弄和欺骗,故而都有一种心灵的阵痛感,用解静的话说就是"我和你一样,也遭受了任何一代人都没有经历过的精神崩溃和精神折磨,经过痛苦的思想裂变",而正是这种"裂变"和"疼痛"使他们"多少悟到了一点人生的真谛",并强烈地"想走一条新路,重建人生的信念"。可见,"疼痛"对他们一代的成长,虽然残酷,但却不可避免,因为只有"疼痛",他们才能意识到自己的存在,才能不盲信盲从,才能开始自己的思考。

此外,"疼痛"之于成长的意义,还在另一个方面表现出来,即那些不甘沉沦的"黑五类"子女的成长过程。他们因为出身不好,或因父母突然被打成"反革命"等之故而备受挤压甚至迫害或遭到监禁,因此,"文革"对于他们而言就不再仅仅是狂热,而是狂热后的清醒和思考,他们是"文革"期间最早"觉醒"的代表,但也因此而更加遭受身体和心灵的折磨。这些小说中,最有代表性的莫过于遇罗锦的自传体小说《冬天的童话》了,而叶辛的知青小说也多属于此类,无论是《蹉跎岁月》、《我们这一代年轻人》,还是《基石》和《拔河》(人民文学出版社 1985 年版),都有所表现。在这里,"疼痛"更加具有思想史的意义,因而可以说是一种"思想者的疼痛"了。这种"疼痛",其虽不能同"右派"和被打倒的老干部所受之幽广的苦难相比,但对于知青一代的成长而言,无疑已有了受难的崇高之意义了。而从小说的叙述来看,他们也最有可能也最有自觉意识地重建自身的主体性。

如果说"疼痛"是知青一代成长开始的标志的话,董会平的短篇《寻找》无疑就是这样一篇"寓言"之作,其较为完整地表现了知青一代复杂微妙的心路成长历程。小说从主人公大亮(叙述者"我")返城后在家待业开始叙述:"回南京一个多月,开始我沉溺在喜悦和恬适之中,但现在一想,我又觉得生活中少了什么,自己也好像整日里寻寻觅觅,然而究竟在寻找什么,我也茫茫然说不清楚。"而为了打发时间,主人公总也不自觉地沉浸在回忆中:"最近我总爱在逝去的岁月里徜徉,寻找童年给我留下的梦一样的美好的记忆。这也许是对目前这种孤独寂寞和充满着等待的生活的一种逃遁"。但这种逃遁并不能解决问题,"我"要面临着结婚就业等现实问题,后因同妹妹那些"时代的宠儿"、"思想解放的青年们"接触,"我"突然感到"落落寡合"而"心绪很乱","我"发现"我"同他(她)们竟是那样的不同!而也就是在这时刻,"我想着想着,……我的眼睛模糊起来,是被灼热的泪水蒙住了"。"今天,我们应该冷静地面对生活,公正而准确地作出**我们自己**(黑体系引者所加)的判断了。"显然,在这篇小说中,主人公的自我意识是在同更年轻的一代青年的遭遇中,以"他者"(自我他者化)的感触呈现出来的,而这种呈现又是同历史感联系在一起的。"他们(指的是妹妹一代——引者注)根本不了解农民,不了解中国七八亿差可温饱的农民,就不了解中国"。在这里,疼痛和自我意识几乎同时产生,而正是从这一时刻起,使"我"清醒地意识到自己作为一代人的责任。而且,这种责任感,也导源于老一代逼视而怜悯的眼光。如果说,妹妹一代所代表的是更年轻的一代对知青一代的不理解的话,那么,在小说中,来自父亲的老一代则表现出对知青一代的恐惧和不信任:"现在搞'四化',这种人(指文化革命的闯将——引者注)有什么用? 还来搬弄口舌? 还来贴大字报吗?"因此可以说,"我"正是在这种"中间地带"及其双重的困境和尴尬处境中,开始"我"的自觉的思考和"寻找"的:"我承认我们当年做了不少错事、蠢事。但我们绝不是所说的投机分子。我们还是纯真的孩子,我们的心是真诚的,全国人民的心都是真诚的。""我还年轻",并非不可有所作为,故而一旦看到"我们欢迎你:为中华民族的崛起而献身的人"这样的广告语,"我"会惊喜:"我找到了,找到了,我一直在生活里左顾右盼,不就是在等待这一句话吗?""我们的青年,如果都不把个人的利害得失作为判断问题的标准,都能高举着自己燃烧的心,朝着一个方向奔去,等待着我们的将是一个何等光辉灿烂的世界啊。"从这里,我们看到了知青一代完整的自我寻找过程:从疼痛和自我意识始,到投身"中华民族的崛起"终;而"为中国民族的崛起"和"光辉灿烂的世界",在 20 世纪 80 年代,很大程度上就是现代化的想象和实践,及其针对将来所作出的美好承诺。

三、现代化的想象与走向自我重建之路

在 20 世纪 80 年代,疼痛之于知青,与苦难之于"右派"和老干部,它们之间显然是不能等同的,虽然疼痛和苦难同属于"文革"之"创"。对于"右派"和老干部而言,苦难无疑是他们复出的资本,他们因之更具有威望①,而对于知青,疼痛却是负担和债务,因而就需要他们的自我救赎才能使自己得到解脱。如果说"文革"之"创"有苦难和疼痛之别的话,这种区别无疑也是有等级区分的。换言之,苦难可以导向崇高②,而疼痛却可能带来堕落。因为苦难具有导向崇高的自足性,它是"自为"(for itself)的存在,其承受者——"右派"和老干部——之所以遭受苦难,很大程度上在于他们本质的纯洁,在于他们不屈从不盲从,在于他们同"四人帮"的斗争;而对于疼痛及其肇始,红卫兵及知青一代却要负很大的责任,他们既是苦难(或灾难)的施予者又是灾难的接受者,也就是说,他们制造了灾难,到头来自己又成为灾难的承担者,因而对他们来说,既需要自我救赎,也需要来自他人或外力(这一外力某种程度上就是现代化的现象和实践)的拯救,他们的成长之路注定了并不轻松。蒋子龙的《赤橙黄绿青蓝紫》为我们提供了"文革"后两种不同创伤的典型。"'四人帮'倒台以后,他(指祝同康——引者注)是老干部,地位和威望越来越高。解静是'文革牌'的新干部,而且是摇笔杆搞

---

① 参见陈晓明:《表意的焦虑》,中央编译出版社 2003 年版,第 44—45 页;其中有一段这样说:"'伤痕文学'在反'文革'的历史重述中确认了老干部和知识分子的革命本质,他们对党和人民的忠诚,他们永不屈服的崇高信念等,现在,重返现实的老干部和知识分子群体,理所当然成为现实的主体,他们是中国经济改革、实现现代化的开拓者和时代英雄。"

② 参见康德:《实践理性批判》,人民出版社 2003 年版,第 211—212 页。在这里,康德举了一个正派人士,为了自己的"正直的决心",不屈从于权势和威胁从而招致苦难的例子,进而他指出:"它(指的是"德性"——引者注)在苦难中才最庄严地表现出来。"

宣传的,由接班人的地位一下子降到处处吃白眼。"①可见,虽然同为"创伤",其结果对他们而言却是截然不同的,但无论是"威望"还是"白眼",其实所涉及的都是有关社会的"认同"问题,能不能被社会所承认的问题。换言之,对于那些在"文革"中被抛出正常社会之外以及受压制的群体,或"文革"结束后受到质疑审判的群体,当他们进入到 20 世纪 80 年代,他们最为在意的毋宁说就是社会的认同程度了。这样也就能理解,为什么当丁玲在"文革"后被人称呼同志时会情不自禁地老泪纵横了。对右派或老干部来说,其所承受的"苦难"就是他们的通行证,而对于知青一代而言,要想获得社会的认同,却并不容易,其既要自我主动的寻找和投入,也要社会的"询唤"和接纳,两者缺一不可。这是一体两面、互为前提和因果的过程。

　　"认同"(identity)一词,如按词源来看,其实就是"同一性",就是"等同"。也就是说,其既要处理个体同群体的关系,也要处理"差异"和"同一"的问题。故而常常表现为一种身份和归属感,就是"自我在某一既定的传统和地理环境下,被赋予认定之身份,进而借由'镜像'式的心理投射赋予自我定位"②。其涉及的无非是"我们是谁? 我是谁? 单个的'我'又是什么? 说'我'时意味着什么?"③等这类问题,因此,某种程度上,"认同"其实就是"他者"和"主体"间的相互关系,是"他者"被纳入"主体"中时产生的自我想象或满足以及重新确立"他者"的过程。从这个角度看,认同既是自我认同,其实也是社会认同。因为,"认同"虽是自我对于身处社群或群体中的自我镜像式的满足感,但这群体却是可以变化的,故而就有了各种不同的认同,比如阶级认同、国族认同、代际认同、性别认同,等等。这些认同,因群体的不同而不同,而且不同的认同间,又因涵盖的范围而表现出互有重叠的趋势。因此,对于"认同"而言,其关键不仅在于如何才能被纳入群体中去从而形成"同一性",还在于纳入什么样的群体或阶层以及具有多大程度

---

① 《蒋子龙集》(新时期中篇小说名作丛书),海峡文艺出版社 1986 年版,第 127 页。
② 廖炳惠编:《关键词 200:文学与批评研究的通用词汇编》,江苏教育出版社 2006 年版,第 129 页。
③ 本尼特等:《关键词:文学、批评与理论导论》,广西师范大学出版社 2007 年版,第 120 页。

的满足感。

显然,"认同"是离不开具体的文化语境和地理环境的,而在 20 世纪 80 年代,有一个最大的共识或"认同"是不容忽视的,那就是关于现代化的想象。① 这有点类似康德意义上的"先验理想"②了,它作为经验实践的基础,虽不可证明,也不可证伪;而这种先验色彩,其实是 80 年代的特定语境决定的。简言之,在 80 年代,有关现代化的想象,其实针对的是"文革"的意识形态,现代化的想象是以"文革"作为"他者"而表现出来的③。李泽厚在时隔几十年后的今天,在谈到"启蒙与救亡的双重变奏"时,还这样明确指出:"启蒙与救亡是现代中国和现代中国思想史的主题,开始是相辅相成,而是救亡压倒了启蒙,农民革命压倒了现代化。中国现代'反封建'的文化启蒙任务被民族救亡主题'中断',革命不仅没有继续推进文化启蒙,还被传统的旧意识形态改头换面地悄悄渗入,最终造成了'文革'封建传统全面复活的绝境。"④显然,在这一逻辑下,投身现代化,也就是走出"文革"和对"文

---

① 参见贺桂梅:《"新启蒙"知识档案》,北京大学出版社 2010 年版,第 242 页。

② 康德在《纯粹理性批判》(邓晓芒译,人民出版社 2004 年版,第 462 页)中指出,"不言而喻,理性为了这一意图、即为了只是设想对物的那种必然的通盘规定,并不会去预设这样一个符合这一理想的存在者的实存,而只会预设它的理念,以便从通盘规定的一个无条件的总体性推导出那有条件的规定、即对受限制的东西的规定。所以这个理想对于后面这种规定来说是一切物的**蓝本**,一切物全部都是作为不完善的**摹本**从它那里取来自己的可能性的材料,同时一切物都或多或少地接近这蓝本,但却任何时候离达到它都还差得无限远。"

③ 参见贺桂梅:《"新启蒙"知识档案》,北京大学出版社 2010 年版,第 240 页。贺桂梅这样分析道:"大致可以说,将'文革'定性为'封建主义',与将'新时期'的主题确定为'现代化',这两者应当是同时的。如果可以做一个比较大胆的结论,那么应当说有关'文革'的'封建主义'定性,以及由此延伸出来的关于封建社会、传统文化的批判,是与'现代化'话语直接联系在一起的。"另参见汪晖:《当代中国的思想状况与现代性问题》,见《死火重温》,人民文学出版社 2000 年版,第 57 页:"在 20 世纪 80 年代的思想解放运动中,中国知识分子对社会主义的反思是在'反封建'的口号下进行的,……'新启蒙'在传统/现代的二分法中进行自我理解,从而忽略了现代国家体制、政党政治、工业化过程,以及由此产生的社会专制和不平等主要是一种'现代'现象。"可以说,80 年代的"现代化意识形态",正是在把"文革"视为"他者"——"封建"——的基础上建立起来的。

④ 李泽厚:《我和八十年代》,见马国川:《我与八十年代》(访谈录),三联书店 2011 年版,第 65 页。

240

革"的最好的批判了。从这个角度看,红卫兵/知青一代投入现代化的想象中去,既是他们告别"文革"的最好方式,也是他们获得身份"认同"的理想途径。

现代化,在 20 世纪 80 年代,与其说是一个具体而微的目标或"所指",不如说是一个超级的"能指"。其虽源自于西方国家——无论是从作为理论资源还是从作为文化实践的意义上,但又有中国自己的规划(即"四个现代化"的提法)和诉求,其结果使得"现代化"的想象既具体而又抽象,其可以具体为"数字和时间"(如蒋子龙的《乔厂长上任记》),又可以抽象到为"现代派"辩护(如徐迟的《现代化与现代派》);既传统又现代,其传统表现为文化寻根的诉求(文化寻根也是现代化的文化实践形式),现代则又表现为对传统的摒弃(如传统与现代的二元对立所显示出来的及其现代主义的文学实践),因此,从这个意义上,现代化往往就成为被争夺的话语形态。换言之,只要愿意,谁都可以拿现代化说事,都可以为我所用,而丝毫不觉得别扭,相反,倒十分理直气壮,柯云路的中篇小说《耿耿难眠》就是这样一个很好的例子。因此,正是在这个意义上,知青一代通过投身现代化的想象,既是自我重建的理想途径,也是争夺话语领导权的实践形式,它们之间互为因果和前提。这在《新星》三部曲表现明显。在这部小说中,这种争夺表现为两个方面,一方面表现在青年与老年之间的争夺。在这篇小说中,青年人可以理直气壮地打着现代化的旗帜,毫不留情地对传统和老年表示出厌恶,而老年虽处于弱势,但又不想因此而退出历史舞台,故而往往在做着最后的反抗,这使得小说中的那些老年形象别具悲壮的色彩。另一方面则表现在青年和青年之间的争夺,这一争夺既表现在同龄人(即知青一代)之间的争夺,也表现在更年轻一代同知青一代之间的争夺(在小说中表现为李向南和李向东之间的裂痕)。但也无可奈何的是,老年虽然不可避免地要退出历史舞台,红卫兵一代如李向南,却因造反派出身,也必定带有沉重的镣铐和锁链,这使得他们的成长格外具有悲喜剧的味道。因此,这一实践对于李向南一代而言,其只能通过求助于掌握现代化解释权的更高权威(老年),而不可能希冀或依靠更年轻一代的支持和理解了。

可见,知青一代通过现代化的想象而开始的自我重建之途并不平坦,而毋宁说满是陷阱而显得无奈。这在郑万隆的《当代青年三部曲》也有鲜明表征。小说中的李晖无疑是一个有进取心和鲜明自我意识的青年形象,但她却不为身边环境和现实(包括她父亲)所容,更不用说理解了,因此,对于她,虽有更高权威(小说中的厂长冯林)的支持,但也常常只能通过不断诉诸历史的记忆而唤起前行的动力,其结果只能是更加被现实所疏远:其虽投身现代化的建设中去,但无疑注定了是孤独的"现代化者"。李晖的形象,使人们看到了"红卫兵"一代青年带着重重重负投身现代化以重建自我的艰难,但不如此又别无他途,这从小说中的方兴这一知青形象显示出来。方兴曾是一个彻底失败的知青,一个真正的怀疑主义者和愤世嫉俗者,但通过投身现代化的实践,最终既自救也拯救了"她人"——即闻珍,后者后来成了方兴的妻子。

其实,对于知青而言,投身现代化的想象和实践还有一种方式,那就是返回农村以发动或促进改革的发生,这或许是一种比较理想的途径,其在叶辛的《在醒来的土地上》《基石》《拔河》、鲁彦周的《彩虹坪》(上海文艺出版社1983年版)和《古塔上的风铃》(人民文学出版社1988年版)等小说中有集中表现。在这些小说中,知青既是作为"外来者"出现在改革前的农村——他们此时已返城,或往返于城乡之间——又是作为旧地重游或"归来者"的身份亮相;这双重身份给他们投身农村的改革带来某种便利,即:他们既内在于乡村的改革进程又是外在的异质性的存在;他们既熟悉农村的方方面面包括它的落后、贫穷、保守和封闭,又带来了外面世界的最新信息,包括改革动态和国家的政策走向,因而他们往往就成为给农村带来改革"火种"的普罗米修斯式的盗火英雄。我们知道,在现当代文学中,通过"外来者"的视角以推动变革现实的努力,是一个常用的模式,其在不同时期都有表现,丁玲的《太阳照在桑干河山》(1948年)、周立波的《山乡巨变》(上篇1958年,下篇1960年)、王蒙的《组织部来了个年轻人》(1956年)以及周克芹的《许茂和他的女儿们》(1979年)等小说是其重要代表。叶辛的《在醒来的土地上》(1984年)也是这样的典型。这是一篇极具象征性的文本,"醒来的土地"这一隐喻式的表达无疑已表明了对沉睡的预设,而这一唤醒沉睡的土地上的人们的英雄就是返城知青严欣。小说伊始,在一个风雨欲来的傍晚,严欣来到了他曾经插队的农村沙坪寨,这也是一个具有象征性的场景:严欣的到来无疑给久已死寂的郑璇的心里投来了狂风暴雨,同时也给本不平静的寨子带来了外面的信息,他的到来掀起了农村改革的不可阻挡的狂潮,这也是一场风暴。郑璇本是知青,严欣的初恋情人,后因阴差阳错嫁给当地农民故不能返城,且丈夫又过早死去留下她苦苦地守着一个女儿,她的心早已有如一潭死水,看不到任何希望;而严欣此行的目的却是要把她带回上海,她的心灵之狂涛可想而知。但事与愿违,郑璇拒绝了严欣,这使得本来顺利的事情陡生波澜,严欣只能暂时留在寨子,而此时寨子里正酝酿着一场改革的风暴,这场风暴的中心就是严欣的老朋友马铁匠之子马鸣强,严欣无意中卷入这场斗争中去,并在实际上引导和掀起/促成了寨子改革的风暴。而从小说的叙述来看,严欣之所以能积极并自觉地参与到这场斗争中去,并不是空穴来风,而毋宁说是渊源有自的。严欣很早以来就表现出对现实的不满和对未来的深思了,"严欣怀着满腔热情来到乡下,现实生活开始改变他的看法了。他看到了六十多岁地老农还要钻进煤洞,他看到了沙坪寨上的种种不平事"①。"面对着严峻的现实生活,严欣开始思索一系列的问题了。他开始变得深刻,变得孤僻,变得忧郁,对一切都感到冷漠,不可信。"②严欣在成长,但也因此而更被现实不容,对他的迫害也随之而来,他在乡村遭到了肉体和精神上的双重的"疼痛"。但这"疼痛"促成了严欣的成熟,故而一旦回到插队过的寨子,被卷入了这场风暴后就表现得十分的积极,也就合乎自然乃至具有道义上的合法性了,而也正是通过这场斗争使他获得了更多的认同和尊重,他的主体性就这样被建构起来了。

相比之下,鲁彦周的《彩虹坪》是一部很独特的小说。这部小说有着一个知识青年下放——回城——再返乡的结构模式,同时这一结构模式又被嵌套在对知识分子思想的强制改造到自我改造/救赎的结构中,而这些又被置于一家两代人(吴仲曦和耿秋英,和其父吴立中与母邓云姑)的曲折命运和爱情纠葛中,这样复杂的多重内涵,使得这部小说极具症候性和象征性。

① 叶辛:《醒来的土地上》,百花文艺出版社 2008 年版,第 25 页。
② 叶辛:《醒来的土地上》,百花文艺出版社 2008 年版,第 27 页。

如果说,吴仲曦最后返乡,最初还是要对他早年犯下错误的自我救赎的话,那么最终这一行为所显示出的就不仅仅是青年知识分子的自我救赎,更是他为他父亲一代革命家,也是为他作为"红卫兵"一代重新投入人民中去这一隐喻的极具象征性的举止了。他回到人民中去,不仅是自我救赎的完成,还是走向歧路的党(偏离人民)完成自我救赎的最好诠释。在这篇小说中,有一点很有象征色彩,那就是知识分子吴仲曦这一形象从一开始就带有的原罪意识。这一原罪既是他作为小资产阶级出身所携带的,也是作为子辈,需要为父辈去为之忏悔和赎罪的。因此,对于小说的叙述来说,吴仲曦除了返回生养他的农村参与现代化的建设,似乎就再没有其他的赎罪之路了。

四、知青一代的成长及其作为历史的"中间物"

通过分析可以看出,对于知青一代,参与现代化的想象和实践,既是自我重建的理想之路,也是面对时代现实的回应和努力,而实际上,这种努力也并不总能实现;而且问题还在,这种关乎现代化的想象,虽然重建了知青一代的自我意识和主体身份,其实并不能导向个人意识的产生,而毋宁说是现代化的意识形态所"询唤"和需要的,更多的是一代人的集体意愿而非个人意识,而实际上,这些小说,包括绝大部分知青写作(王安忆的部分知青写作是例外),都带有一种很强烈的代言式的倾向,而很少侧重个人幽微意识的拓展。《新星》三部曲中的李向南自不必说,其提出的"力量结构图"和"五代人说",以一代人的杰出代表自居的意识十分明显。叶辛的小说这种倾向也很明显,其《我们这一代年轻人》这一题目就可以看出,而像《基石》和《拔河》也是如此。《拔河》中知青盛雍的话很有代表性"关于这一代人(指知青一代——引者注),总是有种种议论追随着他们","先是说他们破除传统观念,开创一代新风,是大有希望的革命小将。跟着说他们上山下乡如何光荣,如何大有作为。时间一长,不行啰,开始议论他们怎么调皮捣蛋,怎么坐车不掏钱,偷鸡摸狗,乱谈恋爱,简直不可收拾了,成了新的'社会问题',很引起警觉。最后说这一切都已过去,该画句号了,这一页历史留给整整一代中国人的创伤呢,教训呢。有人就亲口对我讲,我们是被时代抛弃的一代,因为我们当年听信了某些人的话,做了些蠢事。"①"但是,想想看,它(指知识青年——引者注)曾经凝聚着整整一代中国青年的多少汗水和眼泪、希望和追求呀! 它包含着多少年轻人的希冀和期待、犯罪和过失,探索和憧憬呀! 现在提起它,很容易让人想起艰辛,想起回到城市的待业青年,其实它还应该让人想起更多的一点东西。我们这些人,不就是经过了多少蹉跎才成熟起来的嘛!"②而如果说,投身现代化的想象和改革事业是他们"成熟起来"的标志的话,那么,这一"成熟"里面显然有他们作为一代人的自觉包含于其中了。

事实上,作为红卫兵出身和有着知青经历的一代青年,他们虽然通过投身现代化的想象而建构起自身的主体性,但这并不因此就获得更多的理解,而毋宁说表现出一种悖论或循环:正因为不被理解,所以才要投身现代化的想象和实践以证明自身,但即使投身其中,也并不必然获得更大、更多的认同,于是乎更加义无反顾。《新星》三部曲中的李向南就明显感觉到这一点,老一代不信任,他们常常投来充满忧虑的眼光,而更年轻一代则表现出不理解和不宽容,他们并不领情而毋宁说要把知青一代也视为腐朽的一代而一并抛弃了,可见,知青一代常常处于某种夹层之中。正因为如此,知青一代不会也不可能产生那种个人主义,因为毕竟历史对他们并不轻松,也抹不去,他们只能通过重建历史和现实的关系,才能真正重建自身,而不像更年轻的下一代,他们没有历史的沉重,故而就显得无所顾忌而好夸夸其谈。这样我们就能理解,在吴欢的小说《雪,白色的,红色的……》中,为什么主人公郑良珏即使绞尽脑汁想着出国,却也要为自己找一个堂而皇之的理由——为了追求所谓的国家富强而不是个人的一己享乐而出国——,显然,不如此,他就不能轻轻松松踏上异国他乡,因为这背后,有太多的记忆和太多人质询的目光,这些都与他的知青和红卫兵身份及那段不可抹去的历史有关。但对于更年轻的一代,就不会有这种顾虑了。他们显然更具有个人意识,更少有历史的记忆,故而也就缺乏对历史的理解以及对时代现实的直

---

① 叶辛:《拔河》,人民文学出版社 1985 年版,第 131 页。
② 叶辛:《拔河》,人民文学出版社 1985 年版,第 132 页。

接回应,而更多地表现出对个人欲求的追求。这种区别在小说中往往表现为知青一代参与改革和现代化的努力并不为更年轻一代所理解,在更年轻一代的他(她)们看来,这种努力虽然可敬,但也只不过是某种个人英雄主义的表现:两代人对现代化的理解之不同可见一斑。这在《新星》三部曲中是李向南同顾小莉的差异,《古塔里的风铃》中是李啄如和青蘋表兄妹的不同,《基石》中是喻慎和喻坚两兄妹的区别,而在《寻找》中则表现为两代青年不同的精神特质。他们虽然同为青年一代,但因对历史的不同的理解和不同的遭遇,两代青年之间,显然并不能很好的相互理解和沟通,而也正是这种隔阂,也是导致李向南同顾小莉以及李啄如和青蘋之间,虽然有缘而最终无份的内在原因之一吧。

第四节 "寻根"的构建与青年的主体性

对于寻根写作来说,最大的问题莫过于如何阐释、评价和定位了。因为像韩少功的《爸爸爸》、《女女女》和王安忆的《小鲍庄》以及郑万隆的"异乡异闻"系列等,这些小说往往因其含混和模棱两可而让时人无所适从。面对这种含混,此前的文学规范或"成规"显然已不再适用,新的尚未建立,在这种情况下,似乎只有"文化"这一具有极大包容性的范畴,才能胜任一二;实际上,当时的作家批评家们也是拿"文化"来作为他们阐释的武器,并以此指导自己的批评和创作的。另外,也正是"文化"范畴的这种混杂性,它在 20 世纪 80 年代中期才具有如此巨大的整合力:"无论如何,'寻根文学'在'85 新潮中的异军突起,都对 80 年代的文学思想起着巨大的整合作用。无论是'文革'题材,还是反'右'题材;无论是都市文学,还是乡村记事;无论是知青记忆,还是改革想象,这些躁动的文学热点,都在文化这一博大的命题下,最终找到了安静而深沉的河床。"①这似乎是一个循环:正因为"文化"具有极大的阐释力,所以凡是和"文化"沾边的都可以纳入"寻根文学"当中来,同样,凡是不能得到有效阐释的,也都可以用"文化"一词加以定

---

① 尹昌龙:《一九八五:延伸与转折》,山东教育出版社 1998 年版,第 37 页。

位;他们身处其中,当然看不到这其中的问题所在。而事实上,"寻根文学"最终也成为了一个包容极广的范畴,其结果,反而失去了应有的阐释力。

显然,仅仅讨论何为"文化"是不能真正解决问题的,因为这一词汇的真正含义不仅在当时,就是在今天也还仍然处于悬而未决之中。这样也就能明白为什么在寻根文学的具体所指这一问题上,即使在今天都还是莫衷一是、众所纷纭。就像李庆西时隔多年后所坦言,"文化"其实只"是一个替代物","'文化'是虚晃一枪,只是为了确立一个价值中立的话语方式。"①因此,对我们来说,问题就变为,当"文化"被言说时,其针对的对象是什么?而我们只有明白了这一针对的对象或"他者"式的存在,似乎才能确定"文化"的具体所指。

一、命名"寻根"及其从"政治"中的挣脱

从文学思潮的角度看,寻根文学之不同于伤痕反思文学的地方,就在于这是一次有意识的集体行动,因此,考察寻根文学,可以先从寻根提倡者的主张和创作入手。在那篇被称为寻根宣言之作的《文学的根》(《作家》1985年第4期)中,被韩少功作为"文学有根"的例子而推举的有贾平凹的"商州系列"、李杭育的"葛川江系列"以及乌热尔图的描绘鄂温克族生活的小说(实际上即《七叉犄角的公鹿》等小说)。此外,王安忆和陈建功小说创作上的新变,也被作者从这一方面加以肯定。而在郑万隆的《中国文学要走向世界——从植根于"文化岩层"说起》②中,被作者作为"寻根"代表例举的,则有汪曾祺的《受戒》和《云致秋行状》、高晓声的《钱包》和《鱼钓》、王蒙的《在伊犁》系列、邓友梅的《寻找画儿韩》和《烟壶》、陆文夫的《美食家》和《井》、陈建功的《谈天说地》、张承志的《黑骏马》和《残月》、乌热尔图的《琥珀色的篝火》和《马》、王安忆的《小鲍庄》和《大刘庄》、贾平凹的"商州"系列、刘心武的《钟鼓楼》、阿城的《遍地风流》、李杭育的"葛川江"系列、扎西达娃的西藏风情的魔幻小说等。除去相重合的部分,为什么这两篇文章中

---

① 李庆西:《"寻根文学"再思考》,《上海文化》2009年第5期。
② 郑万隆:《中国文学要走向世界——从植根于"文化岩层"说起》,《作家》1986年第1期。

提到的作家作品竟会如此的悬殊呢？而且，他们都没有提到阿城的《棋王》，和另一位寻根提倡者郑义的作品，他们也都彼此没有提到对方的作品；这是否是他们无意的疏忽抑或有意为之？事实上，韩少功和郑万隆在当时都有很强的理论自觉和创新意识，他们之所以要罗列一大堆作品也无非是要例证他们各自观点的合理及其代表性。看来，这种不同并不是偶然的，而是有某种内在的原因在。毫无疑问，例举本身也是一种命名，其不仅要借以凸显这些小说与此前小说创作的截然不同之处，还是为了表明这些例子背后所表征的文学观念及其潮流的存在。就这些例子而言，其相对于此前的小说创作，显然是一些差异性的存在，正是这些差异性的存在，使得"寻根"作为一个问题被提出。但问题是，这些差异是如何被确认的？它们又是在什么样的领域被划定？看来，仅仅纠缠这些表面的论述是不能回答这些问题的。

我们可以先看看韩少功和郑万隆在此之前的夫子自道。韩少功在《西望茅草地》发表后，写过一篇创作谈，他这样质疑自己道："为什么一定要把生活原型削足适履，以符合某种意念框架呢？难道对笔下的人物非'歌颂'就要'暴露'？伟大和可悲，虎气和猴气，勋章和污点，就不能统一到一个人身上？我对自己原来的观念怀疑了。我想人物的复杂性是应该受重视的。何况我们是在回顾一段复杂的历史。"①这是韩少功写于1981年的一篇文章，在这篇文章中，韩少功谈到了"对自己原来的观念"的"怀疑"，而也正是这种怀疑，就有了《西望茅草地》这样一篇备受争议的作品出现。有趣的是，郑万隆在一篇创作谈里也特别强调他的"发现"和"怀疑"："从这条'老路子'（即公式化概念化——引者注）走过来的不止我一个人。它害了人也害了我。因为那些'车间文学'，都是脱离生活编造出来，把生活和人物原型按照概念图解的需要进行'提成'、'改造'和'典型化'了的，也是违背现实主义创作原则的。""现实主义的任务，……应该面对广阔而纷纭的心灵世界，展示每一个人的心灵图景，展示美和丑、真和伪、善和恶各种因素斗争

---

① 韩少功：《留给"茅草地"的思索》，见《在后台的后台》，人民文学出版社2008年版，第248页。

的复杂性"，"就是社会主义新人……应该是一个充满了矛盾的活生生的人。"①这篇文章写于 1982 年，与上面韩少功的文章写作时间相隔不到一年，但实际上两篇文章都表现出相似的看法，即都是从现实主义深化的角度来立论（就像郑万隆所说的"这也是时代向我们提出来的现实主义深化的要求"），反对社会主义现实主义典型化（即所谓高大全式的新人形象塑造原则，和好坏截然对立的结构模式）的写法，主张表现"人"的丰富性的一面。韩少功和郑万隆此后的创作也正是在这种现实主义深化的背景下进行的：这是他们提出"寻根"之前的状况。但若以此，即从现实主义深化的角度来分析前面提到的那些小说（即所谓的寻根小说），显然是很难有有效的阐释力的②，因此，也正是在这一现实主义文学的范围和成规内，上述那些作品作为"异质性"的成分才被强调和突出。

但显然，既然不能在现实主义的成规中有效地阐释这些作品，这些作品就有可能作为异质性的成分而被排除在外，或遭到否定，而实际上，在这两篇文章中，那些作品却是以肯定的方式被命名和例举的，因此，问题就是，这一异质性成分是如何被转化成肯定性的构成因素的？ 这一"颠倒"如何成为可能？ 福柯曾这样告诫道："我们并不是在任何时间都可畅所欲言的"，"一话语对象出现有其必要条件"③。就像韩少功和郑万隆谈论"现实主义的深化"离不开 20 世纪 80 年代初的社会语境一样，同样，谈论"寻根"也离不开 80 年代中期这一时代的限制。上面提到的一些作品，其实早在 1985 年以前就已经发表；相对于理论倡导的滞后，文学创作表现出某种前导性。但这种说法其实很值得怀疑，因为显然，在作家创作这些作品的时候，他们是没有所谓寻根意向的，他们的作品在当时也甚至被从现实主义（深化）的角度被解读（如阿城的《棋王》等），它们之所以被作为"寻根文学"，只是事

---

① 郑万隆：《我的"发现"》，见李犁耘、吴怀斌：《中青年作家谈创作》，山东文艺出版社 1984 年版，第 463—465 页。

② 也正是在这一点上，文化所具有的阐释力才真正显示出来，要么就像"魔幻现实主义"这样制造出一新的"现实主义"范畴。而事实上，当时也的确有评论家从"魔幻现实主义"的角度对某些"寻根小说"进行归类，参见吴亮等编：《魔幻现实主义小说》，时代文艺出版社 1988 年版。

③ 福柯：《知识的考掘》，麦田出版有限公司 1993 年版，第 125 页。

后的一种归纳和概括,如用柄谷行人的话说,这其实是"风景"形成之后的一种回溯性叙述。①

寻根文学作为一种思潮出现,显然与20世纪80年代中期的"文化热"现象息息相关,甚至可以把前者视为后者的实绩和体现,这已基本形成共识,但问题是,文学为什么要借助"文化"之名来寻求自我突破和创新?而事实上,"文化"也并非什么特别之物,相反,倒往往因其自身概念上的含混而不具备多大的阐释力。为什么文学偏要借这样一个自身含混的范畴来作为突破口呢?其实,关键也正在这**含混性**上,伊格尔顿在谈到美学概念的"多义性"时曾指出:"美学在现代思想中起的作用如此举足轻重,毫无疑问,部分原因是由于概念的多义性所致。对于一个抽象的概念,假定它无任何一种功能可言,那就几乎没有哪个概念能像它那样承担如此众多完全不同的功能。"②这一说法,正可以用在"文化"这一范畴上。"广义的文化既包括社会的精神财富,也包括社会的物质财富,举凡人类的一切创造物,都可以纳入文化的范畴……还有经济结构和政治结构甚至生产力,莫不在其中"③。这是当时参与文学寻"根"问题讨论的一位评论家所说的话,这种话语表述方式在当时极有代表性。在这一观点看来,"文化"其实超越了政治、经济以及意识形态层面,而成为一个带有"基础性"的包容一切的范畴。这一观点,显然来自丹纳《艺术哲学》的影响和启发。而实际上,那些提倡寻根的文章,很多人都直接是以丹纳的《艺术哲学》为自己的立论依据的,这包括前面所引的那篇文章,此外,还有韩少功的《文学的"根"》等。郑万隆在《我的根》和《中国文学要走向世界》中提到的"文化岩层"说也与丹纳的这本书有明显的关联。郑万隆在《我的根》这样写道:"如若把小说在内涵构成上一般分为三层的话:第一层是社会生活的形态;第二层是人物的人生意识和历史意识;第三层则是文化背景,或曰文化结构。所以,我想,每一

---

① 参见柄谷行人:《日本现代文学的起源》,三联书店2006年,"序言"第11页。
② 伊格尔顿:《审美意识形态》,广西师范大学出版社2001年版,"导言"第3页。
③ 刘梦溪:《文化意识的觉醒》,《文艺报》1985年9月21日。

个作家都应该开凿自己脚下的'文化岩层'。"①这里,问题不在于丹纳的原意如何,而在于作家们如何使之与现实对接:"在这里,丹纳几乎是个'地理环境决定论'者,其见解不需要我们完全赞成,但他对不同文化层次的分析不无见地。中国作家们写过住房问题和冤案问题,写过很多牢骚和激动,目光开始投向更深层次,希望在立足现实的同时又对现实进行超越,去揭示一些决定民族发展和人类生存的谜。"②看来,"文化"在这里,其实是用以超越"现实"的中介,而所谓沉溺于"现实"中的写作,其实就是儒家文化传统及其在当今的延续了。

在讨论到儒家文化的时候,大多数寻根论者都表现出较为一致的批评态度,韩少功和李杭育等提倡"不规范文化"的意图自不待言。在那篇《理一理我们的"根"》中,被作者排除在外的"根"即是儒家传统:"平心而论,中国文学的传统并不很好……中国的文化形态以儒学为本。儒家的哲学浅薄、平庸,却非常实用。孔孟之学不外政治和伦理……文学的'载道',与哲学的实用主义、宗教的世俗化、政治的礼仪化、社会关系的伦理原则等,合成了中国传统文化之根基。""重实际而黜玄想的传统,与艺术的境界相去甚远。这个传统对文学的理解是肤浅的、狭隘的、急功近利的。甚至今天,它还在那宝座上威风着。"③这里所谓的"它"无疑是针对着当前文坛上的伤痕反思和改革写作了。而即使是对寻根文学颇有微词的甘阳,在谈到儒家传统时也是表露出批判的态度:"在我们看来,只要中国文化的整体系统没有发生根本的变化,只要儒家文化仍然是中国文化系统的主体和基础,那么儒家文化在历史上曾经起过的那些消极反动作用就不可避免地仍然会起作用。"④在这些地方,虽然批判的往往是儒家文化,但其实指向的是当前的政治文化传统,换言之,即当代中国的"政治文化"。表面看

---

① 郑万隆:《我的根》,见郑万隆:《生命的图腾·代后记》,中国文联出版公司 1986 年版,第 314 页。

② 韩少功:《文学的"根"》,见《在后台的后台》,人民文学出版社 2008 年版,第 276 页。

③ 李杭育:《理一理我们的"根"》,《作家》1985 年第 9 期。

④ 甘阳:《八十年代文化讨论的几个问题》,见《八十年代文化意识》,上海人民出版社 2006 年版,第 31 页。

来,20 世纪 80 年代中期出现关于"文化"的讨论,是中国现代化进程中的一环,是继经济等制度层面的改革后在文化层面的深化,但实际上也是 80 年代"告别革命"在文化层面的逻辑延伸。这样就表现出某种分裂和矛盾:即当被指认为政治文化传统的时候,"文化"无疑是作为否定的对象出现的,而若能从文化中析出非政治文化,"文化"便具有了正面的意义。从这个角度看,韩少功等人提出"非规范文化"显然就带有了想使"文化"从"政治"中挣脱出来的意图所在,如此看来,80 年代中期出现的"文化热"其实指向的毋宁说就是作为"大他者"的"政治",和革命的现代性了;但问题是,在当代中国的实践中,政治和文化是往往不能两分的,当 80 年代中期竖起文化的大旗以远离"政治文化"的时候,其实是走向了另一种"文化政治"。

从这个角度我们再来看"寻根文学"的命名就很清晰了,即无论是韩少功还是郑万隆,他们都是在脱离政治的"文化"层面上提到那些小说的,因而这些小说只是在远离政治文化的取向上表现出某种共同之处。这样也就能理解,为什么他们都没有提到阿城的《棋王》等"三王"系列,因为在这些小说中,政治指向要么始终是作为故事的前景出现,并没有隐去,要么成为背景式的点缀。可见,这一命名,并不像有些研究所说的那样,是浪漫主义对现实主义的取代。① 实际上,这些小说也并不都表现出超越现实主义的倾向,有些小说比如说刘心武的《钟鼓楼》以及邓友梅等市井风俗小说本就是现实主义的应有之义。而即使是对于韩少功的《爸爸爸》和王安忆的《小鲍庄》等这样的作品,当时的评论界也有人试图从现实主义的深化和"开放体系"的角度把它们纳入已有的现实主义传统中去②。

---

① 参见王又平:《新时期文学转型中的小说创作潮流》,华中师范大学出版社 2001 年版,第 1—122 页。在这本专著中,王又平从"浪漫主义"的角度来分析寻根小说,把它视为"看似反拨的顺应"。另参见季红真的《文化"寻根"与当代文学》(《文艺研究》1989 年第 2 期)一文,该文也把"浪漫主义的精神内核"作为"文化寻根"之理论格局的重要组成部分。

② 参见徐俊西:《略论新时期文学中现实主义的深化和发展》,见潘旭澜、王锦园主编:《十年文学潮流》,复旦大学出版社 1988 年版,第 36—49 页。

二、从"传统"中剥离出"文化"

如果从文学对"文化"的挖掘和表现而论,任何时代显然都不乏这样的创作;可见,仅仅从"文化"的角度还是不能真正解释"寻根"作为一个思潮出现的必然性。"寻根"得以被提出,显然还与对"传统"的重新评价有关。

随着对"文革"的批判和反思的深入,"传统"不仅在与"现代"对立的意义上被提及,还常常在等同于"封建"的意义上被使用,这就使得对"传统"的批判成为一种趋势①,这一趋势最为明显也最有代表性地表现在中国封建社会的"超稳定系统"这一说法中。金观涛和刘青峰那篇《中国历史上封建社会的结构:一个超稳定系统》一文开篇,就这样地反问:"为什么封建主义僵尸能够在文化革命中借尸还魂?"②这篇论文的逻辑很明显,即要走出封建主义的阴影,走向未来。显然,照这种逻辑看来,"传统"既然属于封建时代的东西,自然就很难不被抛弃了。这一观点,在当时影响很大,但奇怪的是,很多接受者如郑万隆、钱念孙和古华等人,虽然都在使用这一范畴,但却似乎并不认同作者的结论,他们往往从自己的角度有意地加以"误读"。因为显然,在提出者看来,正是这一"超稳定体系"的存在,才会出现"封建主义僵尸""在文化大革命"中的"借尸还魂";但在接受者的"误读"下,这一"亚稳态结构"却正是"中国文化之所以具有如此顽强的生命力量"的重要原因,可见"被看作文学之'根'的我们民族的传统文化是一个开放的机制"③。郑万隆也是基于这样一种认识,而提出他所谓的"文化岩层"说的:"这种稳定与不变,表现为一种'超稳定体系'的状态","根"之所以为"根",就是这样一种"超稳定体系","它是积淀在集体心理的'文化岩

---

① 即使是在《启蒙和救亡的双重变奏》这一长文中,李泽厚并没有要全盘否定"传统"之意,但如果从他"理解传统亦即理解自身"的逻辑来看,他之重新评价传统,其实是想通过清理当前实践中"复活"的"封建传统"。在他这里,"传统"很多时候是等同于"封建主义"的。参见李泽厚:《中国思想史论》(下册),安徽文艺出版社 1999 年版,第 823—866 页。

② 《中国历史上封建社会的结构:一个超稳定系统》,《贵阳师院学报》1980 年第 1—2 期。

③ 钱念孙:《文学之"根"的多向展开和寻"根"眼光的扩大》,《文艺报》1985 年 11 月 9 日。

层'",故而"必须进行'考古发掘'才能发现其内部结构"①。那么,为什么会出现这种"误读"呢?

古华在一篇文章中,虽然从"超稳定系统"的角度提醒寻根作家注意"'劣'根"的存在,但也并非要完全否定"传统"的意义:"我们在为各自追寻的、带有鲜明地域特色的汉文化源流所自慰、所陶醉的时候,不能不清醒地看到,古老的汉文化的另一面,它的厚重的封建积淀,它的数千年一贯制的超稳定结构,它的根深蒂固、积重难返的'道'与'德'传统规范。看不到这一面,我们今天的文学寻根热,就有可能走向封闭、半封闭的历史旧辙,必然分不清优'根'和'劣'根,分不清精华和糟粕,分不清是传统的美德还是传统的劣根性。"②在这里,"传统"和"文化"这两个范畴是在混同的意义上被使用的,而实际上其中的两个"文化"一词,所指涉的并不是一回事,后者毋宁说指的是"传统的劣根性"。这种混同,正表明当时人们针对"传统"的复杂态度和矛盾心理;另外,其实也透露出寻根提倡者的策略所在,即用"文化"代替"传统"而避免在"传统"问题上的纠缠不清。因为,一旦涉及"传统",除了其本身的驳杂之外,总让人想起"现代",而传统和现代之间的错综复杂关系及其优劣高下之分,其实早在改革小说中已有所呈现:改革小说中,比如说《鲁班的子孙》、《腊月正月》和《浮躁》等,即使表现出对"传统"乡愁式的感伤,但也只能是在挽歌式的表白中将它送入坟墓,这显然是现代化的意识形态所决定的。

以此观之,寻根写作虽然表现出对"传统"的正面肯定,但并不因此就认定其有反现代化的倾向。因为,在他们的话语实践中,"传统"往往是在"文化"的层面上被加以肯定,而不是作为"现代"这一范畴的对立面出现。寻根写作中显然没有那么浓厚的乡愁,这并不是说在寻根写作中,就没有表现出"传统"和"现代"的冲突,事实上,这一冲突其实是在另一个层面展开的,这一层面即所谓的"文化"层面。显然,"文化"是一个极其含混的范畴,但也正是这种含混,某种程度上给当时的文学创作带来各种可能,同时,某

---

① 郑万隆:《中国文学要走向世界》,《作家》1986年第1期。
② 古华:《从古老文化到文学的"根"》,《作家》1986年第2期。

种程度上也把伤痕、改革写作中"现代"和"传统"的冲突转化为对"文化"的不同评价了。

在寻根写作及提倡中,"传统"虽然常常在语意上等同于"文化",但"文化"和"传统"在时间的维度上却是截然不同的。如果说"传统"对应着"现代",这种对立很容易让人想到"文明和愚昧的冲突"①的话,而"文化"则不同。事实上,当时的评论家也已注意到其中的差异,在一篇参与文学"寻根"问题的讨论文章中,周政保这样说道:"'文化'是一个综合性的概念——它作为一种历史现象,往往以传统的面目出现在我们的生活中,然而它既属于过去,也属于现在与未来。历史的变迁只作为完成式留在后代人的记忆里,但文化的传统却以正在进行的方式,时时处处涌动与活跃在可感可触的现实情态中。"②甘阳则从"文化讨论"的背景上分析道:"文化讨论的一大障碍是人们习惯于把'前现代化'看成纯粹的贬义词,而又把'现代化'当成十足的褒义词,这就难免引起巨大的情感纠纷而阻碍理智分析。其实,这两者的区别并不是优劣高下的价值判断,而是价值中立的社会学分析……'文化冲突'的深刻性和复杂性就在于,它并不是'文明与愚昧的冲突',而恰恰是'文明与文明的冲突。'"③寻根提倡者们提出寻找"文化"之"根"的主张,客观上具有使得"文化"从"传统"中被剥离出来并最终取而代之的效果,这种剥离的策略极为形象地表现在"文化岩层"的比喻和表述中。因为在他们看来,"文化"其实是一个空间的范畴,"传统"则更多指涉时间上的滞后,"叫它(指"文化心理结构"——引者注)'文化潜意识',……因为它是积淀在心理的'文化岩层'","任何一种文化都有它独特的文化行为。这种日常生活的文化行为的脉络关系就是文化行为的'结

---

① 在季红真那篇著名的《文明与愚昧的冲突》中,虽然是从"文化"的角度探讨"文明与愚昧的冲突",但是其实是在"传统文化"和"世界文化"的对比的角度立论的,因而"文明与愚昧的冲突"实际上就是中国传统文化与世界现代文化的冲突,进而就是传统与现代之间的冲突了。参见季红真:《文明与愚昧的冲突》,浙江文艺出版社 1986 年版,第 150—151 页。

② 周政保:《小说创作的新趋势——民族文化意识的强化》,《文艺报》1985 年 8 月 10 日。

③ 甘阳:《八十年代中国文化讨论五题》,《古今中西之争》,三联书店 2006 年版,第 26 页。

构'。虽然在日常生活中表现为这个集体中每一个人的'生活相',总是有所差异的,但无论其差异多大,都可以找到该文化的历史过程的规律性,即找到心理构成的基本元素,找到那种体现为'集体表象'的'集体潜意识'。"①显然,在这一表述逻辑中,"文化"无疑居于表层的"生活相"或现实之下,空间结构中的深层;这一空间比喻的好处在于,其能有效地避开日常或现实层面上的落后西方的状况,因为文化与现实经济之间是不成正比的。实际上,在寻根提倡者看来,"文化"其实是能形成对日常的某种超越,而也正是基于这种"文化"的空间关系的指认,韩少功故而提出了寻根的主张:"文学有'根',文学之'根'应深植于民族文化传统的土壤里,根不深,则叶不茂。"②

正是在这点上,提倡"寻根"并不是复古。那些指责寻根思潮为复古的人,其实是没有注意到"根"之构成的空间结构。因为显然,"根"在脚(现实生活)下,而并非"传统"中。事实上,寻根提倡者十分清楚,在经过了五四以后的反传统和20世纪80年代的新启蒙运动以后,寻根若无视"现代"无疑是相当危险的,因为那样一来,文化的空间结构关系,就有可能演变为不能自我更新的"超稳定结构"而失去再生的可能。基于此,韩少功和李杭育不约而同地提出了"不规范文化"和"规范文化"的区分,而通过把"规范文化"等同于"传统文化",实际上也就是把文化传统中的糟粕的东西否定掉了,这样一来,其实也就完成了"文化"从"传统"中的自我剥离。

三、自我边缘与走向世界

实际上,正是通过这种从"传统"中剥离出"不规范文化",寻根作家恰恰完成了对自我的边缘化和放逐。因为,在他们的这种区分"规范文化"和"不规范文化"中,其实是把"规范文化"等同于载道的正统文化,当前的伤痕、改革写作,某种程度上也就成了这种载道文化的延续,因而,当他们提出"不规范文化"的时候,他们也就把自我边缘化了。"寻根小说对中国文化

①　郑万隆:《中国文学要走向世界》,《作家》1986年第1期。
②　韩少功:《文学的根》,见《在后台的后台》,人民文学出版社2008年版,第274页。

内部差异性的强调,建基于一种中心/边缘的二元想象,并先在地将批判的矛头指向中心文化。"①而事实上,在寻根提倡者的写作中,"不规范文化"也大多存在于穷乡僻壤。这一穷乡僻壤要么是作家下放的地方,如韩少功、王安忆、郑义,要么就是作家的故乡,如郑万隆、贾平凹和乌热尔图。对寻根作家而言,这一边缘化,既是一种自觉,其实也是源于某种无奈。如若联系寻根提倡者的知青身份,这一点就更其显著了。卢新华那篇被视为伤痕文学之名的小说《伤痕》,其实就是想通过倾诉知青所受的创伤或伤痕,求得社会的谅解,以便顺利回归到现实社会与秩序中去;从这点看,这表现的是一种从现实中的"边缘处境"回归"中心"的努力。这一努力在知青作家代言式的知青写作和改革叙述中有所表现,后者如叶辛的小说《基石》和《拔河》,以及柯云路的《新星》等,都是这样的代表。但是正如这些改革叙述所显示的,即使知青主人公表现出改革的极大热情,甚至为改革披荆斩棘,其行为却总不能获得老一辈和更年轻一代人的理解:他们的努力并不总能得以实现。从这个角度看,寻根提倡者们的边缘化,与此前知青作家的创作有一脉相承之处,所不同的是,他们这次是自我自觉的边缘化,而非被边缘。既然如此,这种自我的姿态意味着什么? 是一种对自身地位有意识的认定与自得,还是一种策略?

其实,寻根作家的"寻根"意向,既不是要回到古代,也不是自居穷乡僻壤以求超脱,而毋宁说是要"走向世界",这从郑万隆那篇《中国文学要走向世界》可以明显看出。韩少功也从反对"西方中心论"的立场出发,提出了"东方的寻找和重造"的宏大命题。② 可见,寻根作家自我边缘化并不是要自我放逐,而毋宁说是想走向世界;那么问题是,如何才能从"不规范文化"的边地走向世界呢? 这种转换如何成为可能?

在这里,寻根倡导者们其实是借用了"超稳定系统"一说而加以了改造,就像前面所引古华的那篇文章中所说,正因为"超稳定系统"的存在,恰恰表明中国文化的活力依然;郑万隆在那篇《中国文学要走向世界》中也多

---

① 贺桂梅:《"新启蒙"知识档案》,北京大学出版社 2010 年版,第 191 页。

② 参见韩少功:《东方的寻找和重造》(1986 年),见《在后台的后台》,人民文学出版社 2008 年版,第 279—281 页。

次从肯定的意义上提到"超稳定系统"。李杭育和韩少功虽然没有直接提到"超稳定系统",但其实也是从中国文化源远流长的角度来立论,而从他们对"不规范文化"的分析来看,中国文化的活力显然来自于"不规范文化",而非"规范文化"。换言之,中国文化走向世界的活力,在他们看来就存在于"不规范文化"中,但问题是,仅仅发掘这"不规范文化"就能走向世界吗?显然并不这么简单。而据李杭育和韩少功提出"不规范文化"的初衷来看,他们的目的其实是想借"不规范文化"最后取代"规范文化"而成为中国文化的代表。"如果说寻根倡导者希望借助重提非规范文化,来完成对规范/传统文化的批判,那么这种批判行为也并非要颠覆和瓦解民族传统文化本身,甚至也不是要怀疑或批判本民族文化的同质性,而是用居于边缘位置的地方文化/少数族群文化来重构这种同质性。"①也正是在这点上,寻根作家表现出对"超稳定系统"说的改造:他们在把"规范文化"视为"超稳定系统"中僵死的部分——即正统文化——而加以否定的同时;另外,其实是用"不规范文化"取其而代之了,其结果是,"超稳定系统"经过这种吐故纳新之后,必然以新的面貌呈现出来。"我以为我们民族文化之精华,更多地保留在中原规范之外。规范的、传统的'根',大都枯死了。""理一理我们的'根',也选一选人家的'枝',将西方现代文明的苗壮新芽,嫁接在我们的古老、健康、深植于沃土的活根上,倒是有希望开出奇异的花,结出肥硕的果。"②在寻根作家看来,只要把"不规范文化"之"根"置于西方现代文明的照耀下就能结出肥硕的果来。"仅仅把文学植根于'文化岩层'上,或使其具有文化背景还是远远不够的,也只能说使我们的文学走向世界有了一个基础。它必须具有一种开放的眼光,必须和世界文化进行交流,必须具有现代精神。"③这一观点,在寻根提倡者中很有代表性,郑万隆在那篇《中国文学要走向世界》中就径直把这种复杂性简化为"有了现代观念和传统文化这两条腿,并扎扎实实地走下去,中国文学走向世界的希望才能现实地投入我们的怀抱,未来才能是另一个样子"。韩少功则说"我们有民族的自我,

---

① 贺桂梅:《"新启蒙"知识档案》,北京大学出版社 2010 年版,第 192 页。

② 李杭育:《理一理我们的"根"》,《作家》1985 年第 9 期。

③ 郑万隆:《中国文学要走向世界》,《作家》1986 年第 1 期。

我们的责任是释放现代观念的热能,来重铸和镀亮这种自我"。① 这一"自我"无疑很大程度上其实就是"不规范文化",而非其他了。

而事实上,这一"不规范文化"的提出,表征的是一套新的文学观:"我们只蒙蒙眬眬地晓得老子讲过一些混沌的话,而用我们的从西方人那里学会的欧洲式的**理性**(加粗系引者所为)是很难理解这些话了。……今天的中国人已经习惯于把理性当作唯一的思维轨迹,沿着它用逻辑去达到目的,而将**直觉**的感知塞在了一个很不起眼的角落里,并且每每拿理性来抑制它,矫正它,甚至萎缩了它。"②这一"理性"与"感性"的冲突论,在郑万隆那篇《我的根》中也被特别提出:"重要的是感觉。它比理性的理解在记忆中留下更深的刻印。"③这里关键是要理解,在他们眼里,"理性"指涉什么? 而据李杭育在《理一理我们的"根"》中,对"不规范文化"的梳理,这一条"根"其实就是中国传统中浪漫主义一脉。以此观之,所谓"不规范文化"和"规范文化"的冲突,某种程度上就是现实主义和浪漫主义的冲突,就是实用的载道的文化同审美的文化的冲突,进而也就是理性和感性的冲突;"理性"在这里,很大程度上显然就是指代那种实用的、载道的文化。从这个角度看,寻根作家"感性"或"感觉"的范畴的提出,因而也就是新的文学观的提出了。寻根作家以自我边缘化的方式,对传统文化进行区分,进而提出了"不规范文化"补足并最终取代"规范文化"的命题;这既是一种以退为进的策略,其实也是一种文学观,通过这种文学观,而达到与世界文学的接轨(或对接),进而走向中心。

从这个角度看,寻根提倡者提出"不规范文化",并不是要去塑造什么典型的人物形象;而实际上,这些寻根作家的小说也并不注重人物的塑造,人物其实只是一个符号,传达或传递的毋宁说是创作者独特的"感觉"或"感性"以及针对现实历史的不同态度。寻根作家并不注重小说人物的塑造,但通过他们的小说创作,他们创造的其实是作为创作者的鲜明的整体形

---

① 韩少功:《文学的根》,见《在后台的后台》,人民文学出版社 2008 年版,第 278 页。

② 李杭育:《"文化"的尴尬》,《文学评论》1986 年第 2 期。

③ 郑万隆:《我的根》,见郑万隆:《生命的图腾·代后记》,中国文联出版公司 1986 年版,第 311 页。

象或群像:他们通过他们的创作,最终完成的是自我主体的建构,而非仅仅"民族的自我",或其他。

四、"文化"及其表征:双重主体的建构

事实上,不唯郑万隆和韩少功在对寻根作家的指认上彼此不同,当时积极鼓吹寻根的批评家们在这一点上也不尽一致。在这方面,李庆西一直比较谨慎,除了前面提到的韩少功、贾平凹、郑万隆、乌热尔图以及阿城外,他也把主要由"年轻作家"构成的"新笔记小说"创作视为"文体意识上的'寻根'"[1],这些作家中就包括贾平凹和阿城等,可见,在李庆西看来,"寻根"其实主要是"年轻作家"们的事,与老年作家关系不大(汪曾祺除外);时隔多年后,在回顾"寻根文学"思潮时,他更径直表示"我不同意(您)将陆文夫、邓友梅、冯骥才等人的'市井文化小说'列入'寻根文学'的看法"[2],这其实是反对季红真在那篇关于"寻根文学"的总结性文章《历史的使命与时代抉择中的艺术嬗变——论〈寻根文学〉的发生与意义》中归纳了。在那篇文章中,季红真描绘了一幅"寻根"创作演变图:"此后(指的是韩少功等寻根倡导者的'宣言'发表后——引者注),一场文化问题的大论争以空间的规模开展起来,创作也在同步展开。林斤澜的《矮凳桥传奇》发表,郑万隆的《异乡异闻录》问世;张辛欣、桑烨的《北京人》引起广泛的注意;韩少功的《爸爸爸》、《诱惑》等作品带给人的极大的困惶,阵容强大的湘军崛起;《西藏文学》于 1985 年 7 月,扎西达娃《西藏:隐秘的岁月》为首篇,推出魔幻现实主义专号;《上海文学》发表马原《冈底斯的诱惑》;莫言的《红高粱家族》陆续发表,开辟了一个'高密东北乡'的神话世界;李锐的《厚土》一鸣惊人,继而是《吕梁山风情》源源不断;王安忆的《小鲍庄》、铁凝的《麦秸垛》、洪峰的《瀚海》、张炜的《古船》等,带有寻根意向的作品一再出现。一些并没有主张'寻根'的作家,也在这个潮流中作出新的姿态。陆文夫的《井》、王蒙的《活动变人形》、冯骥才的《三寸金莲》都不同程度地与寻根潮流相呼

---

[1] 《新笔记小说:寻根派,也是先锋派》,见《文学的当代性》,人民文学出版社 1988 年版,第 63 页。

[2] 李庆西:《"寻根文学"再思考》,《上海文化》2009 年第 5 期。

应,从自己的立场与之对话……1985 年、1986 年、1987 年,真是中国文坛充满奇迹,近于神话的时期。这使人们,无论是否情愿,都必须接受这个事实,‘文化寻根’是这几年文坛最重要的现象。"①

从这些互有差异的表述中可以看出,第一,尽管评论家或研究者们对寻根作家构成的指认不尽一致,但对有些作家如韩少功、李杭育、郑万隆、乌热尔图、王安忆以及贾平凹等人作为寻根的核心群体,却几乎没有什么疑义;这说明,不管分歧多大,"寻根"思潮总表现出某些共同的倾向。第二,有的作家,如郑义,即使发表了《跨越文化断裂带》这样提倡"寻根"的文章,他的小说如《老井》和《远村》也仍不常被视为寻根小说;有的作家,如阿城的《棋王》等"三王"系列,也并不是任何时候都被视为寻根作品,而实际上,小说发表后,还常常被视为知青小说或现实主义的延续②,这与郑义的《远村》和《老井》常常被作为现实主义深化之作,有相似之处。这说明,关于寻根作家作品构成上的分歧,某种程度上,其实就是现实主义文学和非现实主义文学成规之间的分歧。第三,这种分歧,也表现在对"根"的不同理解,和如何"寻"的困惑上。在有些人看来,"根"其实可以在任何地方得到呈现,关键是要有超越的眼光,故而城市"市井"中照样可以有文化,照样可以"寻根";而有些人看来,"根"则往往存在于穷乡僻壤等规范文化所不能及的化外之地,等等。这些复杂矛盾处,恰恰都可以被涵盖于"文化"这一"超级能指"或"大主体"下的文学写作中;可见,"文化"其实是成了言人人殊的一个符号,借助这个符号,不同诉求都能在这一共同的符号下完成自我言说和指涉的意图。此时,再去追问"根"为何物,其实是很难有答案的;对我们而言,是"谁"在借"根"之名说话? 他们是在一种什么位置上发言? 这些或许才是我们应该进一步追问的问题。

事实上,当时提出"寻根"主张及其参与讨论的,大都是知青或青年一代作家评论家,如韩少功、郑万隆、阿城、李杭育、郑义、王安忆、陈思和、蔡

---

① 季红真:《历史的使命与时代抉择中的艺术嬗变——论〈寻根文学〉的发生与意义》,《当代作家评论》1989 年第 1—2 期。

② 参见杨晓帆:《知青小说如何"寻根"——〈棋王〉的经典化与寻根文学的剥离式批评》,《南方文坛》2010 年第 6 期。

翔、李庆西、李书磊、吴亮、李劼、毛时安、许子东、程德培、钱念孙、周政保、汪晖、王友琴、刘火等人。古华、仲呈祥、刘纳、刘梦溪等中青年评论家,中老年作家周克芹等也参与了讨论。① 从这些青年一代评论家的论述来看,他们大都对"寻根"持一种肯定态度;中青年作家批评家的态度则比较谨慎,就像前面分析过的古华,既有所肯定又有批评。但无论是赞同还是有保留的肯定,甚或批评,其实是提供了一个自我表述的空间,通过这一空间及其在这一空间中的话语实践,最终建构出"文化"的主体形象(话语对象)以及"年轻"一代借以集体出场的方式。对于那些寻根提倡者(包括那些提出寻根主张的作家)而言,他们正是通过"文化"这一含混性极强的概念,并以自我命名和他人确认的话语实践形式,最终完成自我创作主体的建构的;这一创作主体,作为一个共同的身份和标识,往往是在"年轻作家",或知青作家的名称下得以被确认。

---

① 当时老作家严文井虽然也写了一篇《我是不是个上了年纪的丙崽?——致韩少功》(《文艺报》1985 年 8 月 24 日),但这篇文章并没有参与当时关于文学"寻根"问题的讨论,而主要是从读者和批评者的角度谈论韩少功的《爸爸爸》、《蓝盖子》和《归去来》。

结语 《平凡的世界》与"后文革"
一代青年的成长史

一、"路遥现象"与文学史评价系统之间的矛盾

对于 20 世纪 80 年代文学特别是小说来说，也许没有哪部小说比路遥的《平凡的世界》更能吸引今天的广大读者的了①，这从这部小说一版再版并被不断盗版这一现象就可以得到证明。但这部小说在文学史乃至小说史上的地位与其阅读上的经久不衰和持续的阅读魅力似乎并不成正比，相反，文学史家倒是常常一笔带过甚至避而不谈乃至有意无意地忽略之，而实际上研究者或批评家们却一直兴趣不曾或减。②

当然，阅读者数众并不能说明任何问题，文学史上被热读或追捧的作品并不一定就能在艺术上经得住考验，这一"共识"显然已为人们所默认，但问题是，在中国近现代的语境中，很少有哪部作品能像《平凡的世界》那样能在不同时代不同人群中激起人们持续的阅读兴趣；对这一现象，显然是文学史或接受史的简单阐述所不能说明清楚的。有些文本比如说罗广斌杨益言的长篇小说《红岩》，其在 20 世纪 60—70 年代大盛其时，但在今天阅读

① 参见邵燕君：《〈平凡的世界〉不平凡——"现实主义畅销书"的生产模式分析》，《小说评论》2003 年第 1 期。

② 这从马一夫等主编的《路遥纪念集》(人民文学出版社 2007 年版)、李建军编的《路遥十五年祭》(新世界出版社 2007 年版)、申晓主编的《守望路遥》(太白文艺出版社 2007 年版)、石天强的《断裂地带的精神流亡——路遥的文学实践及其文化意义》(北京大学出版社 2009 年版)、阎慧玲的《路遥的小说世界》(中国文联出版社 2008 年版)和梁颖的《三个人的文学风景——多维视镜下的路遥、陈忠实、贾平凹比较论》(人民出版社 2009 年版)等这些著作中就可以看出。

者回应者却寥寥;有些文本如鲁迅的小说散文,其虽堪称经典,但如果没有入选教科书,想必有心阅读的也不会太多。而且,问题的复杂性还在于,《平凡的世界》其实是一部带有 80 年代鲜明的时代痕迹之作,这部小说显然不能摆脱当时伤痕反思叙述乃至改革知青写作的影响,其对历史特别是"文革"痛史,也常常是念兹在兹不能忘怀;但相比那些 80 年代风云一时转瞬即被人们遗忘的时代"畅销"之作,《平凡的世界》却能不为特定时代的痕迹所约束,即使今天仍被人们特别是广大青年读者不断地一读再读,凡此种种,就不能不引起我们的思考了。

二、身处潮流之中与远离潮流之外:对待历史的矛盾态度

在 20 世纪 50—70 年代的文学中,"史诗性"一直被认为是文学特别是小说创作最为崇高的追求之一,按照洪子诚的说法"这种创作追求,来源于当代小说家那种充当'社会历史家',再现社会事变的整体过程,把握'时代精神'的欲望"①。比较而言,这一追求在 80 年代的小说创作中则表现不太明显,也许《平凡的世界》要算是其中最有"史诗性"追求的作品之一了。相比同为陕西籍的前辈作家柳青,路遥显然也有他自己的宏大抱负,这从他以三部曲的恢弘形式来描绘近十年中国社会城乡间发生的巨变这一宏愿②就可以看出。但问题是,形式上的恢弘巨制并不必然就能产生恢弘的史诗。柳青的《创业史》虽然主要写出了第一部,但就是这一部形式上不太"恢弘"之作却足以堪称为鸿篇巨制的史诗。柯云路的《新星》三部曲较之路遥的《平凡的世界》,显然有过之而无不及,三部"巨制"洋洋洒洒 2400 页左右,但其并不是史诗巨制,同样,《平凡的世界》也很难说得上是。

对于史诗作品而言,除了"结构上的宏阔时空跨度与规模"③外,其中最为关键的一点,可能就是如洪子诚所说的对"时代精神"的把握了,而这一点,恰恰是路遥的小说所不太具备的。当然,这并不是说路遥的《平凡的世

---

① 洪子诚:《中国当代文学史》,北京大学出版社 1999 年版,第 108 页。

② 参见路遥:《早晨从中午开始》,《路遥文集》(第二卷),陕西人民出版社 1993 年版,第 10 页。

③ 洪子诚:《中国当代文学史》,北京大学出版社 1999 年版,第 108 页。

界》脱离了时代和历史,也并不意味着不具备"史诗性"故而小说就没有魅力或成就,而是说路遥在写历史和时代的时候并不是从把握"时代精神"的角度去着手的,因此,其写出的历史和现实就多多少少显得有点同"史诗性"写作下的时代和现实不相符合了。有研究者早已注意到《平凡的世界》中史和诗的结合:"纵向的史的骨架与横面的诗的情致的融合,对社会历史走向的宏观把握与对人物命运、心灵的微观透视的融合。"①但就像王一川用"中国晚熟现实主义的三元融合"——即现实主义、浪漫主义和现代主义的融合——来指称《平凡的世界》中所呈现出的现实主义在 20 世纪 80 年代的新变②一样,两种观点显然有它们的深刻道理,但仍不免是在现实主义的框架内谈论路遥的这部小说,故而有意无意贬低了小说中浪漫主义乃至现代主义的内涵及其意义。而实际上,如果从超越现实主义的角度去解读小说的话,倒能发现许多向来被遮蔽的问题。

路遥显然是有意要从诗与史相结合的角度来构思小说的③,但这并不像批评者所指责的那样,是"作品陷入史料的堆砌而缺少诗意的提炼和升华"④,恰恰相反,是作者对诗意的追求而使得"历史"显得"似是而非"。作者曾在不同场合表达过这样一种相近的观点:"生活在大地上这亿万平凡而伟大的人们,创造了我们的历史,在很大的程度上也决定着我们的现实生活和未来走向。那种在他们身上专意寻找垢痂的眼光是一种浅薄的眼光……在我的作品中,可能有批判,有暴露,有痛惜,但绝对不能没有致敬。"⑤从这种表述不难看出,作者对当时文坛上伤痕反思乃至改革文学的创作潮流是不太满意的,而实际的情况也确实如此,虽然作者早年写过像

---

① 雷达:《诗与史的恢弘画卷——评〈平凡的世界〉》,《求是》1990 年第 4 期。

② 参见王一川:《中国晚熟现实主义的三元融合及其意义——读路遥的〈平凡的世界〉》,《文艺争鸣》2010 年第 12 期。

③ 参见路遥:《早晨从中午开始》,见《路遥文集》(第二卷),陕西人民出版社 1993 年版,第 20 页。

④ 李永健:《〈平凡的世界〉的艺术缺憾与路遥的巨著情结》,见雷达主编:《路遥研究资料》,山东文艺 2006 年版,第 368 页。

⑤ 路遥:《生活的大树万古长青》,见《路遥文集》(第二卷),陕西人民出版社 1993 年版,第 376 页;另参见路遥:《早晨从中午开始》,见《路遥文集》(第二卷),陕西人民出版社 1993 年版,第 17 页。

《惊心动魄的一幕》等那样的伤痕小说,但像《人生》和《平凡的世界》这些后期的作品却是无论如何也不能置于伤痕反思之中谈论的,甚至也不是改革文学所能涵盖的。这里的关键就在于小说中对待历史和现实的不同态度上。如果说伤痕反思叙述是通过对特定历史("文革"乃至新中国成立后的"左倾"历史)的否定而达到肯定现实秩序的话,历史显然是作为现实的"他者"出现的,在这里,主流意识形态预设或意图(批判"文革")决定了历史叙述的简化乃至僵化。这一二元对立模式在稍后(或几乎同时)出现的改革叙述,乃至知青文学中仍普遍存在。对于改革文学而言,变革现实的合法性往往同样也要从"文革"之乱中去寻找,其结果是现实(现状)和历史往往被改革的美好未来承诺所否定。但对《平凡的世界》来说,情况则明显不同了。在这里,历史既被凸显又被淡化,而现实在被彰显的同时也被极大的遮蔽。这看似矛盾,其实不然。

小说中有一段田福军和张有智的对话很有意思:

> "什么?"张有智冲动地从沙发里站起来,"你把一个造反派弄来给我当县长?"
>
> "有智,……文龙(指周文龙——引者注)在'文革'中是造过反,前几年在柳岔公社也搞过极'左'的东西。不过,他是个青年嘛,'文革'中他还是个中学生,才十几岁。这几年来,小伙子对自己进行了严厉的反省,照我看那是真诚的。对待青年,我们不能总是揪住过去的一些事不放。只要认真改了,我们该使用的还要用。"①

这段话在小说中并不显眼,而且周文龙这一人物形象在小说中也并不重要,但恰恰是这种看似闲笔而并不显眼的对话,其实透露或表征了叙述者或作者的对待历史的矛盾态度。与当时流行的伤痕或改革叙述一样,《平凡的世界》并非仅仅是从"文革"结束后开始叙述,相反,小说是以1975年的二三月份起笔,这一叙述起点决定了小说不可避免地要去正面触及"文革",

---

① 路遥:《平凡的世界》(第三部),人民文学出版社2004年版,第396页。

因之也就必然会有对待历史的态度和立场了。奇怪的是,这部小说并不同于作者此前的中篇《惊心动魄的一幕》那样充满"文革"造成的伤痕以及对"文革"非人道的控诉,相反,小说中的"文革"倒是温情脉脉甚至包裹在一定的人情味之中。通观小说叙述的始终,唯一可见"文革"极"左"痕迹的就只有周文龙这一青年造反家了。但即使是对这样一个极"左"的造反青年,小说也并不同于伤痕叙述或改革叙述那样,充满了怀疑不信任甚至站在审判的立场进行批判,相反,小说叙述者始终对这一人物投以理解宽容之情,这从前面所引那段对话就可以明显感觉得到。

对于伤痕反思叙述或部分改革叙述而言,对历史的不原谅往往表现为对红卫兵或造反派的不原谅,因此,如何塑造青年造反派及其表现出的态度就成为小说历史观的重要表征和体现。这对《平凡的世界》来说,也同样如此。小说是这样叙述周文龙的:

> 柳岔公社由一个"新生事物"领导着。公社主任周文龙和石圪节公社主任白明川是高中的同班同学,也是同一年当了公社武装专干的。一九七二年招收第一届工农兵学员,周文龙被推荐上了西北农学院。去年(指的是 1975 年——引者注)秋后毕业回来,他向县革委会写了申请书,说为了以实际行动限制资产阶级法权,他要求回他家所在地柳岔大队当农民。县革委会大力支持这个"新生事物"……还决定,周文龙同志保持农民身份,但同时担任柳岔公社革委会主任。①

若从"互现法"或互文的角度来解读这一段叙述,我们发现,周文龙和白明川其实是 1966 的高中毕业生。但奇怪的是,小说中并没有交代或透露他们是否有过红卫兵的经历,而若从作者《惊心动魄的一幕》②所描述的,"文革"中的地方县城显然并非风平浪静,而毋宁说是"惊心动魄",青年学生造

---

① 路遥:《平凡的世界》(第一部),人民文学出版社 2004 年版,第 245 页。
② 小说一开始就这样叙述道:"一九六七年,西北黄土高原这个山区县份和全中国任何地方一样,'文化大革命'的暴风雨摇撼着整个社会。"[《路遥文集》(第一卷),陕西人民出版社 1993 年版,第 459 页]

反参加红卫兵也就不再不可能而是不可避免了。而实际上路遥本人在"文革"初期就是某一造反派头目,他自己也因有过一段造反当头的经历而命途坎坷①,这一人生经历虽然很少表现在他的小说中,但并非没有影响到他的小说创作。从这个角度看,《平凡的世界》对这一"历史侧面"隐而未彰,并非作者叙述者忽视"不见"而毋宁说是有意为之,这一有意为之在小说中常有表现。在小说中,我们看不到哪怕一个青年红卫兵的影子,而实际上最可能成为红卫兵的白明川、田润叶、杜丽丽、武惠良、李向前等,却无任何痕迹显示出来,更不用说孙少平和田晓霞那些后"文革"青年了。换言之,我们从小说中的青年形象上看不到任何"文革"伤痕(不管是外伤或内伤)的痕迹,自然也就很难有对"文革"的简单控诉了。同样,我们也很难从"文革"中的受难中老年干部身上看到太多创伤来。田福军是这样的代表,但小说也只是寥寥几笔介绍他的"文革"前史:"田福军以前大部分时间都在地委,只是一九七〇年从'牛棚'里出来以后,在另外一个县下放劳动了半年,才分配回本县当了副主任——这算来也快满五年了。"②显然,从这段简要的概述中,我们是看不出任何一点伤痕的痕迹的,而小说的作者叙述者似乎也不打算这样做。小说既要从"文革"期间的 1975 年开始叙述,但又无意去揭露"文革"造成的创伤,这一不同于伤痕控诉的做法,表面上看似矛盾,其实隐现或表征了作者叙述者的深层历史观。"文革"固然有创伤,也有血泪,但如果仅仅纠缠这一历史的创伤不放,则既可能限制叙述的充分展开,也会无形中使得小说黏滞于现实/历史的向度而得不到有效的提升。因此,对于作者叙述者而言,关键似乎就在于,既要写出"文革"中的苦难又不至流于简单的控诉,也正是这一点使得小说明显有别于当时的潮流写作,其能在今天引起人们的共鸣也或多或少源出于此。同时也正是这种对待历史/现实的态度,使得小说在超越或远离"历史/现实"的同时,距离"时代精神"越来越远了。从这个角度看,与其说《平凡的世界》是现实主义的"史诗"之作,毋宁说其是一部带有某种象征主义色彩的超越现实主义的作品了。

---

① 参见高歌:《困难的日子里——上大学前的路遥》,见马一夫等主编:《路遥纪念集》,人民文学出版社 2007 年版,第 57—69 页。

② 路遥:《平凡的世界》(第一部),人民文学出版社 2004 年版,第 94 页。

三、"后文革"一代青年的成长史与精神超越之旅

《平凡的世界》虽然塑造了近百个人物,主要人物也有数十个,他(她)们之间身份地位各异,性格性征不同,但并不是说这些人物形象之间就无内在的关联。诚如作者所说,小说是以孙少平、孙少安和田福军为代表的三条人物链结构情节,而在这三条人物链中又是以孙少平为中心人物互相勾连的①,因此,理解小说的关键就在于孙少平这一中心人物形象身上。而整部小说也是以他开头,并贯穿始终的。这就不禁让人觉得其乃一部成长小说,当然说它是一部成长小说并无不可,但问题是,小说是以孙少平的形象为连接点贯穿整个社会并结构小说的,因此,孙少平形象的成长史意义也只有放在特定的语境下才有意义。

在小说开头的 1975 年,孙少平 17 岁,刚好就读高一,照这样推算的话,"文革"时的 1966,他才 8 岁还没上学(或至多读小学一年级)。换言之,如果把《平凡的世界》看成是孙少平的成长史的话,那么小说中的孙少平就很难是红卫兵造反一代青年,而毋宁说是"后红卫兵"/"后文革"一代青年了②。对于这一代青年而言,他们无疑也会受到"文革"的影响,也可能加入红卫兵的组织,就像小说所说的县上的中学是"共青团和红卫兵组织并存"③,但这时的"文革"已接近尾声,社会秩序也渐趋稳定,所以他们并不同于伤痕叙述中的那些红卫兵造反派,他们既不可能表现得如红卫兵造反派那么激进,所受到的冲击和影响也相对要小,因此,他们并不像他们的兄辈如周文龙那样要承受"文革"留给他们的沉重的历史债务,他们的成长也就注定了没有或少有"前史"的纠缠。这一点对理解孙少平的成长非常重

---

① 参见路遥:《早晨从中午开始》,见《路遥文集》(第二卷),陕西人民出版社 1993 年版,第 24—25 页。

② 程光炜先生在《我们是如何"革命"的?——文学阅读对一代人精神成长的影响》(《南方文坛》2000 年第 6 期)一文中把"1949—1959 年间"这一时段出生的新中国成立后一代作为一代人来指称,依此来看,出生于这一时段末尾之 1959 年的孙少平,既可以看成这一代人,也可以看成是之后的一代,因此,关键就在于其成长的环境和作者/叙述者的叙述态度了。

③ 路遥:《平凡的世界》(第一部),人民文学出版社 2004 年版,第 121 页。

要。换言之,没有成长前史的纠缠,也就不会有太多地对"文革"的揭露和批判,这无疑使得小说明显有别于当时(作者构思准备小说是在1982—1985年)还很盛行的伤痕反思叙述以及改革和知青写作。也就是说,小说虽然是从1975年开始叙述,但关注或侧重点并不在揭露批判"文革"造成的伤痕,而只是在这一背景或框架内展现孙少平的个人成长历程。从这个角度看,小说其实是以孙少平的个人成长来探讨和表现后"文革"一代青年的出路问题:当"继续革命"已无可能,他(她)们既少历史的债务,也少历史留给他(她)们的遗产,而现实又是如此之沉重之时,其出路何在?

显然,在孙少平的成长历程中,步入县城高中是关键的一环。虽然县城并不大,但对于他的家乡无疑是一个"大世界"了,小说是这样描述的:

> 他在这期间获得了无数新奇的印象……当然,许许多多新的所见所识他都还不能全部理解,但所有的一切无疑都在他的精神上产生了影响。透过城市生活的镜面,他似乎更清楚地看到了他已经生活过十几年的村庄——在那个他所熟悉的古老的世界里,原来许多有意义的东西,现在看起来似乎有点平淡无奇了。而那里许多本来重要的事物过去他却并没有留心,现在倒突然如此鲜活地来到了他的心间。①

这一幕与曼海姆描述的农民的孩子进城十分相像。"一个农民的儿子,如果一直在他村庄的狭小的范围里长大成人,并在故土度过其整个一生,那么,对于那个村庄的思维方式和言谈方式在他看来便是天经地义的。但对于一个迁居到城市而且逐渐适应了城市生活的乡村少年来说,乡村的生活和思维方式对于他来说便不再是理所当然的事情了。他已经与那种方式有了距离,而且此时也许能有意识地区分乡村的和都市的思想和观念方式。在这种区分中,便有着知识社会学力图详细发展的那种方法的萌芽。……这种知识类型含有一种更独立的视角。"②对于孙少平而言,步入县城高中

---

① 路遥:《平凡的世界》(第一部),人民文学出版社2004年版,第10—11页。
② 曼海姆:《意识形态与乌托邦》,商务印书馆2000年版,第286—287页。

其实就是曼海姆所说的"视角的获得"带来的新奇感,其显然为他的成长提供了契机和保证;有无这一"视角"的变换对孙少平来说,其意义无疑是相当不同的。

显然,是来到县城之后"视角的获得"带来了这一"颠倒":原来有意义的东西变得没意义了,原来没意义的东西变得有意义了;但问题是,孙少平所谓的"原来许多有意义的东西"指的是什么? 他现在感到新奇的"那里许多本来重要的事物"又是什么? 小说并没有告别我们,作者叙述者似乎也不甚了了。而从小说的叙述来看,当时的县城和乡村之间,其区别也并不如想象得那样大,"文革"依旧,"革命"仍在继续,所不同的无非只是像曼海姆所说的乡村和城市所代表的不同的"生活和思维方式"。也就是说,孙少平来到了县城并不是首先对"文革"及其意识形态产生了怀疑,毋宁说只是迷恋上了城市的"生活和思维方式",其所谓的"有意义的东西"也应与此有关。这是其一。

再来看看孙少平成长之路上另一"视角的获得"的方式——书籍。路遥曾在他写的自传文字中这样说道:"少年时在生活上和心理上所受的磨难,以及山区滞重的生活节奏和闭塞的环境限制,反而刺激了他爱幻想的天性和追求新生活的愿望,因此他想了解更广阔的外部世界。当时没有其他条件,于是热烈地迷恋上了书本。"[①]这段话同样适用于路遥小说中的人物孙少平身上。其实,对于新中国成立后出生的一代青年而言,文学阅读在他们成长之路上的作用是相当深远的,"对 1949—1959 年间出生的这一代人来说,……深刻地塑造了他们的世界观和人生观,对其一生思维模式和人格操守产生重大影响和规范作用的,应该是对 20 世纪 50—70 年代革命历史文学的阅读。在对解放后出生的这代青年实施的庞大和革命化的教育工程中,文学虽然只是一个较小的项目,它形象化的功能,和当代性、青年性的特征,却能最大限度地吸引青年人的人生选择,深入他们的精神世界,发挥其

---

① 路遥:《作者小传》,见《延河》1983 年第 1 期;转引自王愚:《路遥论》,见《当代作家论》,作家出版社 1986 年版,第 512 页。

他教育方式不可替代的作用。"①文学阅读对于1959年出生的孙少平的成长而言,意义同样非同小可。但有一点需要注意,即,这里所说的书本并不是当时的课本或意识形态宣传读物及册子,也不是当时所允许的革命文学,而是指课外读物,是那些在"文革"当中并非全都合法的课外读物(包括文学作品);否则,孙少平的成长就没有什么"意义"了。而且,从小说的叙述来看,孙少平的阅读"视角"也与当时及其稍后的阅读者不尽一致,这也就使得孙少平的成长多少显得有点与众不同。可见,这种"视角的获得"也需要一种距离,一种与当时的主流意识形态宣传及其阅读方式保持距离,这样似乎才能保证孙少平的自主独立成长成为可能。他最早获得的一本书是《钢铁是怎样炼成的》,小说是这样描述的:"他一下子就被这书迷住了。……他一个人呆呆地坐在禾场上,……陷入了一种说不清楚的思绪之中。这思绪既是散乱而漂浮的,又是幽深而莫测的。他突然感觉到,在他们这群山包围的双水村外面,有一个辽阔的大世界。"②"从此以后,他就迷恋上了小说,尤其爱读苏联书。""眼下出的书他都不爱看,因为他已经读过几本苏联小说,这些中国的新书相比而言,对他来说已经没什么意思了。他只搜寻外国书和'文化大革命'前出的中国书。"③这些书如果罗列出来的话,按先后顺序有如下这些:

> 《卓娅和舒拉的故事》、《红岩》、《创业史》、《辩证唯物主义和历史唯物主义》(艾思奇)、《马丁·伊登》、《热爱生命》(杰克·伦敦)、《天安门诗抄》、《牛虻》、《马克思传》、《斯大林传》、《居里夫人传》、《艰难时世》、《简·爱》、《苦难的历程》、《复活》、《欧也妮·葛朗台》、《白轮船》、《红与黑》;此外,就是小说多次提到的《参考消息》;等等。

在这个书单中,《天安门诗抄》是个分水岭,它把"文革"前后隔开,但从这些

---

① 程光炜:《我们是如何"革命"的?——文学阅读对一代人精神成长的影响》,《南方文坛》2000年第6期。
② 路遥:《平凡的世界》(第一部),人民文学出版社2004年版,第11页。
③ 路遥:《平凡的世界》(第一部),人民文学出版社2004年版,第12页。

书目来看,其"文革"前后所看的书籍似乎并无太大区别。尽管这些书要么是外国的,要么是"文革"前出版的,它们也只是不同于"文革"中的出版物,而不可能具有否定或怀疑"文革"意识形态的功能(除了《天安门诗抄》外)。也就是说,即使是在"新时期",孙少平读的书里也并不包含批判"文革"的书,更不用说没有哪怕一本伤痕反思之作了。当然,这并不是说孙少平就认同"文革",而只是意味着,在孙少平的视野中,他思考的并不限于眼下或历史,而是更广阔的东西。换言之,与历史或当下联系在一起的国家和民族的前途并不在他的视野内,他思考的是自己作为个体在面对苦难或困境时的个人因应方式,而这也恰恰是田晓霞喜欢他的原因所在。"是的,他在我们的时代属于这样的青年:有文化,但没有幸运地进入大学或参加工作,因此似乎没有充分的条件直接参与到目前社会发展的主潮之中。另外,他们又不甘心把自己局限在狭小的生活天地里。因此,他们往往带着一种悲壮的激情,在一条最为艰难的道路上进行人生的搏斗。他们顾不得高谈阔论或愤世嫉俗地忧患人类的命运。他们首先得改变自己的生存条件,同时也不放弃最主要的精神追求;他们既不鄙俗普通人的世俗生活,但又竭力使自己对生活的认识达到更深的层次……"①这既是田晓霞的内心思想,也是作者叙述者的诉求,他(她)们所追求的毋宁说是"悲壮",而非"悲情",从这个意义上,孙少平就是他(她)所要寻找的真正"男子汉"。

从前面的分析可以看出,在孙少平的成长历程中,书本的作用无疑是关键而巨大的,但问题是这些书本的意义并不是引起对现实和历史的反思,而首先是面对自身处境、命运和前途的思考,这一处境并不涉及民族国家的维度,而更多地关涉具体而微的个人之"人"乃至抽象的"人性"。换言之,在孙少平眼里,他思考的中心问题始终是个人而不是其他。这是理解孙少平成长史的关键所在。前面那个书单中,虽然也有一些革命现实主义经典如《钢铁是怎样炼成的》、《卓娅和舒拉的故事》、《红岩》、《创业史》、《牛虻》,但就像《钢铁是怎样炼成的》这部小说中引起他的情绪波动的,并不是保尔的革命激情,而是保尔面对人生困境时的韧劲和毅力,"他(指孙少平——

---

① 路遥:《平凡的世界》(第一部),人民文学出版社 2004 年版,第 173 页。

引者注)现在蒙眬地意识到,不管什么样的人,或者说不管人在什么样的境况下,都可以活得多么好啊! 在那一瞬间,生活的诗情充满了他16岁的胸膛!"①。也就是说,他并不是从革命、解放或民族前途等"宏大叙述"的角度去阅读小说,而是从他个人处境的侧面进入小说并寻找生活中的诗意的,这样一来,"宏大叙述"在他眼里最终也变成了"微小叙述"②。这种"接受视域"在他阅读其他小说时尤为明显。当拿到《热爱生命》这部小说时,"少平把这篇小说看了好几遍,晚上做梦都梦见他和一只想吃他的老狼抱在一块厮打……""所有这些都给孙少平精神上带来从未有过的满足。""但是,现实生活依然那么具体,所有这些并不能改变他眼前的一切现状……"③。这段叙述很有症候性,而且预示了孙少平其后的成长之途。现实虽然具体而微甚至艰难重重,但书本能带给他精神上的超越和升华,这是第一层面。另外也预示,虽然现实满布着艰辛苦难,但并不能阻碍个人获得精神的升华,相反,如果能不被困难吓倒不被现实征服倒能完成这一点。可以说,正是在这样一种阅读的"升华"作用下,使"他老是感觉远方有一种东西在向他召唤。他在不间断地做着远行的梦。"④虽然一切注定"无比艰难",但这并不能阻碍他前行的脚步,而他后来的行动也证明了这点:他先是来到黄原揽工,而后又被招工到煤矿,最后成了一名煤矿工人。这样一条人生之路真是命途多劫满是艰辛甚至时刻有性命之虞,但也正是在这种同人生的艰辛的搏斗中,孙少平无疑获得了精神上的极大升华和自我认同。

---

① 路遥:《平凡的世界》(第一部),人民文学出版社2004年版,第11页。

② 而且问题的复杂之处还在于,同样一本书,在不同的读者那里,其结果是截然不同的。刘心武的《班主任》中,"小流氓"宋宝琦被搜出来的物品中就有一本《牛虻》,但这本书在宋宝琦和谢惠敏眼里却成了"黄书",宋宝琦从书中得到了"欲望"的想象满足,而谢惠敏则提出要对它进行批判,可见,书籍的"启蒙"作用是因人而异的,其阅读/接受的方向和程度往往取决于阅读者的接受视域和"前理解",而对于小说叙述来说,这一接受视域和"前理解"无疑又是由小说作者/叙述者的立场和态度所决定的,是作者/叙述者"情感结构"的某种流露和投射。

③ 路遥:《平凡的世界》(第一部),人民文学出版社2004年版,第185页。

④ 路遥:《平凡的世界》(第一部),人民文学出版社2004年版,第92页。

四、19世纪的幽灵与"个人主义"的诞生

通过前面的分析可以看出,在孙少平的生命中诚然有苦难,有血泪,有"文革"记忆的挥之不去,但这一切似乎又不同于"文革"的创伤,并不直接导源于"文革"之手。也就是说,"苦难"对孙少平而言并不表现为一种历史负担或债务,而毋宁说是一种个人体验和人生的选择,从这个角度看,这其实从个人记忆的角度重写了"文革"的创伤。而从前文的分析我们可以看出,即使是从"文革"期间的1975年开始叙述,作者/叙述者也并没有着意去揭露和控诉"文革",反而是对"文革"表现出了极大的容忍和宽恕(这从小说叙述者对周文龙的态度中就可以明显感觉到)。作者/叙述者一方面通过对现实困境的描写正视并展现了"文革"的创伤;另一方面又通过对孙少平式个人奋斗经历的叙述而从"文革"具体而微的"伤痕"中剥离出具有永恒意义的"苦难"来。如果说,"文革"之"创"促使人们远离"革命"的话,那么通过对庸常"苦难"的征服则会把人引向永恒,这是一条从琐碎走向崇高的人生之旅,也是一条从现实困窘走向精神超越的个人奋斗史。

实际上,对这一个人奋斗史的完成来说,其最为重要的前提似乎还在于对"人"的"全新"阐释和发现。小说通过以孙少平为代表的人物形象为我们重新诠释了"人"的含义,同时也意味着"大写的人"的再生,这一"大写的人"显然已非革命现实主义中的英雄人物,而是一个建立在"新"的对"人"的理解之上的诞生物:它并非伤痕反思改革乃至知青小说中的悲情英雄,而是面对困境和苦难不屈不挠迎难而上的真正男子汉。《平凡的世界》之不同于伤痕反思乃至改革和知青写作的地方就在于,它不是通过对"文革"之非人性非人道的控诉而完成对"人"的重建的。对于伤痕反思乃至改革和知青写作而言,个体或主体之"人"的重建常常是通过"文革"的非人道非人性这一"他者"而得以完成的,宗璞的《我是谁?》和卢新华的《伤痕》等显然是其中典型的文本;对于《平凡的世界》来说,这一主体之"人"的重建却不是这样。相反,它是通过诉诸个人的有意无意的反思或反省而得以实现的。这在小说中明显地表现在贺秀莲、田福堂、田润叶、周文龙、冯世宽等人物身

上。路遥曾明确表示他对那种小说中好人/坏人的二元对立模式非常不满①,故而在他的这部小说中几乎看不到一个纯粹的坏人,即使是置身"文革"那样的特定年代也是如此,同样,好人(如果能用好人或坏人来称呼的话)也并不是任何时候都"好",可以说每一个人身上都同时兼具了"好"或"坏"的品质,故而正是在这样一种人性观下,才会有了个体的转变——转变为"好"或变而为不好,而在小说中则是大都转向为"好"的过程,也就是在这种转变中,高贵的"人性"得以苏醒,"人"之重建也得以完成。其最为典型的莫过于前面分析过的周文龙,他有过造反派的经历,行为举止很有些"极左"的味道,可一旦"文革"结束,整个社会开始反思批判"文革"的时候,他也开始真诚地反省自己"我过去在迷途中走得太远"(周文龙语)②,并在这种反省中最终成长为合格而优秀的青年干部。在这些人物形象中,田福堂和冯世宽同属于周文龙一类人,他们在"文革"中都有过或多或少偏"左"的过激行为,可一旦世易时移,站在一定距离——时间和空间的距离——之外重新看待自己时也能真诚地反省自己,这一机缘促使了他们身上"人性"的复苏。对于像贺秀莲和田润叶而言,她们本身就是善良而美丽的女性,只因一时糊涂或思想"偏执"而对生活中美好的事物视而不见,一俟某个机缘,便豁然开朗大彻大悟。前者如贺秀莲因一场灾难——孙少安的砖厂破产——才使她真正感到亲情之可贵;后者如润叶,也是因一场灾祸——李向前车祸残疾——使得她对李向前封闭的内心瞬间敞开;在她们两人身上,灾祸往往成为一种契机,它并没有因之而淹没"人性",反而使"人性"之美的花朵顿时绽放开来。

显然,在《平凡的世界》中,"人性"之复苏和"人"的重建并不是靠揭露或批判来完成的,而毋宁说是因"人性"本就存在,只是某些缘故而一时光华失耀,一旦某个机缘或契机,"人性"便会得以复归,重新回到"人"的身上。从这个角度来看,《平凡的世界》中这种人性或人道主义观的呈现,显然不同于"新时期"文学主潮中人性人道主义的重建之途,而毋宁说与汪曾

① 参见路遥:《早晨从中午开始》,见《路遥文集》(第二卷),陕西人民出版社 1993 年版,第 17 页。
② 路遥:《平凡的世界》(第一部),人民文学出版社 2004 年版,第 34 页。

祺的小说有某种暗合之处,这使得小说多少显得"不合时宜",但也正是这种"不合时宜",使得小说在今天仍能拥有大量的读者并拥有持续的阅读魅力。贺桂梅在分析 20 世纪 80 年代人道主义的思想资源时曾指出:"在 80 年代产生较大影响的,(则)是那些带有浪漫主义色彩和个人主义色彩的作品:不再是巴尔扎克而是雨果和司汤达,不再是雨果的《悲惨世界》而是他的《九三年》和司汤达的《红与黑》;不仅有托尔斯泰还有屠格涅夫、莱蒙托夫尤其是契诃夫,不再是托尔斯泰的《复活》而是他的《战争与和平》《安娜卡列尼娜》、屠格涅夫的《罗亭》、莱蒙托夫的《当代英雄》,不再是狄更斯的《艰难时世》而是他的《双城记》等。"①而从孙少平所读的书来看,虽多偏重于 19 世纪的欧洲和俄罗斯小说,但情况似乎要复杂得多。这里面既有革命现实主义之作,也有个人传记,既有"带有浪漫主义色彩和个人主义色彩的作品",也有批判现实主义的经典。换言之,在孙少平的成长之途中,他的思想资源并不单一,这种芜杂一方面说明孙少平身上带有的"人性"内涵之复杂;另一方面其实也与孙少平的处境和阅读角度相吻合。显然,在孙少平的阅读理解中,如果说革命现实主义的作品不是用来激励革命激情的话,那么那些批判现实主义的作品同样也不是用来"印证'资本主义的罪恶'",那些浪漫主义之作自然也就不再是像贺桂梅所说的"首先针对的乃是'文革'的历史暴力,尤其是'集体'对'个人'的压抑"了。② 这并非意味着贺桂梅的说法不够全面,而是表明《平凡的世界》之不同于 80 年代小说主潮的地方。这些芜杂的不同流派不同类型的书籍,在孙少平这里,首先是服务于他的个人视野的:他并不是从"感时忧国"的角度来阅读/接受这些文本的,故而这些文本中所指向的现实政治意义都隐而未彰;相反,他是从自身个人的处境来阅读这些文本,他看到的因而只有一个个"人"的影子,一个个大写的"个人"——个人为了生存同自然同艰苦的环境进行不屈的抗争和搏斗。应该说这是一种典型的"个人主义"的阅读法,通过这种阅读,"个人主义"在孙少平身上得以重建并最终完成,相反,人道主义或浪漫主义话语中现实

① 贺桂梅:《"新启蒙"知识档案》,北京大学出版社 2010 年版,第 88 页。
② 贺桂梅:《"新启蒙"知识档案》,北京大学出版社 2010 年版,第 90 页。

政治的指向和诉求则被遮蔽或掩盖起来,这恰好印证了贺桂梅所说的,人道主义/浪漫主义话语中不仅包含人道主义同样还包含个人主义①,只不过这种个人主义在伤痕反思叙述乃至改革知青写作中不多见罢了。而且,我们还看到,虽然说在孙少平的成长之途中,书籍所起的启蒙作用是多么的巨大而深远,但其实这种影响又无不是在某一接受的"前理解"或"前见"的视域内完成的,这一视域显然不是孙少平所先天具有的,而毋宁说是作者/叙述者赋予他的,是作者/叙述的理论预设(反对好坏之分的人性观和对待历史的矛盾态度)决定了孙少平的阅读接受和成长之途,而非其他。

五、结论:历史的反讽与悖论

通过前文的分析,我们看到,《平凡的世界》中"人性"和"人"的重建显然是不同于伤痕反思叙述乃至改革知青写作的,路遥也竭力要摆脱当时文学潮流的左右,因此可以说,正是小说之有意从"时代精神"——在当时主要表现为对"文革"的批判和现代化的宏大叙述——的束缚中挣脱出来,并以此建构起其"个人主义"话语的大厦,而使得小说相对具有了超越特定时代的"永恒"价值,其能在今天仍能吸引广大读者很大程度上也源出于此。但何其反讽的是,这种"个人主义"话语其实是从另一个方面不期然间为中国的全球化进程的到来做了最好的铺垫。这从今天这部小说广为打工青年阅读就可以看出。如研究者所说,孙少平身上体现出的是从"劳动者"到"劳动力"的转变②,那么,这一转变恰恰可以看成是为全球化在中国的加快到来做好了充分的准备。而实际上孙少平在某种程度就是一个打工者("揽工汉"),他辛辛苦苦从大山深处走出,来到黄原地区,不就是今天数以万计的打工者们的原型写照吗?他所遭遇的城乡"交叉地带"③的问题,不也正是今天数以万计的打工者们还在经历的难题吗?作为一组社会进程的

① 参见贺桂梅:《"新启蒙"知识档案》,北京大学出版社 2010 年版,第 90 页。
② 参见黄平:《从"劳动"到"奋斗"——"励志型"读法、改革文学与〈平凡的世界〉》,《文艺争鸣》2010 年第 3 期。
③ 参见安本·实:《路遥文学中的关键词:交叉地带》等,见《路遥研究资料》,山东文艺出版社 2006 年版。

全球化,其在制造出"全球性空间"的同时,也制造出"本土空间",故而大量的移民的出现就成为其内在而必然的要求,"它们创造、增加、扩展和强化了世界范围内的社会交流和相互依存性,同时使人们越来越意识到本地与远方世界之间的联系正在日益深化"①。从这个角度看,孙少平"他老是感觉远方有一种东西在向他召唤。他在不间断地做着远行的梦"②这段话就不妨理解或解读为是全球化的远方在向他招手和询唤。而从他从事的行业——建筑和能源(煤炭)——来看,孙少平无疑已内在地成为了全球化时代的组成部分之一了。

更为重要的是,这种个人奋斗的"个人主义"话语,其实正是全球化时代的意识形态所亟须的。就全球化的意义而言,这种"个人主义"话语的意义在于它"生产"出了一个个不安于乡村现状的农业"劳动者"个体,它使得中国数以万计的青年劳动者摆脱了土地的束缚,纷纷来到现代大都市,这显然为全球化的社会分工创造或提供了最大量的"劳动力"。虽然这种个体有其独立的自我意识,但是这种独立的自我意识也只是在全球化时代社会分工的意义上才能显示出其价值——即作为有一定文化的自由地等待被雇佣的劳动者这一意义上——来。从这个角度看,《平凡的世界》虽然标志着个人奋斗式的"个人主义"的诞生,但却不期然地成为全球化时代之意识形态实践的一部分。路遥念兹在兹地想要摆脱时代的束缚,竭力写出一部超越时代的宏大之作,最后却不知不觉间落入了全球化的"陷阱"之中,这是否就是黑格尔意义上的历史或理性的诡计?历史之手的拨弄何其反讽?当你想从一个封闭的"意识形态圆圈"③中努力挣脱出来的时候,其实是为另一个意识形态的圆圈的进入做了充分的准备。这或许也就是路遥的《平凡的世界》留给我们时代的最大"启示意义"吧。

---

① Manfred B,.Steger:《全球化面面观》,译林出版社 2009 年版,第 11 页。
② 路遥:《平凡的世界》(第二部),人民文学出版社 2004 年版,第 92 页。
③ "意识形态圆圈"这一范畴借鉴自阿尔都塞,参见阿尔都塞:《读〈资本论〉》,中央编译出版社 2008 年版,第 43 页。

参 考 文 献

A

[美]爱德华·萨义德:《知识分子论》,三联书店,2002年。

[美]爱德华·萨义德:《东方学》,三联书店,1999年。

[意]艾伯特·马蒂内利:《全球现代化——重思现代性事业》,商务印书馆,
2010年。

[美]艾恺:《世界范围内的反现代化浪潮》,贵州人民出版社,1991年。

[英]安德鲁·本尼特、尼古拉·罗伊尔:《关键词:文学、批评与理论导论》,广西师
范大学出版社,2007年。

B

[俄]巴赫金:《巴赫金全集》,河北教育出版社,2009年。

[美]保罗·康纳顿:《社会如何记忆》,上海人民出版社,2000年。

[美]保罗·库尔兹:《保卫世俗人道主义》,东方出版社,1996年。

[英]彼得·奥斯本:《时间的政治——现代性与先锋》,商务印书馆,2004年。

北岛、李陀主编:《七十年代》,三联书店,2011年。

[英]本·海默尔:《日常生活与文化理论导论》,商务印书馆,2008年。

[美]本尼迪克特·安德森:《想象的共同体》,上海人民出版社,2003年。

[日]柄谷行人:《日本现代文学的起源》,三联书店,2006年。

[法]波德莱尔:《1846年的沙龙——波德莱尔美学论文选》,广西师范大学出版社,
2002年。

[法]波德里亚:《消费社会》,南京大学出版社,2006年。

薄一波:《若干重大决策与事件的回顾》,中共中央党校出版社,1991年。

C

[美]C.赖特·米尔斯:《社会学的想象力》,北京三联书店,2005年。

蔡翔:《革命/叙述——中国社会主义文学—文化想象(1949—1966)》,北京大学出版社,2010年。

残雪:《为了报仇写小说——残雪访谈录》,湖南文艺出版社,2003年。

曹惠英:《知青题材小说研究》,北京大学中文系博士论文,2003年。

曹文轩:《中国八十年代文学现象研究》,北京大学出版社,1988年。

陈国球:《文学史的书写形态与文化政治》,北京大学出版社,2005年。

陈建华:《革命的现代性:中国革命话语考论》,上海古籍出版社,2000年。

陈美兰:《文学思潮与当代小说》,武汉大学出版社,1994年。

陈平原:《文学史的形成与建构》,广西教育出版社,1999年。

陈清桥编:《身份认同与公共文化》,牛津大学出版社,1997年。

陈思和:《笔走龙蛇》,山东友谊出版社,1997年。

陈思和:《中国新文学整体观》,上海文艺出版社,1987年。

陈思和:《中国当代文学史教程》,复旦大学出版社,1999年。

陈顺馨:《1962:夹缝中的生存》,山东教育出版社,2002年。

陈为人:《唐达成文坛风雨五十年》,香港溪流出版社,2005年。

陈晓明:《表意的焦虑》,中央编译出版社,2003年。

陈晓明:《无边的挑战》,时代文艺出版社,1993年。

陈晓明主编:《现代性与中国当代文学转型》,云南人民出版社,2003年。

陈映芳:《"青年"与中国的社会变迁》,社会科学文献出版社,2007年。

陈映芳:《在角色与非角色之间——中国的青年文化》,江苏人民出版社,2002年。

程光炜编:《重返八十年代》,北京大学出版社,2009年。

程光炜:《当代文学的"历史化"》,北京大学出版社,2011年。

程光炜:《文学讲稿:"八十年代"作为方法》,北京大学出版社,2009年。

程光炜编:《文学史的多重面孔》,北京大学出版社,2009年。

D

戴锦华:《涉渡之舟——新时期中国女性写作与女性文化》,北京大学出版社,2007年。

戴锦华:《隐形书写——90年代中国文化研究》,江苏人民出版社,1999年。

[美]戴维·E.阿普特:《现代化的政治》,上海人民出版社,2011年。

[英]戴维·洛奇《小说的艺术》,作家出版社,1998年。

[美]德里克:《后革命氛围》,中国社会科学出版社,1999年。

邓小平:《邓小平文选》第一至三卷,人民出版社,1993、1994年。

丁帆:《中国乡土小说史》,北京大学出版社,2007年。

丁帆:《中国现当代文学讲稿》,南京大学出版,2013年。

董之林:《热风时节——当代中国"十七年"小说史论(1949—1966)》,上海书店出版社,2008 年。

董之林:《追忆燃情岁月》,湖南人民出版社,2001 年。

董之林:《走出历史的雾霭》,陕西人民教育出版社,1991 年。

[美]杜赞奇:《从民族国家拯救历史——民族主义话语与中国现代史研究》,中国
　　社会科学文献出版社,2003 年。

E

[德]恩斯特·卡西尔:《人论》,上海译文出版社,1985 年。

F

冯友兰:《三松堂全集》第五卷,河南人民出版社,2001 年。

[荷兰]佛克马、蚁布思:《文学研究与文化参与》,北京大学出版社,1996 年。

[美]弗雷德里克·杰姆逊:《批评理论和叙事阐释》,中国人民大学出版社,
　　2004 年。

杰姆逊:《晚期资本主义的文化逻辑》,三联书店,1997 年。

杰姆逊:《政治无意识》,中国社会科学出版社,1999 年。

G

甘阳编:《八十年代文化意识》,上海人民出版社,2006 年。

高行健:《现代小说技巧初探》,花城出版社,1981 年。

高秀芹:《文学的中国城乡》,陕西人民教育出版社,2002 年。

高玉:《"话语"视角的文学问题研究》,中国社会科学出版社,2009 年。

郜元宝:《汉语别史:现代中国的语言体验》,山东教育出版社,2010 年。

Gill, Jones, *Youth : Key Concepts*, Polity Press, 2009.

[日]沟口雄三:《作为方法的中国》,三联书店,2011 年。

顾洪章主编:《中国知识青年上山下乡始末》,人民日报出版社,2009 年。

顾昕:《中国启蒙的历史图景:五四的反思与当代中国的意识形态之争》,香港牛津
　　大学出版社,1992 年。

郭小冬:《中国叙事:中国知青文学》,花城出版社,2005 年。

H

何延红:《文化霸权与知识分子写作》,南京大学中文系博士论文,2000 年。

何言宏:《中国书写——当代知识分子写作与现代性问题》,中央编译出版社,
　　2002 年。

韩毓海:《诗学的重建——1991 年小说叙事研究》,北京大学中文系博士学位论文,
　1992 年。

韩毓海:《锁链上的花环——启蒙主义文学在中国》,时代文艺出版社,1993 年。

何新:《艺术现象的符号——文化学阐释》,人民文学出版社,1987 年。

贺桂梅:《八十年代文学与五四传统》,北京大学博士学位论文,2000 年。

贺桂梅:《“新启蒙”知识档案》,北京大学出版社,2010 年。

贺桂梅:《人文学的想象力——当代中国思想文化与文学问题》,河南大学出版社,
　2005 年。

贺仲明:《中国心像——20 世纪末作家文化心态考察》,中央编译出版社,2002 年。

[德]黑格尔:《精神现象学》,贺麟、王玖兴译,商务印书馆,1979 年。

[法]亨利·勒菲弗:《空间与政治》,上海人民出版社,2008 年。

洪子诚:《当代文学的概念》,北京大学出版社,2011 年。

洪子诚:《当代中国文学的艺术问题》,北京大学出版社,2011 年。

洪子诚:《作家姿态与自我意识》,陕西人民教育出版社,1998 年。

洪子诚:《中国当代文学史》,北京大学出版社,1999 年。

洪子诚编:《二十世纪中国小说理论资料》第五卷,北京大学出版社,1997 年。

洪子诚:《问题与方法》,三联书店,2002 年。

洪子诚:《我的阅读史》,北京大学出版社,2011 年。

洪治纲:《中国六十年代出生作家群研究》,江苏文艺出版社,2006 年。

[美]华莱士·马丁:《当代叙事学》,北京大学出版社,1990 年。

黄发有:《准个体时代的写作》,上海三联书店,2002 年。

黄曼君主编:《中国 20 世纪文学理论批评史》,北京:中国文联出版社,2002 年。

黄子平:《“灰阑”中的叙述》,上海:上海文艺出版社,2001 年。

黄子平:《沉思的老树的精灵》,浙江文艺出版社,1986 年。

[英]霍布斯鲍姆:《极端的年代:短暂的 20 世纪》,江苏人民出版社,1999 年。

[英]霍布斯鲍姆:《民族与民族主义》,上海人民出版社,2000 年。

[德]霍克海默:《霍克海默集——文明批判》,上海远东出版社,2004 年。

I

J

[美]J.希利斯·米勒:《小说与重复——七部英国小说》,天津人民出版社,2008 年。

[意]吉奥乔·阿甘本:《幼年与历史:经验的毁灭》,河南大学出版社,2011 年。

[美]吉尔伯特·罗伯兹主编:《中国的现代化》,江苏人民出版社,1988 年。

[法]吉尔·德勒兹:《感觉的逻辑》,广西师范大学出版社,2007 年。

季红真:《文明与愚昧的冲突》,浙江文艺出版社,1986 年。

[德]加布里埃 施瓦布:《文学、权力与主体》,中国社会科学出版社,2011 年。

[意]杰奥尼瓦·阿锐基:《漫长的 20 世纪——金钱、权力和我们的根源》,江苏人民出版社,2001 年。

金观涛、刘青峰:《反思·探索·创造》,黑龙江教育出版社,1988 年。

金观涛、刘青峰:《兴盛与危机——中国封建社会的超稳定结构》,湖南人民出版社,1988 年。

金理:《历史中诞生——1980 年代以来中国当代小说中的青年构形》,复旦大学出版社,2013 年。

K

[德]卡尔·曼海姆:《曼海姆精粹》,南京大学出版社,2005 年。

[德]卡尔·曼海姆:《意识形态与乌托邦》,商务印书馆,2000 年。

[丹麦]克斯汀·海斯翠普:《他者的历史——社会人类学与历史制作》,中国人民大学出版社,2010 年。

[德]康德:《纯粹理性批判》,邓晓芒译,人民出版社,2004 年。

[德]康德:《实践理性批判》,人民出版社,2003 年。

[美]柯文:《在中国发现历史——中国中心观在美国的兴起》,中华书局,2002 年。

旷新年:《写在当代文学边上》,上海教育出版社,2005 年。

L

[美]雷迅马:《作为意识形态的现代化——社会科学与美国对第三世界政策》,中央编译出版社,2003 年。

[英]雷蒙·威廉斯:《关键词》,三联书店,2005 年。

雷蒙德·威廉斯:《马克思主义与文学》,河南大学出版社,2008 年。

廖炳惠编:《关键词 200:文学与批评研究的通用词汇编》,江苏教育出版社,2006 年。

[美]理查德·弗拉克斯:《青年与社会变迁》,北京日报出版社,1989 年。

[爱尔兰]理查德·卡尼:《故事离真实有多远》,广西师范大学出版社,2007 年。

[美]理查德·利罕:《文学中的城市:知识与文化的历史》,上海人民出版社,2009 年。

李洁非、杨劼编:《寻找的年代——新潮批评选萃》,北京师范大学出版社,1992 年。

李洁非、杨劼:《共和国文学生产方式》,社会科学文献出版社,2011 年。

李洁非:《典型文坛》,湖北人民出版社,2008 年。

李陀主编:《昨天的故事——关于重写文学史》,三联书店,2011 年。

李杨:《抗争宿命之路》,时代文艺出版社,1993 年。

李杨:《文学史写作中的现代性问题》,山西教育出版社,2006 年。

李杨:《50—70年代中国文学经典再解读》,山东教育出版社,2003年。

李庆西:《文学的当代性》,人民文学出版社,1988年。

李泽厚:《美学论集》,上海文艺出版社,1980年。

李泽厚:《批判哲学的批判》,人民出版社,1984年。

李泽厚:《中国思想史论》(上、中、下),安徽文艺出版社,1999年。

廖亦武主编:《沉沦的圣殿——中国20世纪70年代地下诗歌遗照》,新疆青少年出版社,1999年。

刘禾:《跨语际实践——文学、民族国家与被译介的现代性》,三联书店,2002年。

刘禾编:《持灯的使者》,香港牛津大学出版社,2001年。

刘锡诚:《文坛旧事》,武汉出版社,2005年。

刘锡诚:《在文坛边缘上——编辑手记》,河南大学出版社,2004年。

刘小枫:《现代性社会理论绪论》,上海三联书店,1998年。

刘小枫:《这一代人的怕与爱》,香港卓越书楼,1993年。

刘再复:《性格组合论》,安徽文艺出版社,1999年。

刘再复:《文学的反思》,人民文学出版社,1988年。

[匈]卢卡奇:《卢卡奇早期文选》,南京大学出版社,2004年。

[匈]卢卡奇:《历史与阶级意识》,商务印书馆,1996年。

[匈]卢卡契:《卢卡契文学论文集》,中国社会科学出版社,1980年。

鲁迅:《鲁迅全集》,人民文学出版社,1981年。

[法]路易·阿尔都塞、艾蒂安·巴里巴尔:《读〈资本论〉》,中央编译出版社,2008年。

[法]罗贝尔·埃斯卡皮《文学社会学》,浙江人民出版社,1987年。

罗荣渠主编:《现代化:理论与历史经验的再探讨》,上海译文出版社,1993年。

罗荣渠:《现代化新论》,商务印书馆,2006年。

罗雪莹:《回望纯真年代——中国著名电影导演访谈录(1981—1993)》,学苑出版社,2008年。

M

[美]马尔库塞:《爱欲与文明》,上海译文出版社,2005年。

马国川:《我与八十年代》(访谈录),三联书店,2011年。

[美]玛格丽特·米德:《代沟》,光明日报出版社,1988年。

[美]马泰·卡林内斯库:《现代性的五副面孔》,商务印书馆,2004年。

[德]马歇尔·伯曼:《一切坚固的东西都烟消云散了——现代性体验》,商务印书馆,2003年。

[美]麦克法夸尔、费正清:《剑桥中华人民共和国史:革命的中国的兴起》,中国社会科学出版社,1990年。

[英]迈克·克朗:《文化地理学》,南京大学出版社,2005年。

Manfred B.Steger:《全球化面面观》,译林出版社,2009年。

毛泽东:《毛泽东著作选读》(上、下),人民出版社,1986年。

孟繁华:《传媒与文化领导权:当代中国的文化生产与文化认同》,山东教育出版社,
  2003年。

孟繁华:《1978:激情岁月》,山东教育出版社,1998年。

孟繁华:《梦幻与宿命——中国当代文学的精神历程》,广东人民出版社,1999年。

孟悦:《历史与叙述》,陕西人民教育出版社,1991年。

[法]米歇尔·福柯:《知识的考掘》,麦田出版有限公司,1993年。

[法]米歇尔·福柯:《规训与惩罚》第二版,三联书店,2003年。

敏泽:《主体性·创新·艺术规律》,人民文学出版社,1988年。

[法]莫里斯·哈布瓦赫:《论集体记忆》,上海人民出版社,2002年。

[美]莫里斯·迈斯纳:《马克思主义、毛泽东主义与乌托邦主义》,中国人民大学出
  版社,2005年。

[美]莫里斯·迈斯纳:《毛泽东的中国及后毛泽东的中国》,四川人民出版社,
  1989年。

N

南帆:《五种形象》,复旦大学出版社,2007年。

南帆:《冲突的文学》,上海社会科学出版社,1992年。

[美]尼尔·波兹曼:《童年的消逝》,广西师范大学出版社,2004年。

O

[美]欧文·戈夫曼:《日常生活的自我呈现》,北京大学出版社,2008年。

P

[法]潘鸣啸:《失落的一代——中国的上山下乡运动·1968—1980》,中国大百科
  全书出版社,2010年。

潘旭澜、王锦园主编:《十年文学潮流》,复旦大学出版社,1988年。

彭波主编:《"潘晓讨论":一代中国青年的思想初恋》,南开大学出版社,2000年。

彭华生等编:《新时期作家谈创作》,人民文学出版社,1983年。

[瑞士]皮亚杰:《结构主义》,商务印书馆,2009年。

Q

[英]齐格蒙特·鲍曼:《流动的现代性》,上海三联书店,2002年。

[斯洛文尼亚]齐泽克:《意识形态的崇高客体》,中央编译出版社,2002 年。

钱理群、黄子平、陈平原:《二十世纪中国文学三人谈·漫说文化》,北京大学出版社,2004 年。

[美]乔纳森·弗里德曼:《文化认同与全球性过程》,商务印书馆,2004 年。

R

S

斯拉沃热·齐泽克等编:《图绘意识形态》,南京大学出版社,2006 年。

斯拉沃热·齐泽克:《意识形态的崇高客体》,中央编译出版社,2002 年。

T

唐小兵:《再解读:大众文艺与意识形态》,北京大学出版社,2007 年。

唐小兵:《英雄与凡人的时代:解读 20 世纪》,上海文艺出版社,2001 年。

[英]特里·伊格尔顿:《审美意识形态》,广西师范大学出版社,2001 年。

[美]托马斯 伯恩斯坦:《上山下乡——一个美国人眼中的中国知青运动》,警官教育出版社,1993 年。

[英]托尼·本尼特:《文化与社会》,广西师范大学出版社,2007 年。

U

V

W

[美]W.C.布斯:《小说修辞学》,北京大学出版社,1987 年。

[德]瓦尔特·本雅明:《本雅明论教育》,吉林出版集团有限责任公司,2011 年。

[德]瓦尔特·本雅明:《启迪》,三联书店,2008 年。

[德]瓦尔特·本雅明:《发达资本主义时代的抒情诗人》,三联书店,2007 年。

[德国]瓦尔·特,霍恩斯泰因等·《命运与机遇》,农村读物出版社,1988 年。

汪晖:《别求新声——汪晖访谈录》,北京大学出版社,2010 年。

汪晖:《去政治化的政治:短 20 世纪的终结与 90 年代》,三联书店,2008 年。

汪晖:《死火重温》,人民文学出版社,2000 年。

王斑:《历史的崇高形象》,上海三联书店,2008 年。

王德威:《历史与怪兽》,台湾麦田出版公司,2004 年。

王德威:《抒情传统与中国现代性》,三联书店,2010 年。

王德威:《被压抑的现代性》,北京大学出版社,2005 年。

王迪主编:《时间·空间·书写》,浙江人民出版社,2006 年。

王若水:《为人道主义辩护》,三联书店,1986 年。

王先霈、王又平主编:《文学理论批评术语汇释》,高等教育出版社,2006 年。

王晓明:《刺丛里的求索》,上海远东出版社,1995 年。

王晓明主编:《20 世纪中国文学史论》(修订版),东方出版中心,2003 年。

王晓明:《人文精神寻思录》,文汇出版社,1996 年。

王尧:《作为问题的八十年代》,三联书店,2013 年。

王尧:《彼此的历史》,山东文艺出版社,2008 年。

王一川:《中国形象诗学——1985—1995 年文学新潮阐释》,上海三联书店,
    1998 年。

王又平:《新时期文学转型中的小说创作潮流》,华中师范大学出版社,2001 年。

[美]温迪·普兰编:《科学与艺术中的结构》,华夏出版社,2003 年。

温儒敏、陈晓明等:《现代文学新传统及其当代阐释》,北京大学出版社,2010 年。

温儒敏等:《中国现当代文学学科概要》,北京大学出版社,2005 年。

吴亮:《批评的发现》,漓江出版社,1983 年。

吴亮:《文学的选择》,浙江文艺出版社,1985 年。

吴义勤主编:《韩少功研究资料》,山东教育出版社,2006 年。

吴义勤:《文学现场——中国新时期文学观潮》,山东文艺出版社,2001 年。

吴义勤:《中国新时期文学的文化反思》,江苏文艺出版社,2009 年。

X

徐刚:《1950 至 1970 年代中国文学中的城市叙述》,北京大学中文系博士学位论
    文,2011 年。

徐庆全:《风雨送春归——新时期文坛思想解放运动记事》,河南大学出版社,
    2005 年。

徐庆全:《文坛拨乱反正实录》,浙江人民出版社,2004 年。

许纪霖:《中国知识分子十论》,复旦大学出版社 2003 年。

许子东:《为了忘却的记忆——解读 50 篇文革小说》,三联书店,2000 年。

许子东:《当代小说阅读笔记》,华东师范大学出版社,1997 年。

许志英、丁帆主编:《新时期小说主潮》,人民文学出版社,2002 年。

Y

杨鼎川:《1967:狂乱的文学时代》,山东教育出版社,1998 年。

杨健:《文革时期的地下文学》,朝华出版社,1993 年。

杨健:《中国知青文学史》,中国工人出版社,2002年。

杨庆祥:《"重写"的限度——"重写文学史"的想象和实践》,北京大学出版社,
　　2011年。

姚新勇:《主体的塑造与变迁——中国知青文学新论》,暨南大学出版社,2000年。

易晖:《"我"是谁——新时期小说中知识分子的身份意识研究》,百花洲文艺出版
　　社,2004年。

尹保云:《什么是现代化——概念与范式的探讨》,人民出版社,2001年。

尹昌龙:《一九八五:延伸与转折》,山东教育出版社,1998年。

[德]于尔根·哈贝马斯:《现代性的哲学话语》,译林出版社,2004年。

[英]约翰·伯格:《观看之道》,广西师范大学出版社,2007年。

Z

查建英:《八十年代访谈录》,三联书店,2006年。

赵宪章、张辉、王雄:《西方形式美学》,南京大学出版社,2008年。

赵园:《地之子》,北京大学出版社,2007年。

张德祥:《悖论与代价》,陕西人民教育出版社,1998年。

张京媛主编:《后殖民理论与文化批评》,北京大学出版社,1999年。

张均:《中国当代文学制度研究》,北京大学出版社,2011年。

张新颖:《双重见证》,江苏教育出版社,2005年。

张颐武:《新新中国的形象》,山东文艺出版社,2005年。

张颐武:《从现代性到后现代性》,广西教育出版社,1997年。

张颐武:《在边缘处追索》,时代文艺出版社,1993年。

谢冕、张颐武:《大转型——后新时期文化研究》,辽宁教育出版社,1995年。

张永杰、程远忠:《第四代人》,东方出版社,1988年。

张旭东:《批评的踪迹——文化理论与文化批评》,三联书店,2003年。

张旭东:《全球化时代的文化认同》,北京大学出版社,2006年。

张旭东、蔡翔主编:《当代文学60年》,上海大学出版社,2011年。

中国社会科学院文学研究所当代文学研究室:《新时期文学六年》,中国社会科学
　　出版社,1985年。

朱寨主编:《中国当代文学思潮史》,人民文学出版社,1987年。

祝东力:《精神之旅新时期以来的美学和知识分子》,中国广播电视出版社,
　　1998年。

[日]竹内好:《近代的超克》,三联书店,2005年。

20 世纪 80 年代小说年表①

1976 年

蒋子龙:《机电局长的一天》,《人民文学》1976 年第 1 期。

1977 年

刘心武:《班主任》,短篇,《人民文学》1977 年第 11 期。

1978 年

刘心武:《没有讲完的课》,短篇,《人民文学》1978 年第 4 期。
关庚寅:《不称心的姐夫》,短篇,《鸭绿江》1978 年第 7 期。
贾平凹:《满月儿》,短篇,《上海文艺》1978 年第 3 期。
吴强:《灵魂的搏斗》,短篇,《上海文艺》1978 年第 5 期。
卢新华:《伤痕》,短篇,《文汇报》1978 年 8 月 11 日。
刘富道:《眼镜》,短篇,《人民文学》1978 年第 2 期。
孔捷生:《姻缘》,短篇,《作品》1978 年第 8 期。
王亚平:《神圣的使命》,短篇,《人民文学》1978 年第 9 期。
莫申:《窗口》,短篇,《人民文学》1978 年第 1 期。

---

① 本年表主要包括本论文涉及小说部分。

成一:《顶凌下种》,短篇,《汾水》1978 年第 1 期。

张承志:《旗手为什么歌唱母亲》,《人民文学》1978 年第 10 期。

陆文夫:《献身》,短篇,《人民文学》1978 年第 4 期。

张有德:《辣椒》,短篇,《人民文学》1978 年第 4 期。

王蒙:《最宝贵的》,短篇,《作品》1978 年第 7 期。

肖平:《墓场与鲜花》,短篇,《上海文艺》1978 年第 11 期。

齐平:《看守日记》,短篇,《解放军文艺》1978 年第 12 期。

张洁:《从森林里来的孩子》,短篇,《北京文艺》1978 年第 7 期。

宗璞:《弦上的梦》,短篇,《人民文学》1978 年第 12 期。

李陀:《愿你听到这支歌》,短篇,《人民文学》1978 年第 12 期。

1979 年

冯骥才:《啊》,中篇,《收获》1979 年第 6 期。

　　　　《雕花烟斗》,短篇,《当代》1979 年第 2 期。

　　　　《铺花的歧路》,中篇,《收获》1979 年第 3 期。

从维熙:《第十个弹孔》,中篇,《十月》1979 年第 1 期。

　　　　《大墙下的红玉兰》,中篇,《收获》1979 年第 2 期。

　　　　《杜鹃声声》,中篇,《新苑》1979 年第 2 期。

母国政:《中年人》,短篇,《十月》1979 年第 1 期。

张天民:《青与蓝》,短篇,《鸭绿江》1979 年第 1 期。

中英杰:《罗浮山血泪祭》,短篇,《十月》1979 年第 2 期。

茹志鹃:《剪辑错了的故事》,短篇,《人民文学》1979 年第 2 期。

王安忆:《一个少年的烦恼》,短篇,《青年一代》1979 年第 2 期。

张抗抗:《爱的权利》,短篇,《收获》1979 年第 2 期。

刘克:《飞天》,中篇,《十月》1979 年第 3 期。

谌容:《永远是春天》,中篇,《收获》1979 年第 3 期。

孔捷生:《在小河那边》,短篇,《作品》1979 年第 3 期。

鲁彦周:《天云山传奇》,中篇,《清明》1979 年第 10 期。

金河:《重逢》,短篇,《上海文学》1979 年第 4 期。

徐明旭:《调动》,中篇,《清明》1979 年第 2 期。

方之:《内奸》,短篇,《北京文艺》1979 年第 3 期。

韩少功:《月兰》,《人民文学》1979 年第 4 期。

叶蔚林:《蓝蓝的木兰溪》,短篇,《人民文学》1979 年第 6 期。

蒋子龙:《乔厂长上任记》,短篇,《人民文学》1979 年第 7 期。

《血往心里流》,短篇,《人民文学》1979 年第 9 期。

刘心武:《我爱每一片绿叶》,短篇,《人民文学》1979 年第 6 期。

《这里有黄金》,短篇,《上海文学》1979 年第 11 期。

宗璞:《我是谁》,短篇,《长春》1979 年第 12 期。

陈国凯:《我应该怎么办?》,短篇,《作品》1979 年第 2 期。

陈世旭:《小镇上的将军》,短篇,《十月》1979 年第 3 期。

张弦:《记忆》,短篇,《人民文学》1979 年第 3 期。

周克芹:《许茂和他的女儿们》,长篇,《沱江文艺》特刊,《红岩》1979 年
　　　第 2 期。

张洁:《爱,是不能忘记的》,短篇,《北京文艺》1979 年第 11 期。

张扬:《第二次握手》,长篇,中国青年出版社 1979 年版。

王蒙:《布礼》,中篇,《当代》1979 年第 3 期。

张长:《空谷兰》,短篇,《解放军文艺》1979 年第 12 期。

周建民:《湖边》,长篇,人民文学出版社 1979 年版。

1980 年

张弦:《被爱情遗忘的角落》,短篇,《上海文学》1980 年第 1 期。

卢永祥:《黑玫瑰》,短篇,《花溪》1980 年第 1 期。

张抗抗:《淡淡的晨雾》,中篇,《收获》1980 年第 3 期。

《夏》,短篇,《人民文学》,1980 年第 5 期。

张一弓:《犯人李铜钟的故事》,中篇,《收获》1980 年第 1 期。

靳凡:《公开的情书》,中篇,《十月》1980 年第 11 期。

谌容:《人到中年》,中篇,《收获》1980 年第 1 期。

　　《白雪》,中篇,《十月》1980 年第 2 期。

宗璞:《三生石》,中篇,《十月》1980 年第 3 期。

甘铁生:《聚会》,短篇,《北京文艺》1980 年第 2 期。

董会平:《寻找》,短篇,《青春》1980 年第 2 期。

遇罗锦:《一个冬天的童话》,中篇,《当代》1980 年第 3 期。

路遥:《惊心动魄的一幕》,中篇,《当代》1980 年第 3 期。

叶蔚林:《在没有航标的河流上》,中篇,《芙蓉》1980 年第 3 期。

冯骥才:《斗寒图》,中篇,《新港》1980 年第 4 期。

张贤亮:《灵与肉》,短篇,《朔方》1980 年第 9 期。

柯云路:《三千万》,短篇,《人民文学》1980 年第 11 期。

韩少功:《西望茅草地》,短篇,《人民文学》1980 年第 10 期。

张抗抗:《夏》,短篇,《人民文学》1980 年第 5 期。

孔捷生:《追求》,短篇,《上海文学》1980 年第 5 期。

　　《这些年轻人》,短篇,《人民文学》1980 年第 7 期。

何士光:《乡场上》,短篇,《人民文学》1980 年第 8 期。

陆文夫:《小贩世家》,短篇,《雨花》1980 年第 1 期。

蒋子龙:《乔厂长后传》,中篇,《人民文学》1980 年第 2 期。

　　《弧光》,中篇,《长城》1980 年第 4 期。

　　《一个工厂秘书的日记》,短篇,《新港》1980 年第 5 期。

　　《开拓者》,中篇,《十月》1980 年第 6 期。

李剑:《醉入花丛》,短篇,《湛江文艺》1980 年第 6 期。

王安忆:《雨,沙沙沙》,短篇,《北京文艺》1980 年第 6 期。

　　《广阔天地的一角》,《收获》1980 年第 4 期。

　　《当长笛 solo 的时候》短篇,《青春》1980 年第 12 期。

李国文:《月食》,短篇,《人民文学》1980 年第 3 期。

鲁彦周:《天云山传奇》,中篇,《清明》1979 年第 1 期。

从维熙:《泥泞》,中篇,《花城》1980 年第 5 期。

王蒙:《蝴蝶》,中篇,《十月》1980 年第 4 期。

蒋子龙:《开拓者》,中篇,《十月》1980年第6期。

吕雷:《海风轻轻吹》,短篇,《作品》1980年第12期。

路遥:《惊心动魄的一幕》,中篇,《当代》1980年第3期。

叶辛:《蹉跎岁月》,长篇,《收获》1980年第5、6期。

莫应丰:《将军吟》,长篇,人民文学出版社1980年版。

戴厚英:《人啊,人!》,长篇,花城出版社1980年版。

周克芹:《勿忘草》,短篇,《四川文学》1980年第4期。

韩振波:《多余的人》,长篇,人民文学出版社1980年版。

王亚平:《刑警队长》,长篇,上海文艺出版社1980年版。

陈国凯:《代价》,长篇,人民文学出版社1980年版。

本年度,出版小说集主要有:王安忆:《雨,沙沙沙》,收录《雨,沙沙沙》、《广阔天地的一角》、《幻影》、《一个少女的烦恼》,百花文艺出版社1981年版。

1981年

谌容:《赞歌》,中篇,《收获》1980年第1期。

路遥:《姐姐》,短篇,《延河》1980年第1期。

　　《风雪腊梅》,短篇,《鸭绿江》1981年第9期。

北岛:《波动》,中篇,《长江》1981年第1期。

刘心武:《立体交叉桥》,中篇,《十月》1981年第2期。

张抗抗:《北极光》,中篇,《收获》1981年第3期。

蒋子龙:《赤橙黄绿青蓝紫》,中篇,《当代》1981年第4期。

　　《螺旋》,中篇,《芙蓉》1981年第2期。

水运宪:《祸起萧墙》,中篇,《收获》1981年第1期。

韦君宜:《洗礼》,中篇,《当代》1982年第1期。

赵本夫:《卖驴》,短篇,《钟山》1981年第2期。

张贤亮:《土牢情话》,《十月》1981年第1期。

　　《龙种》,中篇,《当代》1981年第5期。

礼平:《晚霞消失的时候》,中篇,《十月》1981 年第 1 期。

顾笑言:《你在想什么》,中篇,《花城》1981 年第 2 期。

从维熙:《遗落在海滩的脚印》,中篇,《收获》1981 年第 3 期。

贾平凹:《二月杏》,短篇,《长城》1981 年第 4 期。

　　　　《晚唱》,短篇,《文学报》1981 年 10 月 14 日。

张欣欣:《在同一地平线上》,中篇,《收获》1981 年第 6 期。

王滋润:《内当家》,短篇,《人民文学》1981 年第 3 期。

陈建功:《飘逝的花头巾》,短篇,《北京文学》1981 年第 6 期。

周克芹:《山月不知心里事》,短篇,《四川文学》1981 年第 8 期。

邓友梅:《寻访"画儿"韩》,短篇,《人民日报》1981 年 10 月 24 日。

张弦:《挣不断的红丝线》,短篇,《上海文学》1981 年第 6 期。

张一弓:《黑娃照相》,短篇,《上海文学》1981 年第 7 期。

达理:《路障》,短篇,《海燕》1981 年第 10 期。

韩少功:《飞过蓝天》,短篇,《中国青年》1981 年第 13 期。

　　　　《风吹唢呐声》,《人民文学》1981 年第 9 期。

乌热尔图:《一个猎人的恳求》,短篇,《民族文学》1981 年第 5 期。

王安忆:《幻影》,短篇,《上海文学》1981 年第 1 期。

　　　　《本次列车终点》,短篇,《上海文学》1981 年第 10 期。

古华:《芙蓉镇》,长篇,《当代》1981 年第 1 期。

　　　　《爬满青藤的小木屋》,短篇,《十月》1981 年第 2 期。

李国文:《冬天里的春天》,长篇,人民文学出版社 1981 年版。

张洁:《沉重的翅膀》,长篇,《十月》1981 年第 4、5 期,人民文学出版社
　　1984 年修订出版。

叶辛:《风凛冽》,长篇,中国青年出版社 1981 年版。

1982 年

张一弓:《张铁匠的罗曼史》,中篇,《十月》1982 年第 1 期。

　　　　《流泪的红蜡烛》,中篇,《收获》1982 年第 4 期。

谌容:《真真假假》,中篇,《收获》1982年第1期。

　　《太子村的秘密》,中篇,《当代》1982年第4期。

张笑天:《公开的"内参"》,中篇,《当代》1982年第1期。

　　《离离原上草》,中篇,《新苑》1982年第2期。

王安忆:《流逝》,中篇,《钟山》1982年第6期。

　　《归去来兮》,中篇,《北疆》1982年第3期。

蒋子龙:《拜年》,短篇,《人民文学》1982年第3期。

　　《锅碗瓢盆交响曲》,中篇,《新港》1982年第11—12期。

孔捷生:《南方的岸》,中篇,《十月》1982年第2期。

矫健:《老霜的苦闷》,短篇,《文汇》月刊1982年第2期。

张曼菱:《有一个美丽的地方》,中篇,《当代》1982年第3期。

张欣辛:《我们这个年纪的梦》,中篇,《收获》1982年第4期。

石言:《漆黑的羽毛》,短篇,《雨花》1982年第9期。

乌热尔图:《七叉犄角的公鹿》,短篇,《民族文学》1982年第5期。

李陀:《七奶奶》,短篇,《北京文学》1982年第8期。

梁晓声:《这是一片神奇的土地》,短篇,《北方文学》1982年第8期。

何士光:《种包谷的老人》,短篇,《人民文学》1982年第6期。

铁凝:《哦,香雪》,短篇,《青年文学》1982年第5期。

喻杉:《女大学生宿舍》,短篇,《芳草》1982年第2期。

路遥:《人生》,中篇,《收获》1982年第3期。

《在困难的日子里》,中篇,《当代》1982年第5期。

张承志:《黑骏马》,中篇,《十月》1982年第6期。

孔捷生:《普通女工》,中篇,《小说界》1982年第3期。

从维熙:《远去的白帆》,中篇,《收获》1982年第1期。

　　《燃烧的记忆》,中篇,《文汇月刊》1982年第1期。

陈冲:《厂长今年二十六》,中篇,《当代》1982年第6期。

萧育轩:《乱世少年》,长篇,少年儿童出版社1982年版。

石英:《同在蓝天下》,长篇,北京出版社1982年版。

戴厚英:《诗人之死》,长篇,福建人民出版社1982年版。

高梦龄:《浮云》,长篇,人民文学出版社 1982 年版。

本年度,出版小说集主要有:郑万隆:《郑万隆小说选》,收录有中篇《年轻的朋友们》、短篇《长相忆》等小说 12 篇,北京出版社 1982 年版;张一弓:《张铁匠的罗曼史》,收录有中篇《张铁匠的罗曼史》、《犯人李铜钟的故事》,短篇《黑娃照相》等小说 10 篇,百花文艺出版社 1982 年版。

1983 年

陈村:《从前》,1983 年(《陈村文集》,《从前》,江苏文艺出版社 1996 年版)。

张洁:《方舟》,中篇,《收获》1983 年第 2 期。

《条件尚未成熟》,短篇,《北京文学》1983 年第 9 期。

梁晓声:《今夜有暴风雪》,中篇,《青春丛刊》1983 年第 1 期。

王滋润:《鲁班的子孙》,中篇,《文汇月刊》1983 年第 8 期。

铁凝:《没有纽扣的红衬衫》,中篇,《十月》1983 年第 2 期。

张一弓:《火神》,中篇,《小说家》1983 年第 3 期。

邓友梅:《那五》,中篇,《北京文学》1983 年第 4 期。

陆文夫:《美食家》,中篇,《收获》1983 年第 1 期。

邓刚:《迷人的海》,中篇,《上海文学》1983 年第 5 期。

郑义:《远村》,中篇,《当代》1983 年第 4 期。

李杭育:《沙灶遗风》,短篇,《北京文学》1983 年第 5 期。

史铁生:《我遥远的清平湾》,短篇,《青年文学》1983 年第 1 期。

贾平凹:《两代人》,《钟山》1983 年第 2 期。

《小月前本》,《收获》1983 年第 5 期。

《商周初录》,《钟山》1983 年第 5 期。

邓刚:《阵痛》,短篇,《鸭绿江》1983 年第 4 期。

李杭育:《最后一个鱼佬儿》,短篇,《当代》1983 年第 2 期。

达理:《除夕夜》,短篇,《人民文学》1983 年第 5 期。

韩少功:《远方的树》,《人民文学》1983 年第 5 期。

陆文夫:《围墙》,短篇,《人民文学》1983年第2期。

乌热尔图:《琥珀色的篝火》,短篇,《民族文学》1983年第10期。

张贤亮:《河的子孙》,中篇,《当代》1983年第1期。

《肖尔布拉克》,短篇,《文汇月刊》1983年第2期。

《男人的风格》,百花文艺出版社1983年版。

黄虹坚:《桔红色的校徽》,中篇,《花城》1983年第5期。

张锲:《改革者》,长篇,人民文学出版社1983年版。

韩静霆:《市场角落的"皇帝"》,中篇,《丑小鸭》1983年第8期。

李国文:《花园街五号》,长篇,《十月》1983年第4期。

陈继光:《旋转的世界》,短篇,《人民文学》1983年第11期。

本年度,出版小说集主要有:张弦:《挣不断的红丝线》,收录有短篇《记忆》、《被爱情遗忘的角落》、《挣不断的红丝线》、《苦恼的青春》等14篇小说,人民文学出版社1984年版。

1984年

从维熙:《雪落黄河静无声》,中篇,《人民文学》1984年第1期。

《北国草》,长篇,北京十月文艺出版社1984年版。

张承志:《北方的河》,中篇,《十月》1984年第1期。

王朔:《空中小姐》,《当代》1984年第2期。

铁凝:《六月的话题》。短篇,《花溪》1984年第2期。

孔捷生:《大林莽》,中篇,《十月》1984年第6期。

柯云路:《新星》,《当代》增刊1984年第3期;单行本,人民文学出版社1985年版。

贾平凹:《鸡窝洼的人家》,中篇,《十月》1984年第2期。

《腊月　正月》,中篇,《十月》1984年第4期。

《商州》,《文学家》1984年第5期。

《商州又录》,《长安》1984年第7期。

矫健:《老人仓》,中篇,《文汇月刊》1984年第5期。

《河魂》,长篇,《十月》1984 年第 6 期;单行本,北京十月文艺出版社 1987 年版。

张贤亮:《绿化树》,中篇,《十月》1984 年第 2 期。

　　　　《浪漫的黑炮》,中篇,《文学家》1984 年第 2 期。

阿城:《棋王》,中篇,《上海文学》1984 年第 7 期。

冯骥才:《神鞭》,中篇,《小说家》1984 年第 3 期。

邓友梅:《烟壶》,中篇,《收获》1984 年第 1 期。

　　　　《索七的后人》,中篇,《十月》1984 年第 2 期。

张洁:《祖母绿》,中篇,《花城》1984 年第 3 期。

王兆军:《拂晓前的葬礼》,中篇,《钟山》1984 年第 5 期。

李国文:《危楼记事》,短篇,《人民文学》1984 年第 6 期。

张平:《姐姐》,短篇,《青春》1984 年第 6 期。

蒋子龙:《燕赵悲歌》,中篇,《人民文学》1984 年第 7 期。

何立伟:《白色鸟》,《人民文学》1984 年第 10 期。

林斤澜:《溪鳗》,短篇,《人民文学》1984 年第 10 期。

陈冲:《小厂来了个大学生》,短篇,《人民文学》1984 年第 4 期。

郑万隆:《老马》,短篇,《人民文学》1984 年第 11 期。

叶辛:《基石》,长篇,人民文学出版社 1984 年版。

柯岩:《寻找回来的世界》,长篇,群众出版社 1984 年版。

苏叔阳:《故土》,长篇,人民文学出版社 1984 年版。

　　本年度,出版小说集主要有:柯云路、雪珂:《耿耿难眠》,收录中篇《耿耿难眠》、《三千万》、短篇《他的力量来自哪儿?》、《棉花厂长》,人民文学出版社 1984 年版。陆天明:《啊,野麻花》,收录有长篇《白杨深处》、中篇《啊,野麻花》、《傍晚,一群灰鸽从这儿飞过》,北京十月文艺出版社 1984 年版;郑万隆:《当代青年三部曲》,收录中篇《年轻的朋友们》、《红灯·黄灯·绿灯》和《明天再见》,人民文学出版社 1984 年版;鲁彦周:《车前草》,收录有中篇《桂花潭》、《天云山传奇》、《呼唤》、《车前草》等小说 5 篇,上海文艺出版社 1984 年版。

1985 年

王朔:《浮出海面》,中篇,《当代》1985 年第 2 期。

阿城:《孩子王》,中篇,《人民文学》1985 年第 2 期。

刘索拉:《你别无选择》,中篇,《人民文学》1985 年第 3 期。

蔡洪声:《个体户和穷秀才》,短篇,《小说创作》1985 年第 3 期。

何立伟:《花非花》,中篇,《人民文学》1985 年第 4 期。

韩少功:《爸爸爸》,中篇,《人民文学》1985 年第 6 期。

　　　　《归去来》,短篇,《上海文学》1985 年第 6 期。

　　　　《蓝盖子》,短篇,《上海文学》1985 年第 6 期。

　　　　《空城　雷祸》,短篇,《文学月报》1986 年第 1 期。

残雪:《山上的小屋》,短篇,《人民文学》1985 年第 8 期。

陈村:《少男少女,一共七个》,中篇,《文学月报》1985 年第 4 期。

徐星:《无主题变奏》,短篇,《人民文学》1985 年第 5 期。

郑义:《老井》,中篇,《当代》1985 年第 2 期。

张炜:《秋天的愤怒》,中篇,《当代》1985 年第 4 期。

张贤亮:《男人的一半是女人》,中篇,《收获》1985 年第 5 期。

朱晓平:《桑树坪纪事》,中篇,《钟山》1985 年第 3 期。

莫言:《透明的红萝卜》,中篇,《中国作家》1985 年第 3 期。

　　　《红高粱》,中篇,《人民文学》1986 年第 3 期。

刘心武:《钟鼓楼》,长篇,《当代》1985 年第 5、6 期。

扎西达娃:《西藏,隐秘的岁月》,中篇,《西藏文学》1985 年第 6 期。

　　　　《西藏,系在皮绳扣上的魂》,短篇,《西藏文学》1985 年第
　　　　1 期。

王安忆:《大刘庄》,中篇,《小说界》1985 年第 1 期。

　　　　《小鲍庄》,中篇,《中国作家》1985 年第 2 期。

程乃珊:《女儿经》,中篇,《文汇月刊》1985 年第 3 期。

何士光:《远行》,短篇,《人民文学》1985 年第 8 期。

贾平凹:《黑氏》,中篇,《人民文学》1985 年第 10 期。

《天狗》,《十月》1985 年第 2 期。

《远山野情》,《中国作家》1985 年第 1 期。

郑万隆:《老棒子酒馆》,短篇,《上海文学》1985 年第 1 期。

《黄烟》、《空山》、《野店》,短篇,《上海文学》1985 年第 5 期。

《陶罐》、《狗头金》、《钟》,短篇,《上海文学》1985 年第 9 期。

单学鹏:《奔腾的大海》,长篇,人民文学出版社 1985 年版。

本年度,出版小说集主要有:邓友梅:《京城内外》,收录有中篇《那五》、《烟壶》,短篇《我们的军长》等 16 篇小说,人民文学出版社 1985 年版。

1986 年

柯云路:《夜与昼》,长篇,《当代》1986 年第 1、2 期;人民文学出版社 1986 年版。

贾平凹:《古堡》,《十月》1986 年第 1 期。

《龙卷风》,《人民文学》1986 年第 2 期。

矫健:《天良》,长篇,《十月》1986 年第 1 期;单行本,四川文艺出版社 1987 年版。

谌容:《减去十岁》,短篇,《人民文学》1986 年第 2 期。

陈染:《世纪病》,《收获》1986 年第 4 期。

李晓:《继续操练》,中篇,《上海文学》1986 年第 7 期。

刘西鸿:《你不可改变我》,短篇,《人民文学》1986 年第 9 期。

从维熙:《风泪眼》,中篇,《十月》1986 年第 2 期(《鹿回头》,系列之一)。

莫言:《红高粱》,中篇,《人民文学》1986 年第 3 期。

乔良:《灵旗》,中篇,《解放军文艺》1986 年第 10 期。

王蒙:《轮下》,中篇,《人民文学》1986 年第 4 期。

韩少功:《女女女》,中篇,《上海文学》1986 年第 5 期。

《诱惑》,《文学月报》1986 年第 1 期。

《火宅》,《芙蓉》1986 年第 5 期。

陈建功:《鬈毛》,中篇,《十月》1986 年第 3 期。

冯骥才:《三寸金莲》,中篇,《收获》1986 年第 3 期。

王朔:《橡皮人》,中篇,《青年文学》1986 年第 11、12 期。

程玮:《中学生三部曲》,四川少儿出版社 1986 年版。

张炜:《古船》,长篇,《当代》1986 年第 5 期。

王蒙:《活动变人形》,长篇,《当代(长篇小说)》1986 年 3 月号。

路遥:《平凡的世界(第一部)》,长篇,《花城》1986 年第 6 期。

陆天明:《桑那高地的太阳》,长篇,《当代》1986 年第 4 期;单行本,人民文学出版社 1987 年版。

蒋子龙:《蛇神》,长篇,《当代》1986 年第 2 期。

《收审记》,中篇,《花城》1986 年第 5 期。

郑万隆:《杨瓶子底儿》、《我的光》、《地穴》,中篇,《收获》1986 年第 1 期。

《火迹地》,中篇,《钟山》1986 年第 2 期。

《生命的图腾》,小说集,中国文联出版公司 1986 年版。

梁晓声:《雪城》(上),长篇,《十月》1986 年第 2、3、4 期。

老鬼:《血色黄昏》,长篇,工人出版社 1986 年版。

张抗抗:《隐形伴侣》,长篇,《收获》1986 年第 4、5 期。

李锐:《合坟》,短篇,《上海文学》1986 年第 11 期。

铁凝:《麦秸垛》,中篇,《收获》1986 年第 5 期。

王安忆:《六九届初中生》,长篇,中国青年出版社 1986 年版。

晓剑、严亭亭:《一代人的情歌》,长篇,四川人民出版社 1986 年版。

本年度,出版小说集主要有:张炜:《浪漫的秋夜》,收录有短篇《一潭清水》、中篇《秋天的思索》、《烂漫的秋夜》等小说 14 篇,中国青年出版社 1986 年版;晓剑:《男人生活录》,收录中短篇小说 14 篇,群众出版社 1986 年版;郑万隆:《生命的图腾》,收录有中篇《我的光》、《地穴》、《洋瓶子底儿》、《火迹地》,短篇《老马》、《老棒子酒馆》、《峡谷》、《黄烟》、《空山》、《陶罐》等小说 14 篇,中国文联出版公司 1986 年版。

1987 年

马原：《错位》，短篇，《收获》1987 年第 1 期。

王小鹰：《何处无芳草》，短篇，《青年文学》1987 年第 3 期。

何士光：《苦寒行》，短篇，《人民文学》1987 年第 4 期。

朱春雨：《赔乐》，短篇，《中国作家》1987 年第 3 期。

王朔：《顽主》，《收获》1987 年第 6 期。

　　《橡皮人》，中篇，《青年文学》1987 年第 5—6 期。

方方：《白雾》，中篇，《人民文学》1987 年第 8 期。

刘震云：《塔铺》，中篇，《人民文学》1987 年第 7 期。

池莉：《烦恼人生》，中篇，《上海文学》1987 年第 8 期。

方方：《风景》，中篇，《当代作家》1987 年第 5 期。

苏童：《1934 年地逃亡》，中篇，《收获》1987 年第 5 期。

贾平凹：《浮躁》，长篇，《收获》1987 年第 1 期。

莫言：《红高粱家族》，长篇，解放军出版社 1987 年版。

张承志：《金牧场》，长篇，《昆仑》1987 年第 2 期；单行本，作家出版社

　　1987 年版。

沙叶新：《饱学之士》，短篇，《文汇报》1987 年 11 月 13 日。

李锐：《厚土》，短篇，《青年文学》1987 年第 12 期。

李心田：《流动的人格》，短篇，《人民文学》1987 年第 10 期。

贾平凹：《商州》，长篇，北京十月文艺出版社 1987 年版。

　　《浮躁》，长篇，作家出版社 1987 年版。

柯云路：《新星》，长篇，《当代》1984 年增刊第 3 期。

王蒙：《活动变人形》，长篇，人民文学出版社 1987 年版。

老鬼：《血色黄昏》，长篇，工人出版社 1987 年版。

李杭育：《流浪的土地》，长篇，作家出版社 1987 年版。

肖亦农：《红橄榄》，中篇，《十月》1987 年第 6 期。

航鹰：《寻根儿》，中篇，《中国作家》1987 年第 1 期。

朱晓平：《私刑》，作品集，收录：《桑树坪记事》，中篇；《桑塬》，中篇；
　　《福林和他的婆娘》，中篇；《私刑》，中篇；《林游山道》，短篇；
　　中国文联出版公司1987年版。

本年度，出版小说集主要有：矫健：《老人仓》，收录有中篇《老人仓》、
《听山》、《小屋情》，长篇《天良》，北京十月文艺出版社1987年版；甘铁生：
《秋天的爱》，收录有短篇《聚会》，中篇《蓝色的召唤》等小说16篇，北京十
月文艺出版社1987年版；陆星儿《遗留在荒原的碑》，收录有中篇《冬天的
道路》等小说5篇，人民文学出版社1987年版；林斤澜：《矮凳桥风情：系列
小说》，浙江文艺出版社1987年版。

1988年

多多：《最后一曲》，《北京文学》1988年第6期。

刘恒：《白涡》，中篇，《中国作家》1988年第1期。

梁晓声：《雪城》（下），《十月》1988年第1、2、3期。

吴若增：《长尾巴的人》，短篇，《作家》1987年第10期。

浩然：《苍生》，长篇，北京十月文艺出版社1988年版。

李本深：《孤烟》，短篇，《西北军事文学》1988年第1期。

1989年及以后

池莉：《不谈爱情》，中篇，《上海文学》1989年第1期。

刘震云：《头人》，中篇，《青年文学》1989年第1期。

刘震云：《单位》，中篇，《北京文学》1989年第2期。

铁凝：《棉花垛》，《人民文学》1989年第2期。

王朔：《一点正经没有》，中篇，《中国作家》1989年第4期。

　　《千万不要把我当人》，长篇，《钟山》1989年第4、5、6期。

　　《永失我爱》，中篇，《当代》1989年第6期。

　　《玩的就是心跳》，长篇，作家出版社1989年版。

张炜:《远行之嘱》,短篇,《人民文学》1989 年第 7 期。

胡永康:《偶然做做诗人》,短篇,《青年作家》1989 年第 8 期。

贾平凹:《太白山记》,《上海文学》1989 年第 8 期。

池莉:《太阳出世》,中篇,《钟山》1990 年第 4 期。

王安忆:《叔叔的故事》,中篇,《收获》1990 年第 5 期。

贾平凹:《废都》,《人民文学》1991 年第 10 期。

王朔:《你不是一个俗人》,中篇,《收获》1992 年第 2 期。

后 记

这本书是在我的博士论文的基础上修改而成的。博士毕业已经两年有余，本打算好好修改它，一直拖到现在，还是那个样子，令我汗颜与羞愧不已。并不是说我不想修改，而是觉得当初选择这个题目有些匆忙，阅读作品又花了大量的时间，未及好好消化，思考有欠成熟，就开始动手，今天看来确实有些粗陋和不公允的地方。而待时过境迁，竟没有了重新大改的勇气，只好如此了！

时间过得真快！毕业离开北大也有两年了，想想这两年来自己并没有写出多少令自己满意的文章，真是惭愧万分。想我初到北大的时候，曾为寻梦而去，现在看来，是梦未圆，已徒增惆怅耳。

当我提笔准备写后记的时候，发现已无法准确表达自己的心声。这种"失语"，一方面是因为习惯了论文写作中对情感倾向的隐匿，一旦需要表达的时候，竟不知道怎样诉求笔端；另一方面还在于，任是怎样的叙述也无法把我此刻复杂的内心呈现出来。从事了这多年文学研究，现在才算真正明白，文学之为文学正在于其能把最不易传达的情感体验，用恰当的语言转喻出来。但我需要表达，正像我需要不断地涂抹文字爬梳格子一样。博士论文即将出版，攻读博士学位的阶段也正式画上了句号，也该到了总结或者说展望的时候吧！

这里首先要感谢我的导师张颐武教授，虽然不时有愧对恩师的期望之意。我这不成样子的博士论文，首先要献给敬爱的张老师。在跟随张老师的四年当中，我的收获很大。这一收获不仅是学识上的增益和学业上的进展，还表现在对自己的新的认识上。我渐渐懂得，一个人，虽先天资质重要，但只要努力,并做到细致认真,很多事仍能做到并能做好的。师恩如海! 我不知道如何准确地表达我对张老师的感激之情。或许,可以这么说,我跟随张老师左右虽只有短短的四年,但老师对我的影响,却是终其一生的,这会在我将来的人生道路中一再显示出来。

在我四年的博士读书阶段,有很多老师让我难忘。令人尊敬的谢冕老师和洪子诚老师虽然早已退休,但他们对我们的影响还在。我们中文系当代文学教研室的各位老师对我帮助也很大,他们分别是曹文轩老师、陈晓明老师、李杨老师、韩毓海老师、蒋朗朗老师、贺桂梅老师、邵燕君老师、计壁瑞老师和臧力老师等。这些老师对我的教诲不仅体现在他们的深厚的学识,还在于他们宽阔的胸襟,以及流传在学生口耳中的故事中。我们进校的时候,就常听师兄师姐们说着老师们当年读书时的有趣的故事,这让我们无限神往之! 在我的论文的写作中,对我教益良多的老师还有程光炜老师、张旭东老师和黄子平老师,在此一并致谢!

在我要感谢的人当中,我的硕导王又平老师和我的硕士同门们是不能不提的。我的硕导对我的影响和教导,让我一直心存感激。饶翔、胡艳琳、周薇和徐刚,都曾经是我在硕士在读时的同门,到北京后,他们又都先后成了我的博士同学,甚至以前的师弟师妹现在成了同门师姐师兄。这种"错位",虽然不时让我有年岁渐长之感,但也实在让人欣慰和庆幸。这是一种什么样的缘分和情谊啊! 没有这种互相间的"影响的焦虑",哪来我们的这种"前呼后应"。对于他们,我表示由衷的感激! 我还要感谢我的同级师兄郝朝帅,师弟师妹,以及已经毕业的师力斌师兄、张冲师姐、赖洪波师姐、史静师姐、刘稀元师兄等。特别是程振红,他为我的论文写作自开题到答辩这一段时间,做了大量的工作,在此我要特别说一声辛苦了! 这一感谢的名单,还有很多需要提及,他们有同级同专业的陈思、吴舒洁,好友邹赞、付湘龙、徐昌盛、马里扬、张文、李飞跃、魏然等,以及上级的刘伟师兄、张广海师兄,等等。这一名单其实还很长,虽不能一一罗列,但心里早已充满感激之意。他们有同班的同学,也有上级的师兄师姐,下级的师弟师妹;对他们,我真诚地祝他们学业有成,一切顺利!

另外,在这里特别值得一提并要感谢的,是那些发表我博士论文部分章节的编辑老师们,他(她)们有《文艺争鸣》的孟春蕊、《中国现代文学研究丛刊》的易晖、《青年研究》的易众、《北京社会科学》的陈清茹、《海南师范大学学报》的毕光明、《河北师范大学学报》的刘德兴、《枣庄学院学报》的张伯存,等等。是他(她)们的厚爱,使得我博士论文里的部分篇章得以在出版之前发表,谢谢你们!我的硕士生卞蕴雯也为我的书稿付出了心血,她的认真的校稿,让人印象深刻,在此一并致谢。最后还要特别感谢我们学科的高玉老师和人民出版社的洪琼博士,没有他们的帮助和支持,我这部专著不能顺利地出版。

写到这里,我想起了远在几千里外的老母亲,和至爱的亲人们。他们虽没有对我的论文写作有过什么直接帮助,但却在背后默默地支持我,鼓励我。没有他们的默默奉献,我是不可能顺利完成博士四年的学业的。另外,还有我的妻子王冰冰,这几年来的相濡以沫和互相支持,对我也是一个很大的精神支持。

博士论文的出版意味着我的人生的一个阶段的结束,新的人生又将开始。我谨以此作为我的人生的新阶段的纪念!

是为后记。

2014 年 8 月于浙江金华浙江师范大学

责任编辑:洪 琼

图书在版编目(CIP)数据

"青年议题"与20世纪80年代小说创作/徐 勇 著.
　-北京:人民出版社,2014.12
ISBN 978-7-01-014492-4

Ⅰ.①青… Ⅱ.①徐… Ⅲ.①小说创作-文学创作研究-中国-当代
　Ⅳ.①I207.42

中国版本图书馆CIP数据核字(2015)第027537号

"青年议题"与20世纪80年代小说创作

QINGNIAN YITI YU 20 SHIJI 80 NIANDAI XIAOSHUO CHUANGZUO

徐 勇 著

人民出版社 出版发行

(100706 北京市东城区隆福寺街99号)

北京龙之冉印务有限公司印刷 新华书店经销

2014年12月第1版 2014年12月北京第1次印刷
开本:710毫米×1000毫米 1/16 印张:19.75
字数:280千字 印数:0,001-1,500册
ISBN 978-7-01-014492-4 定价:56.00元

邮购地址 100706 北京市东城区隆福寺街99号
人民东方图书销售中心 电话 (010)65250042 65289539